ÅSA HELLBERG

Willkommen im
FLANAGANS
DAS HOTEL UNSERER TRÄUME
Roman

Aus dem Schwedischen
von Stefanie Werner

Ullstein

Besuchen Sie uns im Internet:
www.ullstein.de

Deutsche Erstausgabe im Ullstein Taschenbuch
1. Auflage Juli 2020
© für die deutsche Ausgabe Ullstein Buchverlage GmbH,
Berlin 2020
© 2019 Åsa Hellberg
Die schwedische Originalausgabe erschien 2019 unter dem Titel
Välkommen till Flanagans bei Forum, Stockholm.
Umschlaggestaltung: bürosüd° GmbH, München
Titelabbildung: Arcangel Images / © Rekha Arcangel (Frau);
bürosüd° GmbH (Schild, Blumen, Gebäude)
Gesetzt aus der Quadraat Pro powered by pepyrus.com
Druck und Bindearbeiten: CPI books GmbH, Leck
ISBN 978-3-548-06121-4

Für Helen

Keiner kann lachen wie wir

1

London, Silvesterabend 1959

Dieser unbarmherzige Regen hätte eigentlich selbst die unternehmungslustigsten Londoner davon abhalten müssen, sich zu einem Fest aufzumachen, sie hätten wesentlich gemütlicher mit ihrem Glas Champagner in der Hand zu Hause vor dem Kamin sitzen können. Doch vor dem Hotel Flanagans reihte sich ein Auto ans andere. Einige Gäste fuhren selbst, andere ließen sich von ihren Chauffeuren vorfahren, die draußen warten mussten, bis ihre Herrschaften in den frühen Morgenstunden den Heimweg antreten wollten. Kleider raschelten über den nassen Asphalt, ein Mann legte seiner Frau schützend seinen Mantel über die Schultern.

Doch der Regen machte denjenigen, die auf dem Weg zur Silvesterfeier im Flanagans waren, überhaupt nichts aus, mit Ausnahme derer vielleicht, die von der Bushaltestelle gleich neben dem Hoteleingang kamen. Das Wasser stand auf den Straßen, und die Fahrer der blitzblanken Karossen, die vor dem Luxushotel vorfuhren, scherten sich einen Dreck um die Fußgänger auf dem Bürgersteig. Durch die

Silvesternacht drang so manches Geschimpfe, wenn frisch gebügelte Ausgehkleider von Wasserkaskaden ruiniert wurden.

Hier im Hotel ist von dem scheußlichen Wetter Gott sei Dank nichts zu spüren, dachte Linda Lansing. Sie leerte ihr Glas, bevor sie es auf den Schreibtisch zurückstellte und das Büro verließ. Einen kurzen Augenblick verweilte sie noch an der Balustrade und betrachtete die funkelnde Gästeschar.

Das Servicepersonal rannte geschäftig mit Tabletts durch den Salon, auf denen sich sowohl leere wie auch volle Gläser befanden. Alles schien nach Plan zu laufen. Seit Stunden schon wurden Drinks gereicht, der Geräuschpegel war enorm, und die Stimmung wurde immer ausgelassener. Wie jedes Jahr würde es ein denkwürdiges Silvesterfest werden. Linda holte einmal tief Luft. Sie sollte sich wieder unter die Gäste mischen.

In ihrem rauschenden Ballkleid schritt sie langsam die Treppe hinab. Unten suchte sie am Geländer Halt. Dieser letzte Drink in ihrem Büro hätte nicht sein müssen. Sie schloss die Augen kurz, bevor sie ihren Weg fortsetzte, nickte den Gästen lächelnd zu und hoffte, dass keiner ihre kleine Unsicherheit bemerkt hatte. Natürlich war es unglaublich blöd, sich auf seinem eigenen Fest zu betrinken, aber in diesem Fall war die fehlende Grundlage im Magen der Auslöser für ihr Schwindelgefühl. Starke Getränke war sie gewohnt, ein paar Gläser Whisky machten ihr nichts aus.

Jemand fasste sie am Arm. Lady Carlisle. Linda lächelte herzlich und beugte sich vor, um Mary auf die Wange zu küssen. Ihre fünfunddreißigjährige beste Freundin strahlte in ihrem perlenbesetzten Abendkleid. Um den Hals funkelten die Juwelen, die ihr Mann ihr zu Weihnachten geschenkt hatte. Sie war reich, verwöhnt und ganz, ganz wunderbar.

»Ich bin so froh, dass du gekommen bist, Mary. Dein Kleid ist wirklich so schön, wie du gesagt hast. Dior, hab ich recht?«

Mary nickte zufrieden. »Ja, es ist wirklich entzückend.« Sie lächelte und legte ihre Hand auf die ihrer Freundin, die noch immer auf dem Treppengeländer ruhte. »Es ist dir wieder einmal gelungen, aber ich habe auch nichts anderes erwartet.« Sie beugte sich zu ihr. Flüsternd fuhr sie fort: »Hast du schon das Neueste von den Jones' gehört? Eine üble Geschichte. Mir ist sie gerade zu Ohren gekommen. Er hat sich offenbar in eine Frau aus Reading verliebt und das Gut verlassen. Weißt du das schon?« Zufrieden führte sie das Zigarettenmundstück an ihre perfekt rot geschminkten Lippen. Marys Tage bestanden aus Klatsch, Charity und unendlich langen Essensverabredungen. Die Zeit, in der sie in den Klubs die Nächte durchgemacht hatte und »Königin der Nacht« genannt wurde, war ein für alle Mal vorbei, worüber sie sich kürzlich bitter beklagt hatte. Und natürlich war es ein Unterschied, ob man als begehrte junge Frau auf jede exklusive Party, die in London stattfand, eingeladen wurde, oder ob man mit Mann und zwei Kindern auf dem riesigen Gut ein ganzes Stück außerhalb der Stadt residierte und den Titel *Lady* trug.

Linda nahm das Feuerzeug aus ihrer Clutch und gab Mary Feuer. Jemanden vom Service herbeizuwinken, war bei einem Fest dieser Größenordnung undenkbar, und auch wenn sie sich mit Small Talk hier und da amüsierte, wie ihre Gäste auch, so war sie doch die Gastgeberin.

Doch während die letzten Minuten der Fünfzigerjahre andauerten, war sie auf dieser Silvesterfeier lediglich die Galionsfigur des Hotels, das ihr gehörte. So sah es nun mal aus, auch wenn die Sechzigerjahre anbrachen.

Die hübsche Societydame Linda Lansing, die – sie kann einem leidtun – gezwungen ist, das exklusive Hotel Flanagans zu führen, seit ihr Vater verstorben ist. Kein Ehemann, keine Kinder. Außer ihrem hübschen Gesicht und dem einzigartigen, geschichtsträchtigen Hotel in der Londoner Innenstadt hat sie nichts. Das Produkt des Vaters – der Gerüchten zufolge als Geschäftsmann keinen Namen hatte – hat Miss Lansing bald schon ein Jahrzehnt verwaltet, und soweit wir wissen, wird sie dies auch weiterhin tun. Ein Verlobter ist nicht in Sicht, weiß die Redaktion aus verlässlichen Quellen, dafür hat Lansing allerdings die Cousins an ihrer Seite. Die Familienmitglieder der Lansings haben sich immer sehr nahegestanden.

Der Artikel – und ein altes Foto von Linda unter dem Kronleuchter in der Lobby – war im Vormonat in der *Times* erschienen. Als gäbe es keine modernen Frauen. Als ob Linda sich nicht fast halb totgearbeitet hätte, um das Überleben des Hotels zu gewährleisten. Wenn die wüssten, was sie die letzten zehn Jahre durchgemacht hatte ...

Die Familienmitglieder der Lansings haben sich immer sehr nahegestanden. Linda musste laut lachen, als sie das las. Sie konnte von Glück sprechen, dass der Redakteur nicht gründlicher recherchiert hatte, denn im Grunde hätten die Familienquerelen ein ganzes Buch gefüllt. Aber wenn es um

Frauen als Unternehmerinnen ging, dann wurde der Abwesenheit einer männlichen Person die größte Aufmerksamkeit geschenkt. Dass sie den Hotelbetrieb am Laufen gehalten hatte ohne die Unterstützung der Familie, war nichts, was es hervorzuheben galt.

»Arme Mrs Jones«, sagte sie nun zu Mary. Eigentlich waren ihr Mr und Mrs Jones völlig egal. Sie konnten so viele Affären haben, wie sie wollten. Für Linda waren sie nur ein Paar von vielen. Doch mit dem Betrogenwerden kannte sie sich aus, und daher konnte sie sich vorstellen, wie schlecht es Mrs Jones jetzt gehen musste.

All diese vermögenden Ehepaare, die in den Vororten von London in großen Landgütern residierten, riesige Anwesen in Holland Park und Ferienhäuser an der französischen Riviera besaßen, kamen zu ihren Festen, meist so heuchlerisch und anbiedernd, dass es Linda schauderte. Wir müssen uns *unbedingt* sehen, sagten sie, legten den Kopf leicht schräg und betrachteten sie eingehend von Kopf bis Fuß, von den marineblauen Seidenschuhen über die runden Hüften, an der Taille aufwärts bis zu ihrem blonden Haar. Der ein oder andere Herr blieb mit seinem Blick in Brusthöhe hängen, doch der Ellenbogen seiner Ehefrau, den er sogleich in seiner Seite spürte, machte ihm klar, wie unpassend das war. Linda hingegen wurde zu den Festen, die ihre Gäste ausrichteten, nur dann eingeladen, wenn sie der Presse vorgeführt werden sollte. Wenn die ihre Fotos geschossen hatten und Linda mit ihrem Glamour und dem Esprit einer modernen Frau den Hunger der Leser befriedigt hatte, wurde sie oft nicht mehr angeschaut.

Sie stellte für all die glücklichen Ehen in ihrem Umfeld eine Bedrohung dar, das war ihr mehr als einmal klargemacht worden. Man wollte die einsame und verlassene Linda Lansing so gern bemitleiden, doch das war einfach nicht möglich, wenn die Männer im Raum jede kleinste Bewegung von ihr registrierten. Als ob sie sich auch nur im Entferntesten für sie interessierte. Natürlich nicht, denn sie konnte Idioten nicht ausstehen.

Ihre beste Freundin, Mary Carlisle, war im Gegensatz zu all den anderen Damen der Society eine wunderbare Gesellschaft. Wenn Mary zum Tee kam und sich im Salon niederließ, setzte sich Linda sofort zu ihr, um den neusten Tratsch zu hören. Marys Ehemann war um einiges älter als seine schicke Ehefrau und verließ das Anwesen bei Windsor höchst ungern. Stattdessen kam Mary ohne ihn mit dem Auto, und ihr Chauffeur saß auf dem Rücksitz, wenn sie vorhatte, sich noch in der Stadt zu amüsieren.

»Über die Jones' reden wir nächste Woche mal in Ruhe bei einer Tasse Tee, ich hab heute so viel zu erzählen«, nickte Mary ihr zu und sah Linda mit großen Augen an.

Linda machte sich eigentlich nicht viel aus all diesen Geschichten, doch die dramatische Ader ihrer Freundin war unterhaltsam. Und natürlich, sollte Mr Jones im Flanagans einchecken, wäre es von Vorteil, über den aktuellen Stand der Dinge informiert zu sein.

In dem Fall wäre er nicht der erste Ehemann, der in ihrem Hotel fremdging, das war wirklich nichts Neues, und mancher vertrat die Auffassung, dass Linda eine Verantwortung trug und diese Gäste abweisen müsste. Doch warum sollte sie das tun? Das Privatleben anderer interessierte sie nicht.

Einmal hatte eine betroffene Frau das Hotel ein Hurenhaus genannt, und sie wurde daraufhin natürlich nicht mehr eingeladen, auch wenn sie buchstäblich auf Knien darum gebettelt hatte, nachdem der Ehemann seine Affäre beendet hatte. Schließlich hatte sich herausgestellt, dass es für sie schlimmer gewesen war, von diesem sagenumwobenen Londoner Hotel Hausverbot zu bekommen, als dass ihr Ehemann mit einer anderen durch dessen Betten gekugelt war.

Mary unterbrach Lindas Gedankengang. »Darling, ich wollte nur Hallo sagen und dir alles Gute wünschen. Natürlich solltest du dich jetzt unter die Leute mischen. Und ich muss meinen Mann bei Laune halten, damit er nicht auf die Idee kommt, vor Mitternacht heimzufahren.«

Dann sah sie Linda scharf an.

»Und küss jemanden«, sagte sie. »Davon stirbst du nicht.«

Von den Festivitäten war im Kellergeschoss des Hotels nicht viel zu spüren, wo Elinor in der Küche schuftete wie ein Pferd. Eine Schüssel nach der anderen wurde nach oben getragen, und die ständigen Rufe nach Nachschub ließen ihr nicht einmal die Zeit, ihre Locken, die sich unter der Haube gelöst hatten, wieder zurückzustecken. Sie brachten kleine Windbeutel, Lachsgebäck, Gurkenhäppchen, Kaviar und Austern in den Festsaal, und Elinor musste auf Miss Lansings Anweisung hin alles à la minute servieren.

Elinor beklagte sich nicht, aber ihr Arbeitstag begann

morgens um acht Uhr, und jetzt waren die Fünfzigerjahre fast vorbei. Den letzten Tag des Jahrzehnts würde sie als schweißtreibend und arbeitsreich in Erinnerung behalten. Feierlich war etwas anderes.

Der Wechsel des Dezenniums war wohl nicht als Anlass zum Feiern für sie gedacht. Beim letzten Mal war sie elf Jahre alt gewesen, und es hatte mit Geschrei und Gejammer aus der Nachbarwohnung geendet. Als Mama und Papa hinübergegangen waren, um nachzusehen, hatten sie die arme Mrs Jenkins genau beim Zwölf-Uhr-Schlag halb totgeschlagen vorgefunden.

»Und was kannst du daraus lernen?«, hatte ihre Mutter sie gefragt, als Elinor ins Familienbett gekrochen war, die Arme um ihren verschreckten kleinen Bruder geschlungen. Elinor hatte vermutet, dass man nett sein und seinem Ehemann gehorchen müsse, denn Mrs Jenkins hatte das ganz offensichtlich nicht getan. Elinor bemerkte, dass ihrer Mutter noch immer die Wut ins Gesicht geschrieben stand. »Nein«, hatte sie geantwortet. »Daraus lernst du, dass du beim ersten Schlag das Haus verlässt, dafür sorgst, dass du eine Arbeit hast und ...« Dann verstummte sie, sah sich um, als ob sie Angst hatte, dass jemand sie hören konnte: »Und nur einen heiratest, der dich respektiert und der es schätzt, was für ein schlaues Köpfchen du bist. Der dich nicht schlägt, weder für deine Hautfarbe, noch weil du intelligenter bist als er. Vergiss das nie. Du bist Britin, auch wenn du eine schwedische Mutter und einen jamaikanischen Vater hast. Du kannst stolz darauf sein, dass drei Länder dich zu dem gemacht haben, was du bist.«

Als Mrs Jenkins im Krankenwagen abtransportiert wurde, hatten Mama, Papa, Elinor und der kleine Bruder einen Apfel geteilt, das war einer der wenigen schwedischen Bräuche, die Mama beibehalten hatte, und dann hatten sie sich ein frohes neues Jahr gewünscht. Papa musste am nächsten Morgen schon früh bei seiner Arbeitsstelle im Hafen sein, und Mama hatte nach dem Silvesterabend drei Häuser zu putzen. Elinor musste ihren kleinen Bruder hüten.

Sie öffnete die Tür des großen Kühlschranks und griff nach einer Schüssel mit geschnittener Gurke. Ob sich 1960 etwas ändern würde? Ihr Vater verrichtete noch immer diese schwere Arbeit, und ihre Mutter hatte Fingerkuppen, die wie getrocknete Rosinen aussahen. Das war Elinor erst gestern aufgefallen, als sie mit ihnen gegessen hatte.

Sie selbst war jedenfalls aus dem Elternhaus ausgezogen. In ihrem Zimmer hier im Untergeschoss des Hotels hatte sie ein eigenes Bett, einen kleinen Kleiderschrank und eine Nachttischlampe, die ständig brannte, weil sie in deren Lichtschein ihre Hausaufgaben machte.

Eines schönen Tages sollte aus Elinor etwas werden.

Sie hatte es gut hier, doch ihr war klar, dass sich ihr Türen öffnen würden, die normalerweise Mädchen ihrer Herkunft verwehrt waren, wenn sie studierte. Deshalb waren ihr die Kurse am Montagabend heilig. Im Moment lernte sie Englisch. Keinesfalls konnte sie so sprechen wie ihre Eltern. Beiden hörte man noch den starken Akzent ihrer Muttersprache an. In Notting Hill war das nichts Besonderes, aber hier ging das gar nicht. Sprache war etwas Wichtiges. Vorher hatte sie einen Kurs über Stil belegt. Die anderen Mädchen hatten sie mit großen Augen angestarrt, als sie den Kursraum betrat, aber Elinor hatte versucht, ihre Blicke zu ignorieren. Sie wollte die Regeln der Etikette lernen, und drei Monate später konnte sie Bücher auf dem Kopf balancieren und gleichzeitig eine Tasse Tee trinken, den kleinen Finger elegant ausgestreckt. Ohne diesen Kurs hätte sie das nie gelernt. Papa hatte gemault, dass das Geldverschwendung für eine junge Frau mit ihrer Hautfarbe sei, doch sie war einundzwanzig geworden und musste nicht mehr auf ihn hören. Ihre Mutter unterstützte sie, und das war das Wichtigste.

»Du stehst hier doch nicht rum und träumst. An die Arbeit!«, rief ihr Chef, als er gerade vorbeikam.

Elinor nickte kurz. »Selbstverständlich. Entschuldigung.«

Vorsichtig löffelte sie einen Klecks Kaviar aus dem Glas und platzierte ihn auf einem Cracker, so wie Miss Lansing es haben wollte. Bisher schien das neue Jahr genauso zu werden wie das alte.

Sie sah hinauf zu den schmalen Fenstern unter dem Dach. Der Regen lief die Scheiben hinab. Es wäre sicher spannend, heimlich die festlich gekleideten Gäste zu beobachten, die an so einem Abend durchs Hotel spazierten. Bestimmt trugen alle Damen ihre allerschönsten Kleider, zumindest erzählten die davon, die sich ein Stockwerk höher aufhalten durften. Elinor durfte das nicht.

Sie schnitt die Kanten vom Weißbrot ab.

Gleich war das nächste Tablett fertig zum Servieren.

Die Rücklichter des Busses verschwanden hinter der Kurve, und wenn Emma nicht von den Wassermassen, die vom Himmel fielen, ganz durchnässt werden wollte, musste sie zusehen, dass sie ins Haus kam. Die Lichter und das laute Lachen, das vom Ende der Straße drang, waren verlockend, und obwohl sie wusste, dass sie dort nichts verloren hatte, schlüpfte sie durch die offenen Türen. Niemand hinderte sie daran, und falls sie jemand fragte, konnte sie immer noch sagen, sie habe sich verlaufen.

So etwas hatte sie noch nie gesehen.

Von ihrem kleinen Versteck hinter einer Säule betrachtete sie die Gesellschaft und begriff, dass die modernen Leute sich wohl heute so benahmen. Wenn sie in London wohnte, musste sie sich daran gewöhnen. Die Gäste alberten auf der Tanzfläche herum und schienen sehr viel Spaß zu haben. In einer Ecke spielte eine Band Musik, die Emma noch nie zuvor gehört hatte. Mit Kirchenmusik hatte das nichts zu tun, so viel war ihr klar.

Mama und Großmutter würden auf der Stelle tot umfallen, wenn sie wüssten, dass Emma hier stand und Erwachsene beobachtete, die sich dermaßen unanständig betrugen. Da wurden die Sakkos abgelegt, der Krawattenknoten gelockert, und die Frauen zogen sogar die Schuhe aus. Den Männern klebte vom Schweiß das Hemd am Oberkörper, und Emma merkte, dass sie einen ganz trockenen Mund bekam, sie konnte ihren Blick nicht abwenden. Aber als ein Herr seine Tanzpartnerin völlig ungeniert an sich zog und küsste, zwang sich Emma, nicht mehr hinzuschauen. Ihre Wangen wurden ganz heiß. So etwas hatte sie noch nie gesehen. Davon gelesen hatte sie schon. In ihrem Zimmer hatte sie Kisten mit Zeitschriften versteckt, in denen es um Mode und Musik ging, und die Bibel, von der Mama glaubte, dass Emma sie jeden Abend las, handelte von der Befreiung der jungen Frauen.

Heute war ihr achtzehnter Geburtstag, und obwohl Mama und Großmutter ihr unter Tränen verboten hatten, die Wohnung zu verlassen, hatte sie sich verabschiedet und war in den Zug gestiegen. Man hätte auch sagen können, sie sei abgehauen. Sie hatte es einfach nicht länger ausgehalten.

Freiheit. Wie sie sich nach diesem Tag gesehnt hatte! Sie würde ab jetzt ihre eigenen Entscheidungen treffen. Vernünftige Entscheidungen. Denn wenn sie sich nicht vorsah, war sie im Handumdrehen verheiratet und hatte ein Kind am Hals wie alle anderen jungen Frauen im Dorf, und das musste sie mit allen Mitteln verhindern. Vielleicht war sie noch nicht mündig, aber sie war schließlich nicht blöd. Emma hatte definitiv vor, Sex auszuprobieren, aber sie würde sich informieren, wie sie verhinderte, schwanger zu werden.

Langsam nahm sie ihren Hut ab und spürte, dass sie kalte Füße hatte, trotz der Wärme hier im Gebäude. Ihre Schuhe waren zerschlissen und konnten den Regen nicht abhalten. Sie versuchte, ihre durchnässten Strümpfe zu ignorieren. Im Koffer hatte sie ein zweites Paar Schuhe, aber die wollte sie aufheben, bis sie irgendwo eine Anstellung gefunden hatte. »Eine feine Familie«, hatte ihre Mutter gesagt. »Du gehst nur zu einer feinen Familie, ansonsten kommst du sofort wieder heim, du stures Gör.« Emma vermutete, dass ihre Mutter die Gäste, die sich hier befanden, nicht als »fein« eingestuft hätte, trotz der glänzenden Stoffe, der Juwelen und ihrer perfekten Frisuren. Mama hatte sich eher eine Pastorenfamilie mit hundert Blagen vorgestellt, denen jemand anders als die Mama die Nase putzen, sie baden und sich um sie kümmern sollte.

Emma hatte für Kinder nicht besonders viel übrig, daher hatte sie nicht vor, eine Stelle als Kindermädchen zu suchen. Sie war ambitionierter, doch darüber hatte sie mit ihrer Mutter nie gesprochen, die nur davon redete, dass Emma sich als Haushaltshilfe verdingen und dann einen netten, christlich orientierten Mann heiraten solle.

Was das anging, hatten Mutter und Tochter völlig unterschiedliche Vorstellungen.

Emmas Ziel war es, reich zu werden. Jungs konnten solche Pläne zunichtemachen, deshalb war sie fest entschlossen, sich nicht zu verlieben, sondern sich stattdessen zu amüsieren. Darüber hatte sie schon einiges gelesen, und das klang wahnsinnig modern und aufregend.

Die Sechzigerjahre waren ihr Jahrzehnt, da war sie sich sicher. Sie war voller Vorfreude. Die Vorstellung, alles haben zu können und gleichzeitig unabhängig zu sein, war weit entfernt von dem Frauenbild, mit dem sie aufgewachsen war, doch in der Zeitschrift, die sie heimlich gelesen hatte, stand, dass genau das möglich sei.

»Au!«, rief sie, als sie jemand in einer Uniform derb am Arm griff und sie barsch zurück auf die Straße schob. Doch sie leistete keinen Widerstand. Der Regen prasselte noch heftiger als zuvor auf sie nieder, dennoch war sie mit diesem Tag so zufrieden, dass es ihr nichts ausmachte.

»Die Musik da drinnen«, fragte sie den Mann, »ist das Jazz?«

Er sah sie groß an. Dann lachte er. »Jazz? Nein, mein Mädchen, so altmodisch sind wir nicht im Flanagans. Das ist Rock.« Sein Lachen hallte noch durch die Luft, als er ihr den Rücken zukehrte und zurück ins Warme ging.

Ein Stückchen entfernt beobachtete Emma, wie ein Mann in Kochuniform eine Zigarette wegwarf, da griff sie energisch nach Großmutters altem Koffer und lief zu ihm, um zu fragen, bei wem man vorstellig werden müsse, wenn man auf Arbeitssuche sei. Ihr »Hallo« ging im peitschenden Regen unter. Er verschwand auf einer Treppe ins Untergeschoss, und sie folgte ihm zielstrebig. Sie sah die Fenster, die zur Straße hinausgingen. Dahinter waren Geklirre, Lachen und laute Stimmen zu hören, und Emma lächelte verzückt. Wie wunderbar es war, endlich erwachsen zu sein.

Als es kurz vor zwölf war, öffnete Linda die Tür zur Küche. Die Küchenhilfen starrten sie schockiert an. Ein Zeichen dafür, dass sie sich hier öfter blicken lassen sollte. Die Angestellten, die noch nicht so lange im Haus beschäftigt waren, standen mucksmäuschenstill, in Erwartung einer Inspektion.

Linda war das im Moment völlig egal, sie hatte einfach Hunger, einen Schwips und nicht die geringste Lust, Marys Rat zu befolgen und um Mitternacht jemanden zu küssen, im Gegenteil. Sie wollte jetzt nur noch etwas zu essen und sich dann schlafen legen. Der restliche Festabend lief auch ohne sie.

Die Oberkellnerin kam auf sie zu und zeigte auf eine Person. In einer Ecke der Küche stand ein Mädchen, das aussah wie eine ertränkte Katze. Das Wasser tropfte von ihrem hässlichen Hut.

»Ich werde dieses Ding nicht los. Sie weigert sich, die Küche zu verlassen.« Die Oberkellnerin schüttelte verärgert den Kopf.

»Ich kümmere mich darum«, sagte Linda. »Sie können wieder hochgehen zu unseren Gästen.« Dann wandte sie sich an den Eindringling. »Und du bist?«, fragte sie Emma. Linda hatte eine Schwäche für Sturheit. Das war ein Zeichen für Ehrgeiz.

»Patschnass?«, schlug das Mädchen vor. Sie lächelte und zeigte dabei ihre gepflegten Zahnreihen.

»Das sehe ich selbst. Ich dachte mehr, was du hier im Flanagans zu suchen hast.«

»Eine Anstellung.«

»In der Silvesternacht?«

»Einen besseren Zeitpunkt könnte ich mir nicht vorstellen. Heute bin ich achtzehn geworden«, antwortete sie voller Stolz. Sie hatte eine makellose Haut, sah offen und freundlich aus.

»Nimm mal den Hut ab«, forderte Linda sie auf.

Der lange Zopf des Mädchens fiel über ihren Rücken. Ihr Aussehen war passend, doch die Frisur schrecklich altmodisch.

»Wie heißt du?«

»Emma.«

Lindas Magen knurrte. Das gab den Ausschlag. »Bereite mir zwei belegte Brote zu«, befahl sie ihr. »Wenn es mir schmeckt, dann hast du den Job, wenn nicht, schicke ich dich zurück in den Regen. Elinor zeigt dir, wo du deine Sachen lassen kannst und wo die Kühlschränke stehen. Aber mehr Hilfe bekommst du nicht. Du hast zehn Minuten Zeit.« Linda sah auf ihre Uhr. »Auf die Plätze, fertig, los.«

Das Problem bei den Mädchen war, dass sie immer genau dann heirateten, wenn sie ausgelernt hatten, deshalb war es praktischer, Jungs anzustellen, obwohl die Mädchen ihre Sache meist besser machten. Sie waren schneller und genauer, und das schwarze Mädchen Elinor hatte sich als Glücksfall in der Küche erwiesen. Sie blieb allein, tratschte nicht wie so viele und arbeitete härter als irgendeine andere von ihnen. Talent hatte sie außerdem. Wenn ein Teller serviert wurde, an den sie Hand angelegt hatte, sah er äußerst appetitlich aus.

Linda entging nichts, auch wenn das Personal das nicht wusste. Für sie war es selbstverständlich. Sie war abhängig davon, dass sie ihre Arbeit gut machten. Und loyal waren. Wer über die Gäste tratschte, flog raus. Und gerade Elinor schien über niemanden zu reden. Sie wollte sich nicht einmal mit ihren Kollegen anlegen. Das war etwas Besonderes. Ansonsten gab es hier unten ständig Gezicke. Irgendeiner fühlte sich immer schlecht behandelt. Leider war Elinors Hautfarbe noch immer der Grund, warum sie sie nicht in der oberen Etage im Service einsetzen konnte, aber Linda hatte dennoch vor, den Aufgabenbereich des Mädchens zu erweitern. Wenn diese Neue, Emma, gut genug war, konnte Elinor sie unter ihre Fittiche nehmen. Junge Frauen, die ehrgeizig waren, gab es nicht viele, deshalb war Linda immer auf der Suche.

Neun Minuten später brachte Emma ihr einen großen Teller mit den leckersten Broten, die Linda seit Langem gesehen hatte. »Und die hast du selbst gemacht?«, fragte sie.

Emma nickte überzeugt.

Linda biss vom ersten Brot ab. Sie stöhnte auf. Die leckere Soße, die sich unter den Lachsscheiben befand, hatte Elinor zubereitet. Linda erkannte ihre Lieblingssoße sofort.

»Und die Soße?«

Emma nickte, ohne mit der Wimper zu zucken.

Linda überlegte kurz, dann schob sie den Teller beiseite.

»Gut, Emma, du bist eingestellt. Aber nicht wegen der Brote – denn die hat Elinor gemacht –, sondern weil du lügst. Du willst diesen Job unbedingt, stimmt's?«

Emma nickte wieder, dieses Mal noch eifriger. Langsam machte sich auf ihren hellrosa Wangen ein Lächeln breit. »Bekomme ich ihn?«

»Ja, du bekommst ihn. Du wirst das Zimmer mit Elinor teilen, rechne damit, dass ich dich jederzeit rufe, wenn ich dich brauche, das kann zu jeder Tages- und Nachtzeit sein. Du hast einen Monat Probezeit, und dann werde ich gemeinsam mit ...« Sie verstummte erstaunt, als Big Ben mit dumpfen, schicksalhaften Schlägen das neue Jahrzehnt ankündigte.

Sie hatte den Jahreswechsel verpasst. Normalerweise

stand sie dann an der Balustrade und prostete ihren Gästen zu, die in der Regel jedoch mit sich selbst beschäftigt waren.

Ach, das machte gar nichts, ins neue Jahr hier unten bei denen, die wie sie den ganzen Tag gearbeitet hatten, zu rutschen. Sie konnte es darauf schieben, dass sie zu wenig gegessen und zu viel getrunken hatte.

Als sie sich zu ihrem Personal umdrehte, entging ihr nicht, dass die frisch eingestellte Emma und Elinor sich zulächelten, und es war, als verstünde Linda erst in diesem Moment, welch große Bedeutung die Sechzigerjahre für all die anderen hatte.

Sie biss noch einmal von ihrem Brot ab und forderte dann die Angestellten auf, in den Personalraum zu gehen. Elinor nahm Emma an der Hand, und dann sausten sie durch den Flur. An diesem Abend lud Linda ihr Personal zu Champagner ein, und bald darauf hörte man die Korken knallen, und es erschallte fröhliches Gelächter.

Sie selbst würde in den Fahrstuhl steigen und ins Büro hinauffahren. Dort stand nämlich ihr Whisky.

Am darauffolgenden Morgen, nackt und mit einem unterirdischen Kopfschmerz, drehte Linda eine Runde durch ihr Appartement und hob das auf, was sie am Vorabend einfach sorglos hatte fallen lassen. Ihr Kleid lag auf dem Sofa im Salon, und der eine Schuh war daneben gelandet. Den anderen fand sie schließlich unter dem großen, goldenen Spiegel im Flur. BH, Hüfthalter, Slip und Strümpfe befanden sich auf einem Stapel auf dem Boden vor dem Bett. Als sie alles eingesammelt hatte, öffnete sie die doppelflügelige Tür des

Kleiderschranks und hängte ihr Abendkleid hinein. Wenn sie es noch einmal tragen wollte, musste sie es ändern lassen, wehmütig wie immer ließ sie den Blick über die unzähligen Ballkleider auf der Stange gleiten. Ihre Finger fuhren über eine Robe aus zarter rosafarbener Spitze. Wann hatte sie die zuletzt getragen? Die Erinnerung versetzte ihr einen Stich. Die Erinnerung an das andere Leben, das Leben, das einmal zum Greifen nah gewesen war, tat immer noch weh.

Ihre Hand fuhr über eine Kreation aus Hellblau – so hell, dass man es fast für Weiß halten konnte. Sie war aus Chiffon, und der Rock war so weit, dass mehrere Schneiderinnen den Stoff halten mussten, als Madame Piccard ihn genäht hatte.

Linda war in seinen starken Armen herumgewirbelt, und sein Frack hatte perfekt zu ihrem Kleid gepasst. Die anderen waren extra zur Seite gerückt. Ihre Füße hatten den Boden kaum noch berührt. Sein Blick, der ihren festhielt. Ihr rasender Puls. Und dann. Dann hatte er die hundert Knöpfe auf ihrem Rücken geöffnet, ganz langsam, einen nach dem anderen, bis das gute Stück wie eine fluffige Wolke zu ihren Füßen lag und ihr der Atem stockte.

Warum hatte sie das Kleid nicht entsorgt? Die Erinnerung brach ihr das Herz, sie wusste es doch.

Mit einem Knall schloss sie die Türen wieder.

Die Frage war, ob sie nun frühstücken oder einen Katerdrink zu sich nehmen sollte. In ihrem Kopf hämmerte es. Wenn sie nicht schnell einen Kaffee bekam, würde es noch schlimmer werden.

Aber ihre Gäste schienen sich köstlich amüsiert zu haben, und das war das Wichtigste. Sie hatte das Hotel in den letzten zehn Jahren nicht in die Gewinnzone gebracht, um sie jetzt wieder zu verlassen. Ihre harte Arbeit hatte sich bezahlt gemacht, und der Stern des Flanagans leuchtete noch immer am Londoner Hotelhimmel. Die Konkurrenz war groß. Mit dem *Savoy* und dem *Ritz* gehörte ihr Hotel zu den Häusern, über die am meisten geredet wurde.

Mary war noch bis weit nach Mitternacht geblieben und hatte sich mit dem Versprechen verabschiedet, sich unter der Woche wieder zu melden. Ihr Gatte hatte ganz munter ausgesehen, obwohl er so viel älter war. »Lass uns ehrlich sein, er ist *deutlich* älter«, hatte Mary gesagt, als sie sich darüber unterhielten, auf welche Weise sich solche Altersunterschiede bemerkbar machten.

Linda hatte sich nie so richtig daran gewöhnt, die beiden zusammen zu sehen, dennoch konnte sie es natürlich verstehen, dass Mary am Ende in eine Heirat eingewilligt hatte.

Er war eine ausgesprochen gute Partie, und ihre Familien waren seit Ewigkeiten miteinander bekannt. Ihr erstes Nein hatte er gar nicht ernst genommen, ihr zweites auch nicht. Als er dann das dritte Mal mit dem großen Diamanten vor ihren Augen herumgewedelt hatte, hatte sie nachgegeben. Aus Barmherzigkeit, wie sie später sagte, aber Linda wusste, dass Mary ihn liebte, auch wenn sie darüber klagte, dass die Küsse und andere Zärtlichkeiten immer weniger wurden. Er war ein moderner Mann und hatte ihr sogar vorgeschlagen, sich einen Liebhaber zu nehmen. Diesen Vorschlag hatte sie dankend abgelehnt, wie sehr sie sich auch nach körperlicher Nähe sehnte. Denn so war es. Deshalb flirtete Mary schamlos, wenn sich die Gelegenheit ergab, aber das führte höchstens zu lustvollen Blicken und dem ein oder anderen Kuss, wie sie hoch und heilig versicherte.

»Sie begehren mich, ich werde ein bisschen erregt, doch dabei muss es bleiben. Aber dass du keusch bist, obwohl dich nichts abhalten müsste, das verstehe ich nicht. Sex ist doch etwas Wunderbares«, hatte sie zu Linda gesagt und ihr einen Mann nach dem anderen vorgeschlagen, die alle auf die eine oder andere Art und Weise etwas Besonderes sein sollten. Doch Linda hatte bislang niemanden kennengelernt, der sie auch nur annähernd interessierte. Reiche Männer waren genauso langweilig wie ihr geerbtes Vermögen.

Da klopfte es zaghaft an der Tür. Linda sah sich nach ihrem Morgenmantel um, der nicht an seinem Haken neben dem Kleiderschrank hing. Ihn fand sie auch auf dem Boden. Der marineblaue Stoff war im selben Ton wie der Teppichboden, deshalb hatte sie ihn nicht gleich entdeckt. Hatte sie ihn nach dem Fest heute Nacht noch getragen? Sie konnte sich nicht mehr erinnern.

Sie zog den Gürtel fest um die Taille und vergewisserte sich kurz vor dem großen Spiegel, dass kein Spalt ihre Nacktheit darunter verriet. Ein Blick auf die Uhr – es war Punkt neun. Genau so wie sie es wollte, dachte sie und öffnete die Tür.

Emma – so hieß doch wohl das neue Mädchen? – kam eilig herein und stellte sich mit dem Frühstückstablett mitten ins Zimmer. Unschlüssig sah sie sich um.

Linda zeigte auf den Tisch vor dem Fenster, wo sie zu

frühstücken pflegte, und als Emma das Tablett abgestellt hatte, verschwand sie ebenso schnell, wie sie gekommen war.

Diskret. Das war ein gutes Zeichen. Das Personal hatte die Anweisung, auf Ansprache zu antworten, sonst still zu sein. Doch woher sollte ein neues Mädchen das wissen? Zudem hatte Linda das Gefühl, dass gerade dieses junge Ding nicht gerade auf den Mund gefallen war. Sie hatte Linda am Tag zuvor direkt und selbstsicher ins Gesicht geschaut, weder geflüstert noch den Blick abgewendet, wie so viele andere es taten. Ehrgeiz, dachte Linda. Den hatte sie ihr angesehen, und das imponierte ihr.

Sie nahm sich Zeit für ihr Frühstück. London schlief aus an solch einem Tag, und auch wenn sie sich angezogen hatte – und sich der Form halber im Hotel blicken ließ –, wollte sie als Erstes einen kleinen Spaziergang machen. Sie mochte die Stadt am meisten, wenn sie menschenleer war.

1960.

Trotz allem hatte diese Zahl etwas Hoffnungsvolles. Nicht weil sie glaubte, dass sie in diesem Jahr mehr zu lachen haben würde als 1959, aber mit jedem Jahr rückten die traurigen Ereignisse, die sie in den letzten Jahren belastet hatten, ein bisschen mehr in die Ferne.

Da klopfte es laut an ihrer Tür.

Linda erhob sich und stand auf. Was war jetzt?

Vor der Tür stand Laurence, eines der Familienmitglieder, von denen die Presse meinte, sie ständen sich nahe.

»Was willst du?«, fragte sie verärgert.

Er betrachtete seine Nägel, bevor er ihr scharf in die Augen sah. »Ich will nur, dass du weißt, dass 1960 das Jahr werden wird, in dem du alles verlierst. Frohes Neues, liebe Cousine.«

2

Fjällbacka 1949

Großmutter sah immer noch elend aus, dachte Linda, als sie ihr das Gesicht abtupfte. Tat sie das jetzt nicht schon zum siebten Mal an diesem Tag? Sie berührte mit den Lippen die Stirn der alten Frau. Fühlte sie sich nicht schon etwas weniger heiß an? Nach Aussage von Doktor Bunsen konnte es sich jetzt in beide Richtungen entwickeln, eine Prognose, die nicht gerade rosig war. 83 Jahre waren zudem ein beachtliches Alter, und Großmutter hatte vor ein paar Tagen selbst gesagt, dass es jetzt gut sei. Sie sei bereit, hatte sie geflüstert. Doch dann hatte sie mit einem leichten Seufzer hinterhergeschoben: »Aber leben möchte man ja auch«, daher schien Großmutter mit allem, was kam, zufrieden zu sein. Doch Großmutter durfte nicht sterben. Ein Leben ohne sie konnte Linda sich nicht vorstellen. Papa würde sofort sagen, Linda solle dann zu ihm nach London kommen, aber Fjällbacka war doch ihr Zuhause.

Jetzt lag Großmutter da im Bett wie ein Vogeljunges. Ihre Hände so dünn, die Haut blau, wo die Adern durchschienen.

Die Eheringe saßen lose am Ringfinger, als ob es nicht ihre wären.

Linda hängte den Waschlappen an die Zinkwanne, die neben dem Bett stand, schnäuzte sich, ließ sich dann auf dem Stuhl neben dem Krankenbett nieder und ergriff Großmutters Hand.

»Schau nicht so traurig, mein Mädchen.« Die Stimme aus dem Bett war so schwach, dass Linda nicht recht wusste, ob sie richtig gehört hatte.

»Großmutter?«

»Wasser, kann ich etwas Wasser bekommen?«

Linda sprang auf und lief zu der Kanne, die auf dem halbmondförmigen Tisch am Fenster stand. Dann stand sie auch schon wieder bei Großmutter am Bett und half ihr, sich aufzusetzen und zu trinken. Die rosa Bettjacke hing über den schmalen Schultern.

»Geht's dir besser?« Linda bettete den zierlichen Körper wieder auf den Kissen. Wenn Großmutter das hier vertrug, würde Linda ihr Bauchspeck zum Frühstück, zum Mittagessen und zum Abendbrot servieren, so käme sie wieder zu Kräften.

»Nein, kein bisschen.« Ihre Stimme war immer noch kläglich, aber bestimmt, sodass Linda schmunzeln musste.

»Dann nehme ich an, dass du außer Wasser nichts anderes möchtest«, sagte Linda sanftmütig.

»Falls in der Kanne noch ein Schluck Kaffee ist, würde ich nicht Nein sagen, aber setz wegen mir keinen neuen auf. Vielleicht bin ich ja morgen schon tot, dann wäre das pure Verschwendung.«

»Bei uns kommt nichts weg, das verspreche ich«, antwortete Linda. Erst in der Küche, als sie die Kaffeekanne in die Hand nahm, verspürte sie Erleichterung.

Sicherheitshalber würde sie den Arzt anrufen, aber das Allerschlimmste musste doch nun überstanden sein?

Linda nahm die Abkürzung über den Fußballplatz, als sie zum Meer hinunterging. Es frischte auf, und ihr Kopftuch löste sich im Wind. Sie hielt an und befestigte es mit einem Doppelknoten unter dem Kinn, dann schlug sie den Mantelkragen hoch. Zitternd ging sie weiter. Der garstige Nordwind biss in den Wangen und ließ sie kaum vorwärtskommen.

Gunilla, eine ihrer besten Freundinnen, versuchte eisern, das Herbstlaub aus dem Vorgarten ihres Hauses zusammenzurechen. Das war an so einem Tag natürlich eine ausgesprochen unsinnige Idee.

»Hast du denn nichts Besseres zu tun?«, rief Linda, als sie auf das Gartentor zulief.

»Doch, eigentlich schon«, antwortete Gunilla und legte die Harke auf den Boden.

Sie griff sich in den Rücken, als sie auf den Zaun zukam. »Ich setze gern einen Kaffee auf, wenn du Lust hast, mir Gesellschaft zu leisten. Du siehst froh aus, heißt das, dass es deiner Großmutter endlich besser geht?«

Linda nickte. »Zum Glück. Aber den Kaffee muss ich leider ablehnen, ich will gerade ein paar Sachen einkaufen, im Moment ist der Doktor bei ihr.«

»Ach so, dann werde ich mich wohl weiter um das Laub

kümmern«, erwiderte Gunilla. »Göran kann nicht verstehen, was ich den lieben langen Tag so tue, und jetzt bin ich es leid, mir das anzuhören«, erklärte sie. »Männer werden offenbar blind an dem Tag, an dem sie das Eheversprechen ablegen. Ich glaube, er hat keine Ahnung, wie jeden Tag das Essen auf den Tisch kommt, das Badezimmer blitzblank ist und warum seine Arbeitsklamotten nicht mehr nach Makrelen stinken.«

Linda musste lachen. »Spar dir dein Schimpfen, du weißt doch selbst, dass du einen von den Guten erwischt hast.«

Gunilla lächelte verzückt. »Ja, nicht wahr? Ich habe wirklich Glück gehabt, das weiß ich wohl. Wenn man bedenkt, wie viele hinter ihm her waren, bis ich ihn endlich umgarnen konnte.« Dann wurde sie ganz ernst. Sie zeigte hinunter aufs Meer. »Aber heute bin ich ihm böse und wünschte, er hätte einen anderen Beruf.«

»Sind sie weit draußen?«

Sie nickte. »Ja, und wenn sie gewusst hätten, dass dieser Sturm so schnell kommen würde, hätten sie gar nicht erst rausfahren können.«

»Das wird schon gut gehen, wart ab. Wenn du dir Sorgen machst, kannst du jederzeit zu uns rüberkommen, das weißt du doch, oder?«

»Wann wirst du wieder anfangen zu arbeiten?«

»Der Apotheker hat gesagt, ich könne freinehmen, solange Großmutter krank ist, aber ich hoffe, dass es ihr am Montag wieder besser geht. Ich kann ja in der Mittagspause nach Hause radeln und nach ihr sehen.«

»Mir fehlt die Arbeit«, sagte Gunilla. »Aber Göran möchte, dass ich daheim bin ...«

»Du musst schauen, dass du bald schwanger wirst«, sagte Linda, die wusste, dass ihre Freundin sich nichts sehnlicher wünschte. »Dann hast du genug um die Ohren.«

Gunilla lächelte. »Dein Wort in Gottes Ohr. Und was ist mit dir? Wann sehe ich einen Ring an deinem Finger?«

Linda zuckte mit den Schultern. »Nach den letzten Ereignissen wird sicher noch viel Zeit vergehen.«

»Es sind aber nicht alle wie er«, erwiderte Gunilla ernst.

»Wie Göran aber auch nicht«, gab Linda zurück.

Jetzt stürmte es richtig. Die Vorstellung, hinaus nach Sälvik zu gehen und dann den Vetteberg zu umrunden, war nicht mehr ganz so verlockend. Stattdessen entschied sie sich, den kürzesten Weg am Meer entlang zu nehmen.

Sie musste Sahne, Butter und Bauchspeck kaufen. Jetzt war es an der Zeit, Großmutter aufzupäppeln, damit sie endlich wieder zu Kräften kam und ganz gesund wurde.

Linda winkte zu Pettersons Haus hinüber. Frau Pettersson nahm gerade die Wäsche von der Leine ab, die fast waagerecht in der Luft stand von den Windböen.

»Großmutter?«, rief sie.

Linda hob den Daumen hoch und bekam ein breites Lächeln zurück. Kurz darauf erreichte sie Badholmen, und dort hinter dem Bootshaus hockte Axel, geschützt vor dem Sturm, und flickte ein Netz. Er hob die Hand und winkte sie zu sich.

»Wie geht es Elvira?«, fragte er besorgt, als Linda auf ihn zukam.

»Endlich ist sie über den Berg«, sagte Linda. »Ich gehe jetzt rein und kaufe noch einmal richtig nahrhaftes Essen ein, damit sie wieder auf die Beine kommt.«

»Warte mal«, sagte Axel. Er ging in den Schuppen und kam kurz darauf mit einer Tüte in der Hand wieder zurück. »Hier sind ein paar Makrelen für euch.«

»Tausend Dank, die wird Großmutter sehr mögen«, antwortete Linda.

»Vergiss nicht, selbst auch davon abzubeißen«, sagte er grinsend.

»Nee, bestimmt nicht.«

Als sie wieder fort war, kam ihr in den Sinn, wie nett er doch immer noch zu ihr war. Vor nicht allzu langer Zeit war sie mit seinem Sohn verlobt gewesen.

Und das war völlig schiefgegangen.

Bevor sie mit vollen Einkaufstaschen nach Håkebacken zurückkam, hatte sie achtzehn Menschen getroffen, die alle gefragt hatten, wie es der Großmutter ginge, und die ihr Genesungswünsche mit auf den Weg gegeben hatten.

Das war wirklich das Beste an einem Leben in solch einem Dorf.

Auf der anderen Seite ... wenn man vielleicht gerade nicht in der Stimmung war zu reden oder es einem lieber wäre, die anderen wüssten nichts von einem, dann war das Dorf weniger angenehm. Hier wusste jeder alles vom anderen. »Der Kirchenkaffee nach dem Gottesdienst ist lebensgefährlich«, hatte Großmutter immer warnend gesagt. »Da wird viel Mist verteilt.«

Doch im Moment tat es ihr gut, so viel Fürsorge zu erfahren. Obwohl Linda mit der Großmutter allein lebte, hatte sie nie das Gefühl, allein zu sein.

Nachdem Linda nach der Großmutter geschaut hatte, ging sie in die Küche, um die Lebensmittel auszupacken. Da klopfte es. Sie runzelte die Stirn. Vielleicht hatte sich Gunilla doch noch auf den Weg gemacht, dachte sie und ging eilig an die Haustür, um zu öffnen.

Ein junger Mann stand in der Tür und hielt ein Telegramm in der Hand, und als er den Hut gehoben und die Steintreppe wieder verlassen hatte, riss sie es auf. Der Text war kurz und knapp.

Mr Lansing taken ill. Please return to London at once.

Papa. Ihre Knie wurden weich. Niemals würden sie Kontakt zu ihr aufnehmen, wenn es nicht wirklich ernst war. Die Hand, die das Telegramm hielt, zitterte. Sie las es noch einmal. Es war von Vaters langjährigem Mitarbeiter Charles unterzeichnet. Sie musste also nach London reisen, doch konnte sie Großmutter hier allein lassen?

Zwei Tage später war die alte Dame wieder so weit bei Kräften, dass Linda sich auf die Reise nach London begeben konnte. Die Nachbarn würden die Großmutter mit Essen und Kaffee versorgen und sie hin und wieder in den Garten führen. Wenn sie hinter dem Haus in dem selbst gezimmerten Schuppen mit drei Wänden und Holzdach saß, war sie vor Wind und Wetter geschützt. Sie hinunter zum Meer mitzunehmen, war sicherlich jetzt noch nicht möglich, aber sobald sie wieder richtig auf den Beinen war, würde sie allein hinunterspazieren können. Schließlich waren es nur ein paar Hundert Meter.

Vor dem Gartentor befestigte Linda ihre Reisetasche am Fahrradsattel. Sie warf noch schnell einen Blick aufs Haus. Die Farbe der blauen Sprossen gefiel ihr immer noch gut. Sie hatten sie gemeinsam ausgesucht, als sie das Haus im letzten Sommer mithilfe des Nachbarn neu gestrichen hatten, und jetzt konnte sie sich ihr Haus gar nicht mehr anders vorstellen. Linda hatte ihn auch gebeten, sich das Dach anzusehen, aber das schien in Ordnung zu sein, hatte er gesagt. Alle Dachziegel waren noch an Ort und Stelle.

Und es war so schön geworden. Sobald Papa sich wieder erholt hatte, würde sie nach Hause zurückfahren. Bald war es Sommer, und die meisten Einwohner von Fjällbacka freuten sich darauf. Nicht alle natürlich. Es gab immer einige, die es lieber hatten, wenn es dort menschenleer war. Aber Linda gehörte nicht zu ihnen. Wenn die Sommerurlauber kamen, blühte der Ort regelrecht auf.

Sie würde den Sommer über arbeiten müssen, denn für den Besuch bei ihrem Vater musste sie ihren ganzen Urlaub nehmen, dennoch freute sie sich schon auf die Akkordeonmusik am Kai und die langen, hellen Sommernächte. Mit etwas Glück nahm einen jemand auf sein Boot mit, und man konnte das Meeresleuchten tanzen sehen. Sonntags war die Apotheke geschlossen, und bei schönem Wetter ging sie baden und legte sich in die Sonne. Ihre Freundin und sie packten dann Picknickkörbe, Decken und Badetücher ein und blieben den ganzen Tag am Meer.

Aber es war auch schön im Herbst, wenn die Badegäste abreisten und Fjällbacka wieder zur Ruhe kam. Immer so viel Trubel wäre entsetzlich.

Linda ging langsam die Anhöhe hinauf und blieb oben stehen. Dann drehte sie sich um. Ein komisches Gefühl überkam sie, als ob es das letzte Mal war, dass sie auf Großmutters Haus schaute.

Ach, sie musste aufhören, sich anzustellen. Zwei Wochen vergingen schnell. Die Zeit würde wie im Flug vergehen, daran sollte sie denken.

Vielleicht war es auch nur die Angst vor dem, was sie in London erwartete. Nach dem Krieg war sie ein paar Male dort gewesen. Das erste Mal mit sehr gemischten Gefühlen. Sie hatte sich zwar riesig gefreut, ihren Vater wiederzusehen, doch die zerstörte Stadt war ein schrecklicher Anblick gewesen. »Gut, dass es jetzt erledigt ist, irgendwann hättest du das Elend ja sowieso zu Gesicht bekommen«, hatte ihr Vater gesagt, als der Wagen sie durch die Stadtteile fuhr, die es am meisten getroffen hatte.

Diesmal ging es um Papas Hotel, das Flanagans. Sie war jetzt 21 Jahre alt und erwachsen genug für das ernste Gespräch, das er ganz offenbar mit ihr führen wollte.

Wenn sie sich in England doch ein bisschen mehr zu Hause gefühlt hätte ...

Papa hatte im Flanagans seine Wohnung und Linda ein süßes kleines Appartement, was natürlich großartig war.

Dennoch blieb sie eine Fremde, ein Gast, obwohl Papa alles gehörte. Zumindest der größte Teil.

Ihre Tante und die Cousins Laurence und Sebastian, die auch Anteile am Hotel besaßen, hassten sie. Nie kam ein nettes Wort über ihre Lippen. Am schlimmsten war der fünf Jahre ältere Laurence. Linda konnte nicht verstehen, was sie verbrochen hatte, dass er sie so mies behandelte. Und Sebastian war eigentlich keinen Deut besser, obwohl sie gleichaltrig waren und als Kinder viel zusammen gespielt hatten. Er widersprach seinem großen Bruder jedenfalls nie, nicht einmal wenn Laurence sich miserabel aufführte. Ihre Familie war wirklich furchtbar. Richtig schrecklich. Im Geheimen hatte sie schon bedauert, dass Laurence nicht im Krieg geblieben war, aber er war natürlich ohne eine Schramme davongekommen. Doch dann hatte sie sich dafür geschämt. Man durfte niemandem den Tod wünschen. Aber eine kleine Blessur …

Mit einem Kloß im Hals schob sie das Fahrrad zur Bushaltestelle. *Guter Gott, lass Papa und Großmutter bis in alle Ewigkeit leben, ich schaffe es nicht ohne sie.*

Zum allerersten Mal wünschte sie sich, sie hätte jemanden gehabt, den sie liebte. Jemanden, an den sie sich jetzt anlehnen könnte, der sie in den Arm nahm und sagte, dass alles gut werden würde.

Einmal hatte sie gedacht, sie hätte den Richtigen gefunden, aber die Verlobung mit Johan hatte sich als einzige Katastrophe entpuppt.

Anfangs war er noch so lieb gewesen. Er hatte sehr nette Eltern, und das kam nicht von ungefähr, hatte Linda gedacht, als er ihr mitgeteilt hatte, er hätte gern »eine Frau und ein paar Kinder«. Ganz heimlich hatten sie sich verlobt. In Fjällbacka hängte man so was nicht an die große Glocke. Die meisten Männer waren sowieso eingezogen worden, ihr Verlobter auch.

Eine Woche, bevor er zurück an die norwegische Grenze musste, hatte er sie zum ersten und letzten Mal geschlagen. Peng hatte es gemacht, direkt auf die Stirn.

Sie hatte geschwankt, sich am Küchentisch festgehalten und nicht begriffen, was soeben passiert war. War sie gestolpert? Erst als sie aus dem Haus gekommen war, hatte sie festgestellt, dass der Schlag so hart gewesen war, dass sie das Gleichgewicht verloren hatte.

Sie war auf direktem Wege nach Hause gegangen und hatte Großmutter angewiesen, ihm die Tür nicht mehr zu öffnen. Mehr war nicht nötig gewesen. Großmutter hätte ihn nie wieder reingelassen.

Bei einem Fronturlaub einen Monat später war Johan im See ertrunken. Er sollte die Netze in Axels Kahn nach Fischen absuchen und war wohl betrunken gewesen. Das Boot war am selben Tag leer gefunden und sein Körper ein paar Tage später nahe der Heringsfabrik an Land gespült worden.

»Na prima, dann bist du ihn jetzt los«, hatte Großmutter in ihrer direkten Art ohne Umschweife gesagt. Sie konnte eiskalt erscheinen, doch unter ihrem Schürzenkleid schlug das beste Herz in ganz Bohuslän. Jedoch nicht für denjenigen, der ihre Enkeltochter misshandelt hatte.

Seitdem war Linda gegen Liebe resistent. Sie war eine überzeugte Jungfer, die jede männliche Gesellschaft verweigerte. Doch plötzlich wünschte sie sich inständig, jemanden zu haben, möge er noch so hässlich, glatzköpfig und uralt sein, Hauptsache, er würde seine schützende Hand über sie halten. Liebe brauchte sie nicht, aber wohl jemanden, der sich um sie kümmerte.

Sie wusste ja nur zu gut, was sie erwartete, wenn ihr Vater nicht mehr lebte. Sie würde den größten Teil vom Flanagans erben, und es war natürlich so gedacht, dass sie es in seinem Sinne weiterführte.

Sie konnte sich nichts Schrecklicheres vorstellen.

Was sollte sie mit einem Hotel? Sie hatte sich nie getraut, Papa das zu fragen, doch jedes Mal, wenn die Sprache darauf kam, hatte sie genau das gedacht. »Wir *müssen* über das Flanagans sprechen, Linda, wir wollen doch nicht, dass du völlig unvorbereitet bist, wenn ich die Augen schließe.«

Sie würde gezwungen sein, in den besten Wohngegenden von London zu wohnen, wo man einer strikten Etikette folgte, die sie bis heute nicht beherrschte. Papas Hotel hatte 136 Zimmer auf sieben Etagen verteilt, Personal, das an allem und jedem etwas auszusetzen hatte, und ein Restaurant, das zu den gehobeneren in der Stadt gehörte, aber Linda hatte das nie verstanden, weil sie selbst viel lieber gegrillte Makrele mit Rahmspinat aß.

Papa hingegen liebte das Flanagans über alles. Er konnte die Wände streicheln und hatte Tränen in den Augen, wenn er erzählte, was sich hinter ihnen schon alles abgespielt hatte. Mitglieder von Königshäusern, die hier diskret übernachteten und durch die Hintertür hinein- und wieder hinausgeschmuggelt wurden, Luxushochzeiten, die der Vater der Braut bezahlte, und prachtvolle Bälle, zu denen Lindas Vater eingeladen hatte und bei denen er allein im Mittelpunkt stand. »Wenn Wände sprechen könnten«, pflegte er immer lächelnd zu sagen.

Solange sie sich in Papas Wohnung aufhielten, fühlte sie sich wohl. Er war großzügig, laut, lieb, und je mehr er trank, desto lieber wurde er.

Linda hatte ihre Tante sagen hören, Papa sei nicht in der Lage, die Finanzen des Hotels in den Griff zu bekommen, aber so schlimm konnte es wohl doch nicht sein.

Der Kai vor der SS *Britannia* war voller Menschen, die sich verabschiedeten. Wahrscheinlich reisten die meisten von ihnen weiter nach Amerika und waren lange fort, dachte Linda. Ansonsten wären diese Verabschiedungsszenen doch etwas lächerlich, wenn es sich nur um eine Reise nach England handelte. Obwohl sie es sich verkneifen wollte, musste sie doch hinschauen, wie Männer ihre Hände in die Mäntel ihrer Frauen schoben. Jemand zupfte ein Taschentuch aus der Jackentasche und trocknete ein paar Tränchen. Ein Paar küsste sich freizügig ohne jede Spur von Zurückhaltung. Linda musste den Blick abwenden. Hätte man das zu Hause getan ...

Ein Mann mit Filzhut drängelte sich an ihr vorbei, als sie auf dem Weg zum Landungssteg war. Verärgert starrte Linda auf sein breites Kreuz. Flegel, dachte sie. Er entschuldigte sich nicht einmal. Sein Mantel flatterte um seine Beine, als er sich mit dem Koffer in der Hand vorwärtsdrängelte. Das

Schiff würde erst in einer Stunde ablegen, es gab gar keinen Grund für diese Eile.

Linda bekam ihren Schlüssel und bezog ihre Kabine ganz hinten im Gang. Sie hängte ihren Mantel in den Kleiderschrank, zog die Hutnadel ab und legte ihren Hut aufs Regal. Die weiße Bluse war einwandfrei, der Wollrock auch. Sie würde sich zum Essen nicht umziehen müssen, ihre Kleidung war völlig in Ordnung. Sie musste sich nur ein bisschen frisch machen und vielleicht einen Tropfen Parfüm hinters Ohr tupfen.

Dann packte sie aus, was sie für die Reise brauchen würde: Toilettenartikel, ein paar Blusen, die sich glätten würden, wenn sie mit feuchten Händen über den Stoff gestrichen hatte, ein paar leichtere Schuhe mit Absatz, Haarnadeln und die kleine Handtasche, die sie am Handgelenk tragen konnte. Darin hatte sie einen Lippenstift, ihr Portemonnaie und ein Buch verstaut.

Sie fragte sich beunruhigt, was sie wohl in London erwarten mochte. Wie krank war Papa wirklich? Er würde sie nie zu sich bitten, wenn es nicht ernst war. Dann hätte er sie eingeladen, gesagt, dass er ihr Lachen vermisse und dass es wirklich an der Zeit war, ihr ein schönes, neues Kleid nähen zu lassen. Er hatte sie gerne um sich, und sogar Linda konnte sehen, wie stolz er auf sie war. Ihr lieber Papa. Mögest du nicht so schwer krank sein, wie ich befürchte, dachte sie.

Durchs Kabinenfenster konnte sie beobachten, wie das Schiff den Hafen verließ. Jetzt standen nur noch Frauen da und winkten. Die paar Männer, die sich von ihrer Liebe verabschiedet hatten, waren längst gegangen.

Wie immer würde das Schiff voller männlicher Passagiere sein, und Linda würde das natürlich völlig kaltlassen. Sie flitzte durch den Gang des oberen Decks in Richtung Speisesaal, denn sie hatte Hunger, war unruhig und brauchte ein bisschen Bewegung. Als eine Kabinentür, die sich plötzlich öffnete, ihre Bewegung abrupt stoppte, traf es sie völlig unerwartet. Sie flog nach hinten und landete der Länge nach auf dem Boden. Ihre Handtasche fiel ihr aus der Hand, und ihr Rock glitt über ihren Oberschenkel.

Ein groß gewachsener Mann sah zu ihr aus der geöffneten Tür hinab. »Meine Güte«, sagte er auf Englisch. »Machen Sie doch langsam. Denken Sie vielleicht, Sie könnten nach London sprinten?«

Linda sah vom Boden zu ihm auf. Hatte er noch alle Tassen im Schrank? Das war jetzt schon das zweite Mal, dass dieser Mensch sich so unhöflich verhielt. Sie zog ihren Rock möglichst ungeniert übers Knie, aber ihr war klar, dass sie völlig entblößt dort gelegen hatte. Vermutlich hatte er in seinem Leben schon Strumpfhalter zu Gesicht bekommen, aber ihr war es trotzdem äußerst unangenehm. Was für ein schrecklicher Mann.

Mit hochgezogener Augenbraue hielt er ihr eine Hand hin, um ihr aufzuhelfen, doch sie ignorierte sie komplett. Sie suchte Halt an der Wand, und als sie wieder auf den Beinen stand, sah sie sich nach ihrer Handtasche um. Er beugte sich hinunter und hob sie für sie auf.

»Seien Sie nächstes Mal etwas vorsichtiger, Miss«, sagte

er und überreichte sie ihr. Jetzt lächelte er. »Wahrscheinlich verstehen Sie kein Wort von dem, was ich sage. Leider kann ich kein Schwedisch.«

Linda versuchte, ihren Ärger zu unterdrücken. Dieser Typ war wieder mal ein Männerexemplar ohne Kinderstube. Ein Amerikaner. Vermutlich aus einer stinkreichen Familie. Die kannte sie aus Papas Hotel zur Genüge. In Fjällbacka wäre er nicht lange geblieben. Da wurde man gemieden, wenn man meinte, etwas Besseres zu sein.

Sie lächelte steif zurück, und dann ging sie mit energischen Schritten weiter zum Restaurant. Ein Absatz ihres Schuhes war bei dem Sturz abgebrochen, obwohl er gar nicht hoch war, und deshalb bewegte sie sich leicht humpelnd vorwärts, was ihr natürlich peinlich war, und als sie hinter sich jemanden lachen hörte, konnte sie ihre Wut nicht länger beherrschen.

Sie blieb auf der Stelle stehen und drehte sich um.

»Dass Sie sich nicht schämen«, sagte sie wutentbrannt in fließendem Englisch.

»Erst schubsen Sie mich, als Sie an Bord gehen, jetzt haben Sie mich zu Fall gebracht, ohne sich auch nur zu entschuldigen. Auf diesem Schiff sind noch andere Menschen außer Ihnen, das könnten Sie sich mal hinter die Ohren schreiben. Nicht jeder ist so ... groß wie Sie.«

Er lehnte sich an den Türrahmen seiner Kabine und sah sie an. Beäugte sie von Kopf bis Fuß.

Linda spürte, wie ihr heiß wurde, und sie wusste genau, dass sie gleich einen knallroten Kopf bekommen würde, wenn sie nicht auf der Stelle ging. Sie gab sich alle Mühe, ihn richtig wütend anzusehen, bevor sie auf dem einzigen Absatz kehrtmachte und weiter zum Restaurant humpelte, während die Röte ihr ins Gesicht schoss.

»Perfektes Englisch. Beachtlich. Wir sehen uns im Speisesaal«, rief er ihr hinterher, und in dem Moment beschloss sie, höchstens eine Suppe zu bestellen.

Das ging in der Küche doch sicher am schnellsten?

Es war, als ob sie den Hummer erst noch fangen mussten, bevor er in ihre Suppe kam, dachte Linda, als der Amerikaner nun vor ihrem Tisch für zwei Personen stand.

»Darf ich mich setzen?«, fragte er und zog den Stuhl vom Tisch ab. »Als Erstes möchte ich mich bei Ihnen entschuldigen«, sagte er lächelnd und nahm Platz. »Sie haben völlig recht. Ich muss besser achtgeben.« Er reichte ihr über den Tisch die Hand. »Ich hoffe, Sie nehmen meine Entschuldigung an«, fuhr er fort. »Mein Name ist Robert Winfrey.«

Linda erwiderte seinen Händedruck nur schwach. Einen festen Handschlag hatte er nicht verdient. Sie hatte nicht einmal zugestimmt, dass er sich setzen dürfe. »Linda Lansing«, sagte sie.

»Miss Lansing, darf ich Sie Linda nennen?«

Sie zuckte mit den Schultern, ihr war es völlig egal, wie er sie ansprach. Verstohlen schielte sie zu ihm hinüber.

Er sieht ... hungrig aus, dachte sie, und ihr wurde heiß und kalt, als sie sich die Szene im Flur noch einmal in Erinnerung rief. Bis auf die Unterwäsche war sie entblößt gewesen. Gott, wie peinlich. Er dachte doch wohl nicht ...?

»Mir wäre Miss Lansing lieber«, sagte sie dann.

»Auch gut«, antwortete er. »Aber nennen Sie mich bitte Robert.«

Er winkte nach einer Bedienung, die sofort angelaufen kam. Linda war sich ziemlich sicher, dass alle so reagierten, wenn er jemanden ansprach. Trotz seiner unausstehlichen Art schien er genau der Typ Mann zu sein, der immer das bekam, was er wollte. Perfekte Frisur, perfekte Zahnreihe, perfekter Anzug ... Wäre er ein bisschen netter gewesen, dann hätte sie ihn wohl auch ganz attraktiv gefunden. Doch sein schlechtes Benehmen hinderte sie daran. Er bestellte sein Essen und nickte, als die Bedienung fragte, ob sie dann beide Gerichte gleichzeitig servieren sollten.

Aber warum protestierte sie nicht? Das hätte sie tun sollen. Schließlich hatte sie einen Bärenhunger.

»Wohin reisen Sie denn, Miss Lansing? Ihr Englisch ist ziemlich gut, auch wenn ich einen leichten skandinavischen Akzent hören kann.«

Entweder konnte sie ihm eine Antwort geben oder in einer Art kindlichem Protest in Schweigen verharren. Sie rutschte auf ihrem Stuhl hin und her.

»Ich bin auf dem Weg nach London, um meinen Vater zu besuchen«, antwortete sie schließlich.

»Verstehe. Wohnen Sie sonst in Göteborg?«

Sie schüttelte den Kopf. »Nein, viel weiter nördlich.«

Er erwartete jetzt sicherlich von ihr, dass sie sich erkundigte, warum er sich auf diesem Erdteil befand. Normalerweise interessierte das die Leute. Menschen, die viel reisten, hatten immer spannende Geschichten zu erzählen. Aber jetzt wollte sie einfach nur ihre Suppe essen und dann ins Bett gehen. Es war ihr völlig egal, und wenn er ganz China bereist hätte.

»Ich mache eine Weltreise«, erklärte er und lehnte sich ein wenig zurück, als mache er es sich für eine längere Unterhaltung bequem.

»Aha«, sagte sie gelangweilt.

»Ich bin eigentlich Fotograf, aber arbeite im Moment in der Flugzeugbranche«, sagte er, ohne von ihrem demonstrativen Desinteresse Notiz zu nehmen. »Fliegen Sie viel, Miss Lansing?«

Sie sah ihn wütend an. »Ich verstehe überhaupt nicht, wie Menschen so etwas wagen können. Ich werde jedenfalls in kein Flugzeug steigen, so viel steht fest. Wie so ein riesiges Ding überhaupt in die Luft kommt, ist mir ein Rätsel.«

Er musste lachen. »Es ist kein Unterschied, ob es sich um ein kleines oder ein großes Flugzeug handelt. Nehmen wir zum Vergleich mal ein großes und ein kleines Schiff. Beide schwimmen. Ein großes Flugzeug wird durch die Geschwindigkeit und die Tragflächen ebenso in der Luft gehalten wie ein kleines. Ist das nicht spannend? Sie können mit mir gern einmal mitfliegen.« Er lächelte, als ob er diesen Vorschlag großartig fand.

Sie schnaubte. »*Ganz sicher* nicht«, erwiderte sie. »Mir sind Wasser und Straßen sympathischer.«

»Haben Sie einen Führerschein? Ein Auto? Heutzutage haben junge Frauen ja so etwas.«

Sie schüttelte den Kopf. »Nein, hab ich nicht.«

»Sind Sie noch nie Auto gefahren? Haben Sie es nicht mal probiert?« Er rutschte ein Stück zur Seite, damit die Bedienung, die soeben den Wein brachte, mehr Platz hatte. Linda legte eine Hand über ihr Glas, als ihr die Flasche hingehalten wurde.

»Nein, danke«, sagte sie und lächelte. »Ich begnüge mich mit Wasser.«

»Sie sind nie Auto gefahren, scheinen sich nicht fürs Reisen zu interessieren und trinken keinen Wein«, sagte er. Er zog den Stuhl etwas vom Tisch ab und schlug die Beine übereinander. Dann sah er sie mit einem verständnislosen Blick an. »Erzählen Sie mal was von sich, Miss Lansing. Sie können es sicher kaum erwarten zu heiraten?« Er lächelte breit und hob sein Glas.

Was für eine Frechheit zu glauben, in den Köpfen der jungen Frauen drehe sich alles nur um die Ehe. Wenn Linda von der Arbeit kam, ging sie zu ihrer Großmutter, half ihr beim Essen, wusch ab und las ein Buch. Andere Mädchen aus Fjällbacka heirateten und bekamen Kinder, aber daraus machte Linda sich nichts. Nicht mehr.

Außerdem lag er falsch. Ihr gefiel die *Vorstellung* vom Reisen sehr wohl, aber sie konnte Großmutter nicht alleine lassen. Das ging einfach nicht, auch wenn Großmutter sicher gesagt hätte, sie solle fahren, wenn sie geahnt hätte, wovon ihre Enkeltochter träumte. Und deshalb verschwieg Linda auch ihre Sehnsucht nach neuen Erlebnissen. Lieber lieh sie sich Bücher aus der Bibliothek aus, die in Italien, Frankreich oder Spanien spielten. Das klang so herrlich exotisch. Vielleicht würde sie das ja eines Tages alles sehen, mit dem Zug dauerte die Reise nur ein paar Tage. Aber jetzt war ihre Aufmerksamkeit auf Fjällbacka und London und ihre beiden

Kranken gerichtet, nicht auf die französische Riviera oder das Mittelmeer. Und überhaupt, was sollte sie da? Sie würde sich wahrscheinlich ganz verloren vorkommen. Doch wenn eine Freundin von Fjällbacka mitkäme, dann ... Jemand, der ein bisschen patenter war als sie selbst.

Sie sah ihn an.

»Es tut mir leid, Mr Winfrey, aber wir kennen uns nicht, und wie ich mein Leben lebe, geht Sie überhaupt nichts an«, antwortete sie barsch.

Er lachte auf. »Entschuldigung. Ich bin viel zu direkt. Darf ich es darauf schieben, dass ich Amerikaner bin?«, fragte er grinsend. »Aber ich finde Sie so erfrischend anders als die anderen jungen Frauen, die mir sonst über den Weg laufen. Nicht so gefällig.« Jetzt lachte er wieder übers ganze Gesicht.

In dem Moment wurde das Essen serviert. Als Linda zusah, wie die Bedienung Roberts dampfendes Fischgericht brachte, bereute sie ihre Wahl sehr. Die hellrosa Suppe in dem tiefen Teller, der vor ihr stand, konnte gegen das weiße Fischfilet, das raffiniert zusammengerollt auf weißer Soße auf dem Teller gegenüber angerichtet war, nicht mithalten. In einer Extraschale bekam er als Beilage gebratene Kartoffelplätzchen. *Pommes Duchesse*, wie Papa sagen würde.

Sie aßen schweigend. Das heißt, *sie* schwieg. Er stöhnte genussvoll, ein Geräusch, das sie aus irgendeinem Grund verlegen machte. Sein Essen muss wirklich sehr lecker sein, dachte sie neidisch. Ihre Suppe war zwar auch nicht schlecht, aber satt wurde sie davon noch lange nicht. Enttäuscht brach sie ein Stück Brot ab und steckte es in den

Mund. Wie gern hätte sie jetzt auch eine Kartoffel. Sie beobachtete, wie er die Augen schloss, als das Essen seine Lippen berührte. Wie hatte sie nur so blöd sein und *Suppe* bestellen können?

»Ich habe in London ein paar Tage Zeit. Darf ich Sie in der Zeit einmal treffen, Miss Lansing? Ich würde mich gern noch mehr mit Ihnen unterhalten«, sagte er und legte sein Besteck ab. Er sah sie an mit einem Blick, den sie nicht deuten konnte.

Heftig schüttelte sie den Kopf. Das Brot in ihrem Mund wurde immer größer. Sie nahm einen Schluck Wasser und versuchte zu schlucken.

»Nein«, brachte sie hustend heraus. »Ich werde dort bei meinem Vater sein. Wir beide verabschieden uns hier, denn ich bin mit dem Essen jetzt fertig«, sagte sie kurzerhand und legte ihre Serviette beiseite. »Nett, Sie kennengelernt zu haben.« Sie sprang so schnell auf, dass er nicht mitkam. »Und noch viel Erfolg mit Ihren Flugzeugfotografien.«

Sie ging am Oberkellner vorbei und bat ihn, die Suppe auf ihre Rechnung zu setzen, dann humpelte sie zurück in ihre Kabine. In London musste sie als Erstes ihren Schuh zu Papas Schuhmacher bringen. Sie hatte nämlich nur ein Paar Schuhe dabei. Schuhe mit Absätzen trug sie nur in London. Zu Hause auf dem Kopfsteinpflaster von Fjällbacka waren flache Schuhe viel passender. Auch wenn sie wünschte, sie könnte es Mr Winfrey anlasten, so musste sie doch zugeben, dass hohe Schuhe für ihre unweiblich dünnen, klapprigen Beine nicht das Richtige waren, sie konnte darin einfach nicht gut laufen.

3

London 1949

Als das Schiff anlegte, bahnte sich Linda einen Weg in Richtung Ausgang. Sie hatte das Gefühl, als läge ein Wackerstein in ihrem Bauch. Normalerweise freute sie sich auf ihren Vater. Wenn sie im Hafen ankamen, stand sie an Deck und sah ihn zuallererst. Sein Winken und Rufen fielen sofort auf. Auch die anderen Passagiere lächelten dann gerührt, wenn sie sahen, wie Papa sie in seine Arme schloss, hochhob und im Kreis drehte, immer wieder, bis sie ihn unter Lachen bitten musste aufzuhören.

Doch in ihren Augen brannten die Tränen, als ihr einfiel, dass sie gar nicht wusste, wer sie heute abholen würde. Papa würde es nicht sein, so viel stand fest.

Sie sah nicht nach links oder rechts, als sie langsam über die Landungsbrücke ging.

»Linda.«

Eine resolute Stimme ertönte, und Linda drehte den Kopf. Tante Laura. Da wusste Linda sofort, wie ernst die Lage war. Ihre grimmige Tante legte den Arm um sie und nahm sie zu dem schwarz glänzenden Wagen, der auf sie wartete, mit, aber auf dem Rücksitz zog sie den tröstenden Arm schnell wieder weg.

Sie und ihre Söhne Laurence und Sebastian hatten sich an Papas Krankenbett abgewechselt, seit er dort lag, erklärte sie ihr. »Es ist schon merkwürdig, dass seine einzige Tochter so lange braucht, bis sie mal zu Besuch kommt.« Sie pellte ihre dünnen schwarzen Lederhandschuhe ab. »Was für ein Glück, dass wenigstens der Rest seiner Familie für ihn da ist, findest du nicht?«

Linda zog das Taschentuch aus der Handtasche. Ihr lieber, lieber Papa.

Tante Laura klopfte ihr leicht auf die Schultern. »Ja, meine Kleine, dann wirst du bald die Erbin vom größten Teil des Flanagans werden. Wie fühlt sich das an? Schließlich warst du ja kaum in London und hast nicht die geringste Ahnung, wie man ein Hotel führt? Ich hoffe, du bist so klug, künftig mit deinen Cousins zusammenzuarbeiten? Das Hotel steht ja völlig auf der Kippe, ohne Laurence und Sebastian wirst du es nicht schaffen. Außerdem hat dein Vater noch massenhaft Schulden bei ihnen, große Summen, die meine Söhne nach dem Tod meines Ehemannes geerbt hatten. Dass du ihnen das jemals zurückzahlen können wirst, ist zu bezweifeln.«

Linda sah ins entschlossene Gesicht ihrer Tante. Obwohl der Schleier ihres Hutes ihre Augen verdeckte, wusste sie, dass sie glühten. *Hexe.* Linda sah aus dem Fenster. Eine Stadt im Wiederaufbau. Bei ihrem letzten Besuch in London hatte sie das wirklich berührt, heute hatte sie andere Sorgen. Nicht einmal der bereits ausgebrochene Frühling beeindruckte sie. Wenn sie mit ihrem Papa nie wieder durch die Stadt schlendern könnte, dann war ihr das Wetter völlig egal.

Erinnerungen an stundenlange Spaziergänge durch London, bei denen er sie fest an der Hand gehalten und von der Hauptstadt erzählt hatte, überkamen sie.

Seine Lieblingsgeschichte handelte davon, wie Großvater als Zwölfjähriger Brenda Flanagan getroffen und sich heftig in das Mädchen aus Irland verliebt hatte. Obwohl sie sich trennen mussten, als sie mit ihrer Familie nach Amerika auswanderte, konnte er ihre grünen Augen und ihr langes rotes Haar nie vergessen, und als er ein Hotel eröffnete, stand für ihn fest, dass er es nach seiner ersten großen Liebe benennen würde.

»Natürlich hat er deine Großmutter geliebt«, sagte Papa jedes Mal, wenn er die Story erzählte, »aber das Mädchen Flanagan hat sein Herz gestohlen und durfte Pate für das Hotel stehen.«

In England war Linda eine Fremde, aber Papa hatte sich unbändig gewünscht, dass sie London ins Herz schloss, daher hatte er alles getan, damit sie sich in seiner Stadt zu Hause fühlte, wenn sie zu Besuch kam. Sie hatten gemeinsam Tee getrunken, Museen und Konzerte besucht und viele andere Hotels angeschaut. Linda hatte vieles gelernt, was man in Fjällbacka gar nicht brauchte. Hier in London war es wichtig, sich wie eine Dame benehmen zu können, das hatte Papa ihr erklärt. Wenn man wusste, wie das Leben in der Society funktionierte, dann war es nicht schwer, sich darin zu bewegen.

Als sie dann älter wurde, nach dem Krieg, hatte er sie in Bars und zum Essen eingeladen. Seine Augen funkelten vor Stolz, wenn er sie seinen Freunden vorstellte. Sie hatte gespürt, wie sehr er sie liebte, und sie liebte ihn ebenso. Doch er verstand nie, dass sie nicht so extrovertiert war wie er, oder er verstand es, aber wusste, was ihr alles noch fehlte, um am gesellschaftlichen Leben teilnehmen zu können, denn sie war von Natur aus eher zurückhaltend.

Ihr lieber Papa. Er war der beste Vater gewesen, den sie sich wünschen konnte, auch wenn er ein ganzes Meer entfernt war.

Sie schluchzte auf. Es war herzzerreißend, dass er jetzt schwer krank war. Sie war fast ein Jahr lang nicht da gewesen, hatte immer Ausreden parat gehabt, weil sie genau gewusst hatte, dass er mit ihr über das Flanagans reden wollte. Wie sollte es *dann* werden, wenn er nicht mehr lebte. Jetzt war es vielleicht schon zu spät. Der Gedanke war unerträglich.

»Ich setze dich am Krankenhaus ab, du musst also anschließend allein ins Hotel kommen. Ich vermute, dass dein Appartement dort noch unangetastet auf dich wartet. Aus irgendeinem Grund hat mein Schwager darauf bestanden, obwohl es eine wunderschöne Suite ist, die ihm einiges an Geld eingebracht hätte. Roger Lansing kann ja manches, aber ein Betriebswirt ist er beileibe nicht. Er ist schwach und ein gefundenes Fressen für Leute, die ihn ausbeuten wollen, und Gott weiß, wie viel er schon in den Sand gesetzt hat.

Wäre mein lieber Mann noch am Leben, hätte er natürlich schon längst etwas dagegen unternommen, aber nun ist es, wie es ist, und du wirst sicher verstehen, dass es keine Alternative gibt, als die Verantwortung auf deine Cousins zu übertragen.«

Aus dem Augenwinkel konnte Linda erkennen, wie die Tante den Schleier ihres Hutes hob.

»Nur dass du es weißt, als dein Vater erkrankte, hat Laurence die Leitung des Hotels übernommen. Vielleicht sollten wir jetzt schon beschließen, dass er es dauerhaft weiterführen wird? Die zwanzig Prozent, die meinen Söhnen am Flanagans gehören, machen sie ja zu Teilhabern mit Einfluss, auch wenn du nach dem Tod deines Vaters die Mehrheit halten wirst. Ich vermute, dass du planst, weiterhin in diesem ... Dorf wohnen zu bleiben.« Sie spuckte das Wort geradezu aus, offenbar konnte sie sich keinen schlimmeren Ort als Fjällbacka vorstellen.

»Es sieht nicht gut aus«, sagte der Arzt.

Er hatte Linda sofort in sein Sprechzimmer gebeten und sah sie nun besorgt an. »Ihr Vater hat Raubbau mit seiner Gesundheit getrieben. Zu viel Alkohol und zu wenig Schlaf. Dazu noch die Sorgen um das Überleben des Hotels nach dem Krieg. Sein Herz ist einfach zu stark belastet worden.«

»Ich verstehe nicht ganz ... Ist er so krank?«

»Ja.«

Linda sprang hastig auf. »Kann ich meinen Vater jetzt sehen?«

Linda stand unter großer Anspannung, als sie zu dem

Zimmer gingen, in dem ihr Papa lag. Er, der immer so stark und unverwüstlich gewesen war. Sein beachtlicher Körperumfang und sein herzliches Lachen waren für sie ein Zuhause gewesen. Auf seinem Schoß, in seinen Armen, konnte ihr nichts geschehen.

Sie zuckte zusammen, als hätte sie sich an etwas verbrannt, als sie das Krankenzimmer betraten. Papa sah aus, als sei er tot. Sie wusste, dass er noch lebte, aber ...

Sie zog einen Schemel ans Bett und setzte sich neben ihn, nahm seine Hand. »Papa, jetzt bin ich da«, sagte sie und gab sich Mühe, mit fester Stimme zu sprechen, um ihre Stärke an ihn weiterzugeben. »Du musst kämpfen und wieder gesund werden, Papa.«

»Das ist schon sehr unwahrscheinlich«, sagte eine Stimme, die von der Tür erklang.

Linda drehte sich sofort um. Laurence. Bitte jetzt nicht, lass mir diesen Moment allein mit Papa, dachte sie, doch sie schwieg. Nickte ihm nur zu, dann richtete sie den Blick wieder auf das Krankenbett.

»Mein Onkel hat sein Leben gelebt. Jetzt bleibt nur noch, sich um sein geliebtes Hotel zu kümmern«, sagte Laurence. Er stand jetzt neben ihr und legte ihr die Hand auf die Schulter. »Du musst Sebastian und mir ein größeres Stück vom Kuchen geben, das ist uns doch beiden klar.«

Sie schüttelte sich, um seine Hand loszuwerden. »Hör auf, so zu reden, als sei er nicht mehr da«, sagte sie leise.

»Ist er auch nicht. Er liegt im Koma und wird nicht mehr aufwachen«, erwiderte Laurence. »Daher *müssen* wir über das Flanagans reden. Ich habe ziemlich viel Verantwortung übernommen in der Zeit, in der du dich in Schweden amüsiert hast, und jetzt hätte ich gern meinen Lohn dafür. Tu doch einfach das, was andere Mädchen in deinem Alter tun. Heirate einen netten Mann, und gründe eine Familie, aber überlass das Hotel Sebastian und mir. Dein Vater wollte es auch so, das hat er mir gegenüber mehrfach geäußert.«

Das klang sehr unwahrscheinlich, und es würde sie nicht wundern, wenn ihr hochnäsiger Cousin ihr einfach ins Gesicht log, obwohl Papa noch vor ihnen im Bett lag.

»Wenn dem so ist, wird er es ja in seinem Testament erwähnt haben«, sagte sie und sah ihn an. Er sah genauso aus wie seine Mutter. Die spitze Nase und der unangenehme, düstere Blick, er war ihr wie aus dem Gesicht geschnitten. »Und da es im Moment nicht aktuell ist, an so etwas zu denken, warten wir, bis es so weit ist. Jetzt möchte ich gern mit meinem Vater allein sein, wenn du entschuldigst ...«

Sie wand sich ab. Der arme Papa, musste solche Diskussionen noch ertragen, wo er doch so krank war.

Laurence bewegte sich auf die Tür zu. Sie verfolgte seine Schritte und schloss die Augen, als die Tür ins Schloss fiel.

»Lieber Papa, du musst unbedingt wieder gesund werden. Das weißt du doch?«

Charles, Flanagans Head Concierge, rannte auf sie zu, als sie mit dem Taxi aus dem Krankenhaus kam. »Es tut mir so leid, Miss Lansing«, sagte er leise, als er ihr aus dem Wagen geholfen hatte.

Er war einer der vielen Bediensteten, die hier schon ihr

ganzes Leben lang arbeiteten. Papa liebte seine Angestellten heiß und innig, und sie liebten ihn auch.

Charles nahm ihr die Reisetasche ab, und sie folgte ihm in die Lobby. Das Personal beobachtete sie interessiert, und Linda lächelte allen freundlich zu. Sie glaubte, dass sie im Moment nicht mehr von ihr erwarteten.

Während sie nach oben fuhr, kämpfte sie mit den Tränen. Noch ein Stockwerk, und als sie aus dem Fahrstuhl stieg, konnte sie kaum sehen, wohin sie liefen.

»Sie wissen, wo Sie mich finden können, Miss Lansing«, murmelte Charles, als er die Tasche in ihrem Schlafzimmer abgestellt hatte. »Ich bin hier jetzt rund um die Uhr.«

Sie schluckte und nickte.

»Ihr Vater ist ...« Seine Stimme brach, aber mehr musste er gar nicht sagen. Er schüttelte nur behutsam den Kopf.

»Danke, Charles«, sagte Linda.

In der vertrauten Umgebung konnte sie endlich die Schuhe abstreifen und ihre Trauer auf den teuren Teppich tropfen lassen. Sie setzte sich auf das Samtsofa und beobachtete die Dachfirste durch das große, runde Fenster. Wie oft hatte sie hier gesessen und darauf gewartet, dass Papa mit seiner Arbeit fertig wurde, damit sie etwas zusammen unternehmen konnten. Er hatte sich immer etwas Lustiges für sie ausgedacht, und Linda musste an die Freude denken, die sie dabei empfunden hatte. Ob das jetzt ein für alle Mal vorbei war? Es war unmöglich, sich das Flanagans ohne Roger Lansing vorzustellen.

Als ihre Tränen versiegt waren, ging sie ins Badezimmer, um sich frisch zu machen. Mit einem Waschlappen, der in einem kleinen Korb neben dem Waschbecken lag, wusch sie sich das Make-up vom Gesicht. Sie brauchte ein paar Stunden Ruhe, und dann würde sie wieder zu Papa ins Krankenhaus fahren.

Am Tag darauf saß Papa in seinem Bett, bestellte Tee und hatte aus irgendeinem unerfindlichen Grund wieder den Weg zurück ins Leben gefunden.

»Dass du jetzt hier bei mir bist, Linda, ich glaube, du bist die Medizin, die ich gebraucht habe«, rief er. »Komm und setz dich auf die Bettkante, und erzähl deinem Papa, wie es dir geht.«

Und während sie Scones nur mit Butter verspeisten, weil Marmelade im Krankenhaus verboten war, und dazu kannenweise Tee tranken, erzählte Linda ihm von Fjällbacka, von Großmutter und der Reise mit dem Schiff. Aus der Begegnung mit dem Fotografen Robert machte sie eine witzige Geschichte, und er lachte aus vollem Hals, als sie erzählte, wie sie auf einem Absatz davongehumpelt sei.

»Amerikaner sind liebenswerte Menschen«, sagte er und streichelte ihre Hand. »Vielleicht hättest du dich doch mit ihm in London verabreden sollen.«

»Papa«, rief Linda empört. »Ich bin hier, um die Zeit mit dir zu verbringen.«

»Ja, das weiß ich, aber es könnte doch nicht schaden, wenn du neue Bekanntschaften machst.«

Dann fing er an zu husten, und sie bekam es sofort mit der Angst zu tun. »Leg dich wieder hin«, sagte sie und nahm ihm die Teetasse aus der Hand. »Du brauchst Ruhe.«

Natürlich hatte er recht damit, dass sie in London ganz allein und auf ihn angewiesen war, aber sie war ja auch immer nur zu Besuch dort gewesen, mehr nicht. Und nur ihn wollte sie um sich haben.

»Wie lange musst du noch im Krankenhaus bleiben?«, fragte sie ihn. »Wann kommst du nach Hause?«

»Ich hoffe, bald schon«, antwortete er und lächelte. »Und in der Zwischenzeit kannst du vielleicht ein Auge aufs Hotel für mich haben.«

»Natürlich«, sagte Linda und kreuzte die Finger hinter dem Rücken. »Völlig klar.«

Bevor sie ging, konnte sie Papas Arzt nicht mehr sprechen, sie würde das Gespräch auf den nächsten Tag verschieben. Sie mussten sich ja darum kümmern, dass Papa die allerbeste Versorgung erhielt, wenn er wieder zu Hause war.

Spät am selben Abend klopfte es an der Tür zu ihrem Appartement. Sie war noch nicht eingeschlafen, aber lag schon im Bett.

»Schnell, Miss Lansing, Ihrem Vater geht es schlechter.«

Linda stolperte aus dem Bett, schlüpfte in ihre Kleider und rannte an die Tür und öffnete.

»Was ist passiert?«, rief sie erschreckt zu Charles, der vor ihr stand. Eilig griff sie nach dem Mantel und der Handtasche und fuhr mit den Füßen in ihre Schuhe.

»Kommen Sie einfach mit.«

Als sie mit dem Fahrstuhl nach unten fuhren, zog Linda sich den Mantel über und setzte ihren Hut auf. Sie verstand überhaupt nichts, was hatte das zu bedeuten? Als sie ihn vor ein paar Stunden noch gesehen hatte, hatte ihr Vater rosige Wangen gehabt und war wie immer gut gelaunt gewesen. Hatte er einen zweiten Herzinfarkt erlitten?

»Ich weiß es nicht«, sagte Charles, als er den Wagen anließ, der vor dem Eingang des Flanagans stand. »Ich weiß nur, dass etwas passiert sein muss und dass ich Sie sofort holen soll.«

Linda rannte ins Krankenhaus hinein, rannte weiter bis zu Papas Zimmer. *Lieber, guter Gott, lieber, guter Gott.*

Der Arzt kam ihr in der Tür entgegen.

»Jetzt ist es an der Zeit, Abschied zu nehmen«, sagte er leise.

»Aber er hat doch noch Scones gegessen«, sagte sie verwirrt.

»Man verweigert einem alten Mann seinen letzten Wunsch nicht«, erwiderte der Arzt behutsam.

»Sie wussten es die ganze Zeit schon?«

»Ja«, antwortete er. »Eine Art letztes Aufbäumen, um sich von seinen Lieben zu verabschieden, ist nichts Ungewöhnliches.«

Sie schwankte, musste Halt an der Zimmerwand suchen. Noch nicht, es war noch zu früh. Nicht Papa, ihr geliebter Papa.

»Es tut mir leid, Miss Lansing.«

Sie fand ihr Gleichgewicht nicht, und als der Arzt sah, wie sie kämpfte, nahm er sie am Arm und hakte sie unter. Vorsichtig begleitete er sie zu Papas Sterbebett. Linda setzte sich auf die Bettkante. Sie nahm seine große Hand in ihre.

»Ich bin da, Papa, du Lieber, werd bitte wieder gesund«, flüsterte sie. Sie sah seine Augenlider flattern. Ob er etwas sagen wollte? Sie beugte sich ganz dicht zu ihm.

»Was hast du gesagt, Papa?«

»Nimm dich ... vor ... deinen ... Cousins ... in Acht.«

Dann schloss er die Augen und starb.

Linda öffnete erst ein Auge, dann das andere. Die Prismen des Kristallleuchters glitzerten im Licht, das durch das runde Fenster hineindrang. Ihr Mund war ganz trocken. Eine Locke klebte an ihrer Stirn fest. Es dauerte einen Moment, bis es ihr wieder einfiel, und dann sank sie noch schwerer zurück ins Bett.

Papa war gestorben.

Er hatte nie Angst vor dem Tod gehabt. Hatte sich zwar auch nicht danach gesehnt, doch er hatte immer gesagt, wenn es so weit war, würde er endlich die Liebe seines Lebens wiedersehen. Er hatte Lindas Mama vermisst, seit sie gestorben war. Nie hatte er das Bedürfnis gehabt, ein zweites Mal zu heiraten. »Sie war die Frau meines Lebens«, hatte er viele Male gesagt.

Linda hatte keinerlei Erinnerung mehr an sie. Ihre Mama war zu Hause in Fjällbacka an einer Grippe gestorben, wenige Monate nach Lindas Geburt. Mama und Papa waren extra nach Hause gereist, um Linda der Großmutter vorzuführen, die kurz zuvor Witwe geworden war.

Großmutter behauptete, dass Papa an Mamas Tod schuld sei. Er hätte seine Frau und den Säugling nicht auf dieses Schiff schleppen müssen. Es hatte keine Rolle gespielt, dass Papa sie darauf hingewiesen hatte, dass Mama stur gewesen sei, denn sie habe Großmutter Linda unbedingt zeigen wollen. Doch Großmutter blieb dabei – er hätte die Reise ja auch unterbinden können.

Er wollte eigentlich, dass Linda bei ihm in London aufwuchs, doch schließlich musste er klein beigeben. Großmutter hatte Linda ganz einfach nicht mehr hergegeben, und Papa musste allein zurückreisen. Zu Hause in Fjällbacka lag nun seine Frau auf dem Friedhof und seine Tochter in den Armen der Schwiegermutter.

Welch heftiger Schicksalsschlag das für ihn gewesen sein musste! Erst als der Krieg ausbrach, war er froh, dass Linda in Fjällbacka geblieben war. Dort war sie in Sicherheit vor den schrecklichen Ereignissen, die sich in London zutrugen. Als sie sich endlich wiedersehen konnten, Ende 1945, wollte er nicht darüber sprechen. Es war vorbei, sagte er, und jetzt konzentrierten sich die Engländer darauf, die Stadt wiederaufzubauen. Papa auch. Aber er hatte viele Mitarbeiter verloren. Junge Männer, die im Flanagans gearbeitet hatten und niemals wiederkommen würden. Linda hatte ihm angesehen, wie sehr ihn das berührte, als er kurz davon erzählte, doch dann hatte er betont, dass immerhin sie und er das Flanagans noch besaßen.

Jetzt hatte sie keine Eltern mehr, und mit diesem Gedanken verließ sie nun doch das Bett. Sie stellte die Füße auf den samtweichen Teppich. Zuallererst musste sie Großmutter ein Telegramm schicken und sie informieren, vor allem auch mitteilen, dass sie nicht wusste, wann sie wieder nach Hause kommen konnte. Denn nach Hause musste sie ja irgendwann. Sie hielt es kaum aus, fort zu sein, da Großmutter ihre Krankheit nun gerade so überlebt hatte. Das Hotel, London und die fiesen Cousins waren im Moment viel zu viel für sie. Nach Hause. Wenn sie nur nach Hause fahren dürfte, dann würde sie eines Tages auch wieder froh werden.

Aber jetzt konnte sie noch nicht fahren. Sie musste sich um einiges in London kümmern, denn so unwirklich ihr alles auch vorkam, ihr Vater hatte eine würdevolle Bestattung verdient. Mit schweren Beinen holte sie ihre Reisetasche, die vor der Tür stand, und packte aus. Zwei Röcke, vier Blusen und ein Blümchenkleid, das sie nun sicherlich nicht tragen würde. Sie musste sich jetzt in Schwarz kleiden, und sie hatte kaum etwas Passendes dabei, aber eine weiße Bluse mit einem schwarzen Rock würden taugen. Eine schwarze Strickjacke darüber, das war fürs Erste genug.

Dann ging sie alles durch, was als Nächstes anstand: Großmutter das Telegramm schicken, Papas Anwalt Mr Martin benachrichtigen und Kleidung kaufen. Irgendwann musste sie es auch wagen, Papas große Wohnung im oberen Stockwerk zu betreten, aber im Moment konnte sie sich gar nicht vorstellen, dass sie dazu in naher Zukunft in der Lage sein würde.

Die Rezeption konnte ihr beim Aufgeben des Telegramms helfen, und Mr Martins Büro war nicht weit entfernt. Da konnte sie zu Fuß hingehen, wenn sie wieder ein bisschen Kraft gesammelt hatte. Einige Male war sie mit ihrem Vater dort gewesen und hatte in einem Ledersessel in einer Ecke des großen Büros gewartet, während die beiden

Männer an einem Schreibtisch gesessen und sich offenbar über äußerst wichtige Dinge unterhalten hatten.

»Ach, sitzt du hier, du Arme«, hatte die Frau des Anwalts manchmal, wenn sie vorbeischaute, um Papa zu begrüßen, gesagt, und dann hatte sie Linda einfach in ihre Privatwohnung mitgenommen. »Jetzt trinken wir beide einen Tee, schön, dass du da bist.« Linda fiel wieder ein, wie nett sie Mrs Martin immer gefunden hatte.

Papas Freundschaft mit dem Ehepaar Martin, Andrew und Lola, reichte weit zurück. Jetzt war Andrew allein. Seine liebe Frau war ein Jahr nach Kriegsende verstorben, und die drei Söhne – mit denen Linda gespielt hatte, als sie klein war – waren offenbar gerade auf dem Sprung, das Elternhaus zu verlassen.

Linda drehte den Wasserhahn über der Badewanne auf und holte die weiße Bluse. Sie musste sich im Wasserdampf aushängen. Linda kontrollierte die Wassertemperatur mit einem Finger und stellte fest, dass das Wasser unerträglich heiß war. Während es weiter rauschte, fand sie auf dem Schreibtisch einen Stift und notierte kurz für die Rezeption, was in dem Telegramm an Großmutter stehen sollte. Dann rief sie dort an und bat darum, dass jemand den Zettel abholte.

Papa ist tot. Kann jetzt nicht heimkommen. Melde mich, sobald ich mehr weiß. Bin so traurig. Linda.

Nichts von dem, was sie sich vorgenommen hatte, konnte

sie erledigen. Andrew Martin war verreist, und mit jemand anderem wollte sie nicht sprechen, also ging sie wieder. Charles klopfte mehrmals am Tag an ihre Zimmertür und brachte Tee, Essen und Kondolenzgrüße. In diesen Tagen wurde ihr erst richtig klar, wie beliebt Papa wirklich gewesen war, denn ihr kleines Appartement quoll bald über vor Beileidssträußen. Die Kondolenzbriefe kamen stapelweise. Er hatte das größte Herz gehabt, das es gab, und dass es nun nicht mehr schlug, war für Linda der heftigste Schmerz, den sie jemals erlebt hatte.

Aber in zwei Briefen, die sie bekam, stand, dass man sich freute, dass er jetzt tot war. Wie konnte man so etwas schreiben? Sie warf die Briefe in die Ecke, als hätte sie sich an ihnen verbrannt. Wer wünschte ihrem Vater etwas Böses?

Sie versuchte, ein Buch zu lesen, das sie bei ihrem letzten Besuch zurückgelassen hatte, doch die meiste Zeit weinte sie nur. Sie konnte nichts essen und verlor Gewicht. Der schwarze Rock war nun nicht mehr so hübsch, stellte sie fest, als sie den Reißverschluss hochzog. Auf der anderen Seite war das egal, denn ihr Aussehen war völlig unwichtig, ihr waren schon die mitleidigen Blicke des Personals zu viel. Sie wusste, dass sie Laurence begegnen würde, wenn sie den Raum verließ, doch er war der Letzte, den sie treffen wollte.

Bei dem Gedanken daran, wie er sich an Papas Krankenbett aufgeführt hatte, geriet sie in Wut, und das war zur Abwechslung ein gutes Gefühl. Ihr Cousin war ein Mistkerl. Ob diese gemeinen Briefe möglicherweise von ihm und Tante Laura stammten? Bei ihnen würde sie nichts wundern. Ihre Tante hatte sie nicht aus Fürsorge vom Schiff abgeholt, eher wollte sie ihr schon einmal zeigen, wie es war, wenn die eigene Familie nicht mehr da war.

Anwalt Martin rief zurück, sobald er in London war. Papas Tod traf ihn sehr. Er fragte Linda, ob er zu ihr ins Hotel kommen solle oder ob es ihr lieber war, sich in seinem Büro zu treffen.

»Seit Papa tot ist, habe ich kaum einen Fuß vor die Tür gesetzt«, sagte sie. »Ich brauche einfach mal frische Luft.«

Um all die mitleidigen Blicke der Angestellten zu vermeiden, schlich sie durch die Hintertür hinaus, die sonst immer nur ihr Vater und seine Freunde benutzt hatten. Auf der Straße hielt sie inne und sah sich um. Wo war sie denn jetzt? In der Vergangenheit war ihr Vater immer vorausgegangen, und sie war ihm gefolgt. Sie hatte das Gefühl, dass sie nach rechts gehen musste, doch nach kurzer Zeit wurde ihr klar, dass sie falsch lief, also drehte sie um. Wie sollte sie sich hier jemals ohne ihn zurechtfinden? Ihr kamen schon wieder die Tränen.

Nach einer gefühlten Ewigkeit stieß sie endlich auf das Schild des Anwaltsbüros, und sie verfluchte sich selbst, weil sie keinen Stadtplan mitgenommen hatte. An der Rezeption hätte sie den sogar umsonst bekommen.

Das Schild sah neu aus, obwohl es schon viele Jahre dort hing. Zumindest so lange, wie Lindas Erinnerung reichte. Die Anwaltskanzlei Martin & Partner.

Sie öffnete die schwere Eingangstür und danach noch eine weitere, die direkt in Andrew Martins Büro führte. Jetzt kannte sie sich wieder aus.

»Kommen Sie rein«, hörte Linda, nachdem sie angeklopft hatte, und als sie öffnete, kam ihr Mr Martins Sekretärin schon entgegen. »Meine Liebe, es tut mir so schrecklich leid, dass Mr Lansing verstorben ist.« Ihre freundlichen Augen drückten ehrliches Mitgefühl aus. »Ihr Vater war ein wunderbarer Mensch. Wir mochten ihn alle sehr.«

Linda hatte schon einen Kloß im Hals gehabt, doch als Papas guter Freund ihr öffnete, brach es aus ihr heraus.

»Mr Martin«, sagte sie und fing an zu weinen.

»Ja, ja, weine einfach«, sagte er und zog sein Taschentuch heraus. Er gab es ihr und breitete die Arme aus. »Weine dich aus, wir haben Zeit.«

Die Sekretärin stand noch in der Tür. »Darf ich Ihnen eine Kanne Tee und ein paar Cantuccini servieren?«, fragte sie behutsam.

Er nickte über Lindas Kopf hinweg.

Sie kam sich vor wie ein kleines Kind, nicht, als wäre sie schon 21, als sie schließlich an dem prächtigen dunkelbraunen Schreibtisch Platz nahmen. Der Tee wurde serviert, Mr Martin schenkte ihnen ein und forderte sie auf, sich aus der Schale mit dem Gebäck zu bedienen.

»Ich möchte, dass du ab jetzt Andrew zu mir sagst. Du bist erwachsen, und ich war immerhin der beste Freund deines Vaters.«

Als Linda nickte, fuhr er fort: »Hast du heute eigentlich schon irgendwas gegessen?« Er betrachtete ihren dünnen Körper mit demselben Blick, den sie von Großmutter kannte.

Zum ersten Mal an diesem Tag huschte ein Lächeln über

ihr Gesicht. »Nein. Was für ein Glück, dass es hier so leckere Kekse gibt.«

Sie plauderten und tranken Tee. Er erkundigte sich nach Fjällbacka, der Großmutter, und war entsetzt, als er erfuhr, dass sie ihre Großmutter auch beinahe noch verloren hätte. Erleichtert atmete er auf, als er hörte, dass sie sich gut erholt hatte.

»Dein Großvater starb 1928 und deine Mutter ein Jahr später. Was für ein Schicksalsschlag das für deine Großmutter gewesen sein muss.« Er schüttelte den Kopf.

»Ja, und dann hatte sie plötzlich einen Säugling am Hals. Es war hart, aber es hat sie gerettet, hat sie gesagt.«

»Dein Papa hat alles getan, um dich zu sich zu holen«, fuhr er fort. »Aber diese Geschichte kennst du ja bereits.«

»Ja, leider haben die zwei nie an einem Strang gezogen. Großmutter meinte, er sei schuld an Mamas Tod, und das konnte sie ihm nie verzeihen.«

Sie hingen beide wieder ihren Gedanken nach, während sie an den Cantuccini knabberten. Sie waren so lecker, dass Linda noch einmal zugriff.

»Es war damals sehr ungewöhnlich, dass ein Mann um das Sorgerecht für sein Kind kämpfte«, sagte Andrew dann.

»Ist es das nicht immer noch?«, fragte Linda.

Er nickte. Lehnte den Kopf zurück an den abgewetzten Ledersessel. »Es ist auch ungewöhnlich, dass eine Frau ein Hotel führt«, sagte er, und Linda begriff, dass sie nun zum Thema ihres Besuchs vordrangen. Das Hotel.

»Möchtest du noch Tee?«

»Danke, gern.«

Er schenkte ein und sah ihr ins Gesicht.

»Können wir jetzt überhaupt über das Geschäft reden?«

Sie zuckte mit den Schultern. »Ich habe wohl kaum eine Wahl.«

»Nun ja, wir können das Gespräch auch verschieben. Aber irgendwann müssen wir uns besprechen, das ist dir ja klar. Dir steht wahnsinnig viel Arbeit bevor, Linda. Das Hotel läuft nicht besonders gut. Dein Vater hat zu viel Geld ausgegeben und auch noch Schulden bei deinen Cousins, die sie im Moment noch nicht einfordern, weil sie ja Teilhaber am Flanagans sind. Doch der Tag wird kommen ...« Er hielt inne.

»Laurence und Sebastian könnten das Hotel also in den Konkurs treiben?«

Er räusperte sich. »So ungefähr. Sie könnten auf jeden Fall einen Verkauf erwirken und darauf hoffen, dass du ihnen das Hotel verkaufst. Aber deine Unsicherheit wird wohl bewirken, dass sie im Moment noch abwarten. Ihre größte Befürchtung ist sicherlich die, dass du an jemand anderen verkaufst.«

Als sie schnell ins Hotel zurückspazierte, dieses Mal ohne sich zu verlaufen, hatte sie eine Einladung zum Essen, ein Testament und einen Schlüssel zu einem Schließfach in der Handtasche. Andrews Botschaft war deutlich gewesen. Während sie lief, klangen seine Worte noch in ihren Ohren. *Du musst die Führung deines Hotels auf der Stelle übernehmen, wenn du es nicht verlieren willst. Laurence wird unterstellen, dass du die kaufmännische Leitung nicht bewältigst. Stimm ihm nicht zu, Linda.*

Linda und Laurence hatten sich als Kinder recht gut verstanden, doch als sie Teenager wurden, hatte sich etwas verändert, und vermutlich lag das an Tante Laura. Plötzlich gab es gemeine Kommentare, scharf wie Messerstiche, und Linda starrte ihn nur an und konnte es nicht glauben. Dennoch, er hatte sich über ihr Englisch und ihre Kleidung lustig gemacht, gesagt, sie sei hässlich. Genau das hatte sie von ihrer Tante gehört, wenn sie manches Wochenende bei der Familie ihres Vaters verbringen musste, und es tat weh zu spüren, dass sie den Ansprüchen nicht genügte. Wären sie freundlicher zu ihr gewesen, wäre sie sicher öfter zu Besuch gekommen. Linda wäre es nie in den Sinn gekommen zu petzen, daher hatte Papa von den Gemeinheiten seiner Schwägerin keine Ahnung. Lieber hatte Linda sich ausgeheult, wenn sie nach Fjällbacka zurückgekehrt war, und das bedeutete natürlich für die Großmutter noch mehr Wasser auf ihre Mühlen.

Linda versuchte sich zu konzentrieren, sich darauf vorzubereiten, was auf sie zukam. Sie musste Ruhe bewahren, überzeugend und stark sein.

»Mach eine Faust in der Tasche, das gibt dir Energie«, hatte Großmutter immer gesagt, und genau das befolgte Linda jetzt. Sie ballte die Hände so fest zusammen, dass ihre Fingernägel sich in ihre Handflächen bohrten.

Das Einzige, was sie davon abhielt, Laurence als kommissarischen Leiter des Hotels zu entlassen, war ihre Unerfahrenheit. Wie sollte sie dieses riesige Hotel alleine managen?

Und wie konnte man mehr Geld einnehmen? Papa hatte

vielleicht Geld verschleudert, aber er kannte sich im Hotelgewerbe aus. Linda hatte nicht die geringste Ahnung.

An der Kreuzung vor dem Hotel blieb sie stehen. Sogar Andrew hatte besorgt ausgesehen, was Linda kein bisschen wunderte. Er wusste nur allzu gut, dass ihr Vater seiner Tochter keinerlei Kenntnisse über die Führung eines Hotels vermittelt hatte. Wahrscheinlich hatten Andrew und ihr Vater beide gedacht, dass es noch viel Zeit sei bis zu diesem Tag.

Aber eine Sache hatte ihr Vater ihr beigebracht, und das war, um Hilfe zu bitten, wenn man etwas selbst nicht konnte. Man musste über seinen Schatten springen, sonst war man nur im Nachteil. Ob sie die Sache so angehen sollte? Laurence um Hilfe bitten, aber ihm die Macht aus der Hand nehmen? Darauf würde er niemals eingehen. Und noch ein Problem gab es: Sie wollte nicht länger als nötig in England bleiben. Aber sollte das heißen, dass sie Papas Lebenswerk einem anderen anvertrauen musste? Sie lächelte und nickte dem Piccolo zu, der ihr freundlich die Tür aufhielt. Er zeigte ins Foyer, und als Linda eintrat, sah sie gleich, wer da auf sie wartete.

Tante Laura, Laurence und Sebastian traten grimmig auf der Stelle und starrten immer wieder zur Tür. Als sie Linda erkannten, liefen sie ihr entgegen. Linda wollte sich am liebsten verkriechen. *Bitte noch nicht, Papa ist noch nicht einmal unter der Erde.*

»Wir setzen uns in den Speisesaal, da ist es im Moment noch leer«, sagte Laurence, ohne Linda zu fragen, ob sie überhaupt mit ihnen reden wolle.

Aber vielleicht war es auch gut, es hinter sich zu bringen. Sie musste nur zusagen, dass sie das Hotel übernehmen durften, und dann konnte sie ihre Tasche packen und zurück nach Fjällbacka fahren.

»Gut«, sagte sie und zuckte mit den Schultern.

Laurence hielt jemanden vom Personal am Arm fest. »Hallo, Sie da, können Sie dafür sorgen, dass wir auf der Stelle im Speisesaal Tee serviert bekommen?«

»Natürlich, Sir, sofort.« Die Bedienung flitzte los.

Tante Laura ließ sich an einem der runden Tische ganz hinten im Raum nieder, und die beiden anderen setzten sich an ihre Seite.

»Wir sind gekommen, um dich zur Vernunft zu bringen«, sagte sie. »Du bist dir sicher im Klaren, dass dieser Zustand untragbar ist. Wir haben ein Hotel, das dein Vater wirtschaftlich gegen die Wand gefahren hat, und vor uns liegen sehr schwere Zeiten. Wenn hier jemals Ordnung herrschen soll, musst du uns die Führung des Hotelbetriebs überlassen …«

»… und den Besitz auch«, schob Laurence hinterher. Er räusperte sich. »Wir haben ein Angebot für dich«, sagte er und sah ihr in die Augen. »Und du selbst hättest den größten Schaden, wenn du ablehnst.«

»Was soll das heißen?«, fragte Linda.

»Genau das, was ich sage. Wir übernehmen das Hotel, und du reist wieder ab, und wenn du das nicht freiwillig tust, werden wir schon dafür sorgen. Das erscheint mir ganz einfach, findest du nicht?«

In dem Moment, bevor sie den Speisesaal betreten hatte,

war sie tatsächlich bereit gewesen, das Flanagans aufzugeben, aber unter Drohungen? Das war doch etwas anderes. Wut stieg in ihr auf.

»Willst du mir drohen, Laurence?«

»Keineswegs, ich *informiere* dich nur, wie es laufen wird. Wir werden dich ruinieren, wenn du uns nicht entgegenkommst.«

»Aber mein Lieber, dann ruiniert ihr euch doch selbst«, sagte Linda.

»Nein. Dir ist vielleicht nicht bekannt, dass unsere anderen Firmen sehr erfolgreich laufen. Gerade bauen wir London wieder auf, Viertel für Viertel, und dabei verdienen wir ein Heidengeld. Wir brauchen kein Geld mehr, du hingegen schon.«

Sie sah ihn mit großen Augen an.

»Aber warum wollt ihr das Flanagans dann haben?«

»Das Hotel ist das Juwel im Familienbesitz, und es wird Zeit, dass es endlich in die richtigen Hände kommt. Das Hotel hat alle Voraussetzungen, wieder so prächtig zu werden wie vor dem Krieg. Es gab mal eine Zeit, in der das Restaurant ausgebucht war, das Königshaus permanent eine Suite bewohnte und wir Prominente aus der ganzen Welt begrüßen durften. Dein Vater hat das mit seiner Modernisierung komplett zunichtegemacht.«

»Das kann ich mir kaum vorstellen«, sagte Linda leise. Sie hasste es, wie sie über ihren Vater herzogen. Sie wusste nur zu gut, wie er gekämpft hatte, da Rationierungsmaßnahmen, Bombenangriffe und Trauerfälle beim Personal den Betrieb ständig bedrohten. Er war gezwungen gewesen, viele Zugeständnisse zu machen, um das Hotel nicht schließen zu müssen. Für alle Londoner war es eine schreckliche Zeit gewesen, und *business as usual* war kaum durchzuhalten gewesen, trotz Winston Churchills Aufforderung, dass jeder weitermachen müsse wie bisher.

»Da gibt es nichts zu diskutieren, Linda«, sagte Tante Laura energisch. »Du überschreibst das Hotel auf deine Cousins, bekommst eine nette Summe Geld und kannst dir damit ein schönes Leben machen.«

Aus dem Augenwinkel sah Linda, dass jemand an der Tür zum Speisesaal stand. Sie rutschte hin und her, um sehen zu können, wer es war.

Das Erste, was sie erkannte, war der Hut mit den Federn, dann der Stock. Sie zitterte. Das war doch wohl nicht möglich …?

Als das Freudengeschrei begann, war sie schon aufgesprungen.

»Großmutter!«, schrie sie und rannte zur Tür. »Großmutter!«

4

London 1960

An diesem ersten Tag im neuen Jahr wollte Linda nicht arbeiten. Üblicherweise gehörte das am Neujahrstag zu ihren Aufgaben, sie versuchte herauszuhören, wie ihren Gästen der Silvesterabend gefallen hatte, und wollte sichergehen, dass sie deren Erwartungen erfüllt hatte, aber heute war es anders. Nach dem Frühstück schlich sie unauffällig zum Hintereingang hinaus. Wenn das Personal sie gesehen hätte, wäre es vorbei gewesen mit ihrem freien Tag. Es gab immer etwas, über das sie mit ihr sprechen wollten, und an den meisten Tagen stand sie ihnen auch zur Verfügung, aber heute wollte sie einfach in Ruhe gelassen werden, nur gut essen und allein sein.

Vielleicht hätte sie auch Mary beim Wort nehmen und sie auf ihrem Gut besuchen sollen, da gab es genügend Zimmer und bergeweise gutes Essen. Mit den lebhaften Zwillingen jedoch, drei Bassets und einer Plaudertasche als Freundin würde Linda zwar nicht arbeiten müssen, aber dennoch nicht ungestört sein.

Als sie außerhalb der Backsteinmauern ihres Hotels stand, überlegte sie kurz, doch dann setzte sie sich mit ihrer Reisetasche in Richtung des Hotels Ritz in Bewegung. Vor ihr liefen einige Pärchen Arm in Arm über den Gehweg. Bei dem schönen Wetter musste man wirklich kein Taxi nehmen.

Der erste Tag des neuen Jahres verwöhnte sie mit Plusgraden, und Lindas Mantel und ihre Handschuhe würden sie warm halten, wenn sie später einen längeren Spaziergang machen wollte. Sie warf einen Blick auf ihre Schuhe. Sie waren nicht gerade zierlich, dafür flach und praktisch. Für einen Spaziergang waren sie perfekt, doch selbstverständlich hatte sie noch Wechselschuhe dabei, falls sie am Abend Lust bekam, ihr Zimmer zu verlassen. Ein Kleid hatte sie ebenfalls eingepackt, aber wahrscheinlich brauchte sie weder das noch die Pumps.

Vor dem Hotel wimmelte es von Menschen. Linda warf einen Blick auf ihre Armbanduhr. Wie konnte sie sich so unprofessionell verhalten und mitten in die Hauptzeit fürs Auschecken platzen? Sie quetschte sich zu all den vielen Gästen ins Foyer des Hotels. Hier drinnen waren genauso viele Menschen wie draußen, und Linda war klar, dass es eine Weile dauern würde.

Sie warf einen Blick zur Rezeption, wo sich Männer in Anzügen vor der Theke drängten und Frauen in eleganten Kostümen neben ihnen ungeduldig von einem Fuß auf den anderen traten. Als sie ein Paar sah, das in etwa in ihrem Alter war, versetzte es ihr einen Stich. All das hatte sie selbst verpasst. Sie hatte niemanden, der sie liebte, der sich um sie kümmerte. *Küss jemanden*, hatte Mary am Vorabend zu ihr gesagt. Haha. Als ob sich überhaupt eine Gelegenheit dazu ergeben hätte.

Ein junger blonder Mann winkte ihr diskret zu, sie solle vor an die Rezeption kommen. »Herzlich willkommen, Miss Lansing«, sagte er leise, als sie bei ihm war. »Kommen Sie einfach mit mir zur Concierge-Theke.«

Sie warf einen Blick auf seinen Namen. Alexander Nolan. Nach ihrem Aufenthalt hier würde sie dafür sorgen, dass er im Flanagans einen besseren Job erhielt. Denn nur dank seiner Aufmerksamkeit hatte sie innerhalb von fünf Minuten eingecheckt und stand nun schon im Fahrstuhl auf dem Weg in ihr Zimmer.

In ihrem Zimmer gab es einen Fernsehapparat – offenbar war jetzt jeder Raum im Ritz damit ausgestattet. Das musste sie im Flanagans auch veranlassen, es reichte nicht mehr aus, dass nur einzelne Suiten über einen Fernseher verfügten, dachte sie, während sie ihre Tasche auspackte. Sie schüttelte das Kleid aus und hängte es auf einen Bügel. Nahm ihr Necessaire heraus und ging hinüber ins Bad. Als sie vor dem Waschbecken stand, warf sie einen Blick in den Spiegel. »*Ein Leben*, Linda, wann willst du dir endlich ein Leben zulegen?«, murmelte sie.

Nur an Tagen wie diesem vermisste sie einen Mann in ihrem Leben, dachte sie, an anderen Tagen war sie froh und dankbar, alles allein entscheiden zu können. In ihrem Freundeskreis gab es keine berufstätigen Frauen. Sie kümmerten sich alle um Haus und Kinder und hatten genau dafür auch teilweise Haushälterinnen. Womit beschäftigten sie sich wohl den lieben langen Tag? Sie selbst arbeitete mehr als zwölf Stunden.

Ihr Arbeitstag begann am Vormittag, da sie selten vor Mitternacht im Bett lag. Nach dem Frühstück in ihrem Zimmer, einem ausgiebigen Bad und einer ruhigen Stunde, die sie noch im Morgenrock verbummelte, war sie in der Regel bereit für die Arbeit im Büro.

Die Gästeliste lag auf ihrem Arbeitsstapel immer ganz oben. Mit dem Stift in der Hand ging sie eifrig die Namen durch. Machte hier und da eine Anmerkung für ihr Personal, das in direktem Kontakt mit den Gästen stand, damit ihnen jeder Wunsch erfüllt wurde.

Ihre Gäste hatten ganz unterschiedliche Vorlieben. Einer legte Wert auf eine ganz bestimmte Whiskymarke, ein anderer hatte gern einen Strauß Blumen auf seinem Zimmer, wo er die Nacht offenbar nicht allein verbringen würde. Wenn dieser Gast keine Blumen wünschte, dann bekam er auch keinen Besuch. Eine dritte Person hatte gern einen besonderen Stift zum Schreiben zur Verfügung, und jemand hatte um eine Obstschale ohne Äpfel gebeten. Es war äußerst wichtig, solche Wünsche zu erfüllen, ebenso wie Geburtstagskindern mit einer Flasche gutem Champagner zu gratulieren. Oder an kleine Schokoladenherzen auf dem Bett zu denken, wenn ein Pärchen ein Doppelzimmer gebucht hatte. Alle Details waren auf die Gäste abgestimmt. Linda freute sich stets über weibliche Gäste. Dann verwendete sie besonders viel Zeit darauf, passende Rosen fürs Badezimmer auszusuchen, Seifen, die zart dufteten, und die Betten mit wärmeren Decken auszustatten. Aus Erfahrung wusste sie, dass Frauen eher froren als Männer.

Linda besprach mit dem Oberkellner auch die Sitzordnung für den Abend. Manche Personen durften keinesfalls nebeneinander platziert werden, wenn man nicht riskieren wollte, dass wieder ein Weltkrieg ausbrach, und die setzte man dann so weit wie möglich voneinander entfernt. Andere wiederum versuchte sie, in Kontakt zu bringen, weil sie vermutete, dass sie gut zueinanderpassten.

Zehn Jahre lang hatte sie sich mit Leib und Seele um all diese Details gekümmert. Das war ein Grund, warum das Hotel und seine Veranstaltungen so beliebt geworden waren. Es war immer spannend zu sehen, wem man im Flanagans über den Weg lief und wie man davon profitierte, und die meisten Gäste kamen tatsächlich mit dieser Erwartung an, was für Linda sowohl eine Herausforderung, aber auch jede Menge Erwartungsdruck bedeutete. Alle wollten ihre Träume erfüllt haben, und von ihr hing es ab, ob sie wahr wurden oder nicht.

Wenn Linda die Gästeliste abgearbeitet hatte, widmete sie sich dem übrigen Stapel, und der beinhaltete in der Regel so viele Rechnungen und Personalfragen, dass sie damit bis zum Fünf-Uhr-Tee beschäftigt war. Dann schlüpfte sie in ein hübscheres Kleid und ging lächelnd von Tisch zu Tisch und begrüßte ihre Gäste. Sie führte eine Unterhaltung nach der anderen. Zum Tee erschienen auch Gäste, die nicht im Hotel wohnten, und es war wichtig, dass auch sie sich willkommen fühlten, damit sie beim nächsten Aufenthalt in London bei ihr zum Übernachten eincheckten. Ein kurzes Nickerchen, dann war es an der Zeit für die Gespräche am Abend in einem neuen Kleid, mit neuer Frisur ... Wenn sie das alles schaffte.

So viel Arbeit zehrte an ihren Kräften. Wenn sie in den Spiegel sah, erkannte sie manchmal, wie jede Erfahrung sich mit einer neuen Falte in ihr Gesicht prägte. An diesem einzigen freien Tag im Jahr wollte sie nicht an die Arbeit denken, aber ... Laurences Drohung am Morgen – dass er sie 1960 in die Knie zwingen würde – hatte sie doch ziemlich erschüttert. Er war jetzt seit ein paar Jahren Witwer und hatte offensichtlich neue Kraft geschöpft, alles daranzusetzen, Linda aus dem Flanagans zu vertreiben. Seine Ehefrau Rose war eine liebenswerte Person gewesen, und auch wenn es nicht gerade auf Laurence abgefärbt hatte, so hatte sie seine Attacken gegen Linda und das Flanagans doch ein paar Jahre lang in Schach halten können, als seine beiden Töchter geboren wurden und sie ein glückliches Familienleben führten. Jetzt war der Teufel in ihm zurückgekehrt.

Linda brauchte frische Luft. Vielleicht könnte ein Spaziergang ihre Sorgen vertreiben. Mit schnellen Schritten lief sie hinunter zur Themse. Es wurde kühler. Sie hatte den Schal um den Kopf geschlungen und den Kragen ihres Wollmantels hochgeschlagen. Unter ihrem Kleid trug sie eine dickere Strumpfhose. Wie herrlich, auf den Hüfthalter verzichten zu können. In bestimmten Situationen waren sie unverzichtbar, Situationen, denen sie sich grundsätzlich nicht mehr aussetzte, trotz Marys unermüdlicher Versuche, sie dazu zu motivieren, was sie augenzwinkernd »eine wundervolle Zerstreuung« nannte. Linda kannte dieses Wunderbare allzu gut. Ihr lief ein Schauer über den Rücken. Nein, vielen Dank.

Ihr Anwalt hatte sich noch einmal gemeldet. Wenn sie kein Testament aufsetzte, würden ihre Cousins Laurence und Sebastian frohlocken, und das durfte auf keinen Fall passieren. Deshalb war es wichtig, dass sie sich auf den Beinen hielt, dachte sie erschrocken, als sie einen Satz zur Seite machte, weil jemand neben ihr auf der Straße unterwegs war, der die Kunst des Autofahrens offenbar nicht beherrschte. Sie hatte keine Kinder und wusste nicht, wem sie das Flanagans in der Zukunft anvertrauen konnte, wenn sie ums Leben kam. Im Grunde war jeder Fremde besser als ihre Familie. Ihre Tante war eine alte Hexe, und ihre Cousins standen ihr in nichts nach. Sebastian war so eitel, dass er das Hotel als seine Bühne betrachten würde, anstelle eines Hauses, das geführt werden müsse. Laurence war bösartig, überheblich und ein echter Snob. Er würde sich nur um diejenigen Gäste kümmern, die seiner Ansicht nach seiner Gesellschaft auch wert waren.

Sie warf dem Fahrer des Wagens, der eine Vollbremsung machen musste, einen bösen Blick zu. Die Scheibe wurde heruntergekurbelt. Ein Mann ihres Alters beugte sich vor und drohte mit der Faust. »Frauenzimmer sollten auf dem Gehweg oder am Herd bleiben«, schrie er sie an.

Linda konnte nur den Kopf schütteln. 1960. Über Nacht hatte sich gar nichts verändert.

Zitternd sah sie sich um, als sie ans Wasser kam. Genau das brauche ich jetzt, dachte sie, als sie das mit Rosen verzierte Schild mit einer Teetasse und einem Pfeil, der in den

Park hineinwies, entdeckte. Ohne das Schild wäre ihr nicht einmal das Gebäude aufgefallen. Das kleine Café war hinter den Büschen fast ganz versteckt, nur das Dach war zu sehen.

Die Türglocke plingte, und drinnen war es warm und schön. In der Ecke knisterte ein Feuer. Wunderbar, hier würde sie sich für eine Weile niederlassen. Linda ging weiter hinein und setzte sich an einen Tisch. Kurz darauf stand eine Tasse Tee und eine Platte mit belegten Häppchen vor ihr.

Ihre Idee, das neue Mädchen Emma ein Brot für sie zubereiten zu lassen, war gut gewesen, auf die Art hatte sie zeigen können, was in ihr steckte. Es war nicht das erste Mal gewesen, dass Linda jemanden, der eine Arbeitsstelle suchte, aufgefordert hatte, etwas dafür zu tun. Manchmal war es der Job, eine Toilette zu putzen – was viele dankend ablehnten – oder ein Fenster zu reinigen. Nicht das Ergebnis war ihr wichtig, sie wollte nur sehen, ob die Bewerber ihre Aufgabe mit Enthusiasmus erledigten. Lindas Bestreben war es, im Flanagans nur Mitarbeiter zu beschäftigen, die genau dort arbeiten wollten. Wenn sie die richtige Einstellung mitbrachten, konnten sie alles andere lernen. Sie hatte Personal, das schon vierzig Jahre dort arbeitete. Der unentbehrliche Charles, der heute Head Concierge war, hatte als Page und Laufjunge angefangen. Er liebte seine Arbeit und trug seine Uniform voller Stolz, obwohl sie mit ihrem schweren Wollstoff schrecklich unbequem war.

Jetzt sah sie sich im Café um. So ein herrliches Plätzchen. Es war ganz einfach eingerichtet mit seinen Holzwänden und den kippligen Tischen. Genau das Richtige. In diesen Vierteln an der Themse war sie noch nie gewesen, auch mit ihrem Vater nicht.

Im Lokal saßen Paare, die wohl ebenfalls einen Spaziergang gemacht hatten und von der Kälte überrascht worden waren. Manche hatten die Hände ineinander verschränkt. Ein Mann pustete zärtlich auf die Fingerkuppen seiner Frau, und als er glaubte, dass niemand hinsah, küsste er sie.

Hoffentlich trägt sie ein Strumpfband, dachte Linda und sah weg, denn die Fortsetzung dessen, was sie angefangen hatten, war bestimmt nicht aufzuhalten.

Linda mied das Restaurant des Ritz am Abend. Stattdessen bestellte sie den Zimmerservice, und zu ihrer Freude brachte der nette Alexander von der Rezeption das Essen. Sie lobte ihn für sein Verhalten am Vormittag und reichte ihm ihre Visitenkarte. »Rufen Sie mich an«, sagte sie. »Ich habe einen besseren Job für Sie.«

Als er das Zimmer wieder verlassen hatte, lehnte sie sich zurück in die gut gefüllten Daunenkissen. Vor ihr stand das Tablett. Sie fühlte sich uralt. Papa hatte die Arbeit im Hotel Freude gemacht bis zu dem Tag, als er starb, und da war er fünfundfünfzig Jahre alt gewesen. Linda war einunddreißig und jetzt schon müde.

Aber tief in ihrem Inneren war ihr natürlich klar, dass das nicht am Hotel und der Arbeit dort lag. Ihr fehlte etwas, das ihrem Leben einen Sinn gab. Diese Gedanken waren nicht neu, doch sie ließen ihr keine Ruhe. Wenn sie nicht aufpasste, würde sie irgendwann denken, dass sie ein völlig unnützes Leben führte. Das wollte sie vermeiden, doch wie gelang ihr das?

»Die meisten Frauen beneiden dich um dein Leben«, hatte Mary kürzlich gesagt, als sie sich darüber unterhielten. Kunstvoll hatte sie nach einem tiefen Zug an ihrer Zigarette den Rauch langsam zwischen den aufregend rot geschminkten Lippen ausgeblasen, bevor sie weitersprach: »Du weißt doch, Ehemann und Kinder geben deinem Leben keinen Sinn, sie machen nur Arbeit und noch mehr Arbeit. Ein bisschen Liebe bekommst du vielleicht, ja, aber vor allem einen Batzen Arbeit. Du kannst das Leben genießen im Gegensatz zu uns anderen. Dein Problem ist einfach, dass du es nicht tust.«

»Aber ich weiß nicht, ob mir das wirklich fehlt. Wie sollte ich denn noch Zeit für Mann und Kind aufbringen? Und außerdem bin ich viel zu alt dafür.«

»Ach Unsinn. Ich stelle dir gern noch mehr Kandidaten vor, das weißt du. Ein kleines romantisches Intermezzo wäre genau das Richtige. Dafür musst du noch nicht heiraten.«

Linda hatte nur gelacht.

Vielen Dank, Marys »Kandidaten« war sie einige Male zu viel ausgesetzt gewesen. Waren es wirklich Liebe und Romantik, die sie vermisste? Manchmal, wenn sie sich richtig einsam fühlte, traf das wohl zu. Doch die Vernunft siegte. Für diese Art von Gefühlen war sie einfach nicht gemacht. Bislang war ihre Bilanz eher niederschmetternd.

Vielleicht sehnt man sich immer nach dem, was man

nicht hat, dachte sie. Ohne diese Sehnsüchte würde sich nichts bewegen.

Mit einem tiefen Seufzer schob sie das Tablett auf die leere Seite des Doppelbettes. Die Schokopraline lag noch immer auf ihrem Teller, und den Kaffee hatte sie kaum angerührt. Sie kuschelte sich noch tiefer in ihr bequemes Bett und zog die große Decke bis unters Kinn. Nach einer Nacht mit viel Schlaf würde die Welt wieder besser aussehen.

Die Zähne konnte sie auch morgen noch putzen.

5

Emma hielt sich die Ohren zu. Es wurde einfach zu viel. Ihr dröhnte schon der Kopf von den vielen Dingen, die sie zu lernen hatte. In der Küche gab es tausend Schubladen, im Vorratsraum tausend weiße Kartons, im Haus tausend Zimmer und tausend Gäste. Und von Emma wurde erwartet, dass sie sich mit allem auskannte. Sie flitzte von einer Aufgabe zur nächsten, und nichts gelang ihr wirklich gut.

»Zieh deine Haube gerade«, meckerte der Oberkellner. »Trockne den Reis ab«, brüllte der Küchenchef. »Knüpf die Bluse ganz zu«, belehrte die Hausdame sie säuerlich.

Emma hatte Flecken auf der Schürze, kam eine Minute zu spät, hatte Gerichte ins Kaltlager gestellt, die in den Kühlschrank gehörten, hatte die Gurke in die falsche Richtung gehobelt, die Eier zu lange gekocht, und wehe, wenn sie ihr Bett in dem Zimmer, das sie mit Elinor teilte, nicht machte ...

Emma machte Fehler am laufenden Band, und nun, da ein Monat verstrichen war, wusste sie genau, dass Miss Lansing ihr den Laufpass geben würde. Resigniert schüttete sie Elinor ihr Herz aus, die nur mit den Schultern zuckte.

»Hast du gedacht, dass du alles sofort beherrschen würdest?«, fragte sie sie, während sie sich die Strümpfe anzog, weil sie als Nächstes das Frühstück servieren musste. Sie hockte auf ihrem Bett, Emma gegenüber. Nichts machte mehr Spaß.

Vielleicht sollte sie lieber ihren Koffer packen und wieder nach Hause fahren? Der Brief, den sie am Vortag von ihrer Mutter bekommen hatte, war eine einzige Bitte, doch endlich nach Hause zu kommen.

»Nein, aber ich glaube eigentlich nicht, dass ich mich so miserabel angestellt habe, wie alle sagen. Jeder schimpft mit mir«, jammerte sie.

»Als du hier aufgetaucht bist, hab ich gedacht, du hast die richtige Einstellung.« Elinor stand auf und betrachtete sich im Spiegel. »Du wolltest den Job unbedingt haben.«

»Das will ich immer noch, aber ich will die Beste sein, nicht die Schlechteste.« Emma schielte zu ihrer Mitbewohnerin, die sich offenbar nie blamierte und in jeder Situation die Ruhe bewahrte. Kürzlich hatte sie auch einen Stapel Backbleche fallen lassen, was so laut gewesen war, dass die feinen Damen oben im Teesalon sicherlich vor Schreck ihren Tee verschüttet hatten. Doch Elinor hatte sich einfach hinuntergebeugt und sie aufgehoben, ohne auch nur im Entferntesten den Eindruck zu erwecken, ihr wäre etwas Peinliches passiert. Wie machte sie das?

»Auf jeden Fall wirst du nicht die Beste, wenn du hier sitzt und flennst.« Elinor setzte sich die Mütze auf.

»Und wie werde ich die Beste?«, fragte Emma mit niedergeschlagenem Blick.

Elinor gab keine Antwort. Sie war bereits zur Tür hinaus.

Emma stand langsam auf, als stünde die Zeit still. Eine Minute vor sechs. Jetzt sollte sie sich beeilen, wenn sie nicht einen noch schlechteren Eindruck machen wollte.

Am selben Tag noch wurde Emma ins Büro bestellt, und ihr war völlig klar, was sie erwartete. *Adieu, kleine Emma, tu lieber das, was deine Mama sagt. Heirate und krieg Kinder, zu etwas anderem taugst du nun mal nicht.*

Es rumorte so sehr in ihrem Unterbauch, dass sie zweimal aufs Klo rennen musste, bevor sie hinaufgehen konnte. Wieder nach Hause fahren zu müssen – sie konnte sich nichts Erniedrigenderes vorstellen. Die Leute würden sie auslachen. Sagen, sie solle wissen, wo sie hingehöre und sich die dummen Ideen, in ihrem Leben noch etwas anderes zu schaffen, als Kinder in die Welt zu setzen, aus dem Kopf schlagen.

Das Bauchweh hielt sich auf dem ganzen Weg bis zum Büro, wo sie bislang nur einmal gewesen war und Tee serviert hatte. Das Zimmer war genauso reizend wie Miss Lansing selbst. Dunkelrote Wände, hohe pompöse Bücherregale und ein wunderschöner Schreibtisch. Emma konnte schwören, dass er aus Mahagoni war. Große Bilder in goldenen Rahmen, und auf dem schönsten von ihnen war Miss Lansing selbst abgebildet.

Emma hatte der Mund offen gestanden, als sie es zum ersten Mal gesehen hatte. Miss Lansing stand auf dem Bild fast wie ein Mann da. Die Arme verschränkt, mit stolz erhobenem Kinn. So will ich auch werden, hatte Emma gedacht.

Das war gewesen, bevor sie leider die Erfahrung machen musste, dass sie keinerlei Talent besaß.

Draußen vor der Tür legte sie die Hand auf den Bauch. Hatte sie einen Darmverschluss? Sie hatte keine Ahnung, wie sich das anfühlte, aber eine Kuh hatte das mal bekommen und war in fürchterlichen Qualen gestorben. So würde es ihr auch ergehen, sie wusste es. *Lieber guter Gott, ich bin doch trotzdem ein guter Mensch gewesen, lass mich nicht hier auf dem Teppich sterben.*

Sie zog ihre Haube zurecht und klopfte an die Tür.

Miss Lansing war wie immer sehr elegant gekleidet. Auf ihrer weißen Bluse war natürlich kein Fleck. Emma seufzte neidisch.

»Guten Tag, Emma. Bitte nimm Platz.« Miss Lansing wies auf den Stuhl, der auf der anderen Seite des Schreibtisches stand.

Vorsichtig ließ Emma sich kerzengerade auf der Stuhlkante nieder. Elinor hatte sie darauf hingewiesen, dass sie kein gutes Bild abgab, wenn sie in sich zusammensank, und einen Rest Stolz besaß sie immerhin noch.

»Der Küchenchef ist sehr zufrieden mit dir«, begann Miss Lansing.

Emma schüttelte den Kopf. Erstaunt sah sie ihre Chefin an. »Wie bitte?«

»Du bist fleißig. Sehr motiviert und lernwillig.«

»Aber ... aber ... ich habe mich doch nur blamiert.« Emma verstand jetzt gar nichts mehr.

»Nein, überhaupt nicht, soviel ich weiß. Im Gegenteil. Mir ist zu Ohren gekommen, dass du flink bist, vielleicht ein bisschen *übereifrig* mitunter, aber das ist eigentlich auch das Einzige, was ich dir mit auf den Weg geben will. Der Ton unter dem Personal ist manchmal sehr rau, aber daran hast du dich bald gewöhnt«, sagte Miss Lansing lächelnd, und es war ein Glück, dass sie auf der anderen Seite des Schreibtisches saß, sonst wäre Emma ihr sicher um den Hals gefallen, weil sie so erleichtert war.

»Dann ... darf ich die Arbeit behalten?«

Ihre Chefin lächelte. »Du darfst die Arbeit behalten. Willkommen bei den Flanagans.«

Emma hätte vor Glück am liebsten geheult, aber konnte sich gerade noch beherrschen. »Tausend Dank, Miss Lansing. Ich werde Sie nicht enttäuschen.«

Und in Zukunft würde sie für diese Frau alles tun, wirklich alles.

Während Elinor ein paar Sachen in eine kleine Reisetasche packte, die sie für den Besuch bei ihren Eltern brauchte, dachte sie an Miss Lansings Gespräch mit Emma. Elinor hoffte inständig, dass Emma bleiben durfte, denn sie mochte ihre Mitbewohnerin sehr, sie war eine gescheite und herzliche Person.

Als Elinor fertig war, hatte sie für ihre Mutter einen hübschen Schal eingepackt, für ihren Vater ein Paket Kautabak, das jemand liegen gelassen hatte, und für ihren kleinen Bruder eine neue Kappe. Sie vermisste sie. Mamas leckere schwedische Eintöpfe und das Geplapper des kleinen Bruders am Esstisch. Denn obwohl sie in derselben Stadt wohnten, führten sie doch ganz unterschiedliche Leben. Papa hatte noch nie einen Fuß in den Stadtteil Mayfair gesetzt. Mama war einmal bei Harrods gewesen, aber hatte einen Riesenschreck bekommen, als sie die Preise gesehen hatte, und das Kaufhaus fluchtartig wieder verlassen. »Aber jetzt habe ich es immerhin mal gesehen.« Es war das erste und letzte Mal gewesen.

Nicht dass Elinor besonders in diesen Teil Londons passte. Wäre das der Fall gewesen, dann hätte sie sich auch unter die Gäste mischen und im Obergeschoss servieren dürfen, was Emma schon in ihrer ersten Woche aufgetragen wurde.

»Warum darfst du das nicht?«, hatte Emma sie gefragt.

Elinor zeigte auf ihre braune Wange.

Es war die Hautfarbe, die den Ausschlag gab, nichts anderes, denn Elinor wusste, dass sie ihren Job gut machte. Besser als die meisten, die in der Küche arbeiteten. Keiner war so fleißig, so schnell und so gründlich wie sie.

Sie wollte das Flanagans gerade verlassen, um zum Bus zu gehen, als einer der Küchenjungen an ihre Tür klopfte und sagte, sie solle sofort hoch zu Miss Lansing ins Büro kommen.

Was hatte das zu bedeuten? Hatte sie etwas angestellt? Etwas falsch gemacht? Sie war doch eigentlich der Meinung, dass sie gute Arbeit leistete? *Sei nie überheblich, das bereust du ...* Mamas Worte hallten noch in ihren Ohren.

Sie wusste, dass sie mehr leisten musste als eine Weiße, deshalb arbeitete sie doppelt so hart wie die anderen. Unter ihrer Aufsicht verließ nichts die Küche, das nicht perfekt war. Aber zu Miss Lansing wurde man nur gerufen, wenn man einen Job bekam oder rausgeschmissen wurde. Um alles andere kümmerte sich der Küchenchef.

Elinor sah das Mädchen, das die Nachricht überbrachte, fragend an. Doch die zuckte nur mit den Schultern und sagte, sie habe nicht die geringste Ahnung, worum es ginge.

»Aber viel Glück«, gab sie ihr mit auf den Weg.

Elinor durfte ihre Arbeit nicht verlieren. Ihrer Familie würde das Geld fehlen.

Der Aufzug ging von der Küche in den ersten Stock und hielt direkt vor dem Büro, sodass Elinor keinem Gast über den Weg laufen würde. Vielleicht würden sie auf der Stelle tot umfallen, wenn sie einer schwarzen Frau im Flur des Hotels begegneten, dachte sie ernüchtert, bevor sich ihr Magen vor Nervosität zusammenzog.

Vorsichtig klopfte sie an.

»Komm rein, Elinor.«

Sie war schon mehrfach hier gewesen. Manchmal bestellte Miss Lansing sich Essen ins Büro anstatt in ihre Privatwohnung.

Diesmal hielt Elinor nichts in den Händen, und sie wusste nicht so richtig, wohin mit ihnen. Sie hielt ihre Finger fest, während sie auf Miss Lansings Schreibtisch zuging.

»Bitte nimm Platz. Darf ich dir etwas zu trinken anbieten? Etwas Orangensaft, Kaffee oder Tee?«, fragte ihre Chefin.

Elinor schüttelte den Kopf, während sie sich setzte.

»Nein, vielen Dank«, antwortete sie. Fehlte nur noch, dass sie etwas auf dem wertvollen Schreibtisch verschüttete.

Miss Lansing lehnte sich in ihren großen Ledersessel zurück. Sie machte ein zufriedenes Gesicht. Elinor verstand jetzt gar nichts mehr. Bitte, bitte, sagen Sie, was los ist. Jeder kleinste Muskel ihres Körpers war vorbereitet auf die Katastrophe.

»Du fragst dich natürlich, warum ich dich einbestellt habe. Keine Angst, es sind nur gute Neuigkeiten.«

Elinor holte tief Luft und atmete laut aus. Sie sank auf dem Stuhl zusammen, dann bemerkte sie es und streckte den Rücken wieder durch.

Miss Lansing lächelte sie an. »Ab sofort bist du die Kaltmamsell.«

Elinor starrte sie an. Sie bekam kein Wort heraus. *Sag schon was*, ging es ihr durch den Kopf.

»Das bedeutet, dass du die Verantwortung für fünf Angestellte übernimmst und einen der Chefposten im Flanagans hast, wenn Mr Talbot in Pension geht. Herzlichen Glückwunsch, Elinor. Wir sind so froh, dass du hier bei uns arbeitest. Natürlich bedeutet diese Beförderung noch mehr, nicht zuletzt ein eigenes Zimmer und einen höheren Lohn.«

Jetzt fing Elinor an zu zittern. Sie kämpfte gegen den Kloß im Hals. Sie, Miss Elinor Morrison würde die erste schwarze Chefin im Flanagans sein.

Ihr schossen die Tränen in die Augen, sie konnte nichts dagegen tun. Dies war der glücklichste Moment ihres Lebens. Sie reichte Miss Lansing die Hand, brachte nicht einmal einen Dank heraus. Miss Lansing drückte sie und begleitete die zitternde Elinor dann zur Tür.

Als Elinor vor der Küche wieder aus dem Fahrstuhl stieg,

stieß sie mit Sebastian Lansing, Miss Lansings Cousin, zusammen. Er grinste übers ganze Gesicht. Alle im Untergeschoss wussten, wer er war, er kam öfter und unterhielt sich mit dem Personal. Er flirtete, aber auf eine angenehme Art und Weise. Er war wie einer von ihnen.

Elinor war noch immer ganz aufgeregt. »Ich habe einen neuen Job bekommen.«

»Dann hat meine Cousine wohl endlich begriffen, was für ein Schatz du bist«, sagte er leise. Er legte eine Hand auf ihre Taille.

Sie nickte, während er sie an sich zog.

»Schöne Frauen wie du sollten belohnt werden«, flüsterte er ihr ins Ohr.

Sie schob ihn sofort von sich weg. Den Job hatte sie nicht wegen ihrer Schönheit bekommen.

Als Emma und Elinor sich in ihrem Zimmer wiedertrafen, strahlten sie beide.

»Ich habe meinen Job behalten«, erzählte Emma andächtig. »Und ich habe auch noch ein Lob bekommen, das hätte ich nie geglaubt.«

Emma war nicht besonders ordentlich, dachte Elinor und sah auf den Teil des Zimmers, der Emma zugewiesen war, aber sie hat viel mehr Ehrgeiz als die anderen Mädchen hier. Wenn sie es nur will, kann sie weit kommen. Und Elinor hoffte, dass sie weiterhin Freundinnen sein würden, auch wenn sie das Zimmer nicht mehr miteinander teilten. Über manches würden sie von nun an nicht mehr reden können, doch sie tratschte sowieso kaum über die anderen, das würde also kein Problem darstellen.

»Aber was tust du da? Reist du ab?«, fragte Emma, als Elinor zu ihrem gemeinsamen Kleiderschrank ging und ihren Koffer holte. Nachdem sie ihn auf ihr Bett gestellt und geöffnet hatte, kam sie zurück zum Kleiderschrank.

»Nein, ich habe ein anderes Zimmer bekommen.« Sie nahm mehrere Kleiderbügel auf einmal heraus. Sie wollte vermeiden, dass die Blusen faltig wurden. Das Glücksgefühl, das durch ihren Körper strömte, erschwerte ihr, die Hände still zu halten.

»Oh nein, mir hat es so gut gefallen, mit dir zusammenzuwohnen. Weißt du, wer jetzt hier einziehen wird?«

Elinor störte sich nicht an Emmas Egoismus. Das ist die Kehrseite ihres ehrgeizigen Charakters, dachte sie, aber Emma hat ein gutes Herz. So viel hatte sie in den gemeinsamen Wochen schon herausfinden können.

»Das weiß ich leider nicht.« Sie zog die Schublade der Kommode auf und hob einen kleinen Stapel Unterwäsche heraus. Dann fiel ihr ein, dass sie die Wäsche, die sie in ihrem Badezimmer zum Trocknen aufgehängt hatte, nicht vergessen durfte.

Elinor hatte nicht die geringste Ahnung, wie ihr neues Zimmer wohl aussehen würde, sie hatte bislang nur dieses und ein anderes Zimmer, das ein paar Küchenmädchen bewohnten, zu Gesicht bekommen. Sie war unheimlich aufgeregt. Ein *eigenes* Zimmer. Wie stolz würden ihre Eltern sein, wenn sie das erfuhren! Sie freute sich schon darauf, ihnen davon zu erzählen. Während sie die Schublade wieder zuschob, breitete sich ein Lächeln auf ihrem Gesicht aus.

»Du scheinst dich ja richtig zu freuen, dass du umziehst. Hat es dir mit mir hier nicht gefallen?«

Elinor setzte sich neben sie.

»Kannst du ein Geheimnis für dich behalten?«

»Ja, natürlich, ich schwöre bei der Bibel meiner Mutter. Worum geht es?«

»Ich habe einen neuen Job bekommen. Ich werde Kaltmamsell, und deshalb bekomme ich ein eigenes Zimmer.« Elinor wagte es kaum, Emma anzusehen, und zuckte zusammen, als die Freundin sie in die Arme schloss.

»Oh, was für tolle Neuigkeiten! Ich freue mich so für dich. Meine Güte. Chefin! Wahnsinn!« Dann ließ sie plötzlich die Arme hängen. »Aber können wir dann auch noch befreundet sein? Bist du dann nicht zu fein für mich?«

»Natürlich bleiben wir das«, rief Elinor lachend. »Ich bin froh, dass du meine Freundin bist. Aber über manches dürfen wir dann nicht mehr reden. Nicht über Kollegen oder das, was im Hotel passiert. Kannst du das versprechen?«

»Ja, ich werde keinen Pieps sagen, ich verspreche es dir. Noch mal meinen innigsten Glückwunsch.« Ihr Lächeln kam aus dem Herzen, und Elinor war ganz gerührt, dass sie so gefeiert wurde.

6

Interessiert betrachtete Emma den jungen Mann, der neu an der Rezeption war, Alexander. Er hatte zu ihr gesagt, ihre Augen hätten »dieselbe Farbe wie die Seen« dort, wo er zu Hause sei. »Blau, aber auch wieder nicht. Hier und da Sprenkel von Wald und Sonnenschein.« Ihre Blicke hatten sich getroffen, und sie hatte sich gleich viel lebendiger gefühlt. Die Männer im Hotel flirteten auch mit ihr, aber ohne jede Raffinesse. Alexander war ein anderes Kaliber.

Jetzt war ja das Jahr angebrochen, in dem sie ihre Unschuld verlieren wollte, und die Frage war, wem die Ehre zuteilwerden sollte. Im Moment lag Alexander ganz vorn im Rennen, deshalb schenkte sie ihm ihr schönstes Lächeln, als sie die Treppe zu den Küchenräumen hinunterhuschte.

»Kannst du mir helfen?«, fragte Elinor, die gerade frisch angeliefertes Essen aus Holzkisten packte. »Ich muss das in den Kühlschränken verstauen, daher müsstest du die Obstschale vorbereiten, die in die Suite gebracht werden soll.«

»Hast du Alexander schon getroffen?«

»Wen?«

»Den blonden Typen, der jetzt an der Rezeption arbeitet.«

»Nein, warum fragst du?«

»Ich dachte nur.« Emma packte die Äpfel aus und legte sie hinüber in die große Schale, die Elinor ihr hingestellt hatte.

»Du musst jeden einzelnen Apfel kontrollieren, bevor du ihn in die Schale legst. Der kleinste braune Fleck, und sie gehen zurück an den Händler.«

»Warum nimmst du so eine große Schale?«, fragte Emma und drehte den perfekten roten Apfel in ihrer Hand. Sie hätte Lust hineinzubeißen. Er sah unheimlich lecker aus.

»Sie soll an der Sitzecke im sechsten Stock stehen. Hier sind die Birnen. Bitte kontrolliere die auch.«

Nach gut zwei Monaten im Flanagans fühlte Emma sich langsam besser. Sie durfte alles Mögliche erledigen. Elinor helfen, selbst an den Wäscheschrank gehen, im Salon servieren und Besorgungen für die Gäste machen. Sie hatte gelernt, wie man sich mit einem Lächeln aus der Affäre zog, wenn männliche Gäste Annäherungsversuche machten, trug drei Teller gleichzeitig und faltete frisch gemangelte Tischwäsche so, dass die Wirtschaftsleiterin wohlwollend nickte.

Das Einzige, was ihr wirklich zuwider war, war das Putzen. Dennoch kam sie hin und wieder nicht drum herum. Doch sie tat es nur unter Protest.

»Du wirst ja die Hälfte davon wegwerfen müssen«, sagte sie zu Elinor, die auf eine Kiste Apfelsinen zeigte. »So haushaltest du ja nicht besonders gut mit dem Geld des Hotels.«

Elinor zuckte nur mit den Schultern. »Kann sein, aber darüber entscheide ja nicht ich«, antwortete sie lächelnd. »Ich soll die Schale für unsere besonderen Gäste perfekt herrichten, das ist im Moment meine einzige Anweisung. Miss Lansing hat das unmissverständlich zum Ausdruck gebracht.«

Emma holte den Servierwagen für die Schale, dann füllte sie Kannen mit Eiswasser und nahm die Wassergläser aus dem Schrank. All das platzierte sie auf dem Wagen.

»Vergiss die kleinen Teller und die Stoffservietten nicht«, erinnerte Elinor sie und band sich die Schürze ab. »Ich mache jetzt Pause.«

»Mr ...?«

»Winfrey.«

»Mr Winfrey, willkommen im Flanagans.« Alexander lächelte den neuen Gast an, der hinter der Rezeptionstheke stand. »Sind Sie zum ersten Mal bei uns?«

Der hochgewachsene Mann nickte. »Ja. Ich habe schon so viel Gutes von Ihrem Hotel gehört, dass es an der Zeit war, mal ein paar Nächte hier zu verbringen.«

Ein Amerikaner. Das konnte man fast schon sehen. Engländer würden den Hut nie so tief ins Gesicht ziehen. Man konnte ihn fast für einen Filmstar halten, so attraktiv, wie er war. Prominente gingen im Flanagans ja ein und aus. Alexander hatte schon einige eingecheckt, aber Mr Winfreys Name sagte ihm nichts.

Alexander träumte davon, eines Tages nach Amerika zu

fahren, doch die Reise war sehr teuer, darauf würde er lange sparen müssen.

»Dann möchte ich Sie besonders herzlich willkommen heißen«, sagte er und begleitete den Gast zum Concierge, wo er seinen Zimmerschlüssel erhielt. »Die Aufzüge finden Sie da drüben. Jonas wird gleich mit Ihrem Gepäck da sein.«

»Wann gibt es Abendessen?«, fragte der Mann.

Alexander warf einen Blick auf seine Uhr. »In einer Stunde, Sir.«

»Muss ich einen Tisch reservieren?«

»Ich kümmere mich darum.«

»Vielen Dank.«

Als Alexander in den Personalraum kam, saß die Blonde mit den hübschen Augen dort mit einem schwarzen Mädchen, das fast ebenso schön war. Er ging geradewegs mit ausgestreckten Händen auf die beiden zu.

»Wir sind uns heute schon begegnet«, sagte er. »Aber ich war so unhöflich, mich nicht ordentlich vorzustellen. Ich heiße Alexander Nolan und arbeite seit ein paar Wochen an der Rezeption.«

Hinter ihm füllte sich der Personalraum mit den Mitarbeitern, denen der Schichtwechsel bevorstand. Man verabredete sich für die Kneipe, und bald stand Alexander mitten zwischen zwei Köchen, die ihn hinaus auf die Straße zogen. Hinter ihnen lief ein Grüppchen, in dem er nur ein Mädchen erkannte. Die Blonde mit den funkelnden Augen: Emma.

In der Kneipe herrschte eine ausgelassene Stimmung. Die Musik war laut. Alexander war froh, dass er sich angeschlossen hatte, an seinem Tisch waren alle gut gelaunt. Er hatte ein Bier vor sich und sah sich neugierig im Lokal um, als sich mit einem Mal Emma neben ihm niederließ. Sie war jung, vermutlich keine zwanzig, aber bezaubernd in ihrer Lebenslust. Ihre lebhaften Augen hingen an den Musikern, während sie im Takt zur Musik vor und zurück wippte.

»Schön, dich wiederzusehen«, sagte er.

»Ebenso«, erwiderte sie und lächelte. Sie wandte den Blick nicht ab.

»Darf ich dich zu einem Bier einladen?«, fragte er. Irgendetwas musste er sagen, um nicht in diesen Augen zu ertrinken.

Sie schüttelte den Kopf. »Nein danke, ich möchte keinen Alkohol.«

Er zuckte mit den Schultern. »Dann vielleicht etwas anderes? Limonade? Tee?«

»Danke, nein, ich brauche nichts.«

Sie hatte einen seligen Gesichtsausdruck, dachte er und beugte sich näher zu ihr. »Bist du verliebt?«, flüsterte er, etwas besorgt, sie könne Ja sagen.

»Ja«, antwortete sie und grinste. »Ins Leben bin ich verliebt.« Und sie strahlte übers ganze Gesicht, als sei sie hier nicht in einer Kneipe, sondern auf einer blühenden Wiese, auf der sie die Blumen nur noch pflücken musste.

»Wie poetisch.« Er lachte erleichtert.

»Ja, ein bisschen.« Ihr Lächeln war warm.

Sie war einfach entzückend. Er trank einen Schluck und sah sie neugierig an. »Wie wird man denn so froh?«

»Man hat eine Arbeit bekommen, musste nicht heiraten und ist frei wie ein Vogel.«

»Das geht leider vorüber«, sagte er leise.

Er war genauso gewesen. Plötzlich hatte ihm alles offen gestanden, die Welt war wie ein riesiges Buffet, an dem er sich nur bedienen musste. Jetzt war dieses Gefühl wieder verschwunden, obwohl er kaum älter war als sie.

»Meinst du?«

»Ja. Bald hast du dich verliebt und wünschst dir nichts sehnlicher, als zu heiraten.« Er grinste schief.

»Was? Heiraten?« Sie lachte auf. »Nein, lieber bring ich mich um.«

»Und was hast du dann mit deinem Leben vor?«

»Ich werde hart arbeiten, mächtig sein und unabhängig.«

»Ohne Liebe?«

»Vermutlich.«

Er sah in ihre glühenden Augen und dachte, dass sie wohl noch gar nicht wusste, wie gefährlich ihre Ausstrahlung war. Die Männer würden ihr zu Füßen liegen. Sie sah aus wie eine zarte Blume, aber ihre Augen verrieten Ehrgeiz und eine gewisse Kompromisslosigkeit, über die allein ihre Erscheinung nicht hinwegtäuschen konnte. Es war erregend, musste er zugeben.

»Ich werde trotzdem ein bisschen auf dich aufpassen«, sagte er halb im Scherz und halb im Ernst. »Nicht dass dir was passiert.«

»Wie ein großer Bruder?«, fragte sie grinsend.

»Na ja«, sagte er. »Vielleicht eher wie eine Art erfahrener ... Freund.«

»Gut«, sagte sie, »ich hätte gern noch ein paar Freunde. Aber was meinst du mit ›erfahren‹?«

Ihre Augen wirkten irgendwie verschleiert. Das war ihm schon aufgefallen, als sie sich kürzlich über den Weg gelaufen waren. Jetzt bewegte er sich auf dünnem Eis. Was hatte dieser Blick zu bedeuten? Bislang konnte er immer in Augen lesen, doch nun war er ratlos. Sie war nicht auf der Suche nach der großen Liebe. Aber wollte sie trotzdem ...?

Eine Frau, die ihren Körper verschenkte, ohne dabei ihre Seele zu lassen, hatte er nicht mehr kennengelernt seit der reiferen Frau, bei der er seine Unschuld verloren und die ihm hinterher auch das Herz gebrochen hatte.

Er schluckte.

»Was für eine Art von Freund stellst du dir denn vor?«

7

Linda blieb vor der Rezeption stehen und starrte den Mann an, der gerade eincheckte. Wo war sie ihm schon mal begegnet? Einen Mann mit dieser Körpergröße vergaß man nicht. Gäste kamen und gingen, man konnte sich unmöglich an alle erinnern, aber sie war sehr bemüht, diejenigen wiederzuerkennen, die regelmäßig im Flanagans übernachteten. Er war attraktiv, dachte sie, doch auch das traf auf viele Gäste zu. Aber hier konnte sie nicht länger stehen bleiben und glotzen. Eilig lief sie in den Frühstücksraum hinüber und ging die Treppe in die Küchenetage hinab.

Mr Duncan saß wie gewohnt in seinem Büro, als Linda eintrat. Es war gemütlich bei ihm, dafür hatte seine Frau gesorgt. In einer Ecke, hinter einem dunkelbraunen, stabilen Holzschirm, stand sein Bett, wo er sich an langen Arbeitstagen ausruhte. Ganz verstecken ließ es sich nicht, aber Linda konnte erkennen, dass es ordentlich war und sauber. Reinweiße Bettwäsche und ein schief genähtes Kissen, das sicher eins seiner Kinder angefertigt hatte.

Linda war es wirklich unangenehm, dass sie so wenig über das Privatleben ihrer Mitarbeiter wusste. Was unternahmen sie in ihrer Freizeit? Immerhin hatten sie einen freien Tag in der Woche. Vielleicht gingen sie ins Kino. Aßen gemeinsam mit ihrer Familie, wenn sie eine hatten. Weil Linda ein besonderes Interesse an der ehrgeizigen Elinor hatte, war ihr bekannt, dass die junge Frau verschiedene Kurse belegte, um sich weiter zu qualifizieren – ob das andere Angestellte auch machten? So etwas sollte sie eigentlich wissen.

Es war nicht so, dass ihr ihre Mitarbeiter gleichgültig waren. Der Küchenchef hatte eine Frau und drei Kinder, das wusste Linda, weil seine Frau regelmäßig an seinem Arbeitsplatz auftauchte und neue Fotos der Kinder an seiner Bürowand anbrachte. Ob aus Fürsorge oder um ihn daran zu erinnern, dass er auch noch eine Familie hatte, wusste Linda nicht. Möglicherweise war es Letzteres.

»Chef Duncan, wie ist die Lage?«, fragte sie und zog gegenüber von ihm einen Stuhl vom Tisch.

Die Düfte aus der Küche drangen nun auch ins Büro. Sie erinnerten sie daran, dass sie Hunger hatte. Hinterher würde sie um einen Teller Essen bitten, den sie mit hochnehmen konnte.

»Danke, Miss Lansing, hier ist alles wie gehabt. Viel Arbeit, aber gute Stimmung in der Küche.«

Linda war sich nicht sicher, ob sie das glauben sollte, denn sie wusste, dass er seine Leute an kurzen Zügeln führte, und wehe dem, der etwas falsch machte. Manchmal brüllte er so laut, dass die Klagen der Mitarbeiter bis zu ihr vordrangen. Oder er brachte Lehrlinge dazu, vor Angst zu zittern. Auf der anderen Seite hatte er ein gutes Herz, und

Linda konnte sich nicht erinnern, wann er zuletzt jemanden rausgeschmissen hatte. Er drohte vor allem.

Von einer Ausnahme abgesehen.

Nach einem üblen Vorfall mit kochendem Öl musste ein Kochlehrling gehen. Säufer konnten sie in der Küche nicht gebrauchen. Der Kochlehrling war betrunken zum Dienst erschienen, hatte darauf bestanden mit anzufassen, als ein Topf vom Herd genommen werden musste, und ihn seinem Kollegen aus der Hand gerissen, sodass der Topf umkippte und das kochend heiße Öl über das Bein des anderen lief und schwere Brandwunden verursachte. Der Säufer wurde hochkant rausgeschmissen, und danach traute sich kaum noch einer, betrunken zur Arbeit zu kommen.

Linda setzte sich und schlug die Beine übereinander. Sie warf einen Blick auf die Reservierungsliste für den Abend.

»Ausgebucht sind wir nicht«, sagte Linda und runzelte die Stirn. »Donnerstag. Wir brauchen mehr Gäste im Restaurant.«

»Ja, ich weiß. Ich habe noch nicht den allerletzten Stand von der Rezeption bekommen, aber viel mehr werden es sicher nicht.«

»Verstehen Sie das? Das Hotel ist doch voll belegt.« Sie sah ihn fragend an.

Die alten Existenzängste kamen wieder auf, obwohl sie schon lange Gewinn machten. Die Jahre, die sie für diese Entwicklung gebraucht hatte, waren so belastend gewesen, dass sie jedes kleine Anzeichen für eine Richtungsänderung aufs Neue erschreckte.

Er sah ihr ins Gesicht und nickte. »Das liegt an diesem

Restaurant weiter unten in der Straße, das zieht uns die Gäste ab«, erwiderte er. »Sind Sie da schon mal gewesen?«

Linda schüttelte den Kopf. »Nein, ich weiß zwar, dass da ein Restaurant eröffnet hat, aber ich dachte, das sei ... Erzählen Sie mal, weshalb laufen uns die Gäste davon?«

Er seufzte. »Nach dem, was ich gehört habe, sind sie billiger und verwenden zugleich hervorragende Zutaten. Fragen Sie mich nicht, wie das zusammenpasst«, sagte er. »Aber jetzt haben sie schon die zweite Woche geöffnet, und vor dem Eingang bilden sich immer noch Schlangen.«

Dass es dort billiger war, wusste sie. Gerade deswegen war sie davon ausgegangen, dass ihre Gäste dort nicht hingehen würden. Mit billig *und* gut hatte sie nicht gerechnet. In London gab es so etwas kaum.

»Wir dürfen unsere Gäste nicht an einen Emporkömmling in derselben Straße verlieren«, sagte sie. »Ich erwarte von Ihnen, dass wir auch im neuen Jahrzehnt die Konkurrenz verkraften. Damit haben wir doch kein Problem, Duncan? Wenn wir einen neuen Star in der Küche brauchen, dann müssen wir einen holen.«

Er schüttelte heftig den Kopf. Sein kahler Scheitel glänzte im Schein der Deckenlampe. »Natürlich finden wir eine Lösung. Ich habe mich schon umgehört und bereits ein Gespräch mit einem sehr begabten Koch hier in London, der auch schon in Amerika gearbeitet hat, geführt«, sagte er. »Vertrauen Sie mir. Wir kriegen das hin.«

Als Linda die Küche betrat, verstummte das Gemurmel, die Kochmützen wurden zurechtgerückt, die Küchenhilfen schrubbten die Arbeitsplatten, und weiter hinten verschwand jemand im Kühlraum.

»Guten Tag«, sagte sie laut und deutlich, nickte und lächelte. »Ich habe einen Bärenhunger, und es duftet sehr verlockend hier.«

Kurz darauf verließ sie die Küche mit einem Teller mit Kalbsfilet, Bratkartoffeln und einem Klecks Béarnaise.

Wein hatte sie mehr als genug in ihrem Schränkchen im Büro.

Das Telefon klingelte gerade in dem Moment, als Linda ihr Appartement betrat. Seufzend nahm sie ab. Ihr war kalt, und sie hätte schon längst in der Badewanne liegen sollen, doch das Meeting in der Küche hatte länger gedauert als gedacht, und dann war sie mit dem Weinglas in der Hand am Schreibtisch hängen geblieben. Das Essen war gut gewesen, mehr aber auch nicht. Der letzte Pfiff hatte gefehlt, doch sie konnte nicht sagen, was genau es war. Außerdem hatte sie solch einen Hunger gehabt, dass sie schon die Hälfte verschlungen hatte, bevor sie überhaupt darauf achtete, wie es wirklich schmeckte.

»Linda, Darling«, zwitscherte Mary am anderen Ende der Leitung. »Wie herrlich, dich endlich an die Strippe zu bekommen, du arbeitest zu viel. Komm doch lieber rüber auf einen Besuch. Die Zwillinge fragen ständig nach dir, und ich langweile mich so. Wann hast du Zeit?«, fragte sie.

Linda zog die Decke, die über der Bettkante lag, über ihren Körper. Sie unterhielt sich immer gern mit Mary. »Meine Liebe, du weißt genau, dass ich ein Unternehmen führe.

Es ist gar nicht so lange her, dass du mir dabei geholfen hast.« Ohne Marys Geschäftstüchtigkeit hätte Linda die ersten Jahre im Flanagans niemals überstanden. Sie war ein Wunder an Kreativität.

»Ach, wie ich diese Zeit vermisse«, stöhnte Mary. »Aber auch Unternehmenschefs brauchen hin und wieder ein freies Wochenende mit gutem Essen und Zeit für Gespräche mit der besten Freundin.«

Die Vorstellung von frischer Luft um die Nase und Marys Gesellschaft war zweifellos verlockend.

»Wenn du meine entzückenden Bälger begrüßt hast, kann ich sie der Kinderfrau übergeben, dann können wir ausführlich tratschen, vielleicht eine Runde ausreiten oder uns einfach einen gemütlichen Abend mit viel Wein vor dem Kamin gönnen. Was meinst du, kannst du dich dazu entschließen?«

Ein Tag auf dem Land. Alle Arbeit liegen lassen. Sie hatte ihre Freundin schon oft genug besucht, um zu wissen, dass man bei ihr keinen Finger krumm machen musste, wenn man keine Lust dazu hatte. Das Personal war zur Stelle, sobald Mary das Glöckchen hob. Bei ihr ging es noch zu wie im neunzehnten Jahrhundert.

»Und?«, fragte Mary bittend.

Eine kurze Bedenkpause. Dann: »Ja, ja, ich komme. Ich fahre aber erst morgen früh, heute Abend schaffe ich es nicht mehr. Wir sind doch allein, oder?«, fragte Linda.

»Nur wir zwei«, bestätigte Mary. »Oh, wie schön! Jetzt werde ich gleich alles für deinen Besuch vorbereiten. Soll ich dir einen Wagen schicken?«

»Nein, nicht nötig, ich nehme den Zug.«

»Selbstverständlich, du moderne Frau«, sagte Mary und lachte erfreut. »Darling, dann bis morgen Vormittag. Ich freu mich.«

Marys Enthusiasmus war ansteckend. »Danke. Ich freue mich auch.«

Als Linda aufgelegt hatte, fragte sie sich, warum sie so lange gezögert hatte. Sie war doch wirklich nicht unersetzlich. Genau deshalb hatte sie Führungspersonal für jeden Bereich. Sie hatte jeden Mitarbeiter persönlich mit großer Sorgfalt ausgewählt, und sie würden sie kein bisschen vermissen, musste sie sich eingestehen. Natürlich gab es ein paar Gäste, die sie sehen wollten, doch die konnten sich auch mal einen Tag gedulden. Länger würde sie sowieso nicht fort sein.

Sie streifte die Schuhe ab, zog die Feinstrumpfhose aus und tapste barfuß ins Badezimmer. Dort drehte sie die Wasserhähne auf. Während das Wasser in die Wanne lief, zog sie sich zitternd aus. Das Kleid hängte sie auf den Bügel an der Tür. Sie musste es in die Reinigung geben. Eigentlich wollte sie das Personal nicht mit privaten Angelegenheiten beschäftigen, doch ihre Kleider gab sie in die Hotelwäsche. Es war praktisch, und da sie so viel arbeitete, war es auch vertretbar. In ihrem Kleiderschrank hatten sich nun schon einige Kleider für die Reinigung angesammelt, sie musste daran denken, die Hauswirtschaftsleiterin zu bitten, sich darum zu kümmern, bevor sie zu Mary aufbrach.

Sie hielt einen Zeh ins warme Wasser, und dann tauchte sie langsam in die Wanne ein, Zentimeter für Zentimeter.

Es war ein Gefühl, als würde die Haut sich ablösen, so heiß war es. Sie holte tief Luft. Wie herrlich, dachte sie, als sie schließlich den Kopf auf der Badewannenkante ablegte. In einer Stunde würde sie wieder im Speisesaal stehen und strahlen, aber hier und jetzt konnte sie einfach entspannen und nur sie selbst sein.

Sie griff nach dem Waschlappen, tunkte ihn ins Wasser und rieb ihn über die Seife, die auf dem Rand der Badewanne lag. Während sie sich von Kopf bis Fuß wusch, musste sie an die kommenden Tage bei Mary denken. Sie konnte sich den Vergleich zwischen ihrem heutigen Leben und dem, wie es war, als sie frisch von Fjällbacka hierhergekommen war, nicht verkneifen. Ihr war, als sei ein ganzes Leben vergangen, seit sie sich als unsichere junge Frau kaum getraut hatte, das Personal anzusprechen. Die viel zu dünn gewesen war, deren Haare bis zur Taille gereicht hatten und die mit ihren staksigen Beinen auf den hohen Schuhen überhaupt nicht hatte laufen können.

Die letzten Jahre hatten sie geprägt. Trauer und Enttäuschung hatten sie stark, aber auch zur Zynikerin gemacht. Vor zehn Jahren war sie naiv gewesen, das war sie jetzt nicht mehr. Dass Laurence ihr wieder den Krieg erklärte, war hart, aber sie machte sich auch keine Illusionen mehr, dass sie sich jemals friedlich einigen würden. Sebastian hielt sich eher zurück, stand aber immer auf der Seite seines Bruders. Außerdem war er auch ein ganz anderer Mensch. Ein charmanter Kerl, den die Frauen liebten. Laurence hingegen war eiskalt.

Linda war sich fast sicher, dass Laurence hinter dem

Brand, der im Hotel im Jahr 1952 ausgebrochen war, gesteckt hatte. Man konnte von Glück sagen, dass sich das Feuer nicht weiter ausgebreitet hatte, hatte der Brandinspektor gesagt, als feststand, dass es Brandstiftung gewesen war. Sie konnten im Flanagans einen ganzen Monat lang keine Veranstaltungen im Salon organisieren, weil der Raum so in Mitleidenschaft gezogen worden war, und das hatte in den so anfälligen Haushalt des Hotels große Löcher gerissen. Doch Linda war vor allem dankbar, dass keine Gäste zu Schaden gekommen waren. Allein der Gedanke daran ...

Laurence war ganz einfach nicht normal, ihn schreckte nichts, und jetzt musste sie wieder auf der Hut sein. Immerhin hat er mich gewarnt, dachte Linda bitter.

Wie gern hätte sie eine Frau an ihrer Seite gehabt, mit der sie ihre Ideen weiterspinnen konnte. Anfangs war Mary für sie da gewesen, doch als die Freundin geheiratet hatte und auf das Landgut gezogen war, hatte sich ihre Beziehung aus nachvollziehbaren Gründen verändert. Lange Abende im Flanagans, an denen die beiden Freundinnen Bälle planten, gehörten nun der Vergangenheit an.

Sie planschte ein bisschen herum. Die Wärme hatte ihr gutgetan, nun fror sie nicht mehr. Sie warf einen Blick auf die Uhr im Regal am Waschbecken. In fünfunddreißig Minuten würde sie schon wieder unten im Restaurant stehen und mit ihren Gästen plaudern. Sie herzlich begrüßen. Sich erkundigen, ob alles zu ihrer Zufriedenheit sei. Die Herren, die ohne weibliche Begleitung da waren, ein wenig umgarnen und den Frauen Komplimente machen.

Es war ein stinknormaler Abend im Flanagans.

Linda blieb an der Tür stehen und runzelte die Stirn. Man konnte nicht behaupten, dass das Restaurant menschenleer war, doch viele Gäste, die erst eine Reservierung vorgenommen hatten, hatten wieder storniert. Innerhalb von zwei Wochen hatte sich ihre Auslastung am Abend um fünfzig Prozent verringert. War es das benachbarte Restaurant, das ihnen so schnell und nachhaltig die Gäste abspenstig gemacht hatte? Sollte sie selbst mal dort essen und sich vor Ort davon überzeugen, was es so beliebt machte? Hochwertige Zutaten, hatte Duncan gesagt, aber die gab es bei ihnen auch, dann musste es sich doch eher um die Preise drehen. Wie konnte es sein, dass das andere Restaurant von seinen Lieferanten so gute Einkaufspreise bekam und sie nicht?

Dann kam ihr die Idee. Sie würde ein paar Angestellte zum Auskundschaften hinüberschicken. Solche, die Gespür für Service und Essen hatten. Und vielleicht musste sie Duncan sogar bitten, einen Koch von der Konkurrenz zu sich zu holen? So schwer konnte das doch nicht sein. Schließlich gab es nicht viele Hotels, die so einen guten Ruf wie das Flanagans hatten.

Das hob ihre Stimmung, und sie begab sich in den Speisesaal, wo sie mit einem herzlichen Lächeln an den ersten runden Tisch trat, an dem nur Herren saßen.

»Wie nett, Sie zu Gast zu haben«, sagte sie und legte einem der Herren sanft die Hand auf die Schulter, während die anderen neidisch auf diesen diskreten und unschuldigen Flirtversuch starrten.

»Wie immer ist es wunderbar bei Ihnen, Miss Lansing«, sagte er und strich ihr über den Handrücken.

Langsam zog sie ihre Hand zurück. »Ich freue mich zu hören, dass Sie sich bei uns wohlfühlen, lassen Sie es mich wissen, wenn Sie einen Wunsch haben.«

Sie wusste, dass nun vier Paar Augen an ihrem Hintern hingen, als sie sich dem nächsten Tisch zuwandte. Sie waren einfältig und glotzten einfach, doch da Linda nur ihr Geld wollte, musste sie das ausblenden.

Solange sie ihre Geschäfte im Flanagans abwickelten, durften sie glotzen, so viel sie wollten.

8

Elinor betrachte Emma, als sie zur Tür hereinkam. Sie hatte so viel Schminke im Gesicht, dass sie fast wie ein Clown aussah. Elinor musste etwas sagen, das war sie ihr als Freundin schuldig.

Sie räusperte sich. »Du bist das süßeste Mädchen, das ich kenne, aber jetzt hast du wirklich ein bisschen zu viel Make-up aufgetragen.«

»Findest du? Ich habe keinen guten Spiegel in meinem Zimmer, ich seh das so schlecht«, erwiderte Emma.

Elinor war erleichtert. Emma hatte es ihr nicht übel genommen.

»Ich weiß«, sagte Elinor. »Das Licht ist ungünstig, weil das Fenster so weit oben sitzt, dass kaum Helligkeit ins Zimmer kommt.«

Sie gab Emma ihren Spiegel. »Geh mal vor ans Fenster, da siehst du viel besser.«

Emma erschrak, als sie ihr Spiegelbild sah. »Oh nein, ich sehe ja unmöglich aus. Hast du irgendwas da, womit ich das wegwischen kann?« Elinor ging zu ihrem kleinen Waschbecken und holte einen Frotteewaschlappen. »Bitte schön.

Wasch die Farbe auf den Wangen und den Lippenstift ab, den Rest kannst du lassen.«

»Die Wimperntusche nicht?«

»Die geht. Ohne den Rest sieht es gut aus.«

»Schminkst du dich eigentlich nie?« Emma rieb sich über die Wangen, sodass sie sich unter den Sommersprossen röteten.

Elinor zuckte mit den Schultern. »Manchmal ein bisschen Lippenstift. Make-up macht immer so weiß.«

Emma sah sie an. »Wenn ich das süßeste Mädchen bin, dann bist du das schönste, das ich je gesehen habe, mehr Farbe brauchst du nicht«, stellte sie fest, und Elinor war ganz gerührt von diesem schönen Kompliment.

Sie hatte nie richtig über ihr Aussehen nachgedacht, sie fand es auch nicht wichtig, und in ihrer Familie wurde über so etwas nicht gesprochen. Mama sagte vielleicht »wie fleißig du bist«, aber Elinor konnte sich nicht erinnern, jemals einen Kommentar zu ihrem Äußeren erhalten zu haben. Papa strich ihr über den Kopf, aber ob das noch etwas anderes zu bedeuten hatte, als dass er ihr seine Zuneigung zeigte, wusste sie auch nicht. In ihrer Familie war ihre Mutter diejenige, die mit ihnen sprach, der Vater war eher fürs Praktische zuständig. Elinor hatte es immer so empfunden, dass sie schon deshalb gut zusammenpassten.

Als Elinor ihrer Mutter von ihrer Beförderung erzählt hatte, hatte die Mama angefangen zu weinen. »Ich bin ja so stolz«, hatte sie schluchzend hervorgebracht. »George, sag du doch auch mal was«, hatte sie ihren Mann aufgefordert, woraufhin er die Hand ausgestreckt und Elinor über den Kopf gestreichelt hatte.

Emma unterbrach Elinors Gedankenfluss. »Wollen wir los?«

»Müssen wir uns absprechen, wie wir uns verhalten sollen?«

»Nee. Wir machen es genau so, wie Miss Lansing es gesagt hat. Wir beobachten, wie sie arbeiten, und bilden uns eine Meinung über das Essen. Das wird uns doch nicht schwerfallen? Ich bin noch nie in einem Restaurant gewesen. Du?« Emma zog den Mantel an, den sie aufs Bett geworfen hatte, bevor sie ins Bad gegangen war.

Elinor öffnete den Kleiderschrank und holte ihre Jacke heraus. Sie räumte immer gleich alles auf, wenn sie etwas benutzt hatte. Die meiste Zeit, wenn sie nicht arbeitete, war sie zu Hause, und wenn es da unordentlich war, fühlte sie sich nicht wohl. Zum Glück hatte sie nur ein paar Wochen ein Zimmer mit Emma geteilt, denn ihr schien es sehr schwerzufallen, die Sachen an ihren Platz zu legen.

»Zu Hause gehen wir einmal im Jahr in die Kneipe, wenn Mama ihr Weihnachtstaschengeld bekommen hat.« Elinor stopfte das Geld, das Miss Lansing ihr in die Hand gedrückt hatte, in die Handtasche. Sie hatte sie aufgefordert, so viel wie möglich zu bestellen.

»Ich bin so aufgeregt«, sagte Emma unruhig. Sie konnte kaum stillstehen.

»Hast du keinen Schal?«, fragte Elinor. Sie hielt ihr einen hin, den ihre Mutter gestrickt hatte. »Vielleicht müssen wi eine Weile draußen warten.«

»Danke.« Emma wickelte ihn sich um den Hals und drückte sich den Hut über die Ohren. »Und jetzt komm.«

Elinor hielt ihren Mantel in der Hand, bevor sie ihn an einen Haken neben der Tür hängte, und sah sich um. Das Restaurant machte einen gemütlichen Eindruck. Fast wie eine Kneipe. Es gab eine Bar, an der ein paar Männer standen und Bier tranken. Die Wände waren nicht tapeziert, sondern mit Holz verkleidet.

Emma und Elinor bekamen einen Tisch in der Nähe der großen Fenster. Die Stühle waren sehr bequem. Die Gäste um sie herum machten große Augen, doch dann widmeten sie sich wieder ihren Gesprächspartnern.

Das Personal machte einen gut gelaunten Eindruck, die Bedienungen rannten mit Unmengen von Tellern, die sie auf dem ausgestreckten Arm trugen, herum, Elinor zählte einmal acht Angestellte. Wie machten sie das nur?

»Mach den Mund zu«, wies sie Emma zurecht.

Ungeniert musterte Emma jeden Gast vom Scheitel bis zur Sohle, reckte den Kopf, sobald ein Kellner mit einem Gericht vorbeikam, und wenn sich jemand erhob, zog er ihren neugierigen Blick auf sich.

Sie presste die Lippen aufeinander. »Zufrieden?«, flüsterte sie zu Elinor hinüber.

Die grinste. »Ja, besser, als wenn dir dein Unterkiefer hinunterfällt.« Sie beugte sich zu ihr und sagte: »Es muss ja keiner gleich wissen, dass wir noch nie in einem Restaurant zu Gast waren.«

Emma nickte. »Du hast recht. Aber womit fangen wir an?«

Betont lässig griff Elinor nach der Speisekarte und wünschte, sie könne ein Exemplar in ihre Handtasche schmuggeln. Aber wie würde das aussehen. Stattdessen versuchte sie, sich die Gerichte einzuprägen: Steaks, Kaviar, Lachs, Omelette, Wurst. Sie hatten sogar Hummer auf der Karte. Und alles war so sonderbar kombiniert, dass Elinor gar nicht wusste, wo ihr der Kopf stand. Hummer auf einem Steak zum Beispiel. Klang nicht besonders lecker. Sie erschauerte. So etwas servierten sie im Flanagans nicht. Weiter unten fand sie etwas, das sie *Hamburger* nannten. Gehacktes Fleisch mit Brot. Sie hatte davon schon mal gehört, aber ihre Kollegen hatten gemeint, so etwas gebe es nur in Amerika. Vielleicht stammte die Idee, Steak mit Hummer anzubieten, auch von dort.

Neben ihnen erklang ein Räuspern. »Sind Sie so weit?«

Elinor und Emma sahen gleichzeitig auf, Emma strahlte den Kellner begeistert an.

»Ihre Karte ist so umfangreich, dass mir der Kopf schwirrt«, sagte sie mit lieblicher Stimme. »Können Sie nicht einfach etwas für uns aussuchen?« Sie legte den Kopf schräg und klimperte mit ihren großen getuschten Wimpern.

Bravo, Emma, dachte Elinor. Sie selbst würde so etwas niemals machen, aber sie konnte sich vorstellen, dass es klappte. Der junge Mann würde Emma für den Rest des Abends zu Füßen liegen, und das konnte ihrem Auftrag nicht schaden.

»Äh, ich kann Ihnen gern etwas empfehlen.« Er sah Elinor nach wie vor nicht an, doch das war ihr egal. Emmas Ausstrahlung bewirkte in der Regel, dass man die Welt um sich herum vergaß.

»Danke, wunderbar«, sagte sie lächelnd.

»Und was möchten Sie trinken? Das bringe ich zuerst«, sagte er.

»Wir hätten gern etwas Leckeres ohne Alkohol, nicht wahr?«, antwortete Emma und sah Elinor fragend an, die sofort nickte.

»Dann werde ich dafür sorgen, dass es umgehend serviert wird«, sagte der Kellner, während er sich mit einer angedeuteten Verbeugung, den Blick auf Emma geheftet, entfernte.

»Ich würde sagen, von mir bekommt er eine Sechs.« Emma beugte sich zu Elinor hinüber und tuschelte. »Er hat dich nicht mal angeschaut.«

Sie zog einen Notizblock und einen angekauten Bleistift aus der Handtasche und hielt Elinor beides hin, die den Stift mit Ekel betrachtete.

»Schreib du«, sagte Elinor. »Die Sechs würde ich auch vergeben.«

Und dann kam der Augenblick, vor dem Elinor ein Leben lang gezittert hatte. Wovor Mama sie gewarnt hatte und den Papa fast täglich erleben musste.

Der Kellner kam nicht mit ihren Getränken zurück, stattdessen überbrachte er eine Nachricht des Besitzers: Elinor war in ihrem Hause als Begleitung ihrer Freundin nicht willkommen.

Elinor verließ das Lokal wie ein verängstigter Hund, der den Schwanz eingezogen hatte. Obwohl der Kellner ganz leise gesprochen hatte, drehte sich das halbe Restaurant nach den beiden um, als sie zum Ausgang begleitet wurden. Elinor wäre am liebsten im Boden versunken. Ihre Wangen glühten. Was würde Miss Lansing dazu sagen?

Die übrigen Gäste starrten sie an, aber brachten kein Wort heraus, und in der Tür drehte Emma sich noch einmal zu ihnen um. Ohne sich auch nur einen Moment lang um ihre eigene Haut Gedanken zu machen, spuckte sie in ihrer Wut auf den Boden, als sei sie selbst eine Jamaikanerin aus Notting Hill.

9

Linda spazierte zur Victoria Station. Wenn sie sich beeilte, würde sie keine dreißig Minuten brauchen, und dann hätte sie immer noch zehn Minuten Zeit, ihren Zug zu finden. In Slough musste sie umsteigen, doch die ganze Reise, einschließlich der Fußwege, dauerte kaum mehr als eine Stunde. Sie würde es nicht einmal schaffen, das letzte Kapitel ihres Buchs zu lesen. Das war nicht so schlimm, es handelte von Morden an wehrlosen Frauen, und auch wenn die Verbrechen aufgeklärt wurden, so mussten die Opfer auf jeden Fall daran glauben.

Als sie etwas später die letzten Meter über die Allee zum Landgut lief, war sie froh, dass sie es abgelehnt hatte, abgeholt zu werden. In ihrem Leben gab es schon genügend, das nicht sehr bodenständig war. Im Flanagans servierten sie russischen Kaviar und Champagner, als könne sich das jeder leisten. Wenn ihre alten Schulfreunde aus Fjällbacka sie so sähen, würden sie ihren Augen nicht trauen. Sie, die Waise, die bei ihrer Großmutter aufwuchs, stolzierte durch ihr eigenes Hotel, als wäre es die natürlichste Sache der Welt.

Ihr Heimweh nach Bohuslän war groß. Linda musste nur

die Augen schließen, dann erinnerte sie sich an den Seetang am Strand, das Baden im Meer im April bei höchstens zehn Grad und den herrlichen Duft von Großmutters leckeren gegrillten Makrelen.

Nicht einer ihrer Freunde aus Fjällbacka hatte sie in London besucht, doch das lag an ihr. Sie hätte die Freunde, mit denen sie noch Kontakt hatte, ja einladen können, Gunilla zum Beispiel, aber aus irgendeinem Grund erwähnte sie das Hotel in ihren Briefen, die sie nach Hause schrieb, ungern. Natürlich wussten sie, dass Lindas Vater tot und ihre Großmutter nach London übergesiedelt war, aber Linda hatte über die Arbeit ihres Vaters nie viel gesprochen. Es war schon schlimm genug, dass er Engländer war und dass sie eine Sprache beherrschte, die die anderen nicht konnten. Die meisten ihrer Freunde hatten nicht einmal in Schweden in einem Hotel übernachtet.

Und warum sollten sie es auch – wenn sie schon auf dem schönsten Fleckchen Erde lebten?

Diese Erinnerungen waren schmerzvoll, und da hatte sie noch nicht einmal an Großmutters Haus gedacht. *Hör jetzt auf*, ermahnte sie sich, *hör auf*. Denk lieber dran, wie herrlich es ist, dass hier kein Schnee liegt.

Dann sah sie sich um. Gleich war sie am Ziel. Mit den geharkten Kieswegen, den gepflegten Blumenbeeten und den grünen Rasenflächen war es auch hier schön. Jetzt würde sie sich mit Mary eine schöne Zeit machen und nicht an Fjällbacka denken.

Und bei der Rückfahrt würde sie das Angebot, sich in

Marys Luxuskarosse chauffieren zu lassen, dankend annehmen.

John und Philip machten ihr die Tür auf. Die sommersprossigen, rothaarigen Zwillinge schubsten sich und fielen sich ständig ins Wort, während sie beide an Lindas Tasche zogen.

Sie verstand nur die Worte, *Mama, Salon, Tee* und *komm endlich*, und als sie ihren Mantel der Haushälterin in die Hand gedrückt hatte, folgte sie Marys Söhnen, die jetzt die Tasche gemeinsam trugen und vorangingen, die Treppe hinauf zum Gästezimmer. Da wohnte sie immer, wenn sie zu Besuch war, und jedes Mal staunte sie aufs Neue, wie schön und gemütlich das Zimmer war. Mary hatte jedes Zimmer geschmackvoll eingerichtet, so wie es sich für ein britisches Landgut gehört. Himmelbetten, gemusterte Tapeten, schwere Samtgardinen, für die sie den Stoff aus Frankreich hatte kommen lassen und die hier vor Ort von einer Schneiderin genäht worden waren. Im offenen Kamin knisterten die Holzscheite. Auf dem Boden lagen handgeknüpfte Seidenteppiche aus China, und hier und da hatte sie Lampen platziert, die den Raum in ein warmes Licht tauchten. Die Gardinen hielten das Tageslicht fern, aber Linda wusste, dass Mary gerade das in den Schlafräumen bevorzugte. Es war eine verschwenderische Fülle, die man gar nicht nicht lieben konnte.

»Vielen, vielen Dank, dass ihr mir die Tasche getragen habt«, sagte sie lächelnd zu den Jungs.

»Wenn du dir den Staub von der Reise abgewaschen hast, kannst du runterkommen«, sagte der eine.

»Alle warten auf dich«, sagte der andere.

»Alle?« Lindas Stimmung sank auf der Stelle.

»Na ja, Mama.« Beide grinsten.

Sie atmete auf. Mary war ein geselliger Mensch und hatte zahlreiche Bekannte. Wenn sie Linda gesagt hatte, dass sie der einzige Gast sei, konnte sie das eine Stunde später schon wieder vergessen haben. Mary war bekannt für ihre Gastfreundschaft und ihre legendären Feste. In den letzten Jahren waren sie weniger geworden, weil der Graf etwas müder geworden war, doch sie arrangierte mindestens eins in jeder Saison.

Linda hatte das Herbstfest verpasst, aber wollte im Sommer bei der Schatzsuche auf jeden Fall wieder dabei sein. Marys unerschöpflicher Ideenreichtum war heute noch genauso inspirierend wie damals, als sie Linda geholfen hatte, die Events im Flanagans anzukurbeln.

»Ich komme gleich. Lauft schon vor, ich finde euch«, sagte Linda lächelnd zu den Zwillingen.

Sie machte es sich bequem und packte ihre wenigen Sachen in Ruhe aus. Im Moment musste sie nur eine Bluse überstreifen und in leichtere Schuhe schlüpfen. Und eine dünnere Strumpfhose anziehen. Den Rock, den sie auf der Reise getragen hatte, konnte sie nicht wechseln, sie hatte nichts anderes mitgenommen. Das Kleid würde sie erst am Abend tragen.

Sie frischte ihren Lippenstift auf, zog die hübschen Schuhe an und legte sich die Strickjacke über die Schultern, dann verließ sie ihr Zimmer und ging die Treppe hinunter, die ebenso prunkvoll war wie im Flanagans.

Es war eine gute Idee gewesen, hierherzukommen. Hin und wieder sollte sie sich eine Pause gönnen. Die Arbeit würde ihr wieder mehr Spaß machen, wenn sie das Hotel gelegentlich mal verließ.

Keiner musste ihr sagen, dass sie zu viel trank und sich zu wenig entspannte. Ein Spaziergang pro Tag konnte das nicht ausgleichen.

Sie öffnete die Flügeltür, die in den Salon führte. Mary strahlte sofort übers ganze Gesicht, als sie Linda erblickte.

»Darling, wir werden so ein schönes Wochenende erleben«, rief sie, flitzte auf Linda zu und ergriff ihre Hände. »Komm mit. Zuerst trinken wir eine Tasse Tee, und dann gehen wir hinunter in den Weinkeller und holen alle Flaschen hoch, die wir später leeren wollen.«

Mary war äußerlich so glamourös, dass man gar nicht sah, was für ein durch und durch guter Mensch sich hinter der schillernden Fassade verbarg. Doch Linda wusste es. Mary hatte ihre Warmherzigkeit in den vergangenen Jahren oft unter Beweis gestellt. Und niemand anders in London hatte mehr Spenden für Bedürftige eingesammelt als sie.

Als das Personal den Mahagonitisch vor dem offenen Kamin mit lauter Köstlichkeiten gedeckt hatte, ließen sich die Freundinnen in der Loungeecke nieder. Mary lehnte sich entspannt zurück.

»Was meinst du, wollen wir erst mal die Skandale abhandeln?«, fragte Mary.

»Gern«, antwortete Linda lächelnd.

Mary setzte sich auf, trank einen Schluck Tee, dann nahm sie eine Zigarette aus dem Etui, das auf dem Tisch lag.

»Also, wie du weißt ...«

Ein paar Stunden später war es an der Zeit für den Wein, und Linda durfte im Weinkeller ganz nach ihrem Geschmack aussuchen. Sie kannte sich mit den edlen Tropfen nicht allzu gut aus, doch es gefiel ihr, wenn die Flaschen in einem eigens dafür vorgesehenen Raum gelagert wurden, damit ihr Inhalt reifen konnte. Ihr Papa hatte sich sehr dafür interessiert, nicht rein aus persönlichem Interesse, aber im Sinne des Hotels. Auf die Weinkarte war er sehr stolz gewesen, und dafür unterhielt er Kontakte zu Weinhändlern rund ums ganze Mittelmeer.

In Gedanken bei ihm, drehte sie eine staubige Flasche nach der anderen. Doch dann ertappte sie sich dabei und ließ schnell die Finger davon. Dieses Drehen war eine Kunstform, und sie wollte nicht riskieren, diesen wunderbaren Weinvorrat hier zu zerstören. Also legte sie die Hände auf den Rücken und schritt die Reihen ab, und schließlich entschied sie sich für zwei italienische Weine, die ohne Staub waren.

Eine Flasche in jeder Hand, stieg sie die Steintreppe hinauf, und als sie in die Eingangshalle kam, hörte sie Stimmen aus dem Salon. War der Lord nach Hause gekommen? Linda freute sich, ihn wiederzusehen. Sie hatten immer viele Gesprächsthemen, und er schien ihre Gesellschaft ebenso zu genießen wie sie seine. Doch dann hörte sie eine weitere Männerstimme. Und lautes Lachen.

Linda seufzte.

Typisch Mary. Trotz aller Bezeugungen des Gegenteils hatte sie offenbar auch dieses Mal wieder Pläne für Lindas Privatleben geschmiedet. Es war immer dasselbe. »Es ist eine Schande und pure Verschwendung, dass eine so wunderbare Frau wie du allein ist und keinen Mann im Bett hat«, sagte sie oft.

Doch Linda bedauerte das kein bisschen. Es stimmte zwar, dass sie einsam war, aber sie musste niemandem leidtun. Wirklich nicht. Sie hatte ihr Hotel ... und einen Haufen Personal.

Leicht verärgert öffnete sie die Salontüren.

Die Männer hatten ihr den Rücken zugewandt, nur Mary bemerkte, dass Linda den Raum betrat.

»Sieh mal an, da kommt Linda. Archie hat in der Stadt einen Bekannten aufgegabelt und ihn eingeladen.« Ihre Lüge war gnadenlos durchschaubar. Normalerweise waren die Manipulationsversuche ihrer Freundin weniger plump. »Und stell dir vor, er hat auch noch im Flanagans eingecheckt!« Marys Augen funkelten.

Der große Mann drehte sich um und erblickte Linda. »Wie nett, Sie endlich ...« Er verlor den Faden und starrte sie nur an.

Hatte sie von ihrem Besuch im Weinkeller Spinnweben in den Haaren? Das war derselbe Mann, der gestern an der Rezeption stand, und wieder hatte sie das unbestimmte Gefühl, ihn zu kennen. Jetzt würde sie also endlich erfahren, wer er war. Vielleicht war er in der Filmbranche, und sie kannte ihn von der Leinwand? Dann hat er sicher den Bösen gespielt. Das passte gut zu seinen dunklen Augenbrauen über den ebenso tiefbraunen Augen.

Sie stellte die Weinflasche zurück auf den Servierwagen und hielt ihm die Hand zur Begrüßung hin. »Linda Lansing«, sagte sie.

Auf seinem Gesicht breitete sich langsam ein herzliches Lächeln aus. »Miss Lansing, aber natürlich. Ich habe in den letzten Jahren immer wieder an Sie denken müssen.« Er ergriff ihre Hand. Er hielt sie eher fest, als dass er sie schüttelte. Ein schwacher Duft von männlichem After Shave flog ihr in die Nase. »Erinnern Sie sich nicht?«

Dann waren sie sich *wirklich* schon über den Weg gelaufen? Linda konnte sich einfach nicht erinnern, in welchem Zusammenhang sie ihm begegnet war. Sie schüttelte den Kopf.

»Das muss 1949 gewesen sein, vor gut zehn Jahren. Wir sind uns auf der Britannia begegnet, Sie waren auf der Reise nach London, weil Ihr Vater sehr krank war. Mein Name ist Robert Winfrey.«

»Ach, der Mann, der seine Opfer auf der Stelle erlegt«, erwiderte sie lächelnd. »Wie konnte ich das nur vergessen.« Sie zog ihre Hand zurück und betrachtete ihn eingehend. Jetzt, da sie wusste, wer er war, erinnerte sie sich selbstverständlich. Eine Ewigkeit war seit ihrer Begegnung vergangen. Sie hatte sich sehr verändert in dieser Zeit. Ob das auch auf ihn zutraf?

»Ihr kennt euch bereits?«, zwitscherte Mary. »Das ist ja wunderbar. Aber dann müsst ihr natürlich das Sie ablegen.

Etwas anderes gibt es in meinem Haus nicht.« Und dann lachte sie fröhlich.

»Natürlich«, sagte Linda und wandte sich Marys Mann zu. »Wie schön, dich wiederzusehen, vielen Dank für die Einladung«, sagte sie, während sie sich auf die Wangen küssten.

»Die Freude ist ganz auf unserer Seite«, erwiderte Archibald Carlisle, und Linda beobachtete, wie Mary ihren Arm unter seinen schob. Ob die beiden, die wirklich alles hatten, was man sich wünschen konnte, eigentlich wussten, welches Glück sie hatten? Nicht wegen ihres finanziellen Wohlstands, auch wenn er ihnen vieles ermöglichte, wovon andere nur träumen konnten, sondern weil sie als Paar so glücklich waren. Es lagen zwar viele Jahre Altersunterschied zwischen ihnen, und Mary erwähnte immer häufiger, dass ihr ein Liebesleben fehlte, doch dass sie sich liebten, war offensichtlich. Seine Augen leuchteten vor Stolz.

Anfangs hatte Linda sich Sorgen gemacht, dass er seine lebenslustige Frau an die Leine legen wollte, doch er schien selbstsicher genug zu sein, seine Frau so zu lassen, wie sie war, damit sie die Frau blieb, in die er sich verliebt hatte. Noch immer lächelte er verzückt, wenn Mary mit Worten jemanden zerriss, der es nicht besser verdient hatte. Das gefiel Linda sehr an Marys Ehemann. Mary erwähnte zwar, dass auch er seine Macken habe, aber sie fielen offenbar nicht so ins Gewicht, als dass sie davon mehr erzählte.

Im Moment wusste Linda allerdings nicht so recht, was sie vom Lord halten sollte. Der Trampel vom Boot war wirklich keine Gesellschaft, auf die sie Wert legte, auch wenn sein breiter amerikanischer Dialekt den Eindruck erweckte, er sei ein netter Typ. Sie wusste es besser.

Mr Winfrey – »meine Liebe, jetzt musst du wirklich Robert zu mir sagen« – wurde am Tisch natürlich neben Linda platziert, und das, was eigentlich als Abendessen unter Freundinnen gedacht gewesen war, wurde nun zu einem *Fest*. Marys Beteuerungen, dass sie das »ganz vergessen habe«, klangen unechter denn je, aber Linda konnte ihr auch nicht besonders lange böse sein. Sie war eine ausgezeichnete Gastgeberin, und langes Schmollen angesichts des üppig gedeckten Tisches mit den vielen Leckereien wäre vollkommen unangebracht gewesen.

»Nun erzähl mal von deinem Hotel. Ich bin zum ersten Mal dort, es ist wirklich nett.«

»Nett?« Linda musste lachen. »Ich habe ja schon viel über das Flanagans gehört, aber das Wort *nett* fällt zum ersten Mal.« Sie nahm ein paar Schlucke Wein, hielt aber inne, als ihr einfiel, dass sie ja schon beim Umziehen auf ihrem Zimmer zwei Gläser Whisky getrunken hatte.

Er lächelte sie an. »Man kann den Gerüchten kaum glauben, wenn man dort ist.«

»Das verstehe ich nicht. Welche Gerüchte?«

»Möglicherweise kursieren die nur unter den Herren in meinem Bekanntenkreis.« Er neigte sich näher zu ihr. »Es heißt, das Flanagans gehe sehr diskret mit Informationen über seine Gäste um und dass man sich dort … sicher fühlen könne.«

»Ich verstehe nicht, was du damit meinst«, log sie und

griff nach ihrem Glas. »Aber ich freue mich, dass mein Personal offenbar nicht über die Angewohnheiten von Gästen tratscht. Alles andere wäre eine Katastrophe.« Sie leerte ihr Glas. Der Wein war grandios. Noch dazu in der Kombination mit dem Fasan, offenbar vom Lord selbst geschossen, war er wirklich perfekt.

Sie stellte ihr Glas ab und beschloss, das Thema zu wechseln.

»Wie läuft es denn mit deinen Fotografien und den Flugzeugen?«

Ihr war eingefallen, dass sie sich darüber auf dem Schiff unterhalten hatten, und zehn Jahre später musste sie zugeben, dass er recht behalten hatte. Jetzt flogen die Menschen, als wäre es die normalste Sache der Welt. Linda natürlich nicht. Aber das lag vor allem daran, dass sie für so etwas gar keine Zeit hatte.

Er freute sich offenbar, dass sie sich an ihr Gespräch erinnern konnte. »Danke, gut. Bist du denn inzwischen mal geflogen, Linda?«

Sie schüttelte den Kopf, dann nickte sie dem Personal zu, ihr nachzuschenken.

»Ich kann mich auch erinnern«, sagte Robert, »dass du damals keinen Tropfen Alkohol getrunken hast.« Er lächelte und hob sein Glas. »Dann lasst uns jetzt immerhin anstoßen.«

»Worauf?«, fragte sie.

»Darauf, dass du noch so bist wie damals, aber ein bisschen auch nicht.«

Sie rutschte hin und her, sein musternder Blick war ihr

unangenehm. Woher kam dieses Bedürfnis, ein Urteil über sie abgeben zu müssen? Er war nicht der Einzige, der das tat. War sie nicht dies, so war sie das. Sie war zu viel, zu wenig, zu schwedisch, zu britisch ...

Sie trank ein paar große Schlucke Wein. Vielleicht würde sie sich weniger aufregen, wenn sie mehr getrunken hatte. Keiner musste ihr mitteilen, dass sie heute ein anderer Mensch war als noch vor zehn Jahren. Natürlich hatte sie sich verändert. Heute wusste sie, wozu Menschen fähig sind. Als sie damals von Fjällbacka weggegangen war, war sie vollkommen naiv gewesen. Sie war ja auch ganz erstaunt gewesen, wie rüpelhaft sich dieser Mann an Bord des Schiffes verhalten hatte. Heute schüttelte sie nur den Kopf.

»Aber jetzt haben wir doch gerade von dir gesprochen und von den Flugzeugen. Erzähl mal von der Flugzeugindustrie, ich führe ja nun trotz allem ein Hotel und staune, dass so viele Gäste mit dem Flieger nach London kommen.« Sie lachte auf und spürte dabei, dass ihre Lippen leicht taub wurden, was darauf hinwies, dass der Alkohol zu wirken begann. Gut, dachte sie nüchtern, dann kann ich bald auch wieder ganz normal lachen.

»Interessiert dich das wirklich?«, fragte er und schien überrascht.

»Warum ist das so sonderbar?«

Er sah sie mit einem undefinierbaren Blick an. »Weil das Fluggeschäft vielleicht nicht gerade ein Lieblingsthema von Frauen ist.«

Sie zuckte mit den Schultern. »Jetzt wüsste ich jedenfalls

gern alles über das Verreisen mit einem Flugzeug. Überzeuge mich davon, ich habe es noch nie ausprobiert.«

Linda zündete sich eine Zigarette an und nahm einen tiefen Zug. Auf der Terrasse war es kalt geworden, trotz der Nerzstola über ihren Schultern. Während der Rauch zum Himmel stieg, ließ sie ihren Gedanken freien Lauf. Einen Moment lang konnte sie richtig entspannen. Und sie genoss ihren Schwips.

»Darling, amüsierst du dich?« Mary tauchte neben ihr auf. Sie zündete sich auch eine Zigarette an.

»Ja, aber ich muss zugeben, ich habe mich von deinen Festlichkeiten ein bisschen überrumpelt gefühlt«, sagte Linda. »Aber ansonsten, ja, es war ein sehr nettes Essen. Ich habe wieder mal ... ein bisschen zu viel getrunken.«

»Er ist wundervoll, findest du nicht?«

»Wer?«

»Na, dein Tischherr. Robert. Wenn ich nicht verheiratet wäre, dann ...« Das war Marys üblicher Kommentar, wenn es um die Herren ging, die sie Linda vorstellte.

»Und welche Vorzüge hat dieser Mann, was würdest du sagen?« Linda lächelte. Sie wusste, dass Mary sich darüber schon Gedanken gemacht hatte. Vermutlich würde sie Linda eine komplette Liste mit nach Hause geben.

»Alle. Wirklich alle. Kennst du ihn wirklich nicht? Er ist einer der bekanntesten Kriegsfotografen Amerikas. Seinen Namen musst du doch bestimmt schon mal gehört haben?«

Linda schüttelte den Kopf.

»Das, was er während des Krieges mit ansehen musste ... dass man so was überhaupt überlebt.«

Damit war Lindas Neugier geweckt.

»Ich dachte, er arbeitet in der Flugzeugbranche?«

»Ja, das macht er heute. Er hatte eine Zeit lang riesige Probleme mit dem, was er während des Krieges erleben musste, und er hat die Kamera aus der Hand gelegt. So hat er sich ausgedrückt. Er spricht nicht gern darüber.«

Sie beugte sich vor zu Lindas Ohr und flüsterte: »Er ist ohne Zweifel sehr attraktiv, interessant und gut bei Kasse, da Archie etwas von ihm hält. Wir kennen ihn schon seit Jahren. Er war früher einmal verheiratet, doch ihre Wege haben sich getrennt. Unter uns gesagt, ich glaube, er hatte eine Affäre, während er an der Front war und abgerissene Körperteile fotografierte. Hast du so etwas Schreckliches schon mal gehört?«

Linda reagierte nicht darauf. Robert wäre sicherlich ein guter Fang, aber interessiert war sie dennoch nicht. Das hatte weniger mit ihm als mit ihr zu tun. Aber es war völlig egal, wie oft sie das Mary noch sagte, auf diesem Ohr war ihre Freundin einfach taub.

Linda drückte ihre Zigarette im Aschenbecher aus, der auf einem der kleinen Tische neben den geöffneten Terrassentüren stand.

»Mary. Du bist meine beste Freundin. Ich weiß, dass du nur mein Bestes im Sinne hast. Aber dieser Mann, Robert Winfrey, ist nichts für mich, überhaupt nicht. Er ist ein Riese und hat viel zu intensive Augen. Und du weißt auch, was ich von geschiedenen Männern halte. Außerdem ist er viel zu neugierig. Wie kannst du nur denken, dass ich mich von so einem Mann angezogen fühlen könnte?«

Lachend schüttelte sie den Kopf, und zu spät bemerkte sie, dass Robert in der Türöffnung stand. An seinem Blick konnte sie ablesen, dass er jedes Wort mit angehört hatte. Er machte auf der Stelle kehrt.

»Du Dummerchen«, lachte Mary. »Ich weiß, dass du genau das Gegenteil meinst. Komm, wir gehen jetzt rein und trinken einen Kaffee, bevor der Tanz beginnt.«

Eingehakt gingen sie hinein zu den anderen, die auch vom Tisch aufgestanden waren und sich nun in kleinen Grüppchen im Salon verteilt hatten. Linda hielt nach Robert Ausschau. Sie wollte sich bei ihm entschuldigen und den kleinen Spaß mit der Freundin erklären. Ihm mitteilen, dass das schon ein jahrelanger Schlagabtausch zwischen ihnen beiden sei.

Als sie ihn erblickte, ging sie geradewegs auf ihn zu.

»Ich glaube, du hast vorhin etwas gehört, was nicht für deine Ohren bestimmt gewesen war«, sagte sie.

Sein Blick heftete sich an sie. Obwohl sie es versuchte, konnte sie sich nicht entziehen. Es war, als würde er ihr nonverbal etwas mitteilen. Die Augen, die am Esstisch noch so aufgeweckt geschaut hatten, strahlten jetzt etwas völlig anderes aus. Aber sie wollte nicht ergründen, was sie in seinem Blick erkannte, sie wollte sich nur bei ihm entschuldigen, und mit großer Anstrengung gelang es ihr, die Augen niederzuschlagen.

Als sie den Kopf wieder hob und Anstalten machte, zuckte Robert nur mit den Schultern. »Tanz mit mir«, sagte er kurz, und ohne ihre Antwort abzuwarten, führte er sie auf die Tanzfläche.

Das Lied war ein Slowfox und er ein ausgezeichneter Tänzer. Seine Hand lag sicher auf ihrem unteren Rücken, und er war so groß, dass sie ihm gerade bis zu den Schultern reichte. Sie wollte ihm alles erklären, doch stattdessen legte sie ihren Kopf an seine Schulter und genoss den Tanz. Ist das lange her, dass mich jemand so gehalten hat, schoss es ihr durch den Kopf. Und er duftete auch noch so gut.

Gerade als sie dachte, sie könnte sich noch einen zweiten Tanz mit ihm vorstellen, hielt er inne, ließ sie los und ging ohne ein einziges Wort.

10

Als Linda und Mary am darauffolgenden Morgen im Frühstücksraum aufeinandertrafen, hatte Robert Winfrey den Landsitz bereits verlassen. Die anderen Gäste waren abends noch heimgefahren, doch der Amerikaner hatte übernachtet. Die Zwillinge hielten sich noch in ihrem Zimmer auf, der Lord hatte sich auf seinen üblichen Morgenspaziergang mit den Hunden begeben. Winfrey war offenbar abgereist, bevor überhaupt einer aus den Federn gekommen war.

»Weißt du, warum er so früh gefahren ist?«, fragte Mary, während jemand vom Personal einen frischen Toast auf ihren Teller legte.

Linda zuckte mit den Schultern. »Woher soll ich das wissen?«

Mary sah auf. »Du kannst unsere Sympathie für ihn irgendwie gar nicht teilen.« Sie lächelte.

»Ich weiß nicht viel über ihn, aber bislang konnte ich auch nichts Interessantes an ihm finden.« Das war teilweise gelogen, denn was Mary ihr von seiner früheren Tätigkeit als Fotograf erzählt hatte, fand sie sehr spannend. Er selbst hatte es jedoch mit keinem Wort erwähnt, sondern nur von seinen Flugzeugen gesprochen.

»Aber dann müsst ihr euch unbedingt wiedersehen«, rief Mary aus. »Ich werde Archie gleich darauf ansprechen. Wenn du noch eine Gelegenheit bekommst ...« Sie reckte sich nach der Marmelade.

»Nein«, erwiderte Linda energisch. »Mit diesen Versuchen, mich unter die Haube zu bringen, muss es endlich aufhören. Können wir nicht mal über andere Dinge als Männer und Heiraten reden? Können wir uns nicht über uns und unsere Interessen unterhalten?«

Mary winkte das Personal hinaus, und als die Tür zufiel, sah sie Linda von der Seite an. »Ich *habe* keine anderen Interessen«, zischte sie. »Und manchmal bringt mich diese *Tristesse* fast um.« Sie vergewisserte sich noch einmal, dass die Tür wirklich verschlossen war. »Ich liebe sie sehr, aber manchmal wünschte ich ...«

Linda sah sie fragend an.

» ... dass ich genauso frei wäre wie du.«

Linda lachte auf. »Ich bin vielleicht frei von einer Familie, aber das Hotel frisst ja meine ganze Zeit. Ich kann nicht behaupten, dass ich mich furchtbar frei fühle.«

»Aber trotzdem. Du hast einen Beruf, eine Karriere, eigenes Geld.«

Manchmal wurde es mehr als deutlich, dass Mary keineswegs aus dem Milieu stammte, in das sie hineingeheiratet hatte. Ihre Eltern waren zwar gut situiert, aber es war ein himmelweiter Unterschied zu ihrem jetzigen Leben, wo die Angestellten auf jeden Wink von ihr sprangen.

»Klar. Und warum versuchst du dann, mich zu verheiraten? Wünschst du mir das gleiche schreckliche Leben, das du führst?« Linda lächelte und ließ ihren Blick über das riesige Frühstücksbuffet gleiten, von dem sie nicht mal ein Zehntel aufessen konnten.

»Nein, ich habe einfach das Gefühl, dass du einsam bist. Und das würde ich gern ändern. Nicht dein Berufsleben kappen.«

»Wie nett von dir. Und welcher Mann würde deiner Meinung nach unterstützen, dass ich weiterhin das Flanagans besitze und leite?«

»Robert Winfrey.«

Linda sah sie scharf an. »Ist das dein Ernst?«

Mary nickte. »Er ist sehr fortschrittlich. Du glaubst doch wohl nicht, dass ich dich mit einem altmodischen Mann verkuppeln würde.«

Linda musste lachen. »Doch, genau das glaube ich.«

Dank Marys Bemühungen hatte sie schon Grafen, Barone und Geschäftsleute kennengelernt, die sie alle mit abwertenden Kommentaren zur Berufstätigkeit von Frauen beleidigt hatten.

Als sie ihre Freundin daran erinnerte, bekam sie nur ein schiefes Lächeln als Antwort. »Ist ja gut, aber jetzt weiß ich ja, was du brauchst«, sagte sie einschmeichelnd. »Und das ist ein Robert.«

Linda brachte es nicht fertig, Mary zu erzählen, dass Robert das Haus vor Wut verlassen hatte, weil Linda ihn so herablassend behandelt hatte. Aber da er ihr keine Gelegenheit gegeben hatte, sich zu entschuldigen, konnte sie es auch nicht ändern. Linda war nicht bösartig – aber das konnte er natürlich nicht wissen. Dennoch gab man den anderen doch die Chance, die Dinge richtigzustellen, oder nicht?

Tja. Jetzt würde sie nicht mehr darüber nachdenken. Später hatte sie noch einen Termin mit Elinor und Emma, und sie war äußerst gespannt, was die beiden von ihrem Abend in dem Restaurant zu berichten hatten.

»Darf ich dir diesmal meinen Fahrer anbieten?« Sie standen auf und gingen langsam zu Lindas Zimmer, um ihren Weekender zu holen.

»Danke, sehr gern.«

Mary legte Linda die Hand auf den Arm.

»Linda, lass mich noch eine Sache loswerden. Es ist jetzt wirklich viel Zeit vergangen. Zeit genug, um nach vorn zu schauen.«

Als Linda zurück in London war, stellte sie fest, dass Robert Winfrey ausgecheckt hatte. Sie war erleichtert. Dann konnte sie ihm auch nicht mehr in die Arme laufen. Aus irgendeinem Grund hatte sein Blick sie verfolgt, seit sie von Mary abgereist war.

Sie warf ihre Reisetasche aufs Bett. Ihr blieb keine Zeit mehr für ein Päuschen. Sie öffnete ihren Kleiderschrank und sah ihre Kostüme durch. Vielleicht das graue, und darunter eine rote Bluse?

Der Blazer war auf Taillenhöhe eng geworden, aber dagegen war jetzt nichts zu machen. Sie öffnete die andere Schranktür und ging ihre Schuhe Reihe für Reihe durch, bevor sie ein bequemes Paar wählte, das dennoch feminin genug zum Kleid war. Nicht zu flach, aber mit einem etwas breiteren Absatz, in denen sie den Rest des Tages gut laufen konnte. Ihre gesamte Garderobe war der letzte Schrei, wie immer von Selfridges' eigenem Atelier. Als Hotelchefin war es wichtig, ein Kostüm zu tragen, das verlieh ihr eine gewisse Autorität. Nicht, dass ihr die abging, doch ein kürzeres Kleid, wie manche junge Mädchen es bevorzugten, war innerhalb der Hotelmauern undenkbar. Zweimal jährlich suchte sie die Kleidungsstücke aus, die sie in den kommenden sechs Monaten benötigte. Abendkleider, Blazer, Röcke und Blusen, die sie bei der Arbeit tragen konnte, aber auch Kleidung für die Freizeit, die sie zum Beispiel für Besuche bei Mary brauchte.

Die Welt, in der sie sich bewegte, war nicht einfach, da musste sie sich in ihrer Haut wohlfühlen. Mit der Zeit hatte sie gelernt, sich gerade zu halten und anderen in die Augen zu sehen, ohne zu zwinkern, aber das war nicht von Anfang an so gewesen. Da hatte sie sich lieber hinter den hübsch verschnörkelten Säulen in der Lobby versteckt. Jeden Tag war sie durch unqualifizierte Äußerungen aufgefallen. Sie lachten über sie, nahmen kein Blatt vor den Mund. Wenn Laurence dann gerade im Hotel anwesend war, machte er natürlich ein Riesentheater aus ihren Fehlern. Aber viel schlimmer war, dass ein Großteil des Personals auf seiner Seite zu stehen schien.

Das Sprachproblem war völlig nachvollziehbar. In den Kriegsjahren hatte sie ihren Vater gar nicht gesehen, und nur mit ihm hatte sie Englisch gesprochen. Nach dem Krieg hatte sie ihn einige Male in London besucht und war einen

Monat lang geblieben, und da war es ganz gut gelaufen. Aber seit ihr Vater gestorben war, brachte man nicht mehr so viel Verständnis wie zu seinen Lebzeiten für ihr fehlerhaftes Englisch auf. Jetzt erwartete man von ihr, dass sie wie die anderen sprach, sich wie die Engländer benahm und sich zudem im Hotel bis ins kleinste Detail auskannte.

Aber die Terminologie war ihr fremd gewesen, obwohl sie bei jedem Besuch im Flanagans gewohnt hatte.

Ihr Vater hatte nur selten über seine Arbeit gesprochen. Als sie wirklich begriffen hatte, was nach seinem Tod auf sie zukommen würde, war sie siebzehn Jahre alt gewesen, und ihr Vater hatte schon lange keine Witze mehr darüber gemacht, dass »eines Tages alles ihr gehöre«. Stattdessen hatte er mit Ernst in der Stimme gesagt, dass sie das Flanagans erben werde, wenn es ihn nicht mehr gebe, und dass er es am liebsten sähe, sie würde es ohne die Hilfe ihrer Cousins führen. »Sie werden dich als Chefin nie akzeptieren«, hatte er ihr prophezeit.

Als sie nun mit der Perlenkette ihrer Mutter in der Hand vor dem großen Spiegel in ihrem Appartement stand, fielen ihr seine Worte wieder ein. Die Kette war das Hochzeitsgeschenk von ihrem Vater gewesen. Sanft strich sie über die schimmernden Perlen. Ob ihr Vater geahnt hatte, *wie* schlimm sich seine Familie eines Tages verhalten würde?

Wenn sie das Flanagans irgendwann einem Nachfolger übergeben würde, würde sie dafür sorgen, dass er auf diese Aufgabe bestens vorbereitet war. So wie sie ins kalte Wasser geworfen zu werden, würde sie niemandem zumuten.

»Herzlich willkommen, nehmt Platz.«

Emma und Elinor waren auf die Minute pünktlich. Beide waren perfekt frisiert und trugen saubere Schürzen. Linda wies auf die Besucherstühle vor ihrem Schreibtisch. »Ich platze vor Neugier, jetzt erzählt mal«, sagte sie und drehte sich dann zum Servierwagen um, wo Scones und Teetassen bereitstanden.

Aus dem Augenwinkel nahm sie wahr, dass die Mädchen sich verunsichert ansahen. Was war los? Sie schenkte ihnen Tee ein. »Na, lasst mal hören.«

Elinor räusperte sich »Wir hatten ... ein kleines Problem. Es lag aber nicht an Emma, sondern an mir.«

»Ein Problem?«

»Sie haben uns rausgeschmissen.« Elinor schlug die Augen nieder.

Linda schaute verwundert von der einen zur anderen. »Was ist passiert? Habt ihr zu viel getrunken?«

Beide sahen erstaunt auf.

»Nein, natürlich nicht«, antwortete Emma nachdrücklich und fuhr fort: »Elinor ist schwarz. Das war der Grund.«

Elinor ließ den Kopf wieder sinken. Linda war fassungslos.

»Wollt ihr damit sagen, dass sie euch nicht bedient haben, weil Elinor schwarz ist?« Sie hielt die Hände in die Luft. Das musste sie noch einmal hören.

»Ja, genau«, erwiderte Emma und nickte.

»Elinor, sieh mich an«, sagte Linda. Sie sah den verängstigten Blick des Mädchens und fuhr fort: »Es tut mir furchtbar leid, dass ich dich in diese Situation gebracht habe. Es liegt in meiner Verantwortung, mein Personal zu schützen, ich hätte euch dort nicht hinschicken dürfen. Es tut mir so leid. Das war unverantwortlich von mir.«

»Da war noch etwas.« Emmas Stimme war fest, als sie ihrer Chefin ins Gesicht sah. »Als wir gingen, habe ich auf den Boden gespuckt.«

»Weil sie Elinor so schlecht behandelt haben?«

Sie nickte.

»Dann hoffe ich mal, dass es richtig viel Spucke war«, sagte Linda und hielt ihnen die Schale mit den Scones hin.

Sie saß noch lange in ihrem Büro, nachdem Emma und Elinor zurück an ihre Arbeit gegangen waren.

Waren sie und ihr Etablissement so viel besser als das Restaurant, in dem Elinor so schlecht behandelt worden war? Gut, sie hatte einige schwarze Angestellte, aber keiner durfte direkt in Kontakt mit den Gästen sein. Musiker, die sie immer wieder ins Haus holte, waren kein Problem, aber sie kannte ihre Gäste und deren Einstellungen. Die Frage war, wie viel Rücksicht sie darauf nehmen wollte. Wäre sie ein Mann gewesen, hätte man sie als Pionier betrachtet. Aber ihr Hotel wurde mittlerweile als eine Art ... Freudenhaus betrachtet, und sie war überzeugt, dass das nur daran lag, dass sie es betrieb.

Ihr Vater war ein genialer Hoteldirektor gewesen und hatte ein ausgesprochenes Fingerspitzengefühl für die Bedürfnisse seiner Gäste gehabt. Ihr eigenes Verhältnis zu den Gästen war anders. Ihr Vater hatte seine Gäste ins Herz geschlossen und sich in ihrer Gesellschaft völlig ungezwungen bewegt. Für Linda war es anders.

Sie hatte zu kämpfen. Dass sie manche von ihnen sogar verachtete, machte es für sie nicht leichter. Überhebliche, eingebildete und fiese Männer, die sich für etwas Besseres hielten. Sie fragte sich, ob ihr Vater es jemals so empfunden hatte. Vielleicht hatte seine Schmerzgrenze mehr Spielraum zugelassen.

In Fjällbacka gab es ein Hotel, aber das war mit dem Flanagans natürlich nicht zu vergleichen. Und dann hatte sie einen Sommer lang noch in dieser Pension gejobbt. Zwischen der Küche im Keller und den Gästen im Speiseraum hatte sie sich die Füße platt gelaufen. Und nie waren sie mit ihr zufrieden gewesen. Sie hatten wohl geglaubt, sie befänden sich im Grand Hotel in Stockholm.

Dass es bei einem Sommer blieb, lag daran, dass der Oberkellner die Finger nicht von Linda lassen konnte. Er nutzte jede Gelegenheit, wenn sie gerade etwas trug und seine Hand nicht wegschlagen konnte, denn wenn sie ein Glas fallen ließ, musste sie es bezahlen. Den Sommer musste sie überstehen, denn sie brauchte das Geld, aber im darauffolgenden Jahr suchte sie sich eine andere Arbeit, in der Apotheke. Der Apotheker war ein netter Mann.

In ihrem Dorf hatte es nur hellhäutige Menschen gegeben. In London waren ihr zum ersten Mal Schwarze über den Weg gelaufen. An die erste Begegnung konnte sie sich noch genau erinnern. Sie hatte ihren Papa in die Seite geknufft und darauf gezeigt und sofort eine Lektion erteilt bekommen. Weder starrten feine Mädchen jemanden an, noch zeigten sie mit dem Finger auf Menschen. Nach der Zurechtweisung waren sie Eis essen gegangen und hatten das Thema gewechselt, aber sie hatte nie wieder jemanden angestarrt.

Elinor war schlecht behandelt worden, und Linda musste sich Gedanken darüber machen, was sie im Flanagans ändern könnte. Da klopfte es an der Tür, und kurz darauf stand der neue Rezeptionist Alexander vor ihr. Sie glaubte zumindest, dass es sich um ihn handelte, denn der Blumenstrauß, den er im Arm hielt, verdeckte ihn fast ganz.

»Blumen für Sie, Miss Lansing.«

Sie lachte. »Meine Güte. Danke, Alexander«, sagte sie und zeigte auf das Sideboard. »Dort ist eine Vase.«

Die Handschrift auf der Karte war breit und ausgefallen.

Ich bin ein netter Mensch, aber ich nehme an, dass ich das in irgendeiner Form beweisen muss. Es ist mir 1949 nicht gelungen und 1960 auch nicht. Aber ich bin stur und sage deshalb nicht Adieu, sondern Auf Wiedersehen. Du bist eine faszinierende und bildhübsche Frau. Danke für den Tanz.

Dein
Robert Winfrey

Sie ließ die Karte auf den Schoß sinken. Mit der Erinnerung an 1949 rührte er an alte Wunden, die zwar verheilt waren, doch immer wieder aufsprangen.

Damals war alles anders gewesen.

Und sie so unendlich naiv.

11

London 1949

»Großmutter.«

Linda schrie auf und rannte auf sie zu. Es war ihr völlig egal, was die Leute im Foyer dachten und dass sie sich mit Sicherheit vollkommen unpassend verhielt, wenn sie die kleine alte Frau laut heulend in die Arme schloss, aber sie war zu glücklich – und zu unglücklich –, um sich darüber Gedanken zu machen.

»Großmutter«, schluchzte sie und ließ sie langsam wieder los. »Danke. Es war schrecklich hier ohne dich. *Schrecklich.* Wie bist du hergekommen, oder nein, das ist ja klar, wann, meine ich? Und warum? Du hättest doch ein Telegramm schicken können, dann hätte ich dich abgeholt. Wie lange bleibst du denn? Wer kümmert sich um Tussa? Wie geht's dir überhaupt? Wie hast du es geschafft, so schnell hier zu sein?« Ihr Mund stand gar nicht mehr still. Es war der Schock, ihre Großmutter plötzlich im Flanagans zu sehen ...

Einmal war sie in Norwegen gewesen, hatte ihre Großmutter erzählt, aber danach hatte sie definitiv genug vom Ausland gehabt.

Jetzt betrachtete sie Linda eingehend von Kopf bis Fuß.

»Du siehst ordentlich aus, das ist schon mal gut. Du hast keine schwarzen Kleider eingepackt.« Dann streckte sie ihre faltige kleine Hand aus und strich Linda über die Wange. »Es tut mir so leid für dich, Linda, ich weiß, wie viel dein Vater dir bedeutet hat. Ich bin gleich losgefahren, als ich dein Telegramm erhalten habe. Du musst deinen Vater nicht allein beerdigen.«

Ihre Stimme war nicht so fest wie sonst, aber auch sie war ja schwer krank gewesen. Ihre kleine Großmutter.

Ihr Erscheinen war so großartig, dass Linda es noch immer nicht fassen konnte. Nicht einmal in ihrer wildesten Fantasie hatte Linda sich ihre Großmutter auf dem glänzenden Marmorboden des Foyers im Flanagans vorstellen können.

»Linda.« Die Stimme war scharf und fordernd.

Linda winkte Laurence zur Seite, als sei er eine lästige Fliege. Ihre Tante und ihre Cousins waren jetzt unwichtig. Sie hatten sie ohne jede Rücksicht auf die Umstände überrumpelt, und Linda hatte nicht das Gefühl, ihnen irgendetwas schuldig zu sein. Sie hörte, dass Laurence murmelte »wart nur ab«, bevor er auf dem Absatz kehrtmachte und zu seiner Familie zurückging.

»Jetzt müssen wir erst einmal etwas zu essen für dich besorgen«, sagte Linda und nahm den Koffer ihrer Großmutter. Er war nicht schwer, sie schien keinen längeren Aufenthalt zu planen. »Wie lange bleibst du eigentlich?«, fragte Linda.

»Für immer.«

Völlig überrascht ließ Linda den Koffer fallen, er knallte auf den Boden. »Was sagst du?«

»Wir wissen doch beide, dass mein Tod für dich noch mal ein großer Einschnitt werden wird, besonders jetzt, da deine Eltern nicht mehr sind. Ich dachte, da ist es doch besser, wir zwei verbringen die Zeit bis dahin zusammen«, sagte sie ebenso gelassen, als würden sie sich über einen Kellner unterhalten, der ihnen den Tee servierte. »Du hast jetzt deine Aufgabe hier, und deshalb ist es wichtiger, dass ich bei dir bin als bei Tussa in Fjällbacka. Sie wird von den Larssons gut versorgt. Sie kümmern sich um sie und ums Haus.«

Noch oft dachte Linda, dass sie die Anfangszeit ohne ihre Großmutter nicht überlebt hätte.

An dem grau verregneten Tag, an dem sie ihren Vater beerdigen mussten, klammerte Linda sich an ihr fest. Auf der anderen Seite war Andrew als Stütze für sie da. Die beiden waren ihre Felsen in der Brandung, und als ihre Tante und die Cousins zum Kondolieren vor der Kirche auftauchten, schienen sie schnell zu begreifen, dass Linda zwei Beschützer hatte, denn sie waren ungewohnt freundlich.

Großmutter ging es zunehmend besser, und einen Monat, nachdem sie nach London gereist war, beschloss Linda, dass es an der Zeit war, in Vaters Appartement einzuziehen. The Penthouse, so nannten sie es. Mit Großmutter an ihrer Seite würde sie es schaffen.

Das Housekeeping hatte sich um die Wohnung gekümmert, als Linda es noch nicht konnte, und als sie nun die Türen öffnete, waren die Zimmer frisch gelüftet und dufteten, und auf dem Tisch stand ein riesiger Strauß mit wunderschönen gelben Rosen. Vaters Lieblingsblumen. Linda schnürte sich die Kehle zu. Papa hatte immer gesagt, wenn man nach Hause kam und gelbe Rosen auf dem Tisch standen, konnte man keine schlechte Laune haben. Obwohl Linda sich gar nicht daran erinnern konnte, dass ihr Vater je schlecht gelaunt gewesen war. Vielleicht hatte er sich so gefreut, wenn sie zu Besuch gekommen war, dass sie seine Schattenseiten nie zu Gesicht bekommen hatte?

Großmutter folgte ihr. »Es ist ziemlich schick hier«, sagte sie andächtig. Das hatte Linda im letzten Monat häufiger von ihr gehört. Sie machten für gewöhnlich keine großen Spaziergänge, aber eine kleine Runde drehten sie jeden Tag zusammen. Und meist blieb Großmutter irgendwo stehen und zeigte auf eine Fassade, die ihr besonders gefiel, oder wies Linda auf die eleganten Frauen hin, die ihnen auf der Straße begegneten. Oft legte Linda eine kleine Pause auf der Bank in dem kleinen, gepflegten Stadtpark in der Nähe des Hotels ein. Die Sonnenstrahlen fielen durch die hohen Baumkronen, und Großmutter sagte, dass Großvater so ein Garten ganz sicher gefallen hätte.

Sie trug denselben langen Rock wie schon bei ihrer Ankunft in London. Zwei gleiche Exemplare hatte sie dabei, und sie war der Meinung, dass das ausreichend sei. »Ich bin hergekommen, um zu sterben, und dann eine Menge neues Zeugs einzukaufen, das ich doch nicht gebrauchen kann, dazu habe ich keine Lust. Spar dein Geld, du wirst es noch brauchen.«

Linda und Großmutter hatten immer jede Krone umgedreht. Lindas Vater hatte sie versorgt, jeden Monat hatte Großmutter einen Umschlag erhalten, aber wie viel darin war und ob es gereicht hatte, das wusste Linda nicht. Das war eine Sache zwischen Großmutter und Vater, hatte sie gedacht. Sie bekam ein Taschengeld, die gleiche Summe, wie es bei den Mädchen in Fjällbacka üblich war, und als sie anfing, in der Apotheke zu jobben, hatte sie Großmutter das meiste von ihrem Lohn abgegeben und nur eine kleine Summe für sich selbst behalten.

Jetzt betrachtete Linda Vaters Penthouse mit Großmutters Augen und verstand sehr wohl, warum sie es schick fand. Marineblaue Seidengardinen rahmten die Fenster, auf dem Boden lagen Teppiche in matten Farben, und die gestreiften Sofas, die im Wohnzimmer standen – das sich genau gegenüber vom Schlafzimmer befand –, stammten aus teuren Möbelhäusern und nahmen den Raum in der Mitte ein. Auf dem Tisch zwischen ihnen war ein Schachspiel aufgebaut. Linda musste lächeln. Bis heute konnte sie nicht ausmachen, ob er sie am Ende hatte gewinnen lassen oder ob sie mit der Zeit so gut geworden war, dass sie ihn schlagen konnte.

Am Tisch, der in der Ecke vor dem Fenster stand, hatte Linda mit ihrem Vater unzählige Tassen Tee getrunken. Doch die Erinnerung daran war nicht so schmerzhaft, wie sie es befürchtet hatte. Sie war eher herzerwärmend. Jetzt konnte sie im Appartement ihres Vaters wohnen. Natürlich würde sie weiterhin um ihn trauern, doch hier nicht mehr als anderswo.

»Dieses Wohnzimmer hat dieselbe Größe wie das ganze

Erdgeschoss zu Hause in Fjällbacka«, sagte Großmutter und machte große Augen. Sanft strich sie über den schwarzen Flügel, auf dem nie jemand gespielt hatte, der ihrem Vater jedoch trotzdem viel bedeutet hatte.

Großmutter sprach oft von ihrem Haus, denn auch das würde Linda gehören, von dem Tag an, an dem sie starb. »Ab und zu musst du dorthin zurückkehren, du darfst nicht vergessen, wo du herkommst. Das ist wichtig, Linda.«

Linda nickte, wollte aber am liebsten nichts davon hören. Großmutters Gerede vom Tod tat ihr nicht gerade gut, aber jeden Tag fiel das eine oder andere Wort darüber. Sollte Linda sich jetzt darüber Gedanken machen? Wenn sie Fjällbacka das nächste Mal besuchte, würde ihre Großmutter nicht mehr da sein. Diese Vorstellung ertrug sie einfach nicht.

Im Gegensatz zu Großmutter glaubte Linda nicht, dass man vergessen konnte, woher man stammte. Wie sollte das gehen? Schon jetzt vermisste sie das Meer, das sie jeden Morgen beim Blick aus dem Fenster ihres Zimmers im Obergeschoss von Großmutters Haus gesehen hatte. Und sie brauchte die ungehobelten, aber herzlichen Menschen um sich herum. Sie liebte die Stürme und die roten Bootshäuser. Das Badehaus auf Badholmen. Den Strand in Sälvik. Berta im Milchladen, die ihr ein paar Hustenbonbons zusteckte, wenn sie die Milchflaschen abholte.

Vergessen? Wie sollte sie Fjällbacka vergessen, wenn sie das Heimweh mit jeder Faser ihres Körpers spürte?

Aber es gab Alternativen. Sie konnte das Hotel immer noch an ihre Cousins verkaufen. Nach Papas Beerdigung hatten sie wieder begonnen, auf sie einzureden, und sie fanden ein Argument nach dem anderen dafür, dass sie als Hoteldirektorin nicht taugte. Auch wenn Laurence derjenige war, der für die beiden Cousins das Wort führte, so bestand kein Zweifel daran, dass Sebastian hinter ihm stand. Er folgte seinem Bruder auf dem Fuß. Eine Frau am Steuer eines Hotels in London war offenbar eine schreckliche Vorstellung. Wenn man bedachte, dass sie zudem noch Schwedin war, war die Katastrophe perfekt.

Laurence hatte es bei ihrem letzten Gespräch so ausgedrückt: »Liebe Cousine, du wirst kläglich scheitern, und Sebastian und ich werden alles daransetzen, dass es so kommt. Wir wollen das Flanagans. Das Hotel gehört uns, nicht dir.«

So hatten sie es klipp und klar gesagt. Und es war sicher nicht das letzte Mal gewesen.

Ihr Großvater hatte dafür gesorgt, dass der älteste Sohn – Lindas Vater – den größeren Teil des Hotels erbte. Aber dafür konnte Linda ja nichts. Jetzt erfüllte sie nur Papa seinen Traum, das Hotel weiterzuführen. Er hatte niemals geäußert, dass sie es mit ihren Cousins teilen sollte, im Gegenteil, er hatte sie vor ihnen gewarnt. Noch auf seinem Sterbebett.

Wenn es ihr über den Kopf wuchs, wollte sie es am liebsten verkaufen, an guten Tagen war sie sicher, es zu schaffen, wenn sie nur etwas Unterstützung bekam.

Es war nun ein Monat verstrichen, Zeit, Verantwortung zu übernehmen. Andrew war am Morgen noch bei ihr gewesen. Er nahm ihr bisher die Finanzen und den Kontakt zur Bank ab, aber hatte natürlich recht, wenn er darauf hinwies, dass es ihr Hotel war. Das Flanagans brauchte *sofort* einen dynamischen Direktor, nicht erst in Zukunft, hatte er gesagt. Doch dabei gab es ein Problem. Dynamisch war sie noch nie gewesen.

Ihre Großmutter riss Linda aus ihren Gedanken.

»Was hast du gesagt, Großmutter?«

»Dass ich mich nicht für ein Schlafzimmer entscheiden kann. Such du dir zuerst eins aus.«

»Dann nehme ich Papas Schlafzimmer«, sagte Linda und ergriff die Hand ihrer Großmutter. »Aber du musst bei mir sein, wenn ich hineingehe, ich weiß nicht, was mich überkommt.«

Doch in diesem hübschen, hellen Schlafzimmer gab es keinen Hauch von Tod. Es war, als sei Papa gerade im Urlaub. Das Bett war gemacht, die Wolldecke, die er sich so gern übergelegt hatte, wenn er ein Nickerchen machte, lag am Fußende. Linda schlich hinein, lief über den dicken himmelblauen Teppich zum Kleiderschrank. Vor diesem Augenblick hatte sie die größte Angst gehabt, aber das war unnötig gewesen, denn er war völlig leer bis auf die rot karierte Fliege, die in einem unteren Fach lag.

»Aber was haben sie wohl mit Papas Kleidern gemacht?«, fragte sie.

Sie beugte sich hinunter und nahm die Fliege heraus. Davon hatte er viele gehabt, alle in unterschiedlichen Farben.

Linda sah hinaus in den Flur. Da hatte sie auf dem Tisch gesessen, vor dem großen Spiegel, und hatte versucht, ihm eine perfekte Fliege zu binden. Am Ende hatte er gelacht und gesagt, dass er es auch selbst machen könne, aber sie würden weiter üben, bis sie diese Kunst beherrschte.

Gar nicht so viele Jahre danach hatte sie vor ihm gestanden und Fliegen gebunden, als hätte sie nie etwas anderes gemacht, und er hatte sie gelobt, dass das die perfektesten Fliegen waren, die er je gesehen hatte.

»Es ist sehr umsichtig von ihnen gewesen, die Kleider wegzuräumen«, sagte Großmutter. »Den Kleiderschrank deines Großvaters aufzuräumen, ist für mich damals furchtbar gewesen. Ich erinnere mich heute noch daran, wie schlimm es war.«

»Ich kann mich ja weder an Mama noch an Großvater erinnern«, sagte Linda und schloss die Türen des Kleiderschranks. »Aber wenn du von ihnen erzählst, habe ich den Eindruck, ich hätte beide sehr lieb gehabt.«

Großmutter nickte. »Sie waren gute und bodenständige Menschen«, sagte sie. »Versprich mir, dass du auf dem Boden bleibst, auch wenn du in dieser Großstadt wohnst und Englisch redest. Ich will nicht, dass du arrogant oder komisch wirst.«

Linda schüttelte den Kopf. »Ach was. Komm, Großmutter, schau dir mal die Aussicht an.«

»Das sind ja vor allem Hausdächer«, sagte Großmutter.

»Ja, aber dahinter ist der Buckingham Palace«, erwiderte Linda lächelnd und zeigte ihn ihr. »Ich dachte, wir könnten mal einen Spaziergang dahin machen, wenn du wieder bei Kräften bist.«

Das Bauwerk schien Großmutter nicht sonderlich zu beeindrucken. »Das klingt gut«, sagte sie und ging zurück in den Salon. »Zeig mir jetzt bitte mein Zimmer«, rief sie. »Und dann brauchen wir wohl mal eine Tasse Kaffee, es ist schließlich zehn Uhr.«

In derselben Woche war Linda noch zum Essen bei Andrew eingeladen. Sie war früh dran, sodass sie noch ein bisschen Zeit hatten, sich allein zu unterhalten.

Großmutter war im Appartement geblieben, an solchen Treffen hatten sie kein Interesse.

»Was soll ich denn tun?«, fragte Linda resigniert, als Andrew wieder einmal sagte, dass sie anfangen müsse, sich im Hotel zu engagieren. »Hast du eine Idee?«

Andrews Söhne standen etwas weiter hinten im Raum. Linda beschlich das Gefühl, dass sie für sie vor allem die Frau vom Land war. Und damit lagen sie ja nicht direkt falsch.

»Vielleicht solltest du trotz allem mal mit deinen Cousins reden? Ich weiß zwar, dass sie nicht gerade auf deiner Seite stehen, aber sie sind Teilhaber und wollen fürs Hotel vermutlich auch das Beste.«

Verwundert sah sie ihn an.

»Jede zweite Woche drohen sie mir.«

»Ja schon, aber glaubst du wirklich, dass sie das ernst meinen? Ich kann mir kaum vorstellen, dass Laurence ... Vielleicht wollen sie einfach nur ein Wörtchen mitreden?« Er zuckte mit den Schultern. »Ich weiß nicht, Linda, aber ich finde, ihr solltet als Familie ...« Er konnte den Satz nicht zu

Ende bringen. Es klingelte an der Tür, und so entschuldigte er sich lächelnd und lief davon.

Schnell war die Wohnung voller Gäste unterschiedlichen Alters. Seit seine Frau verstorben war, holte er sich bei derartigen Veranstaltungen Hilfe. In der Küche stand ein Koch, und im Salon versorgte eine Kellnerin die Gäste mit Cocktails.

Linda fühlte sich nicht wohl, sie war nervös. Wenn nicht gewisse Erwartungen an sie gestellt worden wären, hätte sie sich zu gern nur in die Ecke gesetzt und die Gäste beobachtet. Großmutter hatte recht. Die Menschen in London *waren* anders. Sie wussten, wie man sich verhielt, wie man trank, ohne betrunken zu werden, und sie schienen einander zu kennen, obwohl sie sich noch nie gesehen hatten. Die Begrüßungen mit Wangenküssen waren furchtbar. Jemand Fremdem so nahe zu kommen, fand Linda äußerst unangenehm, und das änderte sich nicht. Aber natürlich tat sie es, weil sie wusste, dass es von ihr erwartet wurde. Großmutter, die Glückliche, war sicher bereits im Bett, dachte Linda neidisch. »Aber du musst da trotzdem hin«, hatte sie gesagt. »Ich komme schon zurecht.«

Ein Gast nach dem anderen trudelte ein, und wenn Andrew sie nicht persönlich begrüßte, dann übernahmen es seine Söhne. Die meisten waren Paare, allesamt Linda unbekannt, doch sie lächelte, wenn Andrew sie als »Flanagans neue Besitzerin« vorstellte. Dann zog er weiter, und sie blieb stehen, allein, mit ihrem Glas in der Hand.

»Sind Sie hier auch allein?« Jemand klopfte ihr sanft an die Schulter, sodass Linda sich umdrehte. Eine Frau in ihrem Alter. Linda lächelte. »Ja, ich kenne hier nicht so viele Leute«, gab sie zu. »Ich heiße Linda«, stellte sie sich vor.

»Mary, schön, Sie kennenzulernen.«

Mary sah entzückend in ihrem eng anliegenden mattgrünen Kleid aus. Sie war perfekt geschminkt, die Lippen knallrot. Linda sah hinab auf ihre eigene, recht unförmige Garderobe. Ihr geschrubbtes Gesicht war vermutlich schneeweiß.

Sie plauderten eine Weile, und als Andrew zurückkam, war Linda aufgetaut.

»Sieh an, habt ihr zwei euch schon bekannt gemacht«, sagte er und reichte ihnen jeweils ein Glas. »Marys Mutter und meine Frau waren eng befreundet, und Linda ist die Tochter meines besten Freundes, der leider vor einer Weile von uns gegangen ist. Du kennst Lindas Hotel vielleicht, Mary, das Flanagans?«

Mary drehte sich erstaunt zu Linda um. »Das gehört Ihnen?«

Linda nickte.

»Wie spannend«, schwärmte Mary. Dann nickte sie hinüber zur Sitzgruppe. »Wollen wir uns setzen?«

Linda nippte nur an ihrem Drink. Die Sache mit dem Alkohol war ihr noch ziemlich fremd. Mary rauchte. Ein Ring nach dem anderen stieg an die Decke. Neugierig sah sie Linda an.

»Das ist wundervoll, eine Frau besitzt das Flanagans«, sagte sie und inhalierte tief. »Meine Liebe, versprechen Sie mir, dass Sie dort viele Feste feiern werden«, fuhr sie begeistert fort. »Große, rauschende Bälle, so wie es sie in London vor dem Krieg gegeben hat. Damals war ich noch zu jung, und jetzt, wo ich erwachsen bin, gibt es hier keine glamourösen Veranstaltungen mehr, wo wir, die jung und hübscher als alle anderen sind, uns mal richtig zur Schau stellen können.« Sie brach in Lachen aus und ließ den Rauch ausströmen, ohne zu husten.

Linda sah Mary fasziniert an. Sie hatte Charisma, man konnte die Augen nicht von ihr lassen. So wäre ich auch gern, dachte Linda.

»Natürlich mache ich nur Spaß. Ich selbst flirte schon seit Längerem mit Lord Carlisle, und ich nehme an, irgendwann werde ich seinem Werben nachgeben. Aber ich liebe prunkvolle Feste. Sind sie nicht wunderbar?« Sie nahm einen Schluck von ihrem Gin Tonic. »Und Ihr Hotel ist doch fantastisch. Ich war dort oft mit meinem Papa und habe Tee getrunken.«

»Haben Sie meinen Vater noch kennengelernt?«, fragte Linda.

Mary legte nachdenklich den Kopf auf die Seite. »Ein gemütlicher Mann mit einem polternden, warmherzigen Lachen?«

Linda nickte.

»Ja, dann ist er mir über den Weg gelaufen. Er schien sehr nett zu sein. Er kannte jeden Gast im Salon und unterhielt sich mit allen, mit uns auch. Ich kann mich noch daran erinnern, dass ich das so sympathisch fand.«

Das berührte sie. Linda musste sich zusammenreißen, um nicht den Tränen freien Lauf zu lassen. Alle, die von Papa sprachen, betonten immer, dass er das Hotel an die

Wand gewirtschaftet habe. Was er hingegen wirklich gut konnte, nämlich auf seine Gäste eingehen, das wurde sehr schnell vergessen.

»Es tut mir schrecklich leid für Sie«, sagte Mary leise. Sie beugte sich vor und legte ihre Hand auf Lindas Hand. »Ich weiß, was es bedeutet, einen Elternteil zu verlieren.«

»Danke«, erwiderte Linda.

Dann setzten sie ihre Unterhaltung fort und redeten über dies und das, und bald hatte Linda begriffen, dass Mary es im Grunde kaum abwarten konnte, unter die Haube zu kommen. Sie arbeitete nicht, hatte trotzdem genug Geld, und musste nur eine gute Partie finden. »Ich weiß«, sagte sie. »Es ist 1949. Aber so sieht mein Leben aus. Umso interessanter, jemanden zu treffen, der ganz andere Pläne für die Zukunft hat.«

War es wirklich so? Würde Linda sich zwischen Familie und dem Flanagans entscheiden müssen? Im Moment dachte sie weder an Ehemann noch Kinder, sie brauchte alle Energie fürs Hotel, aber trotzdem war der Gedanke schrecklich. Wenn Großmutter starb … In London ganz allein zu sein, war eine entsetzliche Vorstellung.

Neben ihnen räusperte sich nun Andrew, und die beiden sahen auf. An seiner rechten Seite stand ein Mann, den Linda nicht kannte. An der anderen waren seine drei Söhne.

»Linda, darf ich dir Fred Andersen vorstellen? Und das sind meine Söhne, die dich gern kennenlernen möchten, Mary«, sagte er lächelnd.

Sie standen auf, und Mary streckte die Hand aus.

»Ich heiße Mary«, sagte sie zu den Söhnen. »Und das ist

meine neue Freundin Linda, aber ihr kennt sie sicherlich.« Offenbar nahm sie wahr, dass Andrews Söhne am liebsten gar nicht in Lindas Richtung schauen wollten.

Sehr übertrieben begrüßten sie Mary, währenddessen schüttelte Linda die Hand von Fred Andersen.

»Mein Beileid«, sagte er leise. Seine Hand war warm.

»Danke. Sie haben meinen Vater gekannt?«

»Leider nicht, nur das Hotel. Ein fantastischer Ort. Aber ich habe gehört, Sie würden verkaufen?«

»Das wird sie nicht«, ging Mary dazwischen und drehte Andrews Söhnen den Rücken zu. »Wer verbreitet denn so was Dummes? Linda wird das gefragteste Hotel Londons weiterführen, das kannst du deinen Tratschquellen ausrichten.« Und dabei lächelte sie so engelsgleich, dass man das nun deuten konnte, wie man lustig war, dachte Linda. Und Fred schien die Zurechtweisung gelassen hinzunehmen.

Er verbeugte sich. »Dann darf ich Ihnen viel Glück wünschen. Und vielleicht auf ein Wiedersehen?«

Linda spürte, wie ihr ganz heiß wurde. Zum Glück kam in dem Moment Andrew wieder vorbei und nahm Fred zu den anderen Gästen mit. Aber bevor sie beim nächsten Grüppchen angekommen waren, drehte Fred sich noch einmal um und sah Linda in die Augen. Ein bisschen zu lange. Das ging ihr durch Mark und Bein. Als sie sich wieder zu Mary umdrehte, bemerkte sie, wie diese amüsiert grinste.

»Ach, Sie sind also an Fred interessiert. Mmh. Nicht ganz mein Typ, ein bisschen zu groß und zu hager für meinen Geschmack, aber ich kann es trotzdem verstehen.«

»Ach was, das ist doch Unsinn«, sagte Linda lächelnd.

Sie mochte Mary sehr. Und wenn ihr jemand beibringen konnte, wie man sich kleidete und in den richtigen Kreisen verkehrte, dann war sie es. Außerdem hatte ihre neue Freundin ihr schon Vorschläge unterbreitet, was sie mit dem Hotel anfangen konnte.

»Ich würde mich gern noch ausführlicher mit Ihnen über das Flanagans unterhalten«, sagte Linda enthusiastisch, als sie sich auf den Weg ins Esszimmer machten. »Könnten wir uns vielleicht an einem Nachmittag mal im Hotel treffen? Ich finde die Idee mit den Festen hervorragend.«

»Selbstverständlich.« Mary strahlte. »Wenn wir von nun an Du zueinander sagen. Und wenn du willst, können wir ein Fest auf die Beine stellen, das London noch nicht gesehen hat. Gib mir deine Telefonnummer, dann melde ich mich. Ich komme gern in ein paar Tagen, aber lass mich vorher noch einen Blick in meinen Kalender werfen.«

»Herzlich willkommen zum Essen«, rief Andrew, der etwa zwanzig Gäste persönlich zu ihren Plätzen führte.

Linda wurde ganz nervös, als sie merkte, dass Fred bei ihr am Tisch saß. Mary hatte den Platz schräg gegenüber. Sie lächelte und zwinkerte Linda zu, als ob die beiden ein Geheimnis teilten.

Fred war zum Glück sehr gesprächig, denn Linda brachte plötzlich kein Wort mehr heraus. Seine grünen Augen funkelten, und als er mit den Händen herumfuchtelte, bemerkte Linda sonnengebleichte Haare auf seinem Handrücken, und sie überkam eine Sehnsucht danach zu fühlen, wie diese Hände sie berührten. Ein sanftes Streicheln über ihren Arm hätte schon gereicht. Linda spürte einen Kloß im Hals. Was war eigentlich los mit ihr?

Er war ein unterhaltsamer Tischherr, und Linda brauchte eigentlich nicht viel mehr zu tun, als zu nicken. Nicht bevor er sie fragte: »Was geschieht, wenn Sie heiraten?«

»Sollte irgendetwas Bestimmtes passieren, wie meinen Sie das?« Sie lächelte. Hörte kaum, was er sagte, da sie nur in seine grünen Augen sah. Jetzt waren sie plötzlich fast braun.

»Wird es nicht schwierig, ein Heim zu versorgen? Ich meine, wenn mal Kinder kommen?«

»Ich denke, dann brauche ich wohl ein Kindermädchen. Aber ehrlich gesagt habe ich mir darüber noch keine Gedanken gemacht. Im Moment muss ich mir erst einmal die wesentlichen Kenntnisse über das Hotel aneignen. Ein Privatleben steht zurzeit hinten an.« Sie zwang sich, auf ihren Teller zu sehen, bis sie zu dem Schluss kam, dass sie verrückt war. Nervös fingerte sie an ihrem Besteck herum.

»Heißt das, es besteht keine Chance, Sie zum Essen einzuladen?«

Erstaunt hob sie den Kopf.

»Ich glaube, das wäre nett«, sagte sie. Ihr Herz machte einen Satz. Sie war früher auch schon ausgeführt worden, aber dieses Mal war es etwas anderes. In London eingeladen zu werden, war etwas Besonderes.

Sie plauderten weiter, doch ihre Gedanken drehten sich nur um das bevorstehende Essen zu zweit. Sie hatte sich eigentlich erkundigen wollen, woher Fred und Andrew sich kannten, doch verlor es vollkommen aus den Augen. Sie konnte ihn auch ein anderes Mal danach fragen.

Linda fuhr mit dem Taxi nach Hause, und zum ersten Mal, seit sie nach England gekommen war, verspürte sie ein Gefühl von Hoffnung.

Mary würde in ein paar Tagen zu Besuch kommen, und dann würden sie Pläne für ein rauschendes Fest schmieden, und Fred Andersen hatte sie gefragt, ob sie am nächsten Freitag mit ihm Essen gehen würde, und sie hatte zugesagt.

Hoffnung.

Es war berauschend, und sie glaubte nicht, dass Papa es ihr übel nehmen würde, dass sie glücklich war. Deswegen trauerte sie nicht weniger um ihn.

Linda warf einen Blick ins andere Schlafzimmer, um nachzusehen, ob alles in Ordnung war. Großmutter lag da und schlief tief und fest, atmete gleichmäßig ein und aus. Wäre sie wach gewesen, dann wäre Linda zu ihr gekrochen und hätte ihr von ihrem Abend erzählt, so wie sie es in Fjällbacka immer getan hatte. Da hatten sie beide auf dem Dachboden geschlafen. Der Raum war klein gewesen, und nur eine dünne Wand hatte ihre Schlafplätze getrennt. Großvater hatte sie errichtet, als Linda zur Welt gekommen war.

Als Linda größer wurde, hatte Großmutter gesagt, dass Linda nun in der guten Stube im Erdgeschoss schlafen konnte, aber das hatte sie nicht gewollt. Sie genoss es, weiterhin mit Großmutter das Zimmer unter dem Dach zu teilen.

In der guten Stube stand ein Sofa, das von dem alten

Hof Kamstorp stammte, der seit Jahrzehnten im Familienbesitz gewesen war, und Linda liebte es. Darauf saßen sie an den Weihnachtstagen, an Abenden, wenn Gäste kamen, und an anderen Festtagen. Ansonsten ließ man sich auf dem Küchensofa nieder, vor dem warmen Ofen, wo Großmutter Feuer machte und Kaffee kochte. Die alten Salonmöbel, um die Großmutter immer Angst hatte, umzuräumen, war undenkbar. Sie bedeuteten ihnen beiden zu viel.

Ob Großmutter sie jetzt mit Laken abgedeckt hatte, damit der hellblaue Stoff vor den Sonnenstrahlen geschützt war, die durchs Fenster fielen? Sie hatte sie doch hoffentlich nicht weggegeben? Immerhin stand ihre Entscheidung fest, nicht mehr nach Fjällbacka zurückzukehren. Keine von ihnen sprach das Haus an, das Thema ging beiden zu nahe.

Linda musste an etwas anderes denken, sonst würde sie nur melancholisch werden. Sie sollte an die Zukunft denken, die ihr im Moment viel rosiger erschien.

Sie musste einfach bis morgen warten, um Großmutter von ihren Erlebnissen zu berichten.

Als sie auf dem Weg ins Badezimmer an dem großen Flurspiegel vorbeikam, zuckte sie zusammen. Es war, als sehe sie ein hochgeschossenes Kind vor sich. Mit langem weißen Nachthemd und dem geflochtenen Zopf auf dem Rücken. Wenn sie so aussah, war es klar, dass sie niemand ernst nahm, ihre Cousins am allerwenigsten.

Sie würde Mary um Hilfe bitten. Die war mit ihrer Kurzhaarfrisur und dem in Falten gelegten Kleid mit Schärpe um die Taille so unglaublich elegant gewesen. Wie aus einer Modezeitschrift. So wollte Linda auch aussehen. Im Moment war sie mehr Haut und Knochen, aber mit so einer Schnürung auf Taillenhöhe würden sogar ihre schmalen Hüften Rundungen bekommen. In den BH stopfte sie Baumwollpolster, so hatte sie es schon immer gemacht. Als sie ein Teenager war, hatten die anderen sie Flachbrett genannt, sodass sie sich wegen ihres mageren Körpers geschämt hatte. »Deine Mama hat auch so ausgesehen«, hatte ihre Großmutter sie getröstet. »Wenn du älter wirst, füllt es sich hier und da ganz von allein.«

Und Großmutter hatte recht behalten. Aber durch die Trauer hatte Linda wieder abgenommen. Vielleicht kam der Appetit wieder zurück, jetzt, da ihr etwas Erfreuliches bevorstand?

Über das Waschbecken gebeugt, die Zahnbürste in der Hand, fragte sie sich, ob Fred Andersen sich überhaupt über ihre Kurven oder ihre Frisur Gedanken machte. Offenbar nicht, er suchte vielleicht einfach jemanden, mit dem er sich unterhalten konnte. Alle törichten Gedanken sollte sie besser eine Weile beiseiteschieben.

Sie gurgelte, spuckte aus und stellte die Zahnbürste zurück ins Glas. Wie es sich nun mit diesem Fred entwickelte, war Nebensache. Sie wollte sich für ihr Hotel einen neuen Stil zulegen, sagte sie sich, während sie sich den Mund abwischte.

»Hör auf, so zu grinsen«, flüsterte sie sich zu, als sie ihren Gesichtsausdruck im Spiegel sah. Aber es nützte nichts. Sie lächelte noch immer so schwachsinnig, als sie die Lampe über ihrem Bett ausknipste.

12

Am darauffolgenden Tag schob Großmutter Linda auf einen Stuhl und verkündete unverblümt: »Das Personal starrt dich an, als seist du eine Fremde. Ich habe bisher den Mund gehalten, weil ich ja wusste, dass du eine harte Zeit durchmachst, aber jetzt musst du die Ärmel hochkrempeln und Biss zeigen. Jetzt musst du Fjällbacka vergessen und selbstsicher auftreten. Du bist ein helles Köpfchen, aber du musst härter werden.« Sie holte tief Luft, bevor sie weitersprach: »In London darf man nicht schüchtern sein, so viel habe ich kapiert, und wenn du das nicht ändern kannst, dann musst du zumindest so tun. Damit kann man es auch weit bringen.«

Linda hatte ihre Großmutter noch nie zuvor so reden gehört. Erst starrte sie sie nur an, dann brach sie in Gelächter aus.

»Bin ich denn wirklich so eine Transuse?«, fragte sie.

»Ja, und das warst du schon immer«, antwortete Großmutter lächelnd. Sie war liebevoll, obwohl sie gerade zu harten Worten griff.

»Und hast du eine Idee, wie das gehen soll?«

»Lern dein Personal kennen. Rede mit ihnen. Du bist ein bisschen zurückhaltend, aber stark. Ändere dich, dann wirst du es schaffen. Das Flanagans ist dein Erbe, mein liebes Kind, das darfst du nicht verschleudern.« Sie hielt beschwichtigend die Hand hoch, als Linda den Mund öffnen wollte. »Ja, ich weiß, dass deine Cousins und deine Tante gegen dich arbeiten. Aber ich bin da. Und Andrew ist da. Deine neue Freundin, von der du den ganzen Tag schon redest, ist vermutlich auch noch da. Siehst du. Drei gegen drei. Sie werden nicht die geringste Chance haben«, sagte sie und lächelte aufmunternd.

Linda ließ Großmutters Worte so stehen. Sie ging einfach zu ihr und drückte sie ganz, ganz fest.

Heute war es so weit. Nach dem Frühstück war Linda mit dem Personal verabredet. Von Großmutters Worten bestärkt, hatte sie sich der Sache angenommen und den Abteilungsleitern mitgeteilt, dass sie ein Treffen anberaumen würde. Alle, die nicht um Punkt neun Uhr dringend gebraucht wurden, sollten dabei sein. Empfang und Concierge, Rezeption, Küche, Housekeeping ... Linda ging die verschiedenen Abteilungen noch einmal durch. Fast 130 Angestellte hatten sie im Flanagans, und Papa hatte sie alle gekannt. Name, Adresse und die Familienverhältnisse. Sie seufzte. Niemals würde sie das Haus so führen können wie ihr Papa.

Die Abteilungsleiter waren natürlich zu Recht skeptisch, was ihre Führungsqualitäten anbelangte. Sie war ein Neuling, ein Greenhorn, jung und zudem noch, wie man meinte, mit dem falschen Geschlecht geboren, was bedeutete, dass man sie schon deswegen als schwächer einstufte.

Und sie hasste die Vorstellung, dass die anderen möglicherweise recht damit hatten. Vielleicht war sie für diesen Job wirklich zu weich, und manchmal dachte sie sogar, es sei dumm, nicht mit Laurence zu kooperieren. Er hatte einen schlechten Charakter, was aber nicht bedeutete, dass er nicht in der Lage war, seine Arbeit gut zu erledigen. Er liebte das Flanagans – auch wenn er sie *hasste*.

Linda konnte nicht anders, ihr taten die Angestellten leid. Laurence hatte sie immer wieder schlecht behandelt. Heute würde sie ihnen zeigen, wer die Entscheidungen traf.

Es gab nur ein Problem: Sie hatte überhaupt keine Lust, Entscheidungen zu treffen. Zumal sie für das Flanagans weitreichende Folgen hatten. Warum sollte Linda Lansing aus Fjällbacka es besser wissen als jemand anderes? Es war lachhaft, von ihr zu erwarten, das Hotel erfolgreich zu führen. Sie, die kaum wusste, was gut für sie selbst war. Es war eine unlösbare Aufgabe.

Linda klopfte an Großmutters Tür.

»Herein.«

Großmutter saß auf der Bettkante, sie war angezogen und sah auf, als sei sie bereit fürs Frühstück. Seit einer Woche frühstückten sie auch im Speisesaal. Großmutter hatte darauf bestanden, dass Linda ihre Gäste mindestens *einmal* am Tag begrüßte.

»Guten Morgen, hast du gut geschlafen?«, fragte Linda.

»Ja, danke. Ich habe Hunger. So ein Toast täte mir jetzt

gut. Vielleicht mit Marmelade. Und auf jeden Fall Kaffee.«
Vorsichtig erhob Großmutter sich.

»Warte, ich hole deinen Stock«, sagte Linda und sah sich um. Da.

»Danke. Und jetzt gehen wir«, erwiderte Großmutter mit energischem Tonfall. »Ich will hören, was du den Leuten sagen wirst.«

Linda hatte versucht, ihre Gedanken an das Treffen zu verdrängen, doch es ging auf neun Uhr zu, und sie wollte zu ihrer ersten Personalbesprechung nicht zu spät kommen.

Selbstverständlich würden nicht alle teilnehmen können, aber viele Angestellte waren anwesend. Linda war so nervös, dass sie nicht wusste, wie sie es durchstehen würde. Ihr war schlecht, und am liebsten hätte sie sich wieder ins Bett gelegt. Nicht einmal das neue Kleid, das sie aus Fjällbacka mitgebracht hatte, half. Das lag natürlich nicht an der Boutique, Herta hatte getan, was sie konnte. Aber mit Lindas Figur gab es nicht viele Möglichkeiten. Daher sah das Kleid ähnlich unförmig und altmodisch wie all die anderen in ihrem Kleiderschrank aus, und als sie die Füße in die bequemen Schuhe schob, war unübersehbar, was für eine graue Maus sie war.

Sie beschloss, dass das nächste Paar Schuhe definitiv eins sein würde, in dem sie nicht vernünftig gehen konnte. Sie würde Mary um Rat fragen und sie bitten, ihr zu zeigen, wie man sich auf hohen Absätzen elegant bewegte.

Linda versuchte, ihren Zopf fester zu ziehen, als sie ihn

um den Kopf legte, doch ihre Locken waren störrisch. Sie sah aus wie eine alte Käthe-Kruse-Puppe.

Schwerfällig begab sie sich in die Küchenetage, wo sie eine Art Ansprache halten wollte. »Sei inspirierend«, hatte Großmutter gesagt, aber sich geweigert, dem Treffen beizuwohnen. Linda war daraufhin etwas eingeschnappt. Jetzt hätte sie sie doch gebraucht, aber Großmutter hatte behauptet, sie sei zu müde dafür, und es sei besser, Linda brächte das allein über die Bühne.

Der Versammlungsraum war groß. Er wurde für verschiedene Anlässe genutzt, wenn große Veranstaltungen wie zum Beispiel Hochzeiten vorbereitet wurden. Linda wusste gar nicht, ob im Moment solche Feste im Flanagans stattfanden. Zuletzt waren derartige Feiern vor dem Krieg ausgerichtet worden. Vielleicht sollte sie sich dahinterklemmen und wieder solche prunkvollen Events in ihrem Haus veranstalten? Wenn man damit Geld verdienen konnte, war es eine Überlegung wert.

Als sie den Raum betrat, verstummte das Gemurmel. Es waren Stühle in Reihen aufgestellt, auf denen die Angestellten saßen. Wie viele es wohl sein mochten? Vielleicht siebzig? Linda hatte nur die Namen der Abteilungsleiter, der Rezeptionisten und der Servicemitarbeiterinnen, die ihnen das Frühstück ins Zimmer gebracht hatten, im Kopf. Viele Gesichter kannte sie nicht.

Linda trat vor. *Stell dich hin mit durchgestrecktem Rücken und ein bisschen breitbeinig wie ein Mann*, hatte Großmutter ihr aufgetragen. Jetzt ging wieder Gemurmel zwischen den Stühlen los. »Sie wirkt eingebildet«, hörte sie jemanden mit viel zu lauter Stimme sagen, und sie musste sich sehr zusammenreißen, um nicht gleich wieder davonzulaufen.

Gerade wollte sie anfangen, da ging die Tür auf, und ihre Cousins kamen herein. Laurence musterte sie skeptisch, und Sebastian nahm gar keine Notiz von ihr. Stattdessen sah er durch die Reihen und lächelte, als würde er jeden Einzelnen kennen.

Obwohl sie das eigentlich hätte verunsichern müssen, reagierte sie genau umgekehrt. Die beiden so zu sehen, machte sie wütend. Richtig wütend. Und das wirkte sich positiv auf ihre Körperhaltung aus. Sie musste sich nicht ermahnen, aufrecht zu stehen, es passierte von allein. Fast wünschte sie sich einen dummen Kommentar, damit sie ihnen die passende Antwort geben konnte. Es war, als stünde ihr Papa hinter ihr und klopfte ihr aufmunternd auf die Schulter. Erstaunt stellte sie fest, dass sie fest entschlossen war, für ihr Hotel zu kämpfen. Und das Personal sollte auf ihrer Seite stehen.

Sie räusperte sich.

»Ich freue mich, heute vor Ihnen stehen zu dürfen ...«

Die Einleitung lief gut, sie hatte Blickkontakt zu einer kleinen Gruppe Frauen, die sie aufmunternd ansahen, das gab ihr Mut. Hinterher würde sie sie ansprechen, sie wollte wissen, in welchem Bereich sie arbeiteten.

Sie hatte Angst gehabt, weil sie nichts vorzuweisen hatte. Doch Großmutter hatte gemeint, es sei besser, seine Unkenntnis offenzulegen, als so zu tun, als wüsste man alles. Und damit hatte sie wohl recht.

» ... wie Sie wissen, ist der Hotelbetrieb neu für mich«,

sagte Linda und lächelte zurückhaltend. »Aber ich habe es im Blut. Mein Vater hat das Flanagans über alles geliebt. Und Sie wissen, wie stolz er auf Sie war und die Arbeit, die Sie leisten. Ich verspreche Ihnen hoch und heilig, dass ich das Hotel in seinem Geiste weiterführen werde, wenn Sie mir nur eine Weile Zeit geben, um mich einzuarbeiten. Ich weiß, dass ich noch jung und unerfahren bin, aber ich lerne schnell und bin bereit, hart dafür zu arbeiten.«

Applaus hier und da. Viele Frauen schienen begeistert zu sein und klatschten mit den Händen in der Luft. Dankbar sah Linda sie an.

»In den kommenden vier Wochen werde ich in allen Bereichen des Hotels mitarbeiten. Ich will alles lernen, was Sie hier machen. Die erste Praktikumswoche möchte ich in der Küche verbringen, und ich hoffe, ich kann Ihnen helfen und stehe nicht nur im Weg.« Jetzt konnte sie beobachten, dass manche Mitarbeiter sich zulächelten, als ob sie die Idee begrüßten. Wunderbar. Sie hatte nicht gewusst, wie sie auf ihren Vorschlag reagieren würden. Schließlich hatte sie keine anderen Möglichkeiten, etwas zu lernen.

Ein Stuhl schrabbte über den Boden. Sebastian erhob sich. Linda war klar, was jetzt kommen würde. »Viel Glück« würde sie aus seinem Munde wohl kaum hören.

»Wie gedenkt Miss Lansing mit den Lieferanten umzugehen, die es gewohnt sind, mit einem Mann zu verhandeln?«

»Lieber Sebastian, wir sind Cousins, du kannst gern Linda zu mir sagen, so wie du es auch sonst getan hast.« Sie lächelte ihn freundlich an. »Aber die Antwort auf deine

Frage ist, dass ich nicht vorhabe, mit jemandem in Verhandlungen zu treten, der mich nicht ernst nimmt.« Ihr Blick war selbstsicher. »Wenn sie ihre Waren an das Flanagans verkaufen wollen, müssen sie mir und meinem Personal, unabhängig davon, ob es Männer oder Frauen sind, mit Respekt begegnen.«

Sie bemerkte, wie Laurence überheblich lächelte. Man konnte die Verachtung in seinen Augen sehen. Doch das störte sie nicht. Er war ein Fiesling, und sie hoffte darauf, dass das Personal es auch so sah.

»Nun gehören dir ja nicht hundert Prozent am Hotel«, fuhr Sebastian fort. »Wir anderen Teilhaber vertreten die Auffassung, dass es ein lächerliches Bild abgibt, wenn eine Frau an der Spitze des Flanagans steht. Wenn du heiratest, wirst du sowieso aufhören zu arbeiten. Wir verlangen, dass du deinen Platz umgehend räumst. Und ihn Laurence überlässt, der einen hervorragenden Job gemacht hat, als dein Vater krank war.«

Erneuter Applaus. Und dies war leider die Mehrheit.

»Ich werde doch wohl den Versuch unternehmen dürfen, zu sehen, was ich bewirken kann«, entgegnete sie. »Nur wegen meines Geschlechts disqualifiziert zu werden, ist wirklich überholt, das solltest du wissen, Sebastian. Und jetzt setz dich wieder hin!«

Und das sagte sie mit einem selbstsicheren Tonfall. Sie musste an ihre alte Lehrerin Frau Broling denken, wie sie die Rotzbengel in der Klasse behandelt hatte. So würde Linda künftig mit ihren Cousins umgehen.

Nach dem Fünf-Uhr-Tee mit ihrer Großmutter unten im Salon sprudelte Linda vor Enthusiasmus. Das Personal war gar nicht so feindselig gewesen, wie sie es befürchtet hatte. Einige Frauen hatten sie nach der Veranstaltung angesprochen und ihr mitgeteilt, dass sie es bewunderten, wie Linda kämpfte, und ihr ihre volle Unterstützung zugesagt. Die Cousins hatten die Lust zur Provokation verloren, nachdem Linda Sebastian wieder auf seinen Platz verwiesen hatte.

»Jetzt hab ich es ihnen gezeigt«, flüsterte sie Großmutter zu. Sie sprachen so leise wie möglich. Der Teesalon war voller Gäste, und ihr Gespräch sollte unter ihnen bleiben. Zwar redeten sie Schwedisch miteinander, doch es war durchaus möglich, dass Schweden im Haus waren, das hatten sie alles schon erlebt.

»Du musst aber trotzdem auf der Hut sein.« Großmutter beugte sich noch dichter vor. »Rotzbengeln kann man die Ohren langziehen, aber diese beiden Exemplare sind viel gefährlicher. Wenn ich dieses Erdenleben hinter mir lasse, wird es keinen mehr geben, der dich daran erinnern kann, deshalb werde ich es hin und wieder tun. Vertraue deinen Cousins *nie*.«

»Kannst du bitte aufhören davon zu reden, dass du sterben wirst? Besonders, wenn ich so gut gelaunt bin«, sagte Linda. »Und natürlich verspreche ich dir, dass ich ihnen niemals über den Weg trauen werde.«

»Gut. Dann erzähl noch mal von der Versammlung. Ich bin fast ein bisschen traurig, dass ich nicht dabei war.«

Linda berichtete ihr alles haargenau. Und als sie Großmutter von den Frauen erzählte, die auf sie zugekommen waren, wurde ihr ganz warm ums Herz. Sie waren so herzlich und nett gewesen. Hatten sie willkommen geheißen, ihre Anteilnahme am Tod von Lindas Vater ausgedrückt und gesagt, dass sie es schön fänden, nun eine Chefin zu haben. Und sie hatten auch berichtet, dass es ihnen in der Zeit, in der ihr Vater krank gewesen war, nicht besonders gut ergangen war.

»Laurence hat sie respektlos behandelt«, erzählte Linda weiter. »Er hat sie in dunkle Ecken gezogen und betatscht, obwohl sie deutlich gemacht haben, dass sie das nicht wollen.«

»So ein Schwein!«, rief Großmutter empört und schnaubte.

Linda hatte es tief getroffen zu hören, wie ihr Cousin sich benommen hatte. Von nun an war damit Schluss. Sollte er sich noch einmal an ihrem Personal vergreifen, dann würde sie ihn vor die Tür setzen.

13

Mary schwebte in einem engen blassgelben Seidenkleid und mit einer riesigen Sonnenbrille auf der Nase in den Salon. Sie sah aus, als käme sie frisch vom Friseur. Ein angenehmer Duft nach Vanille zog durch den Raum. Es war ein fast komischer Anblick, wie sich alle Köpfe gleichzeitig zu ihr umdrehten. Man flüsterte und nickte zu ihr hinüber.

»Man kann sagen, du erregst eine gewisse Aufmerksamkeit«, sagte Linda lächelnd und zog für ihre Freundin den Stuhl vom Tisch.

Mary zuckte nur mit den Schultern. »Das bin ich gewohnt«, antwortete sie. »Ich lasse sie einfach glotzen.« Sie grinste übers ganze Gesicht und legte ihre Handtasche auf dem freien Stuhl neben sich ab. »Wie sieht's aus bei meiner neuen Freundin, hast du mit dem Praktikum schon begonnen?« Sie schlug die Beine übereinander und wippte mit dem Fuß. Dabei fiel ihr der Schuh von der Ferse, weshalb Lindas Aufmerksamkeit auf Marys rote Pumps fiel. Knallrote Schuhe. Und zwar solche, die nur Mary tragen konnte.

»Ja, stell dir vor, es lief wirklich gut. Die Angestellten

sind sehr nett und haben zum Glück eine Engelsgeduld mit mir.«

»Arbeitet Laurence denn auch noch hier?«, fragte Mary.

»Kennst du ihn?«, erwiderte Linda zaghaft.

»Von Charity-Veranstaltungen, er hatte mal ein Auge auf mich geworfen.« Doch sie winkte ab. »Von seinem Bruder weiß ich nur, was die Leute reden. Und das ist einiges. Er hat offenbar eine Schwäche für Frauen. Und besonders für die verheirateten.«

»O Gott«, stöhnte Linda, die eigentlich keine Lust hatte, über ihre Cousins zu reden.

»Steht ihr euch nahe?«, fragte Mary.

»Nein, überhaupt nicht. Das ist eine lange Geschichte.«

Mary nickte. »Kann ich verstehen. Das hatte ich schon vermutet. Dann lass uns lieber über das Fest reden. Das Fest im Flanagans, für das *jeder* eine Einladung haben will.«

»Glaubst du wirklich, dass das geht?« Linda spürte, wie Vorfreude in ihr aufkeimte. »Wie, wann, wo?«, fuhr sie andächtig fort. »Ich habe noch nie etwas anderes als Geburtstagsfeste ausgerichtet, und das ist lange her, daher brauche ich jede Hilfe, die ich kriegen kann«, erklärte sie und lächelte.

»Deine Räumlichkeiten sind wie gemacht für prunkvolle Bälle«, sagte Mary und drehte sich um. »Sieh dich doch um.«

Linda betrachtete die Goldverzierungen an den Wänden, die blitzblank gebohnerten Böden, die vergoldeten Kandelaber, an denen die Lichter tanzten und den ganzen Salon in einen besonderen Schimmer tauchten. Von der Decke hing Papas ganzer Stolz: sieben mächtige Kronleuchter, die über den Möbeln des Salons thronten. In der Mitte befand sich ein Podest mit einem Klavier, auf dem ein Pianist klassische Ohrwürmer spielte. Ja, es stand außer Frage. Dieses Hotel war ein wunderbarer Ort für Feste.

»Wir brauchen unbedingt Livemusik«, sagte Linda aufgeregt.

»Nicht nur das. Wir buchen das beliebteste Orchester von London«, erwiderte Mary und strahlte.

Sie erhoben sich erst wieder, nachdem sie einen Plan geschmiedet hatten. Das Fest sollte in vier Wochen stattfinden, am letzten Maitag. Mary würde die Informationen in ihrem Bekanntenkreis streuen, und die Party würde so einzigartig werden, dass alle, die etwas auf sich hielten, einfach *kommen mussten*. Mary meinte, es wäre gar nicht schlimm, wenn es so voll werden würde, dass manche Prominente keinen Platz mehr fänden.

»So ist es einfach, weißt du«, sagte Mary amüsiert. »Das erhöht den Marktwert unserer Veranstaltung, und wenn du beim nächsten Mal Eintrittskarten verkaufst, werden die wichtigsten Gäste die Möglichkeit bekommen, vor allen anderen zuzuschlagen. Das erste Fest musst du leider selbst bezahlen, aber danach kannst du ordentlich Geld machen. Glaub mir«, sagte sie. »Ich habe nicht viel Ahnung von Wirtschaft, aber ich weiß, wofür die Leute ihr Portemonnaie aufmachen.« Danach hatte sie Linda schweigend beäugt, von Kopf bis Fuß. »Und so kannst du nicht rumlaufen, wenn man dich ernst nehmen soll. Wenn du in vier Wochen fertig sein willst, müssen wir deine Verwandlung vom Entchen zum Schwan umgehend ins Auge fassen.«

Lindas langes Haar lag in Büscheln auf dem Boden. Um sie herum standen drei Leute, die sich über ihren Kopf hinweg unterhielten, als sei sie gar nicht da. Doch nicht nur ihre Frisur sollte verändert werden. Offenbar hatte sie auch zu buschige Augenbrauen. Und zu ungepflegte Nägel. Aber das sei kein Grund, sich Sorgen zu machen, hieß es, sie würden das schon hinkriegen, und drehten sie im Stuhl hin und her.

Solche Extravaganzen waren ihr völlig fremd. Bislang hatte Großmutter ihr die Haare geschnitten – keine von ihnen war je auf die Idee gekommen, einen Friseur aufzusuchen. Einmal in zwei Jahren schnitt Großmutter ein Stück ab, und dann war es gut. Nicht einmal Papa hatte ihr vorgeschlagen, zum Friseur zu gehen, aber er hatte Lindas langes, lockiges Haar auch sehr geliebt, weil es dem ihrer Mutter so ähnlich war.

Obwohl in dem Salon unzählige Goldspiegel angebracht waren, durfte Linda erst hineinschauen, als alles fertig war. Sie war gespannt und voller Vorfreude. Wie würde ihre Großmutter reagieren, wenn sie ins Flanagans zurückkam und das Fjällbackamädchen hinter sich gelassen hatte? Vielleicht würde sie eine Beleidigung darin sehen, meinen, Linda würde sich jetzt für etwas Besseres halten, oder sie würde begreifen, dass diese äußere Veränderung längst überfällig war. Für ihre neue Rolle musste sie dem Londoner Chic folgen, das stand außer Frage.

»Kannst du mir auch bei der Garderobe behilflich sein?«,

hatte sie Mary gefragt, und während die Friseure im Salon die Schere ansetzten, hatte sich Mary auf den Weg gemacht und kam eine Stunde später mit zahlreichen Kleidern über dem Arm wieder zurück. Danach brachte ihr Chauffeur den Rest.

»Wir werden deine schmale Taille unterstreichen, versuchen, aus dem bisschen, was du in Brusthöhe zu bieten hast, etwas zu machen, und dann ein paar Hüften simulieren. Was hältst du davon?«, fragte Mary frei heraus, nachdem sie einen Kleiderständer herbeigezaubert hatte. Außerdem schwenkte sie Schuhe mit hohen Absätzen in der Hand. Sie waren marineblau mit silbernem Muster. Linda hatte noch nie etwas Hübscheres gesehen. Doch die Handtasche, die Mary danach in die Luft hielt, stand den Schuhen in nichts nach. Und hatte denselben Farbton.

»Ich fürchte, dass das meinen Rahmen sprengt.« Linda hatte nicht die geringste Ahnung, wie viel solche Kleider kosteten, aber billig konnten sie nicht sein. Zu Hause kaufte man höchstens ein Kleidungsstück für den Winter und eins für den Sommer.

»Mach dir keine Sorgen. Mr Selfridge und mein Vater waren früher enge Freunde, sodass ich beste Verbindungen zu ihrem Haus habe. Wenn wir ihnen versprechen, dass du dein Personal bei ihnen einkleidest, wirst du einen hervorragenden Rabatt auf deinen ersten Einkauf bekommen.« Mary klatschte in die Hände und sah entzückt aus. »Darüber wird man reden, lass dir das gesagt sein.«

Mary bestand darauf, Linda auf dem Heimweg zu begleiten

und sie der Großmutter zu präsentieren, und nach all ihrer Hilfe konnte Linda ihr den Wunsch nicht ausschlagen. Doch es wäre ihr lieber gewesen, Großmutter in ihrem neuen Outfit zuerst allein unter die Augen zu treten. Wenn Großmutter es schrecklich fand, würde man es sofort merken, sie beschönigte nichts, und Linda wollte vermeiden, dass Mary sich verantwortlich fühlte. Immerhin hatte Linda sie um Hilfe gebeten, und beim ersten Blick in den Spiegel hatte sie sich kaum wiedererkannt.

Ihr Haar lag in weichen Wellen am Kopf und wurde mit kleinen Klemmen aus dem Gesicht gehalten, ihre Wangen waren leicht rosa geschminkt, die Lippen ebenfalls rosarot, zudem trug sie Lidschatten. Ihre alten Kleider waren in einer Tüte verstaut, und nun trug sie Christian Dior. Einen weißen Blazer, der ihr Hüften, Brust und Taille verpasste, genau so, wie Mary es angekündigt hatte, und ein Kleid mit einem ausgestellten Rock, der flog, wenn sie sich drehte.

So schön hatte sie noch nie ausgesehen.

Aber sie war nervös, als sie an der Tür zum Appartement klopfte und rief, sie habe eine Freundin dabei. Linda wusste, dass Großmutter Wert darauf legte, ordentlich auszusehen, wenn Besuch kam, und sie wollte ihr die Möglichkeit geben, sich zurechtzumachen.

Als Großmutter Linda erblickte, fiel ihr die Kinnlade herunter. Sie vergaß sogar, Mary zu begrüßen, die Großmutter genügend Zeit gab, ihr Enkelkind von oben bis unten zu betrachten.

»Wie *schön* du bist«, sagte Großmutter andächtig und stützte sich schwerfällig auf ihren Stock.

Linda kamen vor Rührung die Tränen. Ihre liebe, fürsorgliche Großmutter.

Sie wies auf Mary. »Großmutter, darf ich dir meine Freundin Mary vorstellen. Sie hat mir heute bei allem geholfen.«

Großmutter streckte die Hand aus und sagte die einzigen Worte, die sie auf Englisch beherrschte: »*Thank you*.«

Während Linda Tee bestellte, unterhielten sich die beiden. Sie konnten zwar die Sprache der anderen nicht, doch das schien sie nicht zu stören.

Als der Freitag gekommen war, befand sich Linda im Ausnahmezustand. Dieses sanfte Rosa, das man im Salon auf ihre Wangen gezaubert hatte, ähnelte nunmehr großen Klecksen, als sie versuchte, sich selbst zu schminken. Und ihr Haar war wieder lockig und sah gar nicht gut aus. Es war nun kürzer und daher noch schwerer zu bändigen. Das Einzige, was ihr gelang, war das Auftragen des Lidschattens, aber ihr war klar, dass sie aufpassen musste, damit er nicht bald auf ihren Wangen landete und sich mit dem Rosa vermischte. Mary hatte sie gewarnt und ihr erklärt, dass sie sich keinesfalls die Augen reiben dürfe. Und wenn es da juckt?, hatte Linda gefragt, und da hatte Mary gelacht und geantwortet, dass sie das dann ignorieren müsse.

»So, und jetzt Kinn hoch«, sagte Großmutter, als Linda aus dem Badezimmer kam. »Du hast eine Verabredung mit einem jungen Mann, an deiner Stelle würde ich ein fröhlicheres Gesicht machen.«

»Aber schau doch, wie ich aussehe«, erwiderte Linda

und schüttelte den Kopf. »Haut und Knochen und gekräuseltes Haar.« Sie sah hinab auf das, was Mary ein paar *richtig hübsche Stelzen* genannt hatte.

»Ja, aber du bist ein sehr liebenswerter Mensch«, entgegnete Großmutter und lächelte warmherzig. »Du wirst staunen, wie weit du damit kommst.«

»Das kann nur eine Großmutter sagen«, erwiderte Linda. »Der arme Fred wird sich wundern, was er sich da eingehandelt hat.«

»Dummes Ding. Jetzt geh, und zieh eins deiner neuen Kleider an. Ich will kein Wort mehr davon hören, wie du ausschaust. Es gibt wesentlich wichtigere Dinge im Leben«, sagte Großmutter streng, und deshalb beschloss Linda, aufzuhören zu jammern. Großmutter konnte lange beleidigt sein, wenn man es übertrieb, und das konnte sie gerade jetzt nicht gebrauchen. Auch wenn sie so alt war – und der Tod bevorstand, worauf sie mindestens einmal täglich hinwies –, konnte sie eine Laune an den Tag legen, die man lieber nicht heraufbeschwor.

In Fjällbacka hatte Linda sich nie Gedanken darüber gemacht, dass sie nicht hübsch genug war. Da kannten sich alle von klein auf, und die wenigsten dachten über ihr Aussehen nach. Diejenigen, die als Kinder gemein waren, waren mittlerweile alle erwachsen und vermutlich zur Vernunft gekommen.

In London war es etwas anderes. Linda würde nie hierher passen. Sie brachte es nicht einmal fertig zu rauchen. Als sie es ausprobiert hatte, war ihr, als müsse sie sich jeden Moment übergeben, und neidisch betrachtete sie Mary, die mit sichtlichem Genuss den Rauch inhalierte. »Tut das nicht weh?«, hatte sie gefragt, und Marys Antwort war gewesen, dass man das einfach ein bisschen üben müsse. Öfter. Danach sei es der reinste Genuss.

Linda *musste* lernen zu rauchen. Sie würde es im Hinterhof üben, wo sie keiner sehen konnte. Zweimal täglich, das hatte sie sich verordnet, bis sie entspannt den Kopf zurücklehnen konnte und den Rauch so elegant inhalierte wie ihre Freundin Mary.

Als es an der Tür klopfte, war Linda ein Nervenbündel. Sie hatte sich hundertmal umgezogen und sich geschworen, dass sie sich so einer Situation nicht noch einmal aussetzen würde, wenn sie diesen Abend überlebte. Sie würde bei Großmutter zu Hause bleiben und lieber sticken lernen.

Nun holte sie einmal tief Luft und öffnete Fred die Tür.

»Herzlich willkommen«, sagte sie und nahm den kleinen Blumenstrauß entgegen, den er ihr reichte. »Komm rein, dann stelle ich ihn ins Wasser«, sagte sie und überlegte angestrengt, wo ihr Vater wohl Vasen verstaut haben könnte. Sie konnte bei so einer privaten Angelegenheit kaum die Hausdame bitten, sich darum zu kümmern.

Schließlich kam sie auf die Idee, die Blumen, die im Schlafzimmer standen, wegzuwerfen, und so kam sie mit fröhlicher Miene zurück ins Wohnzimmer, wo sie Fred auf einem der Sofas platziert hatte.

Er saß ganz steif auf der Kante. Auf dem Stuhl neben ihm hatte Großmutter Platz genommen.

»Schau mal, so schöne Blumen habe ich bekommen«, sagte Linda und zeigte Großmutter die Vase.

Dann sah sie Freds verschrecktes Gesicht.

»Hat sie versucht, Schwedisch mit dir zu reden?«, fragte sie grinsend. »Sie glaubt, sie müsse nur ganz deutlich reden, dann würde sie jeder verstehen.«

Er hatte noch immer kein Wort gesagt. Das war schon sonderbar, dachte Linda, denn als sie sich zuletzt gesehen hatten, war er nicht auf den Mund gefallen.

Jetzt lächelte er eher angestrengt, und so schlug sie vor, sich auf den Weg zu machen. Sie übersetzte zwar gern alles, damit Großmutter am Gespräch teilnehmen konnte, doch das erforderte, dass jemand sprach.

Erst im Fahrstuhl nach unten schien er aufzuatmen.

»Ich habe das Gefühl, dass solche älteren Damen einen sofort durchschauen«, meinte er.

»Großmutter kann das. Sie weiß innerhalb von einer Sekunde, was für einen Menschen sie vor sich hat«, erwiderte Linda.

»Dann hoffe ich, sie hat mich mit ihrem Adlerauge für gut befunden.« Er sah Linda so eindringlich an, dass sie die Augen niederschlug. In ihr rührte sich etwas, wenn er sie so ansah, so war es bei dem Abendessen auch schon gewesen. Doch sie wusste noch nicht genau, ob ihr das gefiel oder nicht.

»Du bist sehr hübsch«, sagte er. »Mir gefällt dein Kleid. Und du hast eine neue Frisur. Ich habe überlegt, was heute anders ist an dir. Sie steht dir gut.« Er lächelte. »Ich werde heute Abend die hübscheste Begleitung von allen haben.«

»Danke.« Linda spürte, wie ihr die Röte in die bereits rosa gepuderten Wangen stieg. Sie wollte lieber keine Komplimente mehr hören, das war ihr unangenehm.

»Du siehst auch gut aus«, sagte sie, um sein Lob etwas abzumildern. Sein dunkler Anzug saß wie angegossen. Sein Haar lag noch immer perfekt, nachdem er den Hut abgelegt und Großmutter begrüßt hatte. Und vom dezenten Duft seines Rasierwassers wurde ihr ganz schwindelig.

Erstaunt sah er sie an. »Wie nett. Ich weiß nicht, ob ich das schon mal von einer Frau gehört habe.«

Die Türen des Lifts öffneten sich, und sie liefen nebeneinander durch den Ausgang des Flanagans.

Es war, als sei Linda zum allererstenMal mit einem Mann verabredet, und das war nun wirklich nicht der Fall. Aber so ein feines Abendessen mit schönen Kleidern und hohen Schuhen – das war neu. In Fjällbacka ging man zu Tanzveranstaltungen oder ins Café *Gröna Lid*, aber das war ganz anders, viel entspannter. Und bequemer auch, musste sie zugeben.

Es war ein lauer Frühlingstag, und sie brauchte nicht einmal eine Jacke über ihrem Kleid. Draußen standen die Taxis in der Schlange. Fred ging zielstrebig zu einem Fahrer, teilte ihm das Fahrziel mit und hielt dann Linda die Tür auf.

Als das Taxi in der Coventry Street bei Piccadilly hielt, kannte Linda sich wieder aus. Sie sagte kein Wort, lächelte ihn nur an. Sicher wollte er sie mit der Wahl des Restaurants überraschen. Und er konnte ja nicht ahnen, dass sie mit ihrem Vater schon unzählige Male im *Scott's* gewesen war. Wenn der Oberkellner sie nicht erkannt hätte, hätte sie so tun können, als sei es ihr erster Besuch hier, aber das war nicht möglich, als er sie begrüßte und kondolierte.

»Ihr Cousin ist hier, Miss Lansing, möchten Sie zusammensitzen?«

»Keinesfalls«, sagte Fred sofort, und Linda war erleichtert, so musste sie darauf nicht antworten. Fred warf ihr einen Blick zu: »So weit entfernt von der Verwandtschaft wie möglich, stimmt's?«

»Ja, sicher.«

Linda sah keinen ihrer Cousins, als sie sich setzten, und bald hatte sie ganz vergessen, dass sie sich im selben Lokal befanden. Fred war witzig, aufmerksam und bewies, dass er sich mit den Speisen hervorragend auskannte. Sie ließ ihn für sie beide bestellen, und die vielen kleinen Gerichte spülten sie mit Champagner hinunter, der in dekorativen, breiten Kelchen serviert wurde. Sicherheitshalber trank Linda aber hauptsächlich Wasser. Sie fand es unangenehm, beschwipst zu sein, und zudem war sie von ihren Gefühlen für Fred schon beschwingt genug. Die waren ganz anders als das, was sie zuvor empfunden hatte. Sie wünschte sich sehr, dass er sie küssen würde, bevor der Abend vorüber war.

»Dann hast du jetzt nur noch deine Großmutter?«, fragte er sie.

Sie zuckte mit den Schultern. Eigentlich wollte sie nicht über ihre Einsamkeit reden, denn gerade jetzt spürte sie sie nicht. Mary hatte der Himmel geschickt, Großmutter war in London, und Vaters bester Freund, Andrew, kümmerte sich um sie. Was konnte sie sich mehr wünschen?

Freds Augen waren von einem feinen Netz von Fältchen

umrahmt. Ob sie ihn fragen sollte, wie alt er war? Vielleicht dreißig? Obwohl es ihr eigentlich auch egal war. Freds Alter war perfekt, befand sie. Seine Finger strichen sanft über den Stiel des Champagnerkelches, und Linda hätte sich gewünscht, sie hätten stattdessen sie gestreichelt. Danach ließ der Gedanke sie nicht mehr los, dass dieser Mann sie vielleicht in etwas einweihen konnte, das sie bislang noch nicht erlebt hatte. Würde sie es wagen, ihn so nah an sich heranzulassen?

Obwohl sie meinte, nur ein paar Tropfen Alkohol getrunken zu haben, war ihr leicht schwindelig, als sie das Lokal verließen. Es war ein wunderbarer Abend. Freds Hand berührte ihre hin und wieder, und sie zuckte jedes Mal zusammen. Als er sie schließlich umschloss, stockte ihr der Atem.

Sie spazierten den ganzen Weg Hand in Hand zurück zum Flanagans.

Die Nacht war sternenklar. Vor dem Hotel blieben sie stehen, schweigend, gerührt, dicht nebeneinander und sahen in die Sterne. Es war, als wolle keiner von ihnen Gute Nacht sagen. Als sie anfing zu zittern, zog er schnell sein Sakko aus und legte es ihr über die Schultern.

»Sag, dass du mich wiedersehen willst, Linda.« Sein Blick war fragend, als hätte er noch nicht begriffen, dass dies einer der schönsten Abende ihres Lebens gewesen war.

»Gern.« Sie strahlte übers ganze Gesicht und sah ihn an. »*Sehr gern.*«

14

»Ich liebe das Flanagans«, schwärmte Mary und drehte sich auf dem schachbrettartigen Marmorboden des Foyers im Kreis, dann hielt sie inne und sah Linda ins Gesicht. »Heute bist du unglaublich hübsch«, sagte sie, nachdem sie sie von oben bis unten gemustert hatte.

Linda freute sich über das Kompliment, denn das karierte Kleid war eins ihrer Lieblingsteile geworden. Ein Paar leichte Schuhe und eine passende Handtasche ergänzten das Outfit.

Mary selbst war so entzückend gekleidet wie gewohnt.

»Fürs Flanagans muss man sich aufdressen«, sagte sie und strich ihren engen Rock über den Hüften glatt. »Wollen wir uns dort niederlassen?« Sie zeigte auf die viktorianische Sitzgruppe am Eingang zum Salon.

»Da können uns die Gäste sehen.«

»Umso besser«, erwiderte Mary. »Sollen sie doch zuschauen, wie zwei Frauen Pläne schmieden.« Sie lächelte amüsiert.

»Nach diesem Gespräch brauchen wir ein richtiges Meeting«, sagte Mary energisch.

Linda überließ ihr die Leitung. Sie selbst hatte in ihrem Leben noch kein einziges großes Fest organisiert und war mehr als dankbar dafür, dass Mary die Initiative ergriff. Der Ball musste ein Erfolg werden, denn sie planten, danach noch viele weitere Festveranstaltungen anzubieten. Einmal im Monat, war Marys Vorschlag gewesen. Und zwischendurch solle Linda diskrete Herrenklubs empfangen, bei denen nur die Elite dabei sein durfte. Alles zählte, was das Flanagans interessant machte. Frauenklubs waren das auch, aber in so einer Runde mussten alle unverheiratet sein. Was die Männer anging, da nahm man es nicht so genau, meinte Mary.

»Und diese Klubs dürfen sich auf deinem schönen Marmorboden gern vergnügen«, hatte sie schmunzelnd ergänzt.

Das klang suspekt, fand Linda, aber natürlich wollte sie das Ganze nicht gleich ablehnen. Alle Ideen, die das Hotel füllen konnten, waren zu bedenken.

»Ein richtiges Meeting, klar. Wer soll dabei sein?«, fragte Linda.

»Zuallererst der Küchenchef wie auch die Manager von Restaurant und Concierge. Wir müssen deine Räumlichkeiten ein wenig verändern, aber ich muss sagen, das Foyer eignet sich wirklich am besten für ein großes Fest. Oder was meinst du? Du sollst einen bühnenreifen Auftritt hinlegen, wenn du diese imposante Treppe hinabschwebst«, sagte sie und sah hinüber. »Später begeben wir uns dann in den Salon, wo die Musik spielt. Was hältst du davon?«

Auf dem Tisch hatte Mary ihren Timeplaner mit rotem Krokodilledereinband abgelegt, daneben Papier, Stifte, Kaffee mit Whisky. Linda mochte den Geschmack nicht, aber Mary behauptete felsenfest, dass man mit etwas Alkohol im Körper besser denken könne.

»Eignet sich der Salon besser als der Speisesaal?«, fragte Linda erstaunt.

»Ja. Die Türen zum Speisesaal sollten offen stehen, damit man sich dort niederlassen kann für den Fall, dass … sagen wir mal, man mehr unter sich sein will …« Sie räusperte sich und zog die Augenbrauen hoch. Es dauerte ein paar Sekunden, bis Linda verstand, worauf sie anspielte.

»Mary«, sagte sie und riss die Augen auf.

»Ein bisschen vulgär kann nicht schaden. Meine Liebe, du musst endlich aufhören, so prüde zu sein, so sehr … das Mädchen vom Lande.« Mary wedelte mit ihrem Zigarettenmundstück in der einen Hand, während sie mit der anderen das Whiskyglas zu den rot geschminkten Lippen führte. Es war ihr völlig egal, dass es erst Mittag war. Sie trank einen Schluck und stellte das Glas zurück auf den Untersetzer. Ein genussvolles Ahh, ein Lächeln zu denen, die vorbeiliefen, dann beugte sie sich wieder vor und holte die Gästeliste aus ihrer Mappe.

Diese Frau war ein Wunder an Wissen und Dekadenz, und Linda begriff schnell, dass sie in diesem Umfeld nicht die geringste Chance ohne Mary gehabt hätte. Aber alles stand und fiel damit, dass der Ball ein Erfolg wurde.

»Du bist dafür wie gemacht«, sagte Linda. »Wie viele solcher Feste hast du selbst schon besucht?«

»Unzählige. Meine Eltern wurden fast zu allem eingeladen, und sie nahmen mich mit. Papas Stellung als Bankdirektor war interessant, einen Adelstitel hatte er ja nicht. Allerdings kannte er noch viele von seiner Klasse in Eton, war stets gut gelaunt und ein Tänzer vor dem Herrn.« Ihr Blick wurde ernster. »Doch er hat den Krieg nicht verarbeitet, das war zu viel für ihn, den Frieden hat er nicht mehr erlebt. Die Dämonen, die er mit Tanz und Arbeit noch in Schach halten konnte, funktionierten da nicht mehr.« Sie zuckte mit den Schultern. »Eines Tages, 1944, nahm er seine Pistole und erschoss sich.«

»O nein, Mary, wie tragisch.« Linda war mit ihrer Trauer so beschäftigt gewesen, dass sie gar nicht auf die Idee gekommen war, dass andere auch Sorgen hatten.

»Aber versprich mir, dass du das keinem erzählst. Die offizielle Version lautet, er habe einen Herzinfarkt bekommen.«

»Natürlich. Ich verspreche es, ich schwöre«, sagte Linda sofort. »Wie geht es deiner Mutter jetzt?«

»Ausgezeichnet. Sie hat kurze Zeit später einen Grafen kennengelernt und wohnt jetzt auf einem Anwesen ein paar Kilometer vor London. Wir sehen uns, wenn sie zu Veranstaltungen einlädt. Das ist das Einzige, womit sie sich beschäftigt. Klingt doch nicht schlecht?«, fragte Mary grinsend. »Ich nehme dich bei Gelegenheit mal mit, dann kannst du den oberflächlichen britischen Adel kennenlernen. Wir wollen sie schließlich herlotsen, und sie sollen auch gern für ganz *schreckliche* Skandale sorgen.«

»Ich würde dich gern anstellen«, sagte Linda. »Wenn du

einen Job haben willst, bei dem du Geld verdienst, dann hab ich einen für dich.«

Mary riss die Augen auf. »Bist du verrückt? Wenn ich nicht arbeiten muss? Nie im Leben. Aber danke, du Liebe, das ist sehr nett von dir.« Sie lachte lauthals und schüttelte den Kopf über die völlig absurde Idee, ihren Lebensunterhalt verdienen zu müssen.

»Schon gut, aber solltest du irgendwann einmal Geld brauchen, dann weißt du, wo du mich findest«, sagte Linda. »Bis dahin kriegst du ein Honorar, denn arbeiten tust du ja.«

Mary sah Linda in die Augen: »Ja, aber auch das nicht offiziell.« Dann setzte sie ein entwaffnendes Lächeln auf. »Ich will doch nicht, dass jemand denkt, ich könne mich anstrengen.«

Als sie fertig waren, hatten sie alles bis ins kleinste Detail geplant, und Linda brauchte weder die Einschätzung des Küchenchefs noch des Restaurantchefs, um zu begreifen, dass dieses Fest ihre Kassen komplett leeren würde. Wenn es in die Hose ging, war sie ruiniert. Sie würden sich noch ein halbes Jahr über Wasser halten können, länger nicht. Und wenn sie die Finanzen nicht innerhalb von sechs Monaten in Ordnung brachte … Bei dem Gedanken an die Alternative, die Andrew ihr präsentiert hatte, bekam sie Bauchweh. Aber wütend machte es sie auch. Ob das sein Ernst sei, hatte sie ihn gefragt. An die Cousins zu verkaufen. Das war das Dümmste, was sie je gehört hatte. Sicher konnte es passieren, dass sie das Flanagans verkaufen musste, wenn Laurence und Sebastian auf der Rückzahlung ihrer Schulden bestanden, aber dann konnte sie den Käufer immerhin selbst auswählen. Und das wären keinesfalls ihre Cousins.

In der darauffolgenden Woche gingen die Einladungen raus, und dann folgte eine angespannte Zeit des Wartens. Zwischenzeitlich wurden die Kronleuchter zum Reinigen gesenkt, die Fenster geputzt und das Tafelsilber poliert. Alle halfen mit, auch Großmutter. »Endlich kann ich mich nützlich machen«, freute sie sich.

Linda bemerkte, dass es ihr guttat, gebraucht zu werden, und beschloss, sie um Rat zu fragen, wenn es um die Arbeit im Hotel ging. Großmutter hatte in ihrem Leben jeden Pfennig umdrehen müssen. Ihre Hausfrauentipps zu beherzigen, konnte also nicht schaden. Aber das Wichtigste war, dass es sie aufheiterte.

An einem Nachmittag nahm Mary Linda mit zu Selfridges, wo sie ein Kleid bestellt hatte. Nun war es Zeit, es anzuprobieren, unvorstellbar, wenn es nicht passte! Fred hatte erklärt, er würde einen nagelneuen Smoking tragen. Er wäre ihr Tischnachbar und wollte neben ihr ein gutes Bild abgeben. Deshalb wollte sie ihn nicht enttäuschen, das war das Mindeste, was sie tun konnte.

»Wer ist dieser Fred eigentlich?«, fragte Mary. Sie saß in einem bequemen Sessel vor der Umkleidekabine, während Madame Piccard mit bunten Stecknadeln im Mund vor Linda kniete. Linda stand regungslos da, damit der Saum perfekt verlief.

»Er ist Mr *Wonderful*«, antwortete Linda verzückt.

»Ja, so viel habe ich bereits kapiert, aber was weißt du

über ihn?«, hakte Mary nach. »Wer sind seine Eltern, wo ist er aufgewachsen, wie ist er in unsere Kreise gekommen? Ich habe seinen Namen noch nie gehört, und normalerweise kenne ich die Leute. Sein Titel ist Kapitän, aber wo?« Sie hob die Teetasse aus feinem Chinaporzellan an ihre perfekt gemalten Lippen.

Linda hörte ihr nicht wirklich zu. Hier war alles so beeindruckend, dass sie sich nicht sattsehen konnte. Seidenstoffe in allen Farben des Regenbogens, wunderbar weicher Samt auf großen Rollen, Brokat wie für Königinnen gemacht – was Mary ebenso gefiel, daher erwähnte sie, dass sie wohl auch für das Königshaus schneiderten. In einer Vitrine lagen Tiaren und funkelten, in einer anderen waren Halsketten mit großen glänzenden Steinen ausgestellt. Linda starrte sehnsuchtsvoll auf eine, die türkis, nachtblau und fast schwarz glitzerte. Sie fand, dass Fjällbacka sich darin spiegelte, und vielleicht war es gut, dass sie sie nie bekommen würde. Sie würde nur die Sehnsucht nach ihrer Heimat spüren, wenn sie sie trug.

»Hallo. Linda, wach auf.«

»Entschuldige, hast du etwas über Fred gesagt?«

»Stimmt. Wer ist er?«

Linda zuckte mit den Schultern. »Ich weiß nicht, ich mag ihn einfach. Ist seine Herkunft denn so wichtig? Mir ist das ziemlich egal.«

»Mir auch, solange er nichts zu verbergen hat. Bitte sei ein bisschen vorsichtig.«

Lindas Plan war allerdings, endlich *nicht mehr* vorsichtig zu sein. Das war sie ihr Leben lang gewesen. Als Londonerin musste sie ein bisschen mutiger auftreten, das hatte sie bereits begriffen. Sie wollte frei, zügellos, warmherzig und sanft sein. Genau so, wie sie es war, wenn Fred in ihrer Nähe war.

Den lieben langen Tag absolvierte sie im Hotel ihr Praktikum und konzentrierte sich darauf, möglichst viel in möglichst kurzer Zeit zu lernen. Den Morgen dieses Tages hatte sie mit der Hausdame verbracht und gelernt, wie man Auschecken und Putzen koordiniert. Wenn es endlich Abend war und sie Fred traf, ließ sie alles hinter sich. Er massierte ihre verspannten Schultern, bedeckte ihren hungrigen Mund mit Küssen, und als er das letzte Mal bei ihr gewesen war, hatte er seine Hände über ihren Körper wandern lassen. Doch dann hatte sie Stopp gesagt. Und er hatte es gleich akzeptiert.

Der Mann, mit dem sie verlobt gewesen war, hatte immerzu gedrängelt, immer wieder, aber sie hatte nicht nachgegeben, es hatte sich einfach nicht richtig angefühlt. Aber jetzt ... Fred war derjenige, der sie zur Frau machen sollte. Das wusste sie sicher.

Madame Piccard schob Linda vor den Spiegel, der von der Decke bis zum Boden reichte. »Drehen Sie sich«, forderte sie sie auf.

Linda fielen fast die Augen aus. Der weite Rock kreiste um ihre Beine, während das Oberteil wie angegossen saß. Linda kam sich vor wie eine Tänzerin, und ganz erleichtert drehte sie sich einige Male im Kreis vor Mary und der Schneiderin, bis ihr ganz schwindelig wurde.

»Du siehst fantastisch aus«, sagte Mary. »Genau so wollen wir dich in die Society einführen.«

Linda betrachtete sich vor dem Spiegel und bewegte sanft die Hüften. Dann fiel ihr Blick auf ihren blassen Hals oberhalb des Ausschnitts. Diese Kette ...

»Was glaubst du, wie viel wird sie kosten?«, fragte sie Mary und zeigte auf die Vitrine, wo das glitzernde Schmuckstück lag.

»Viel zu viel, aber vielleicht können wir sie leihen? Lass mich mal machen. Wie findest du das Kleid?«

»Es ist das schönste Kleid, das ich je gesehen habe«, antwortete Linda und lächelte Madame Piccard an, die das Kompliment sichtbar genoss. »Wann kann ich es abholen?«

Marys Kleid war schon fertig. Sie hatte es noch nie getragen, eigentlich wollte sie es bei einer Veranstaltung in Monaco anziehen, doch hatte dann die Grippe bekommen und absagen müssen. Linda träumte von der französischen Riviera. Die tollen Boote, das Mittelmeer und das entzückende Casino in Monte Carlo. Sie würde da natürlich nicht hinpassen, aber anschauen würde sie es sich gern mal.

Im Mittelpunkt standen Frauen wie Mary, die ein natürliches Talent für sozialen Umgang hatten. Wenn sie mit anderen plauderte, wirkte es ganz selbstverständlich. Mary war nie unbeholfen. Sie lachte an der richtigen Stelle, ihre Fragen waren nicht oberflächlich, aber nie zu privat, und wenn sie ein Grüppchen verließ, um sich anderen Gästen zuzuwenden, hingen alle Blicke an ihr.

»Bring mir bei, wie du das machst«, bat Linda sie, als sie

das Atelier verließen. »Ich muss die Kunst des Small Talks beherrschen, wenn wir im Flanagans Feste feiern.«

»Darling, bevor das Jahr zu Ende ist, wirst du eine der beliebtesten Damen in London sein, und dafür musst du nur diese Bälle arrangieren. Die meisten Leute, auf die du triffst, sind Idioten mit einer dicken Brieftasche. Wenn du nur den Mund hältst und nicht sagst, was du über sie denkst, ist dir der Erfolg sicher.«

Sie schlenderten Arm in Arm über die Oxford Street, bevor sie zum Hyde Park abbogen. Es war ein schöner Tag. Kein Regen in Sicht, und keine von ihnen hatte es eilig.

Bald hatten sie die Brompton Road erreicht. Die Straße hatte die Verwüstungen des Krieges überlebt, und das Nobelkaufhaus Harrods verkaufte wieder Luxusartikel. Es würde seine Zeit dauern, Londons alten Glanz wiederherzustellen, aber alle waren überzeugt, dass es möglich war. Lindas Cousins hatten sich am Krieg eine goldene Nase verdient. Die Baubranche florierte. Überall sah man Bauarbeiter, die die kaputten Gebäude reparierten oder komplett zerstörte Häuser neu aufbauten. Die Gebäude, die unzerstört geblieben waren, hatten in ihren Eingängen prachtvolle Blumenarrangements positioniert, um die Blicke von den danebenliegenden Ruinen abzulenken.

Im Flanagans hatten sie großes Glück gehabt. Lindas Vater konnte das Hotel weiterbetreiben und der Oberklasse Drei-Gänge-Menüs servieren, während ihre Landsleute auf den Straßen draußen starben. Aber unter den heftigsten Luftangriffen hatte sogar ihr Papa aufgegeben und das Hotel geschlossen. Es war reines Glück, dass die deutschen Bomben nicht auf das Flanagans fielen. Viele Kollegen ihres Vaters mussten zusehen, wie ihr Lebenswerk dem Erdboden gleichgemacht wurde. »Das Flanagans und Big Ben haben sie verschont«, hatte Papa mit zitternder Stimme zu Linda gesagt. Er war sicher, dass das Bestimmung gewesen war.

Als Linda Großmutter von Papas fatalistischer Sichtweise erzählt hatte, flog der alten Frau das Zuckerstück, durch das sie immer ihren Kaffee fließen ließ, direkt aus dem Mund. Zwar war Großmutter immer in die Kirche gegangen wie die meisten Einwohner von Fjällbacka, aber an göttliche Vorsehung glaubte sie keineswegs. In der Küche in Håkebacken konnte man sich anhören, was sie zu Sünde, Vergebung und dem Katechismus zu sagen hatte. Jeden Sonntag nach dem Gottesdienst hatte sie sich höllisch aufgeregt. Linda erkannte es schon daran, wie Großmutter ihre Schürze band. In ihrem Ärger fuchtelte sie wild mit den Armen herum. Und nach kurzer Zeit bekam sie Atemnot, weil sie das Schürzenband so fest um den Bauch gebunden hatte. Aber das hatte sie dann wieder besänftigt, sodass sie aussprechen konnte, worüber sie sich so maßlos ärgerte.

»Was haben wir dann bitte verbrochen, dass wir Gottes Wut auf uns gezogen haben? Wenn es ihn gibt, warum hat er dann so viele aus der Familie einfach umkommen lassen?«

Wenn sie vor 1928 immerhin ein bisschen an Gott geglaubt hatte, war es 1929 mit Sicherheit vorbei gewesen, als sie ein Jahr nach ihrem Mann auch ihre Tochter begraben musste und mit einem Enkelchen im Arm allein zurückblieb.

Linda war völlig in Gedanken, sodass sie Mary fast vergaß und schier in sie hineinrannte, als diese mit einem Mal stehen blieb.

»Entschuldige, ich war gerade mit den Gedanken woanders. Beim Krieg.« Sie schüttelte den Kopf. »Er ist überall noch so sichtbar.«

»Ich weiß, das ist einfach nur schrecklich«, sagte Mary. »Aber dank dieses Leids, das wir aushalten mussten, können wir jetzt ganz ohne Gewissensbisse neue Unterwäsche mit Spitze kaufen. Komm mit«, sagte sie und zeigte auf den nächsten Laden. Sie schob Linda vor die Tür.

»Willst du etwa *hier* ... reingehen?« Bevor Mary in ihr Leben getreten war, wäre Linda an so einem Schaufenster so schnell wie möglich vorbeigehuscht und hätte so getan, als hätte sie gar nichts gesehen.

»Ja, selbstverständlich. Du kannst doch dein neues Kleid nicht auf dem Fest anziehen, ohne etwas Hübsches darunter zu tragen.« Mary öffnete die Tür und hielt sie Linda auf, die unsicher zurück auf die Straße sah. Doch dann war die Neugier größer, und sie schlich hinter Mary in das Geschäft hinein.

Im Eingang blieb sie stehen. An der Wand waren BHs an Schaufensterpuppen ohne Unterleib dekoriert. Die Cups waren sonderbar spitz. Trug man jetzt so etwas? So sahen Brüste doch gar nicht aus.

Ein verschrecktes Lachen erklang von einer anderen Kundin, und Linda verstand es gleich.

»Das ist das Allerneuste.« Mary hielt etwas in die Luft, das aussah wie ein BH mit Tüten. »Der ist für dich mit deiner kleinen Oberweite perfekt. Du musst ihn unbedingt anprobieren.« Sie sah sich nach einer Verkäuferin um, die ihnen behilflich sein konnte.

Die wenigen Umkleideräume, die es gab, waren belegt, und alle Verkäuferinnen hatten Kundschaft. Mary seufzte. »Dann müssen wir eben warten«, sagte sie. Sie wedelte mit einem Korsett, das an einem Kleiderbügel hing. »Das hier würde Fred den Verstand rauben.«

»Hör auf«, zischte Linda und sah sie verärgert an.

Doch Mary störte das überhaupt nicht. Sie lachte übers ganze Gesicht und hielt es vor ihren Körper. »Nee, wenn es dem kleinen prüden Fräulein nicht passt, dann muss ich es mir wohl selbst kaufen.«

»Ist das nicht etwas gewagt?«, flüsterte Linda und sah auf das bestickte Mittelteil, das hier und da durchsichtig zu sein schien.

»Ja, aber das ist doch der Sinn der Sache«, grinste Mary. »Man muss die Männer zum Wahnsinn treiben, bevor man sie pflückt.«

Linda brach in Lachen aus. »Und ich habe immer gedacht, man trägt Unterwäsche nur für sich selbst.«

»Das ist passé, meine Liebe, von nun an musst du einen Schritt weiter denken.« Sie hob ein anderes Korsett in die Höhe und inspizierte interessiert den Rückenausschnitt. »Das kann man problemlos ausziehen«, sagte sie. »Das musst du einfach anprobieren.«

Linda wusste, dass sie keine Chance hatte, und nahm schulterzuckend und mit einem leichten Kribbeln im Körper das fast schon vulgäre Teil entgegen.

15

Am Tag vor dem Fest war die Anspannung im Flanagans überall spürbar. Linda war den Ablauf mit dem Personal dreimal durchgegangen, dennoch war sie sich nicht sicher, ob jeder seine Aufgabe beherrschte. In der Küche war das Geklapper lauter als gewohnt. Der Küchenchef brüllte sich heiser, und die leeren Kristallgläser klirrten auf den Tabletts der Bedienungen beunruhigend laut, als sie über den frisch gebohnerten Boden hinüber in den Salon getragen wurden. Den Gästen sollte als Aperitif ein Gin Fizz angeboten werden. »Champagner ist langweilig«, hatte Mary gesagt. »Du willst dich doch von der Masse abheben, oder?«

Große Eimer voller Eis wurden aus dem Keller getragen, und in der Bar stand nun so viel Alkohol, dass er vermutlich auch fürs nächste Fest noch reichen würde. Wenn es eins gab.

An diesem Abend durfte nichts schiefgehen. Alles stand und fiel damit, dass die Gäste mit dem Gefühl nach Hause gingen, unbedingt wiederkommen zu wollen. Fast alle geladenen Gäste hatten zugesagt, was Mary prophezeit hatte, und das bedeutete, dass mehr als hundert Personen

Schlange stehen würden, selbst wenn es noch Absagen gab. Alle waren neugierig auf die neue junge Besitzerin des Flanagans, die so mutig die *High Society von London* eingeladen hatte, um *Eine neue Ära* zu feiern, so hatte es auf der Einladung gestanden. Mary hatte versprochen, dass es gelingen würde, denn das Schlimmste, was man sich in diesen Kreisen vorstellen konnte, war, das Neuste zu verpassen. Zwar gab es unter den Adeligen eine Reihe alter Käuze, die immer behaupteten, früher sei alles besser gewesen, doch jetzt wollten auch die ganz Konservativen wissen, was es da gab, und sich ein eigenes Bild machen, hatte Mary erklärt.

Am Festabend war das Hotel nicht ausgebucht. »Lass ein paar Zimmer frei für spontane Buchungen während des Festes«, hatte Mary Linda geraten. »Natürlich sollst du niemanden zur Sünde ermutigen, aber wenn es schon passieren soll, dann doch am besten in einem deiner Hotelzimmer. Wer so dem Getratsche aus dem Weg gehen kann, wird dir ewig dankbar sein.«

Ohne ihre Freundin hätte Linda das alles nicht geschafft. Mary hatte die Ideen, die Kontakte und kein bisschen Angst. Sie hatte auch vorgeschlagen, Laurence und Sebastian einzuladen, um ihnen Lindas Eintritt in die Society vorzuführen. Allein bei dem Gedanken drehte sich Linda der Magen um. Sie hatte keine Angst vor ihnen, aber vor dem, was ihnen einfallen würde, wenn sie spürten, dass ihnen das Hotel aus den Händen glitt.

Laurence würde das Foyer schon mit einer verächtlichen Miene betreten und sich sofort zu denen gesellen, die am einflussreichsten waren, während sich sein jüngerer Bruder mit deren Frauen beschäftigen würde. Es war, als gäbe es eine stille Übereinkunft zwischen ihnen, wie eine geölte Maschinerie, hatte Linda gedacht, als sie das bei einer kleineren Veranstaltung vor Kurzem beobachtet hatte. Man kam gar nicht umhin zu bemerken, wie sie systematisch den Raum durcharbeiteten, und allein der Gedanke daran, was sie sich an diesem Abend zum Ziel setzen würden, bereitete Linda Bauchweh.

Andrew glaubte nicht daran, dass Feste die Probleme des Flanagans lösen würden, und Linda wusste wohl, dass seine warnenden Einwände nur seiner Fürsorge entsprangen. Aber trotzdem fand sie, dass er ihr nicht richtig zuhörte. Vielleicht war auch er noch in dieser Vorstellung gefangen, dass eine Frau Kinder kriegen sollte, anstatt ein Hotel zu leiten. Schließlich gehörte er noch einer anderen Generation an.

Linda seufzte, beugte sich hinab und versuchte, einen Finger in die sehr engen Schuhe zu schieben. Sie wusste nicht, wie oft sie das schon getan hatte. Die Druckstelle an der Ferse, die sie schon seit dem ersten Tragen hatte, war mittlerweile eine offene Wunde geworden. Zwei Wochen lang hatte sie versucht, in ihnen zu laufen. Hatte sie bei jeder Gelegenheit getragen, war herumgetrippelt und hatte so getan, als beherrsche sie die Kunst, in hohen Absätzen zu laufen. Natürlich war es unmöglich, sie an diesem Abend zu tragen. Stattdessen würde sie sich mit einem Paar heller, leichter Seidenschuhe begnügen müssen, in denen sie auf jeden Fall laufen konnte. Unter dem Kleid sah man ihre Schuhe sowieso nicht, aber *sie* würde wissen, dass in ihrem

Appartement ganz oben ein Paar mit schwindelnd hohen Absätzen stand. Aber wenigstens würde sie ihren BH mit den spitzen Cups tragen. Vielleicht machte der die fehlenden hohen Absätze wett. Blieb abzuwarten, was Fred dazu sagen würde. Wenn sie an ihn dachte, kam ihr alles etwas einfacher vor. Mary und er würden ihr heute zur Seite stehen, egal, auf welche Ideen ihre Cousins kamen.

Als sie zum Aufzug humpelte, stieß sie fast mit einem Kellner zusammen, der einen Eiskübel trug. Lächelnd entschuldigte sie sich. Als sich die Aufzugtüren hinter ihr schlossen, streifte sie die Schuhe vom Fuß. Sie musste die Schuhe unbedingt wechseln, so konnte sie nicht umhertrippeln und auffallen.

»Bist du sicher, dass du heute Abend nicht dabei sein willst?«

Großmutter hatte es sich auf ihrem Bett bequem gemacht, als Linda ins Zimmer kam und sich neben sie setzte. Sie ergriff die magere Hand ihrer Großmutter. Obwohl die alte Dame jeden Tag einen Spaziergang machte, waren ihre Wangen käsebleich.

»Es ist wirklich lieb, dass du an deine alte Großmutter denkst, aber ich würde in dem Trubel sicher keine Minute durchhalten. Hier hab ich es dagegen so schön und gemütlich«, sagte sie und lächelte müde.

»Dann werde ich dafür sorgen, dass dir jemand später etwas vom Abendessen bringt.«

»Danke, darauf freue ich mich.« Großmutter schloss die Augen. »Ich glaube, ich könnte jetzt ein Nickerchen vertragen.«

»Mach das, ich werde mich nur kurz umziehen und dann wieder hinuntergehen und sehen, was ich noch helfen kann. Wir sehen uns später.« Sie beugte sich vor und küsste ihre Großmutter auf die Stirn. »Schlaf gut.«

Linda hatte sich selbst nie hübscher gefunden. Ihre kurze Frisur war perfekt, sie trug die wunderschöne Kette um den Hals, die sie bei Selfridges entdeckt hatte, und der neue BH passte perfekt zu dem hellblauen Kleid. Sie hatte schon fast vergessen, dass sie jetzt Schuhe mit niedrigeren Absätzen tragen musste. Schöner konnte sie nicht sein.

Sie hatte Mary versprochen, erst aufzutauchen, wenn alle Gäste anwesend waren. »Und du trittst allein auf«, hatte Mary gesagt. »Es ist wichtig, allen zu zeigen, dass du das schaffst. Ich werde dafür sorgen, dass alle Blicke auf dich gerichtet sein werden, wenn du die Treppe hinunterschreitest. Es gibt nur eine Chance für einen guten ersten Eindruck. Kopf hoch, kurz stehen bleiben und deine Gäste betrachten – und dann werden sie dir aus der Hand fressen.«

Ein Blick auf die Armbanduhr, und Linda wusste, dass es an der Zeit war.

Sie bekam weiche Knie, und ihr Herz pochte so sehr, als wollte es aus ihrem Körper springen. Sie holte einmal tief Luft, dann verließ sie das Büro, stellte sich an die Balustrade und sah hinab aufs Foyer.

Noch nie hatte sie so viele Menschen in Festkleidung in einem Raum gesehen. Londons Schneider hatten dafür offenbar die meisten Aufträge nach dem Krieg erhalten, und endlich konnte man die Juwelen wieder aus dem Safe holen.

Das war nicht zu übersehen. Heute Abend zeigte jeder, was er hatte, und alle Frauen trugen funkelnden Halsschmuck und lächelten. Auch die Kellner schienen bester Dinge zu sein. Das war natürlich die Chance, sich die Crème de la Crème in London etwas genauer anzuschauen.

Alles, was Rang und Namen hatte, war versammelt: die Sportler, die im vergangenen Jahr die Olympischen Spiele gewonnen hatten, Lords, Barone, Prinzessinnen, Künstler, Schauspieler und Bankiers – alle, die entscheidenden Einfluss auf das Flanagans ausüben konnten. Sie sah, wie ihre Cousins zu ihr hinaufschauten, und unten neben der Treppe erkannte sie einen aufmunternd lächelnden Fred. Weiter hinten stand Andrew, der gerade in ein Gespräch vertieft war, und Mary, die sich angeregt mit einer Bekannten unterhielt. Doch immer mehr Gäste blickten nun hinauf zu Linda, die auf der obersten Treppenstufe stand. Es war so weit. Sie musste die Treppe hinabsteigen und ihre Gäste begrüßen.

»Du musst nur lächeln und sie herzlich willkommen heißen«, hatte Mary zu ihr gesagt.

Linda holte einmal tief Luft, setzte ihr schönstes Lächeln auf und schritt würdevoll die Treppe hinab.

Nachdem sie ein paar Fremde sowie bekannte Gesichter begrüßt hatte, kamen ihr Mary und Fred zu Hilfe. Eine kurze Atempause, bevor sie von einem Gast zum nächsten ging. Heute Nacht könnten richtige Skandale passieren, erzählte Mary, als Fred davonzog, um ihnen etwas zu trinken zu holen. Und als Linda sie erschreckt ansah, beruhigte Mary sie mit den Worten, dass das genau dem Plan entspreche.

Die fünfzehn Zimmer, die noch frei gewesen waren, waren nun alle belegt. Nicht nur von Gästen, die sie wirklich zur Übernachtung benutzen wollten. Mancher hatte unter einem Pseudonym wie Clark Gable gebucht, andere hatten ihre Chauffeure geschickt. »Die meisten haben ja Ehefrauen zu Hause«, erklärte Mary. »Keiner darf es wissen, gleichzeitig weiß jeder, was da hinter den Kulissen passiert und wer zu den Schlimmsten gehört.«

Linda schüttelte sich. »Ich will das lieber nicht wissen«, flüsterte sie.

»Auch nicht, dass Sebastian hier über Nacht bleiben will?«, fragte Mary und grinste.

»Er hat ein Zimmer gebucht?« Nichts überraschte Linda mehr. Er wohnte ja in der Stadt, wieso brauchte er dann ein Hotelzimmer?

»Ich würde davon ausgehen, dass er es ein paar Stunden lang benutzen und dann brav nach Hause fahren wird«, sagte Mary. »So wie einige andere auch.«

»Dann meinst du also, dass ...« Linda konnte den Satz nicht zu Ende bringen. So hatte sie sich ihr Hotel nicht vorgestellt.

Mary nickte. »Je mehr Alkohol, desto leichtsinniger werden sie.« Dann wirbelte sie wieder zwischen den Gästen davon.

Linda blieb stehen und wartete auf Fred. Sie dachte daran, was ihr Vater wohl dazu sagen würde, wenn er wüsste, dass sie aus dem Flanagans ein Hotel gemacht hatte, in dem der Alkohol floss und Eheversprechen gebrochen wurden. Würde er etwas dagegen haben oder die Meinung vertreten, dass es nicht ihre Sache sei, was die Gäste in den Zimmern trieben?

Fred legte seine Hand auf ihren Rücken und reichte ihr einen Drink. »Hier, mein Herzblatt. Gratuliere. Es sieht ganz so aus, als sei dein Fest ein Riesenerfolg.« Er hob sein Glas. »Auf dich. Und auf mich, der dich bald in die Arme schließen darf.«

Linda sah ihn an.

»Ja, dann sollten wir jetzt vielleicht tanzen«, schlug er lächelnd vor.

Dieses Lächeln ...

»Natürlich tanzen wir«, antwortete sie, und sie stießen mit den Gläsern an.

Sehr viel später drehte er sie wieder auf der Tanzfläche. Er war ein ausgesprochen guter Tänzer, und sie fühlte sich wie eine Ballerina, wenn seine starken Arme sie hielten. Das Orchester spielte hervorragend, genau wie Mary es vorausgesagt hatte. Bald war die Tanzfläche voll, und Fred zog Linda zur Seite und in den Gang, der zu den Zimmern im Erdgeschoss führte.

»Was tust du?« Linda war noch schwindelig vom letzten Tanz und vom Alkohol. Das Fest ging seinem Ende entgegen, und sie war erleichtert und ein bisschen erregt von diesem Erfolg.

»Ich möchte dich küssen«, sagte er leise. »Aber nicht vor all deinen Gästen.«

Er schob sie noch weiter in den Gang und hinter eine Ecke und dann ... Sein Mund machte sie atemlos. Die Küsse wurden intensiver, und sie presste sich an ihn. Fuhr mit den

Fingern durch sein Haar. Sie sehnte sich nach mehr. Nach viel mehr. Ihr Körper schmiegte sich an ihn. Sie konnte nicht stillhalten.

»Ich will dich«, murmelte er. »Mein Gott, wie sehr ich dich begehre.«

Lachend schob sie ihn von sich fort. »Ich muss zurück zu meinen Gästen.«

»Das verstehe ich, aber danach gehörst du mir.«

Nachdem die allerletzten Gäste das Hotel verlassen hatten, ging Linda hinunter ins Untergeschoss, um sich bei ihrem Personal zu bedanken. Sie hatten sich an diesem Abend abgerackert, und ohne sie wäre das Fest niemals ein Erfolg geworden. Dann suchte sie Mary auf, die sich mit einem groß gewachsenen, attraktiven Mann noch im Speisesalon befand. Sie fuhren erschreckt auseinander, als Linda hereinkam, und der Mann schien peinlich berührt zu sein, jedenfalls war er sehr schnell verschwunden.

Mary schien es kein bisschen unangenehm zu sein. »Ein herrliches Fest, ich habe mit unzähligen Männern geflirtet heute Abend«, sagte sie aufgedreht.

»Du darfst flirten, so viel du willst«, entgegnete Linda. »Ich wollte dir nur sagen ... ohne dich, Mary ...«

»Danke, Darling, es hat dir doch auch Spaß gemacht?«

Linda war immer noch von Glücksgefühlen überwältigt. Diesen Abend würde sie ihr Leben lang nicht vergessen. Nicht einmal Laurences kühler Blick zu ihr, wie er einträchtig mit den Bankern dastand, hatte ihr die Laune verderben können. »Er will sich mit ihnen verbünden«, hatte Mary ihr zugeflüstert. »Sie sind für ihn wichtiger als der Adel.«

Fred wartete vor dem Speisesalon auf Linda.

»Komm«, sagte sie und zog ihn zu den Aufzügen, die sich am anderen Ende des Gebäudes befanden.

Im Aufzug und auf der Etage oben konnten sie sich noch beherrschen. »Wir dürfen Großmutter nicht wecken«, flüsterte sie ihm vor der Tür zum Appartement zu. »Wir müssen ganz leise sein.«

Es war dunkel und still. Großmutter schlief tief und fest. Linda zog die Schuhe aus, und dann trippelte sie mit Fred an der Hand durch die Wohnung zu ihrem Schlafzimmer.

Hundert kleine Knöpfe an ihrem Kleid, und mit jedem, den er öffnete, küsste er ihren Rücken. Ihr Körper befand sich im Auflösungszustand. So etwas hatte sie noch nie erlebt.

»Beeil dich«, rief sie ihm zu.

Ihr Kleid lag bald wie eine große Wolke zu ihren Füßen. Der neue BH und das Korsett leuchteten hell in dem dunklen Zimmer, weil der Mond durchs Fenster schien. Es war eine magische Nacht. Sie reckte sich ihm entgegen.

»Warte«, sagte er und streifte sich seine eigenen Kleider vom Leib. Jetzt konnte sie das sehen, was sie bisher nur hatte spüren können. Seine harten Muskeln. Den Brustkorb, der sich hob.

»Ich bin noch Jungfrau«, flüsterte sie ihm zu. »Zeig mir, wie es geht.«

Unendlich sanft und einfühlsam nahm er daraufhin ihren Körper in Besitz. Sein Mund war überall, tastete sich vor in die kleinsten Ecken, von deren Existenz sie nichts gewusst hatte, und bald spannte sich ihr Körper in einem Bogen, als der größte Genuss durch ihn hindurchschoss.

Keuchend fiel sie zurück aufs Laken. Schweißtropfen glänzten im Mondlicht. Er stützte sich auf seinen Unterarm und sah sie an.

»Das möchte ich für dich auch tun«, sagte sie leise. »Würde dir das gefallen?«

Erst Stunden später verlor sie ihre Unschuld wirklich. Was bis dahin so ein unglaublicher Genuss gewesen war, wurde plötzlich zu einem Schmerz. Aber Fred hatte sie gewarnt, gesagt, dass das nur vorübergehend so war, und es tat nur ganz kurz weh und ging dann in etwas anderes über. Sie konnte den Blick nicht von seinen Hüften abwenden, die sich immer intensiver zu ihren bewegten. Er beugte sich zu ihr und küsste sie innig, als er immer härter in sie stieß. In ihr baute sich etwas auf, das immer mächtiger wurde, und dann schoss dieses schöne Gefühl noch einmal durch ihren Körper. Sie stöhnte in seinen Mund. Kurz darauf fiel er schwer auf ihr zusammen. Er zuckte, als sie sich bewegte, dann lächelte er sie an und strich ihr zärtlich eine Locke aus der Stirn, bevor er aus ihr glitt und sich neben sie legte, die Hand auf ihrem Bauch.

Plötzlich war es ihr peinlich. Gerade eben hatte sie keinen Gedanken daran verschwendet, wie sie aussah, doch nun fielen ihr ihre kleinen Brüste und die hervorstehenden Hüftknochen wieder ein.

Sie versuchte, nach der Bettdecke zu greifen, um sich zu bedecken, aber er hinderte sie daran.

»Lass mich dich noch ein bisschen ansehen«, sagte er zärtlich.

»Ich fühle mich nackt nicht so richtig wohl«, gab sie offen zu.

»Nach dem, was gerade passiert ist? Wie ist das möglich? Dein Körper ist wie gemacht für die Liebe, und wir haben doch gerade erst angefangen«, sagte er und lächelte. »Nächstes Mal darfst du mich reiten.«

Sie spürte, wie ihre Wangen rot wurden. »Still. Ich habe nicht vor ...«

Sein Mund verhinderte, dass sie weitersprach, und seine Zunge tastete sich wieder zwischen ihre Lippen. Stöhnend schlang sie die Arme um ihn. Ihr Körper war wieder bereit, als sich seine starken Beine zwischen ihre schoben und sich seine Hand ganz vorsichtig dorthin tastete, wo sie ganz feucht war. Mit einem Finger berührte er sie so sanft, dass ihr Unterleib sich seiner Hand entgegenstreckte, um mehr zu bekommen.

»Die Fähigkeit einer Frau, Genuss zu empfinden, ist unendlich«, flüsterte er an ihrem Mund. »Ich will noch mal sehen, wie du kommst.«

Nachdem Fred sie zum Abschied geküsst und Linda die Tür hinter ihm geschlossen hatte, schlich sie leise zu Großmutter ins Zimmer. Die Gardinen waren gar nicht zugezogen, doch ihre Großmutter schlief trotzdem tief und fest. Die Straße, die an dieser Seite des Hotels lag, war zum Glück ruhig. Ein Taxi stand unten mit Scheinwerferlicht. Linda sah, wie Fred durch den Hintereingang hinausging, und ihr Herz schlug schneller. Dank ihm war sie jetzt zur Frau geworden.

Aber wen traf er da unten? War das …?

Laurence stieg aus dem Wagen. Er schien sehr gut gelaunt zu sein und klopfte Fred auf die Schultern, dann drückte er ihm etwas in die Hand. War das ein Umschlag? Es machte den Eindruck, als seien sie die besten Freunde, wie sie miteinander lachten und sich kumpelhaft auf den Rücken klopften. Auf dem Fest hatten sie sich nicht einmal begrüßt, und Fred hatte mit keinem Wort erwähnt, dass sie sich kannten.

Warum in Gottes Namen stiegen sie gemeinsam ins Auto ein?

Und was hatte Fred von Laurence bekommen?

Linda hielt sich die Hand vor den Mund und torkelte nach hinten. Was ihr Herz eben noch so innig gewärmt hatte, wurde zu einer Eiseskälte, als ihr die Wahrheit dämmerte.

16

Linda wanderte im Schlafzimmer auf und ab. Sie nahm ein Taschentuch aus der Schublade der Kommode, schnäuzte sich geräuschvoll und spazierte dann weiter, während die Gedanken in ihrem Kopf durcheinanderwirbelten. Wie konnte Fred sie so hintergehen? Er wusste, worauf ihre Cousins aus waren, das hatte sie ihm erzählt. Sie hatte von Drohungen berichtet, darüber, mit welchen Mitteln die beiden versuchten, sie loszuwerden.

Und wenn Laurence Fred einfach nur angeboten hatte, ihn mitzunehmen? Aber sie wohnten doch gar nicht in derselben Ecke? Warum waren sie so vertraut miteinander umgegangen, wenn sie nicht alte Freunde waren?

Sie warf sich aufs Bett. Faltete die Hände auf dem Bauch. Das wunderschöne Kleid, das Fred aufgeknöpft hatte, hing nun auf einem Bügel im Kleiderschrank. Sie würde es nie mehr tragen. Am besten gab sie es fort. Wenn sie es behielt, würde es sie immer wieder daran erinnern, wie furchtbar naiv sie gewesen war.

Sie schlang die Arme um die angezogenen Knie. Er hatte ihr das Herz aus dem Körper gerissen, ihr war, als blute sie überall. Es war unerträglich. Wie konnte er nur? Und sie hatte gedacht, er sei so verliebt in sie wie sie in ihn. Ob es vernünftig war, mit ihm zu reden? Eigentlich würde sie das gern tun, doch wenn er die Lügengeschichte weiterstrickte? Bisher war es ihm ja hervorragend gelungen.

Großmutter würde sie natürlich nach dem Fest fragen, und Mary würde keine Ruhe geben, bis sie im Detail erfahren hatte, was in Lindas Bett passiert war. Was sollte sie ihnen bloß sagen?

Sie würde sie nicht auf Abstand halten können, zudem brauchte Großmutter Zuwendung, sie hatte am Vortag so müde ausgesehen, und egal, wie traurig Linda auch sein mochte, sie war doch der wichtigste Mensch für sie. Fred konnte zur Hölle fahren, dachte sie einen kurzen Moment, in dem die Wut hochkam, aber dann vergrub sie doch wieder voller Traurigkeit den Kopf im Kissen.

Es war nicht die Tatsache, dass sie ihre Unschuld an ihn verloren hatte, die am meisten schmerzte. Es war dieser gemeine Betrug. Und das Wissen, ihn nie wieder küssen zu können. Dumm, wie sie war, hatte sie sich in den falschen Mann verliebt, und nun musste sie dafür büßen.

Sie strich sich ein paar nasse Haarsträhnen aus dem Gesicht. Großmutter würde sie vielleicht nicht gerade von ihrem Flirt erzählen, sie musste ihr ja nicht alles sagen. Mit einundzwanzig durfte man durchaus Geheimnisse haben. Aber Mary konnte sie es beichten. Nicht alles vielleicht, aber die Lügen und den Verrat.

Dann schnellte sie mit einem Mal hoch. Und wenn sie nun schwanger war?

Woher sollte sie das wissen? Es war ja ihr erstes Mal gewesen. Das war doch wohl eigentlich seine Aufgabe, darauf zu achten, dass nichts passierte? Sie wusste, dass Frauen an bestimmten Tagen im Monat schwanger werden konnten, aber im Moment konnte sie nicht einmal mehr sagen, ob sie ihre Regel gerade gehabt hatte oder ob sie kurz bevorstand. Wann war die letzte Blutung gewesen?

Sie stellte die Füße auf den weichen Fußboden und trippelte zitternd wieder zur Kommode. Der Kalender, in dem sie die betreffenden Tage ankreuzte, lag neben dem Stapel mit den Taschentüchern. In ein paar Tagen müsste ihre Menstruation einsetzen. Dann bestand wohl keine Gefahr, dachte sie hoffnungsvoll und legte den Kalender zurück in die Schublade. Bevor sie sie wieder schloss, nahm sie noch ein paar frische Taschentücher heraus.

Fred und Laurence hatten sich sicherlich köstlich über sie amüsiert. Das Fjällbackamädel – so leicht zu verführen.

Schniefend legte sie sich wieder aufs Bett. Wenn sie doch nur verstehen könnte, warum er das getan hatte! Hatte Laurence ihn wirklich dafür bezahlt? Sollte er wirklich so weit gehen? Vielleicht war auch alles nur ein Missverständnis? Sie kannte Fred nun seit ein paar Wochen und hatte ihn als wirklich guten Menschen kennengelernt. Natürlich hatte sie sich geirrt. Hastig setzte sie sich auf. Sie musste ihn treffen, sie mussten reden. Man durfte niemanden einfach so verurteilen, und in einem Gespräch konnte alles geklärt werden.

Aber jetzt, um fünf Uhr in der Frühe, ließ sich gar nichts klären.

»Soll ich dir sagen, was ich glaube?«, fragte Mary. Sie stand mitten im Wohnzimmer, das Glas in der Hand. Die Weinflasche war fast leer, obwohl es erst Nachmittag war. Sie war sofort gekommen, als Linda sie angerufen hatte, und jetzt war sie außer sich.

»Ja, natürlich«, antwortete Linda. »Ich will wissen, was ich tun soll.« Sie war vom Alkohol ein bisschen betäubt, das tat ihr gut. Und nachdem sie den ganzen Tag geheult hatte, waren die Tränen vermutlich alle geweint.

»Ich glaube, Fred wird dir einen Antrag machen.« Mary nickte bei diesen Worten. »Ja, ich bin mir fast sicher.«

»Du machst wohl Witze?« Linda sah sie skeptisch an. Warum sollte er das tun?

»Ich bin hundertprozentig sicher. Laurence hat Fred bestochen oder hat ihn mit irgendetwas in der Hand. Eine Ehe, und dann eine Scheidung, das würde bedeuten, dass Fred einen Teil des Hotels bekommen würde.«

»Und?«

»Verstehst du nicht? Dann kann er seinen Teil Laurence und Sebastian verkaufen, und dann haben sie die Mehrheit.«

»Ist das dein Ernst?«

»Ich bin mir ganz sicher. Du bist naiv, wenn du irgendwas anderes denkst. Habe ich dich nicht die ganze Zeit gefragt, was du über diesen Mann weißt? Hier hast du die Antwort.«

Linda biss sich auf die Lippe. Hatte Mary recht?

Während die Gäste das Essen im frisch geputzten Speisesaal serviert bekamen, klopfte es an der Tür ihres Appartements.

Linda war dabei, sich umzuziehen. Sie war gerade wieder in die Wohnung zurückgekommen, nachdem sie alle Gäste begrüßt hatte, was sie Mary versprechen musste. Über Nacht war Linda prominent geworden.

Schnell öffnete sie die Tür. Fred stand an den Rahmen gelehnt und hielt einen Blumenstrauß in der Hand. Er wirkte kein bisschen beschämt. Er hatte ein Lächeln auf den Lippen. Linda spürte, wie die Zweifel hochkamen. Hatte sie sich geirrt? Er strahlte und zwinkerte ihr zu, so als wolle er die Ereignisse der letzten Nacht gleich wiederholen.

Sobald sie die Tür hinter sich geschlossen hatten, zog er sein Sakko aus und warf es auf ihr Bett.

Sie sah ihn kritisch an.

»Ist dir warm?«

»Bei dir wird mir heiß«, sagte er und lächelte.

»Setz dich«, sagte sie und zeigte auf einen der Stühle, die am Fenster standen. »Wir müssen reden.«

Könnte er doch nur aufhören zu lächeln. Er sah so zufrieden aus. Es wäre passender, wenn er nervös werden würde. Was hatte dieses Grinsen zu bedeuten? Ignoranz? Unschuld?

»Ich habe dich gestern mit Laurence gesehen«, sagte sie, als er sich gesetzt hatte.

Etwas zeichnete sich auf seinem Gesicht ab, doch sie konnte nicht ausmachen, was genau es war.

»Ja, stell dir vor, er stand draußen und hat mir angeboten, mich heimzufahren«, antwortete er. »Ich fand das nett von ihm.«

»Findest du? Du weißt genau, wie mein Verhältnis zu meinen Cousins ist. Wie gut kennst du ihn wirklich?«

»Nicht gut, wir sind uns ein paarmal über den Weg gelaufen. Das ist alles.« Er beugte sich vor, um eine Hand auf ihr Knie zu legen, doch sie schob sie fort.

»Warum hast du mir davon nie erzählt?«

Er sah sie fragend an.

»Dass ich ihm begegnet bin? Ich habe nicht gewusst, dass das wichtig ist. Ich habe doch sehr viele Verbindungen, das weißt du.«

»Ja, aber wenn ich von meinen Cousins gesprochen habe, hast du nie erwähnt, dass ihr miteinander bekannt seid. Findest du das nicht selbst ein bisschen eigenartig?«

»Du ... du bist heute so anders, Linda. Ich dachte, nach der letzten Nacht ...«

»Ja. Heute bin ich klüger als gestern.«

»Das musst du mir erklären«, sagte er zögernd. »Bist du sauer, weil ich mit deinen Cousins mitgefahren bin? Linda, du Süße, du Liebe, das kannst du doch nicht ...«

»Natürlich kann ich das. Ich kenne meine Cousins nur zu gut und weiß, wozu sie fähig sind. Steckst du mit ihnen unter einer Decke?«

Fred riss die Augen auf. »Bist du völlig verrückt geworden? Warum sollte ich das tun?«

Sie zuckte mit den Schultern. »Woher soll ich das wissen? Geld. Es sah aus, als hättest du etwas von ihm bekommen.«

»Jetzt mach mal halblang, mein Schatz. Wäre ich sonst mit diesem Anliegen gekommen?«, sagte er und stand auf. Er fuhr in die Tasche und hatte plötzlich eine kleine Schachtel in der Hand. Er öffnete sie langsam und hielt sie Linda hin, während er gleichzeitig demütig auf die Knie fiel.

Linda war wie betäubt, als sie am darauffolgenden Morgen an Großmutters Tür klopfte. Am Vortag hatte sie gar nicht nach ihr gesehen, und es war ihr auch nicht unrecht gewesen. So konnte Großmutter keine Fragen stellen. Jetzt war es Zeit, ihr ein kleines Frühstück zu bringen, und Linda wollte fragen, ob sie es vielleicht schaffte, aufzustehen und sich ins Wohnzimmer zu setzen. Es war nicht gut, so viel im Bett zu liegen, und auf dem Sofa hatte sie es auch bequem. Linda würde ihr eine Wolldecke überlegen, damit sie nicht fror. Wenn sie etwas zu tun hatte, würden ihre Gedanken nicht ständig um Fred kreisen.

Er hatte sie angefleht, es sich noch einmal zu überlegen. Aber das kam für sie nicht infrage. Sie wollte nie wieder an diese Geschichte erinnert werden, an ihn. Er log, verwickelte sich in Widersprüche. Er schwor, dass er sie liebte, aber warum fühlte sie sich dann nicht geliebt?

Es war bereits das zweite Mal, dass ein Mann ihr seine Liebe erklärt hatte und sie verletzte. Sie war noch einmal darauf reingefallen. Nie mehr, schwor sie sich selbst, niemals mehr.

Linda holte einmal tief Luft. Immerhin hatte sie Großmutter. Das war genug Familie. Nie wieder würde sie von mehr träumen als dem, was sie hatte.

»Großmutter«, sagte sie leise, als sie die Tür aufgemacht hatte und einen Blick aufs Bett warf, wo die alte Dame friedlich schlief.

Sie ging vor, um sie zu wecken, und erst da erkannte sie, dass etwas nicht stimmte. Großmutter hatte ihre Gesichtsfarbe verloren. Ihre Augen standen leicht offen.

»Großmutter, wach auf!« Obwohl sie sehen konnte, dass Großmutter nicht mehr da war, rüttelte Linda sie leicht an der Schulter. »Du Liebe ... du darfst doch nicht ... *Großmutter*, wach auf. Du musst *aufwachen* ... du kannst doch nicht ... du kannst mich nicht alleine lassen. Du darfst nicht ...«

»Ach, das ist ja traurig«, sagte Tante Laura, als sie ein paar Tage später plötzlich in Lindas Schlafzimmer stand. »Aber jetzt ist es an der Zeit für dich aufzugeben, mein liebes Kind. Laurence und Sebastian sind bereit, dir zu helfen. Mach dir keine Sorgen, das Hotel kommt in gute Hände, und die Vereinbarung, die wir mit dir besprechen wollten, gilt nach wie vor ...« Sie zündete sich eine Zigarette an, dann fuhr sie fort: » ... wir brauchen dich nicht, weißt du, kleine Linda, es ist eher umgekehrt.«

Sie ging vor zum Bett und strich Linda etwas derb über die Wange.

»Wie gesagt, wir brauchen dich hier nicht.«

Der Alkohol war eine wirksame Betäubung. Linda war es egal, dass sie danach stank. Seit Großmutter gestorben war, war sie keinen Tag mehr nüchtern gewesen. Wozu auch?

Mit Marys und Andrews Hilfe war Großmutters Körper nach Fjällbacka überführt worden, aber an die Beerdigung konnte sich Linda nur noch vage erinnern.

Die Kirche war bis auf den letzten Platz gefüllt gewesen,

daran erinnerte sie sich noch. Und an das Blumenmeer vorn beim Chor. Der Pastor hatte Großmutters zahlreiche Verdienste gewürdigt. Und damit hatte er recht gehabt.

Es war keine schöne Beerdigung gewesen, sie war einfach nur schrecklich gewesen, und Linda wollte die Trauerkleidung gar nicht mehr ablegen.

Die Meerestiefe vor Fjällbacka lockte sie. Sie stand lange am Meer und sah hinüber nach Valö, nachdem sie Großmutters Sarg ins Familiengrab gelassen hatten, wo Großvater und ihre Mutter auch ruhten, aber war brav mit Mary zurückgegangen, die sie an die Hand nahm und nach Hause nach Håkebacken brachte. Eine Kaffeetafel für die Anwohner von Fjällbacka gab es hinterher nicht, das hätte Großmutter nicht gewollt.

»Könnt ihr Tussa übernehmen?«, fragte sie die Larssons, die gegenüber wohnten, und die hatten nur genickt und geantwortet, sie solle sich um die Katze keine Sorgen machen.

Bevor sie die Rückreise nach London mit dem Schiff antraten, hatte Linda alle Vorhänge im Haus zugezogen und sich kein einziges Mal mehr umgedreht. Sie hatte nicht vor, jemals nach Fjällbacka zurückzukehren.

Linda war etwas wacklig auf den Beinen, als sie auf den Altar zuging, doch Mary hatte sie eingehakt und stützte sie. Sie hatte nichts gegessen, das war ein Fehler, wurde ihr klar.

»Bist du dir auch ganz sicher?«, fragte Mary, während sie zum Bräutigam schritten, der lächelnd vorn stand und auf sie wartete.

Linda nickte.

Als sie vor dem Altar standen, hob Mary Linda den Schleier aus dem Gesicht und machte einen Schritt zur Seite. Der Bräutigam sah seine Zukünftige zärtlich an.

»Du bist so schön«, sagte Andrew.

An der Seite von Papas bestem Freund würde Linda endlich ein Zuhause finden.

17

London 1960

Bis jetzt fand Emma die Sechzigerjahre ganz herrlich und drehte sich beschwingt im Kreis in ihrem Zimmer, das sie allein bewohnte, seit Elinor umgezogen war. Ihr gefiel das sehr.

Das neue Kleid flatterte um ihre Beine. Vom nächsten Lohn würde sie ein Paar passende, hohe Schuhe kaufen. Sie hatte schon welche im Blick, die gar nicht so teuer waren. Sie brauchte auch einen neuen Haarschnitt, da konnte Elinor ihr aber helfen. So was konnte sie gut.

Sie zog das Kleid aus und hatte es gerade wieder in die Garderobe zurückgehängt, als es an der Tür klopfte. »Komm rein«, rief sie. Sie wartete auf Elinor. Sie hatten beide am Nachmittag frei und wollten einen Spaziergang machen.

»Oh, da habe ich mich wohl geirrt«, sagte der Mann, der erst den Kopf abwandte, doch ihn dann langsam wieder drehte. Genüsslich betrachtete er Emmas Körper.

Sie griff wieder nach dem Kleid und hielt es schützend

vor sich. Sein Blick war völlig ... Sie hatte ihn schon mal auf dem Flur gesehen, seine Attraktivität war ihr aufgefallen.

»Was machen Sie hier? Verschwinden Sie.«

Er musste lachen und entblößte dabei seine kreideweiße Zahnreihe. Dann fuhr er sich mit der Hand durchs blonde Haar. »Bitte entschuldigen Sie, dass ich das Zimmer verwechselt habe«, sagte er. »Es tut mir leid ... zumindest teilweise.«

»Wie soll ich das verstehen?«, fragte sie auf der Stelle.

»Dass es mir leidtut, Sie in eine unangenehme Situation gebracht zu haben, doch dass ich zugeben muss, dass mir der Anblick, wie Sie da entkleidet stehen, ausgesprochen gefällt, auch wenn Sie mit dem Kleid sicherlich bezaubernd aussehen.«

Sie riss die Augen auf. Welche Frechheit. Sie wies auf die Tür. »Verschwinden Sie sofort!«, rief sie wütend.

»Tja, sind Sie sich wirklich so sicher?« Er lachte auf und sah ihr ein letztes Mal in die Augen, bevor er die Tür hinter sich schloss.

Sofort verriegelte sie die Zimmertür. Daran musste sie in Zukunft denken.

Zu Hause hatte sie niemand so angesehen. Die Jungs aus dem Dorf starrten sie nicht an, zumindest nicht so wie dieser Mann es eben getan hatte. Sicherlich hatte er viele süße Freundinnen. Wenn man so aussah, konnte man vermutlich jede haben.

Emma hatte viel über ihr Aussehen und ihr Auftreten nachgedacht. Wenn sie jetzt Karriere im Hotel machen wollte, musste sie sich mehr Schliff geben. Eine Dame werden. Lernen so zu reden, wie es hier üblich war. Auf ihre Körperhaltung achten. Gepflegte Hände haben. Vielleicht einen Kurs belegen und lernen, wie man Make-up perfektionierte. Dafür hatte sie in der Stadt schon Werbung gesehen. Deprimiert musterte sie ihre Fingerspitzen und die abgekauten Nägel. Nun gut, heute würde sie dagegen sowieso nichts mehr tun können. Im Moment konnte sie sich nur über das neue Kleid freuen, der Rest musste nach und nach kommen. Alles kostete eine Stange Geld, und die Kurse, die sie schon in Buchführung und Verwaltung belegte, waren auch nicht gerade billig, fast ihren ganzen Lohn musste sie dafür hergeben. Und letzten Endes hatte sie auch noch ein bisschen Zeit, um eine Lady zu werden.

Es klopfte an der Tür.

»Wer ist da?«

»Ich bin's, mach auf.«

Obwohl Emma noch nicht angezogen war, öffnete sie die Tür und ließ Elinor herein.

Ihre Freundin lehnte sich an den Türrahmen und keuchte.

»Stell dir vor. Sie haben Papa ins Gefängnis geworfen. Mehr kann Mama nicht sagen.« Die Panik war ihr ins Gesicht geschrieben. »Ich kann jetzt nicht spazieren gehen. Ich wollte es dir nur mitteilen.«

»Meine Güte, natürlich kannst du das jetzt nicht.« Emma zog schnell ihr Alltagskleid über, und während sie die Knöpfe schloss, sagte sie: »Wie lange dauert die Fahrt zu dir nach Hause?« Sie sah sich um.

»Nicht sehr lange. Wir wohnen in Notting Hill. Ich muss mich jetzt beeilen.«

Eilig zog Emma sich die Stiefel über, die in einer Ecke lagen. »Ich komme mit.« Sie beugte sich hinunter und schnürte sie zu.

»Nein, Emma, das ist nicht nötig.«

»Doch.« Sie warf sich die Strickjacke über, dann den Mantel. »Los jetzt«, sagte sie und griff noch nach dem Schal, der auf der Fußbank vor der Tür lag.

Hier hätte ich mich niemals alleine hergetraut, dachte Emma, als sie auf dem Weg zu Elinors Elternhaus waren. Auf der Straße sah sie fast nur Männer, die in Grüppchen herumstanden und rauchten. Sie starrten den Mädchen hinterher, als sie vorbeikamen, und Emma meinte, irgendwelche Sprüche über *Georges Tochter* aufzuschnappen. Aber wahrscheinlich war es hier nicht anders als zu Hause, jeder kannte jeden und wusste, was sich im Viertel abspielte. Alle Häuser sahen gleich aus, und etwas entfernt spielten ein paar kleine Jungs Fußball.

»Mama!«, rief Elinor und bog in einen Hinterhof ab. Eine Tür sprang auf, eine Frau winkte. Bevor Emma wusste, wie ihr geschah, saß sie auf einem Schemel an einem Küchentisch und hatte eine dampfende Tasse Tee vor sich stehen.

»Er vermasselt alles«, sagte Elinors Mutter und ließ sich auf den Stuhl sinken. »Wenn er doch mal die Klappe halten könnte, aber das kann er nicht. Zu Hause spricht er kaum ein Wort, aber sobald er draußen sieht, dass irgendwem unrecht getan wird, muss er sich einmischen und seine Meinung kundtun.« Sie schüttelte den Kopf. »Natürlich hat er recht, aber er holt sich damit immer wieder den gleichen Ärger. Diesmal muss er allein wieder rauskommen.« Sie trank einen Schluck von dem heißen Tee.

»Aber Mama«, erwiderte Elinor. »Wir können ihn doch da nicht im Stich lassen?«

»Natürlich können wir das. Er kann da einfach mal ein paar Tage hocken bleiben. Und wenn sie ihn bis Freitag nicht entlassen haben, gehe ich hin und hole ihn raus.«

»Aber heute haben wir doch erst Montag.«

»Genau.«

»War er betrunken?«, fragte Emma zaghaft. Zu Hause bei ihr kamen nur die Betrunkenen hinter Gitter. Viel mehr passierte da auch nicht, von einem Pastorenmord einmal abgesehen, aber das war ja schon Ewigkeiten her, lange bevor Emma auf die Welt kam. Und trotzdem verriegelte ihre Mutter jeden Abend die Tür mit drei Schlössern. Der Pastorenmörder ist ja immer noch unter uns, pflegte sie zu sagen.

»Nein, er trinkt keinen Schluck, wie sollte er sich das leisten? Wir kriegen ja kaum die Moneten für Miete und Essen zusammen«, antwortete Elinors Mutter. »Die Arbeit im Hafen ist schlecht bezahlt, und meine Putzjobs ... das ist wohl so, wenn man zum Abschaum der Menschheit gehört. Und für meinen Mann ist es natürlich noch mal schlimmer, denn er ist schwarz.«

Sie streckte eine Hand aus und strich Elinor über die Wange. »Aber du, mein Schatz, sollst darunter nicht leiden müssen. Du sollst Karriere machen. Himmel, wie stolz ich auf dich bin.« Sie reichte ihnen die Schale mit Zwieback. »Greif zu, Emma, greif nur zu.«

»Da werde ich *niemals* landen«, sagte Elinor mit Nachdruck, als sie ein paar Stunden später wieder im Bus saßen und ins Flanagans zurückfuhren.

»Wo?«

»In der Armut. Ich werde alles tun, um das zu verhindern.«

»Was meinst du mit ›alles‹?«

»Genau das, was ich sage.«

»Willst du reich heiraten?«

Elinor überlegte kurz. »Nur wenn er ganz süß ist, mich gut behandelt und arbeiten lässt«, antwortete sie lächelnd. »Und du?«

»Heiraten? Nie im Leben. Kein Gefängnis.« Sie verstummte und hielt sich die Hand vor den Mund. »Entschuldige, ich hab ganz vergessen …«

»Kein Problem, es ist nicht das erste Mal. Ich bin nur froh, dass es nichts Schlimmeres ist.« Elinor zuckte mit den Schultern. »Er wird eingelocht, egal, ob er schuldig ist oder nicht. Alle wollen, dass er den Mund hält und zu Hause sitzt. Dann wären Mama und die Polizei zufrieden.« Sie lächelte schräg. »Aber Papa ist ein politisch denkender Mensch, er hasst Ungerechtigkeit, und dafür wird er bestraft. In ein paar Tagen ist er wieder auf freiem Fuß.«

»Dein armer Papa.«

Elinor nickte. »Also keine Ehe für dich«, sagte sie lächelnd. Offenbar wollte sie das Thema wechseln.

»Nein, keinesfalls. Aber flirten kann man ja trotzdem. Das macht Spaß. Ich darf mich nur nicht verlieben, weil ich glaube, das ist in der Regel das Problem.«

»Aber willst du denn keine Kinder?«, fragte Elinor.

»Nee, du etwa?«

»Ich will alles«, sagte Elinor gelassen. »Ich will wirklich alles.«

Als sie zum Hotel zurückkamen, mussten sie sich beeilen. In nur einer Viertelstunde begann Emmas Schicht, sodass sie in ihr Zimmer flitzte und sich umzog. Punkt vier stand sie dann mit den Kollegen in einer Reihe vor dem Oberkellner. Er inspizierte sie von Kopf bis Fuß. Beugte sich hinab und wischte einen Fleck von einem Schuh. Wischte den Staub von einer Schulter. Wies auf eine Haarsträhne, die aus einer Haube entwischt war, und schüttelte den Kopf über eine Schürze, die nicht blütenweiß war.

Emma bemühte sich wirklich sehr darum, perfekt zu sein, doch es gelang ihr nur selten. Sie hatte ihren Kragen zwar kontrolliert, aber offenbar nicht genau genug. Ihr Chef sah sie mit hochgezogenen Augenbrauen an. Emma konnte der Versuchung, ihm die Zunge herauszustrecken, gerade noch widerstehen. Dann rannte sie zur Kleiderkammer und holte sich eine neue Bluse.

Sie riss die Tür auf, zog die Bluse aus und warf sie in einen der Wäschekörbe, die vor der Wand standen. Genervt durchsuchte sie den Stapel mit gestärkter Arbeitskleidung, bis sie ihre Größe fand. Da. Sie seufzte erleichtert und zog sie sich über den Kopf.

Das Räuspern erklang, als sie den Kopf noch nicht durch den Ausschnitt geschoben hatte. Erbost musste sie feststellen, dass das jetzt das zweite Mal an diesem Tag war, dass dieser Mann sie in Unterwäsche zu Gesicht bekam.

»Das kann kein Zufall sein«, sagte er lächelnd und lehnte sich mit verschränkten Armen lässig an den Türrahmen. »Wie heißen Sie denn?«

»Wie heißen Sie?

»Sebastian.«

»Arbeiten Sie hier?«

Er nickte und zögerte kurz, dann schob er hinterher: »So könnte man es nennen.«

»Okay. Ich heiße Emma. Aber gewöhnen Sie es sich ab, Türen zu öffnen, ohne vorher anzuklopfen.«

»Heute Nachmittag habe ich das gemacht, und Sie haben ›Herein‹ gerufen.«

»Ja, aber da dachte ich ja, Sie seien jemand anders.«

»Und was sagen Sie, wenn ich das nächste Mal klopfe, und Sie wissen, dass ich es bin?«

Sein Blick brannte sich in ihren Augen fest. War das eine ernst gemeinte Frage, oder machte er Spaß? Er war ein *Mann*. Gott wusste, was er mit ihr anstellen konnte. Er musste mindestens dreißig Jahre alt sein, schätzte sie. Bestimmt unheimlich erfahren. Sie selbst war bislang erst zweimal geküsst worden, und das zweite Mal war besser als das erste gewesen.

Jetzt überlegte sie, wie es wohl wäre, von diesem Sebastian geküsst zu werden. Vermutlich noch besser, dachte sie sich. Sie konnte die Bartstoppeln, die sie an seinem Kinn vermutete, schon fast auf ihrem Gesicht spüren, wenn er seine Lippen auf ihre presste. Sie schlug die Augen nieder. Den Blickkontakt hielt sie nicht aus.

»Jetzt sind wir ja Kollegen, und daher werde ich höflich sein und ›Herein‹ sagen. Aber erst will ich angezogen sein.« Sie lächelte, duckte sich unter seinem Arm durch die Türöffnung und drehte sich dann zu ihm um, während sie ihre Haube zurechtzog. »Adieu, Sebastian. Meine Schicht beginnt.«

18

Durchs Bürofenster sah Linda Sebastian am Eingang des Flanagans stehen. Er winkte seinem Bruder zu, der gerade mit energischen Schritten auf ihn zulief.

Linda wäre es lieber gewesen, die beiden würden sich fernhalten. So fern, dass sie ihr nie wieder unter die Augen treten würden. Aber natürlich hatten sie das Recht, sich im Hotel aufzuhalten. Und obwohl sie kaum grüßten, musste sie hinnehmen, dass sie ihnen in den Fluren hin und wieder über den Weg lief. Was sie da zu suchen hatten, interessierte sie nicht, solange sie den Betrieb nicht störten. Sie zahlten nie, wenn sie etwas aßen. Linda hatte das Servicepersonal gebeten, darüber hinwegzusehen und die Beträge auf dem Schwundkonto zu notieren. Manchmal hatten sie auch Gäste dabei oder ihre Mutter Laura. Auch zu den Übernachtungen sagte Linda kein Wort. Laurence nutzte das Hotel selten, sein kleiner Bruder hingegen öfter.

Beim Personal schien Sebastian trotz allem beliebt zu sein. Er besaß die Gabe, mit allen Menschen gut zurechtzukommen, im Gegensatz zu seinem Bruder. Er stieß gern mit den Herren der Upperclass an und ging mit deren Frauen ins Bett, aber nach dem Silvesterabend hatte sie ihn auch in der Küche gesehen, wo er auf der Arbeitsplatte gesessen und mit dem Personal geplaudert hatte. Solange er nicht weiter störte, ließ sie ihn gewähren.

Es war nach wie vor schwer zu entscheiden, wo sie die Grenze ziehen sollte. Wenn das Personal sich beschwert hätte, wäre es einfacher gewesen.

Vermutlich brauchten sie das Hotel, um das Bild nach außen zu wahren, denn wie sähe es aus, wenn die Differenzen innerhalb der Familie Lansing nach außen dringen würden?

Sie ließ sich am Schreibtisch nieder und betrachtete den riesigen Blumenstrauß, den Robert Winfrey ihr geschickt hatte.

Wie konnte man nur aus den Männern schlau werden?

Obwohl sie ihn wirklich beleidigt hatte, schickte er ihr Blumen. Es schien ihm gar nichts auszumachen. Empfand er es vielleicht als Ansporn?

Sie seufzte und schloss das unterste Schrankfach auf, in dem die Flasche stand. Sie hatte einen Drink verdient, obwohl sie eigentlich beschlossen hatte, während der Arbeitszeit nicht zu trinken. Bislang hatte sie sich ... sie warf einen Blick auf ihre Armbanduhr ... sieben Stunden daran gehalten.

Dann fiel ihr ein, dass ihr noch eine Besprechung bevorstand, und sie schloss den Schrank grimmig wieder zu. Da konnte sie nicht mit einer Whiskyfahne auftauchen. Auf dem Weg hinaus warf sie einen Blick in den großen vergoldeten Spiegel und nahm sich im Vorbeigehen wahr. *Stilvoller*

Chic, dachte sie. Das war Marys Schlagwort gewesen für Lindas Verwandlung zu *einer neuen Frau*. Statt Fjällbacka sollte man ihr nur noch Londoner Stil ansehen.

Linda konnte nur achselzuckend feststellen, dass das Mary tatsächlich geglückt war.

Andrews drei Söhne saßen bereits im Speisesaal. Linda ging lustlos auf sie zu. Weiter hinten im Raum bemerkte sie Laurence und Sebastian. Nicht einmal in ihrem eigenen Speisesaal hatte sie ihre Ruhe. Die Feindseligkeit lag wie ein unsichtbarer Nebel über dem schönen Interieur.

Sie reichte ihren Stiefsöhnen zur Begrüßung die Hand. »Ihr Lieben, ich freue mich, euch zu sehen«, sagte sie säuerlich.

Die Männer waren im selben Alter wie sie und freuten sich heute keinen Deut mehr, sie zu sehen, als vor zehn Jahren bei der Hochzeit mit ihrem Vater.

Auf seiner Beerdigung im darauffolgenden Jahr hatten sie in der Kirche auf der Bank hinter ihr gesessen, nicht tröstend an ihrer Seite. Ein deutliches Zeichen, dass sie nicht zur Familie gehörte.

»Setz dich«, sagte Benjamin, der jüngste von ihnen.

Widerwillig folgte sie seiner Aufforderung. Je schneller sie zu ihrem Anliegen kamen, desto besser.

Es war ganz einfach. Sie wollten das Haus verkaufen, in dem sich die Kanzlei ihres Vaters befunden hatte, und dafür brauchten sie Lindas Unterschrift. Andrew und sie waren nur ein Jahr verheiratet gewesen, bevor er starb, aber er hatte sie und seine Söhne zu gleichen Teilen als Erben eingesetzt, und im Nachhinein fand Linda, dass es der reine Wahnsinn war, dadurch noch in eine weitere Auseinandersetzung verwickelt zu sein. Und wieder mit männlichen Feinden, die sie missachteten.

Erst hatte sie mit dem Gedanken gespielt, auf ihr Erbe zu verzichten, doch dann hatte sie sich geärgert. Wenn es Andrews Wille gewesen war, warum sollte sie das tun? Und ihr Erbe an drei unfreundliche junge Männer abtreten, denen nie ein nettes Wort über ihre Stiefmutter über die Lippen gekommen war, trotz ihrer zahlreichen Versuche, zu ihnen einen guten Kontakt aufzubauen? Also hatte sie sich dagegen entschieden. Andrew war im vollen Besitz seiner Kräfte gewesen, als er das Testament aufgesetzt hatte, und er hatte sicher seine Gründe gehabt, auch für sie zu sorgen. Seine Söhne erbten ohnehin den größeren Teil, da ihnen nun auch das Erbe ihrer Mutter zufiel.

»Aha«, sagte sie. »Und warum wollt ihr verkaufen? Die Mieteinnahmen vom Haus sind doch nicht schlecht.« Sie winkte einer Bedienung und bat darum, ihnen eine Tasse Tee zu servieren.

Ganz offensichtlich hatten die drei beschlossen, dass Benjamin das Wort führen sollte, denn er antwortete gleich: »Wir brauchen Geld für neue Projekte.«

»Und was ist mit der Wohnung eurer Eltern, die sich im Haus befindet?«

»Die bedeutet uns nicht viel ...« Er hustete. »Papa hat sie ja auch nicht gerade in Ehren gehalten.«

Linda verdrehte die Augen. Andrew und sie hatten während ihrer kurzen Ehe nicht besonders oft Sex gehabt, aber einmal waren sie von seinen Söhnen erwischt worden, die mit ihrem eigenen Schlüssel hineingekommen und das frisch verheiratete Paar in dem Bett, in dem ihre Mutter bis zu ihrem Tod geschlafen hatte, überrascht hatten.

Wahrscheinlich tragen sie mir das heute noch nach, dachte Linda mürrisch, und die Erinnerung daran, wie lange sie gebraucht hatte, bis sie sich mit dem Laken bedecken konnte, erfüllte sie mit Scham.

Aber jetzt schämte sie sich kein bisschen. Ihr Vater war sehr einsam gewesen und hatte sich nach Liebe gesehnt, aber seine Söhne hatten ihm das nicht gegönnt. Sie wären zufrieden gewesen, wenn er allein und unglücklich gestorben wäre. Ihn in ihren Armen zu sehen, war für sie unerträglich gewesen, obwohl sie längst erwachsen waren.

Während ihnen nun der Tee serviert wurde, betrachtete Linda die anderen beiden Brüder.

Der Mittlere, John, hatte sie beide in eine peinliche Lage versetzt, als er im Flanagans in einem betrunkenen Zustand den Wunsch geäußert hatte, sie noch einmal nackt zu sehen, doch sie hatte diese Äußerung diskret überhört. Nie wieder war ein Wort darüber gefallen. Jetzt saß er da mit gebeugtem Kopf, und Linda war froh, wenn er schwieg.

Wofür sie das Geld vom Haus brauchten, ging sie natürlich nichts an. Und tatsächlich bedeutete ihr dieses Haus auch nichts. Sie hatte mit Andrew dort gewohnt, solange er lebte, doch nach seinem Tod war sie sofort wieder ins Flanagans gezogen.

Es war fast, als hätte es dieses gemeinsame Jahr nie gegeben.

In der Öffentlichkeit wurde sie nach wie vor nicht als Witwe, sondern als Tochter betrachtet. Die Frage war wohl, wann man sie jemals als eigenständiges Individuum sehen würde.

Linda zuckte mit den Schultern. »Wenn ihr verkaufen wollt, dann tut es.« Sie hob ihre Teetasse und zählte. Eins, zwei, drei ... vier Sekunden später waren die Unterlagen auf dem Tisch. Der Älteste, Robin, der in die Fußstapfen seines Vaters getreten war, hatte die ganze Zeit am Schloss seines Aktenkoffers gefingert.

Gott, wenn das doch nur Whisky wäre und nicht Tee, dachte sie, während sie daran nippte. Nicht weil es so traurig war, das Haus zu verkaufen, sondern weil damit wieder ein Kapitel beendet wurde.

Als sie alle Papiere unterzeichnet hatte, lebten die Jungs richtig auf. Sie machten Witze und lachten. Linda war sich nicht sicher, ob es Absicht war, dass sie mitbekam, wie sie zu ihren Cousins herübernickten. Natürlich waren sie miteinander bekannt, doch wie eng der Kontakt war, wusste sie nicht.

»Ja, dann haben wir das erledigt, oder?«, sagte Linda und rückte ihren Stuhl vom Tisch.

Doch keiner von ihnen erhob sich, so wie es ihr Vater jetzt getan hätte. Sie ähnelten Puppen mit nickenden Köpfen. Ihr Lächeln war künstlich.

»Gut. Dann passt auf euch auf, Jungs«, sagte sie lächelnd. »Und lasst von euch hören, wenn ihr irgendwelche Hilfe braucht.«

Sie verließ den Speisesaal, und als sie gerade auf halbem Wege zum Büro war, drehte sie sich instinktiv um.

Ihr blieb fast das Herz stehen.

Nach zehn Jahren sah sie zum ersten Mal Fred Andersen wieder, aber ihr Körper reagierte, als sei es gestern gewesen.

Sie trank direkt aus der Flasche, für ein Glas nahm sie sich nicht die Zeit. Die Bürotür hatte sie abgeschlossen. Nicht, dass sie glaubte, er würde es wagen, ihr hierhin zu folgen, doch sie wollte sichergehen. Immerhin besaß er die Stirn, ihr Hotel zu betreten.

Als sie sich zuletzt gesehen hatten, war sie hart geblieben und hatte Marys Standpunkt vertreten. Natürlich hatten ihre Cousins hinter dieser Romanze gestanden, und auf Ausreden von Fred hatte sie verzichten können.

Zehn Jahre hatte sie gebraucht, seine Existenz *fast* zu verdrängen. Mit der Flasche in der Hand lief sie durch den Raum. Was hatte er hier zu suchen? Sie hatte eigentlich aufgehört, davon zu träumen, mit ihm noch einmal ins Bett zu gehen, und so sollte es bleiben. Sie war zufrieden und hatte mit jeder Form von ... Intimität abgeschlossen.

Leider hatte sie nie besseren Sex erlebt als mit ihm. Ihr Ehemann war älter gewesen und hatte Herzprobleme gehabt, und die Männer, die sie nach ihrer Ehe gedatet hatte, waren ohne jede Raffinesse vorgegangen. Zum Orgasmus hatte sie keiner von ihnen gebracht. Und wie viele hatte sie mit Fred erlebt? Einige, das wusste sie noch. Doch die Bilder, die sie noch von ihren bebenden Körpern im Kopf hatte, stimmten vielleicht auch nicht ganz. Mit den Jahren neigte man dazu, gewisse Dinge zu beschönigen. Und mit einer gewissen Menge Alkohol auch.

Sie trank zwei Schlucke Whisky. Dann noch einen. Es brannte in der Kehle. Sie spürte den Rausch langsam kommen.

Es klopfte leicht an der Tür, und sie hielt sich die Hand vor den Mund, um sich selbst daran zu erinnern, dass sie nicht antworten wollte. Sie streifte die Schuhe von den Füßen und nahm noch einen Schluck.

Dann klopfte es wieder. Eine Stimme sagte: »Ich habe dich gesehen, ich weiß, dass du da bist. Mach auf, ich muss dir etwas erzählen.«

Seine Stimme klang verändert. Dunkler. Aber sie erkannte sie dennoch und erinnerte sich an seinen warmen Atem an ihrem Ohr, als er ihr zuflüsterte, dass ...

Sie klemmte die Flasche zwischen ihre Knie und hielt sich die Ohren zu, als ob die innere Stimme, die sie an seine Zärtlichkeiten erinnerte, dann verstummen würde. Dass dem nicht so war, bemerkte sie schnell. Und sie reagierte auf seine Stimme wie damals. Was sollte sie tun? Sich weiter in ihrem eigenen Büro einschließen?

Sie setzte sich auf den Schreibtischstuhl. Sie hatte ihren Job zu erledigen. Im Hotel lief nichts von allein. Sie musste mit dem Küchenchef die Buchungen im Restaurant besprechen, was gerade ein großes Problem darstellte. Wenn die Gäste im Restaurant fehlten, dann würden sie bald im ganzen Hotel fehlen, und dagegen musste sie etwas unternehmen.

Klopf, klopf.

Sie schielte auf den Papierstapel vor ihr. Oder waren es zwei? In ihrem Kopf drehte sich alles. Jetzt schwankte ihr Stuhl so sehr, dass sie sich auf den Boden gleiten ließ und hinlegte. Der Teppich war dick und gemütlich. Weich und schön. Schaukel, schaukel. So weich und ...

Sie setzte sich wieder auf. War sie auf dem Boden eingeschlafen? Sie zog ein Gesicht, als sie die Reste des Whiskys im Mund schmeckte. Die Flasche stand noch auf dem Schreibtisch. Sie blinzelte. Hatte sie sie tatsächlich halb geleert? Dann fiel es ihr wieder ein. *Fred* war da gewesen. Und da bekam sie Lust, die andere Hälfte auch noch auszutrinken.

Sie hatte Jahre gebraucht, um ihre Kräfte wiederzugewinnen, nachdem sie so viele Menschen verloren hatte, und auch wenn sie noch nicht wieder ganz hergestellt war – ihr Alkoholkonsum war ja ein Anzeichen dafür –, so hatte sie sich immerhin ein ganz erträgliches Leben eingerichtet. Fred hatte sie unbeschreiblich verletzt und dass er die Stirn besaß ... Sie kniete sich hin und hielt sich am Stuhl fest, um auf die Beine zu kommen.

Wie konnte er einfach herkommen und verlangen, dass sie ihn erhörte? Es war ihr völlig egal, was er zu erzählen hatte.

Mit pochendem Kopf ging sie hinüber in das kleine Bad, das zum Büro gehörte. Sie wischte sich das Gesicht ab und putzte sich die Zähne. Nüchtern konnte sie mit solch einer Situation nicht umgehen, so viel sollte sie mittlerweile wissen. Sie hätte ihm gesagt, er solle sich zum Teufel scheren.

Als das Telefon kurze Zeit später klingelte, ging Linda

sofort ran. Der Restaurantchef war sehr direkt: Ein paar Gäste seien empört gewesen, Elinor auf dem Flur zu sehen. Sie meinten, man sähe es ihr an, dass sie eine Diebin sei und dass bei ihnen nun eine Kette fehle, die fast tausend Pfund wert sei. Und sie wollten die Hotelleitung sprechen.

Zehn Minuten später stand Linda vor deren Zimmertür und klopfte. Kein Fred weit und breit.

»Ja?«

»Sie haben eine Beschwerde vorzubringen?«

»Ja, aber wir wollten den Chef sprechen.«

Linda zog die Augenbrauen hoch und zeigte auf sich.

»Eine Frau? Was ist *das* denn für ein Hotel?«, fragte der Mann empört.

»Eins, das kein Problem damit hat, sich von Gästen zu verabschieden«, antwortete Linda gelassen. »Bitte verlassen Sie mein Hotel auf der Stelle. Sie haben zwanzig Minuten Zeit, andernfalls werde ich dafür sorgen, dass sich jemand persönlich um Ihre Abreise kümmert. Diebstähle werden bei der Polizei angezeigt, ansonsten habe ich nichts mehr hinzuzufügen. Adieu. Wir werden Sie hier nicht mehr empfangen.«

Sie knallte die Tür hinter sich zu, als würde Fred im Zimmer stehen.

19

Alexanders erste zwei Monate an der Rezeption im Flanagans waren wie im Fluge vergangen. Er arbeitete so viel wie nie zuvor, aber hatte auch schon neue Freunde gefunden und bekam einen höheren Lohn. Als er nun die Treppe zum Büro hinaufstieg, war er mit den Gedanken nur bei Emma. Sein Plan war es, sich erst mit ihr richtig anzufreunden, bevor er sie einlud, doch morgens in der Küche hatte er es sich nicht verkneifen können, sie zu fragen, ob sie mit ihm abends ins Kino gehen wollte. Zwei Wochen lang hatte er versucht, sie allein abzupassen, doch offenbar fanden sie noch andere Männer attraktiv. Allerdings schienen die Einladungen der Kollegen an ihr abzuprallen, sie lachte einfach als Antwort.

Mit ihren leeren Frühstückstellern waren sie heute Morgen allein in der Spülküche gewesen. Alexander hatte Witze gerissen und das Lächeln, das er von ihr geerntet hatte, war das hübscheste, das er je gesehen hatte. Er wäre schon für den Rest seines Lebens damit zufrieden, wenn er es nur hin und wieder sehen könnte.

Und so war ihm die Idee mit dem Kinobesuch gekommen.

Sie hatte den Kopf zur Seite geneigt, seinen unsicheren Gesichtsausdruck wahrgenommen und dann Ja gesagt.

Ja.

Er konnte es noch immer nicht fassen, Stunden später. Zum dritten Mal schon sah Alexander auf die Uhr. Sie war jetzt fünf Minuten verspätet. Wie lange sollte er warten? Noch zehn Minuten, beschloss er, dann würde er wieder hineingehen. Es konnte ja etwas dazwischengekommen sein. Im Hotel brannte es immer irgendwo. Zimmer waren überbucht, jemandem schmeckte das Essen nicht, oder die Gäste waren mit der Sauberkeit nicht zufrieden. Im Flanagans vertrat man klare Standpunkte, aber man half einander, wenn es Probleme gab, und das gefiel ihm sehr. Allerdings konnte es nachteilig sein, wenn man pünktlich sein wollte, und das konnte Emma nun gerade auch so ergehen.

Aber da kam sie. Beim Anblick ihres Lächelns wurde ihm so warm, dass er seinen Mantel auf der Stelle hätte in die Ecke schmeißen können, obwohl es ein eiskalter Spätnachmittag war. Ihre Augen funkelten im Licht der Straßenlaterne, und sein Herz schlug schnell, als sie auf ihn zulief.

»Bin ich zu spät?«, fragte sie.

»Keine Sekunde«, antwortete er lächelnd. Er war außer Atem, obwohl er nur still dagestanden und auf sie gewartet hatte. Er bot ihr seinen Arm an.

»Ich hoffe, du hast vernünftige Schuhe an, in denen wir ein paar Meter spazieren gehen können.«

Er wollte sie gern in den Arm nehmen. Sollte sie ausrutschen, dann würde er zur Stelle sein, um sie festzuhalten. Sie waren fast gleich groß, und trotzdem fühlte er sich an ihrer Seite mächtig. Ihre Hand fuhr unter seinen Arm.

»Was sehen wir uns denn an?«

»›Manche mögen's heiß‹.« Gespannt wartete er auf ihre Reaktion.

»Ich habe noch nie einen Film mit Marilyn Monroe gesehen. Spannend. Gute Wahl«, sagte sie und drückte seinen Arm, und Alexander war einfach nur glücklich, dass sie zu zweit eingehakt zum Kino spazierten.

Mit einer großen Tüte Popcorn und einer Limonade ließen sie sich im Kinosaal nieder, der noch erhellt war. Viele Besucher begaben sich noch zu ihren Plätzen, sodass sie oft aufstehen mussten. Alexander machte das nichts aus, er war einfach nur froh und stolz, dort mit ihr sein zu dürfen. Immer wieder fielen die Blicke auf sie, weil er mit dem schönsten Mädchen im Kino war, und jeder Mann beneidete ihn.

»Er schiebt mich zu dir herüber«, flüsterte er in Emmas Ohr, als der Mann auf dem Platz neben ihm sich so breitmachte, dass Alexander näher zu ihr rutschen konnte.

Sie drehte sich zu ihm um, und in dem Moment ging das Licht aus.

Eigentlich wollte sie ihm etwas zuflüstern, aber weil er seinen Kopf nicht zurückgedreht hatte, trafen sich ihre Lippen. Alexanders Körper war wie unter Schock. Er versuchte, die Beine zu überschlagen, doch es war einfach zu eng. Zum Glück konnte man nichts sehen, der Mantel lag auf seinem Schoß, aber jedes Mal, wenn er seine Hand in die Popcorntüte steckte, spürte er es durch seine Hose.

Er wagte es nicht, ihre Hand zu ergreifen, und sie ergriff auch keine Initiative. Vielleicht hatte dieser Kuss ihr gar nichts bedeutet? An Liebe war sie ja sowieso nicht interessiert, hatte sie gesagt. Aber er selbst würde diesen Kuss für den Rest seines Lebens nicht vergessen. Er hatte wirklich schon viele Mädchen geküsst, aber es war nun dieser ganz zufällige Kuss, der sein Herz in Brand gesteckt hatte.

Das musste etwas Besonderes bedeuten.

Als das Licht wieder anging, fragte sich Alexander, wie er jetzt vorgehen sollte. Wie konnte er sich beherrschen, wenn er nur daran dachte, ihre Lippen wieder zu spüren? Er musste sie noch einmal küssen. Wenn ich so starke Gefühle für sie habe, dann ist es doch klar, dass sie genauso fühlt, dachte er, während sie das Kino verließen und hinaus auf die Straße traten.

»Wie hat's dir gefallen?«, fragte er sie.

»Oh, der Film war wunderbar«, antwortete sie. »Findest du auch, dass sie die schönste Frau auf der Welt ist?«

Enttäuscht stellte er fest, dass sie tatsächlich über den Film redete. Er musste irgendwie herausfinden, was sie von ihm hielt. Der Film war zwar nicht schlecht gewesen, aber er hatte nicht viel mitbekommen, weil seine Gedanken so oft abgeschweift waren. Er hatte sich Emma sogar nackt und mit Schweißperlen vorgestellt. Es war quälend, erregend und beängstigend. In solchen Situationen hatte er normalerweise noch die Kontrolle. Dieses Mal war es anders. Sein Schicksal lag in ihren Händen.

»Na ja, ich dachte, dieser Kuss ...«

Sie sah ihn irritiert an. »Der Kuss?«

»Ja, bevor der Film losging. Als sich im Dunkeln unsere Lippen berührten.«

Sie blieb stehen. Legte den Kopf schräg, wie er es bei ihr schon oft gesehen hatte.

»War das ein Kuss?«, fragte sie ihn schmunzelnd.

»Für mich war es ein Kuss«, sagte er leise.

»Für mich nicht«, entgegnete sie und machte einen Schritt auf ihn zu. Sie legte ihren Arm um seinen Hals. »Versuch's noch mal.«

Als sie nach Hause kamen, war er fix und fertig. Krank vor Liebe. Unter dieser Straßenlaterne hatten sie sich eine Ewigkeit lang geküsst, und er war sich nun ganz sicher, dass er Emma heiraten würde. Sie würden bezaubernde Kinder zusammen bekommen, um die sich eine Kinderfrau kümmern würde, weil er nie aus einem Bett aufstehen würde, in dem Emma noch lag. Er würde sie immer und immer wieder lieben, bis sie eines Tages starben. Niemals war er sich einer Sache sicherer gewesen.

20

Emma ließ sich auf ihr Bett sinken. Hatte sie es jetzt vermasselt? Er war ja so süß gewesen, als er sie mit flehenden Augen um ihre Meinung gebeten hatte. Und die Küsse waren gut gewesen. Sogar richtig gut. Nicht, dass sie auf einen großen Erfahrungsschatz zurückgreifen könnte. Aber im Moment war er außer Konkurrenz. Er hatte so gut nach Popcorn und Salz geschmeckt.

Sie strich die Bettdecke glatt. Überlegte, ob sie sich mit Alexander mehr vorstellen konnte. Sollte er ihr erster Mann werden?

Als Elinor sich erkundigt hatte, hatte Emma vom Dorf erzählt, von ihrer Mutter, die nur an Gott glaubte, und von den Jungs, die ihr wie Hundewelpen vorkamen im Vergleich zu den jungen Männern, die im Hotel angestellt waren. Sie hatte hinzugefügt, dass sie vorhatte, mit einem von ihnen zu schlafen, nur noch nicht entschieden hatte, mit wem.

»Und ich werde nur mit einem ins Bett gehen, der mich als Sexobjekt betrachtet«, hatte sie zur Erklärung hinterhergeschoben.

Elinor hatte daraufhin schallend gelacht. »Du siehst aus

wie ein Engel, aber du willst nur Sex. Du solltest dich auf Probleme gefasst machen. Sie werden sich reihenweise in dich verlieben. Und noch eine Vorwarnung. Du darfst mir hinterher nichts davon erzählen, wie gern du es auch tätest, versprichst du mir das?«

Nachdem sie Emma die Haare geschnitten hatte, wirbelten ihre blonden Locken wie eine sanfte Wolke um ihr Gesicht. »Da wird jeder Mann schwach«, war Elinors Kommentar gewesen.

Dann hatte sie darauf bestanden, dass Emma verhütete, wenn sie nun schon ihre Unschuld loswerden wollte, und sie hatte ihr von dem Pessar erzählt, das sie selbst benutzte.

Emma wälzte sich im Bett hin und her. Sollte sie sich Alexander hingeben? Er *war* charmant, das konnte man sagen. Sie drehte sich auf den Rücken und versuchte zu entspannen. Sie musste eine Nacht darüber schlafen.

Elinor warf einen Blick auf die Wanduhr in dem klitzekleinen Büro. Schon so spät? Sie war seit sieben Uhr morgens hier, um später ein paar Stunden freinehmen zu können. Ihre Mutter wollte um elf Uhr kommen, und sie war immer pünktlich. Elinor schob die Stapel auf dem Schreibtisch gerade, dann lief sie hinaus auf den Flur bis zu ihrem Zimmer, wo sie sich ein letztes Mal umdrehte, bevor sie zum Personaleingang ging, um ihre Mutter zu empfangen.

Genau, wie Elinor es erwartet hatte, schlug ihre Mama die Hände über dem Kopf zusammen, als sie in der Tür stand. »O Elinor, wie wunderschön hast du es hier.«

Ihre Mutter hatte sie erst ein einziges Mal besucht, das

war vor einem Jahr gewesen. Damals hatte Elinor den ersten Job in der Waschküche bekommen. Sie hatte ihr geholfen, ihre Sachen in das winzige Zimmer zu bringen, das sie mit mehreren Mädchen geteilt hatte, zuletzt mit Emma.

Da sie jetzt alleine wohnte, konnte sie wirklich Besuch empfangen, sodass es ihr eine große Freude war, ihre Mama hier begrüßen zu können.

Mama brachte nur noch so viel Schwedisch heraus wie *»min älskling«*, was »mein Liebling« heißt, und viel mehr hatte sie ihrer Tochter von ihrer Muttersprache auch nicht vermittelt.

Elinor strahlte übers ganze Gesicht. Es war ihr sehr wichtig, was ihre Mama davon hielt.

»Steh nicht in der Tür rum, komm rein.« Sie zeigte auf ein paar Sprossenstühle vor dem klitzekleinen Küchentisch. »Setz dich doch.«

Sie hatte auf der kleinen Herdplatte, die sie von ihrem ersten Lohn gekauft hatte, schon Wasser aufgesetzt, und jetzt tanzte der Deckel auf dem Topf. Sie hob ihn hoch und legte ihn auf der Kommode neben der Tür ab, dann nahm sie zwei neue Teetassen aus Knochenporzellan aus dem Schrank, die sie extra für diese Gelegenheit angeschafft hatte. Jetzt behielt sie mehr Geld von ihrem Lohn übrig, und das, was sie nicht an ihre Mutter abgab, sparte sie fast alles. Aber diese Tassen musste sie unbedingt haben, obwohl es die reinste Verschwendung war, denn Teetassen besaß sie natürlich schon.

Ihre Mama hatte die Tür noch nicht geschlossen, da steckte Linda Lansing überrascht den Kopf durch die Tür.

»Min älskling?«, sagte sie auf Schwedisch. »Ich habe hier jemanden Schwedisch sprechen gehört. Kann das sein?« Sie lächelte und nickte Elinor zu, dann bemerkte sie die Mama.

»Ja«, antwortete Elinors Mama überrascht.

Und dann begann eine Konversation, von der Elinor bestenfalls ein paar Namen heraushörte, denn die beiden unterhielten sich nun so fließend, dass sie mit dem mickrigen Wortschatz, den sie in ihrer Kindheit aufgegabelt hatte, kein Wort davon verstand.

»Jetzt will ich euch nicht länger stören«, sagte Linda schließlich auf Englisch. »Aber ich würde deine Mama gern wiedersehen, wenn du nichts dagegen hast, Elinor, und wenn Sie Lust haben, Ingrid? Es hat mir sehr viel Spaß gemacht, mal wieder Schwedisch sprechen zu können. Seit dem Tod meiner Großmutter hatte ich keine Gelegenheit mehr dazu. Jetzt habe ich fast Heimweh bekommen«, sagte sie lächelnd. »Und ich bin schon so lange fort.«

Elinor nickte erstaunt, sie hatte keine Ahnung gehabt, dass Miss Lansing Schwedin war. Sie sah ihre Mutter an. Sie hatte keine schwedischen Freunde hier, konnte sich mit niemandem über Schweden austauschen, und Elinor wusste, dass sie sich mitunter auch dorthin zurücksehnte, was sie *Heimat* nannte, sodass ihr weh ums Herz wurde.

Als Linda um die Telefonnummer ihrer Mutter bat, musste sie sich entschuldigen und mitteilen, dass sie kein Telefon besäßen, aber da erwiderte Miss Lansing, dass das gar kein Problem sei, schließlich könne sie ihr über Elinor ja eine Nachricht zukommen lassen. Danach sah ihre Mutter etwas betreten drein.

»Ist sie nicht zu fein für mich?«, fragte sie leise und sah hinab auf ihren dunkelblauen, verschlissenen Rock und auf die Strümpfe, von denen Elinor wusste, dass sie Löcher an der Fußsohle hatten. Mama kaufte sich selbst nie etwas Neues. Das graue Wollknäuel wurde nie weggeräumt, denn immer gab es einen Strumpf, der gestopft werden musste. Sie flickte und stopfte alle Kleider der Familie, weil Miete und Lebensmittel das Geld, das sie verdiente, vollständig schluckten.

»Du bist die feinste Frau, die ich kenne«, sagte Elinor zärtlich. »Und Miss Lansing ist kein Mensch, der über andere urteilt. Ich glaube, sie betrachtet dich als ebenbürtig, egal, was du trägst.«

Ihre Mutter griff nach der Teetasse, trank einen Schluck und stellte sie vorsichtig wieder ab. Die Tischdecke war frisch gebügelt. Ein Erbstück von der Großmutter, die Elinor nicht mehr kennengelernt hatte. Sie selbst hatte sie im Gepäck gehabt, als sie 1937 von Schweden nach London gekommen war. Dass sie später bei der Beerdigung ihrer Großmutter nicht dabei sein konnte, erfüllte sie noch immer mit Traurigkeit. Doch in Europa war Krieg gewesen, er hatte jede Reise unmöglich gemacht. Dieses eine Mal hätte sie ihre Familie sogar hungern lassen, Hauptsache, sie wäre nach Hause gekommen.

Sie hatte immer viel von Uppsala erzählt. Von der schönen Stadt mit den vielen netten Menschen, die füreinander eintraten. Sie hatte es einem Professor an der Universität dort zu verdanken, dass sie nach London gekommen war und ihren Mann kennengelernt hatte. Diese Geschichte hatte Elinor schon hundert Mal gehört. Wie sie sich auf der Straße begegnet waren. Dass Mama nie zuvor einen schwarzen Mann gekannt hatte. Von ihrer Liebe auf den ersten Blick, die von so vielen verurteilt wurde.

»Woher kommt deine Chefin denn?«, fragte Mama. Sie strich über die Stickereien auf dem Leintuch. Sah aus, als sei sie mit den Gedanken weit weg, während sie auf die Antwort wartete.

Es gab keine warmherzigere und anständigere Frau als ihre Mama, dachte Elinor. Wie sehr sie immer gekämpft hat, bis heute! Sie, mit ihrer weißen Hautfarbe, hätte ein ganz anderes Leben haben können, aber sie entschied sich für die Liebe und nahm hin, dass ihr Mann arm war. Elinor liebte ihn heiß und innig, doch sie würde sich anders entscheiden. Ihre Mutter hatte früher einmal Ambitionen gehabt, sie aber vollkommen aufgegeben, als sie sich verliebt hatte, denn Papa kam damit nicht klar, dass ihre Mutter mehr erreichen wollte. Der Gedanke, dass er nicht daran glaubte, es einmal besser haben zu können, war unendlich traurig, und ihre Mutter akzeptierte das.

»Miss Lansing? Keine Ahnung. Ich habe nie erwähnt, dass du aus Schweden stammst, und mir kam auch nie der Gedanke, dass sie auch Schwedin ist. Ihr Vater hat das Hotel ja vor ihr geführt, also muss sie eigentlich als Kind schon hergekommen sein.«

Danach machten sie einen Spaziergang. Mama bestaunte die schönen Bauten in Mayfair und wollte von Elinor alles über ihre neue Arbeitsstelle und das Hotel wissen, das für sie jetzt noch interessanter geworden war, seit sie dessen schwedische Besitzerin kennengelernt hatte.

Bald darauf standen sie vor dem Schloss. »Ich frage mich, ob man wohl mehr verdient, wenn man da putzt?«, sagte Mama und lachte.

»Was würdest du machen, wenn du mehr Geld hättest?«, fragte Elinor neugierig.

»Ich glaube, mehr Fleisch essen.«

Elinor brach in Lachen aus. »Ist das alles, wovon du träumst?«

Mama nickte. »In meiner Situation sollte man sich größere Träume aus dem Kopf schlagen, für mich reicht das. Ich bin bald dreiundvierzig. Mein Körper schmerzt. Mein Mann ist grad aus der Haft gekommen. Das, wovon ich als junges Mädchen geträumt habe, ist lange schon vorbei. Wenn du mich allerdings fragst, wovon ich für meine Kinder träume, dann bekommst du eine ganz andere Antwort.« Sie zog Elinor an sich und küsste sie auf die Stirn. »Meine Hoffnung ruht auf dir und deinem Bruder.«

Elinor schlug sich den Gedanken aus dem Kopf, dass sie ihn gern wiedersehen würde. Er, der ihren Körper in Schwingungen versetzte. Sie musste sich auf ihre Arbeit konzentrieren und auf nichts anderes. Sie hatte noch viel höhere Ziele, als Kaltmamsell zu sein. Es war eine schöne Arbeit und ein wunderbarer Schritt nach vorn, doch auch das war eine Position, bei der sie vor allem hinter verschlossenen Türen und in den unteren Etagen des Hotels zugange war.

Elinor schloss die Augen. In zehn Jahren, 1970: Da war

sie elegant. Kompetent. Trug High Heels und enge Kostüme. Auf ihrem Namensschild stand »Direktion«. Alle grüßten sie respektvoll. Niemand bat darum, mit dem Chef sprechen zu dürfen, denn jeder wusste, dass sie das war. Zu Hause warteten ein Mann und zwei kleine Kinder auf sie. Trotz der langen Arbeitstage im Hotel freute sich ihr Mann, wenn sie abends heimkam und wenn sie ins Bett gingen, wurde er dafür ordentlich belohnt. Ihr Sexleben war natürlich grandios, die Kinder waren nie krank, und sie wohnten in einer großzügigen Wohnung in der Nähe des Hotels.

Die besten Möglichkeiten, sich ihren Traum zu erfüllen, fand Elinor im Flanagans bei Linda Lansing vor, die ihr weibliches Personal besonders gern förderte.

Im Moment war sie zufrieden mit ihrem perfekten Arrangement. Ein passender Ehemann würde eines Tages schon auf der Bildfläche erscheinen. Im Moment begnügte sie sich mit ihrem leidenschaftlichen Liebhaber – denn mehr würde daraus niemals werden.

Im Untergeschoss, im hintersten Zimmer, öffnete Emma die Tür und ließ Sebastian herein. Sie wusste nicht, was er erwartete, aber sie hatte sich entschieden. Sie wollte wissen, wie es war, von ihm geküsst zu werden. Wenn es sich genauso gut anfühlte wie mit Alexander, konnte sie sich vorstellen, einen Schritt weiter zu gehen.

Es war ihr ein Dorn im Auge, dass sie immer noch Jungfrau war, obwohl sie schon achtzehn Jahre alt war. Das hatte so etwas ... Ländliches, irgendwie. In der Stadt hatten die

Mädchen viel früher Sex, auch wenn sie vorgaben, dass es nicht so war.

Sebastian hatte Erfahrung, das merkte man ihm an. Und genau das suchte sie. Er sah sie mit hungrigen Augen an. Sein Blick verschlang sie, und ihr Körper reagierte sofort. Es pochte da unten. Seit sie in London war, hatte sie einige Bücher darüber gelesen, und jetzt wollte sie das erleben, worüber sie nur in der Theorie Bescheid wusste. Nicht das glückliche Ende, sondern die Blicke, das Verlangen und die Erregung. Das meiste war ihr im Prinzip klar. Sie würde feucht werden, er würde eine Erektion bekommen, und dann galt es nur noch ... Wenn sie daran dachte, wurde ihr ganz anders, aber das fühlte sich gut an.

Er machte einen Schritt auf sie zu und stand nun so nah vor ihr, dass sie seinen Atem spürte. Erwartungsvoll sah sie in sein ernstes Gesicht. Das war kein Spiel mehr, und es war unglaublich erregend. Sie spitzte die Lippen. Jetzt lächelte er und nahm sie in die Arme, während sein Mund sich ihrem näherte.

Der Genuss, als seine Zunge sich zwischen ihren Lippen vortastete, war fast ein Schock. Himmel, wie herrlich das war! Sie stöhnte auf, als seine Zunge ihre berührte.

Ihre Knie wurden so weich davon, dass sie ihn zu ihrem Bett zog. Sie musste sich hinlegen, wenn sie in seinen Armen nicht in Ohnmacht fallen wollte.

In Windeseile beschloss sie, ihre Kleider komplett abzulegen, weil ihr Körper danach verlangte, nicht weil er sie darum gebeten hatte.

Aber ihm gefiel, was er zu sehen bekam, das war ganz offensichtlich. Als sie ihren Slip abstreifte und ihre sommersprossige Haut entblößte, lächelte er.

»Komm zu mir«, brummte er und zog sie mit seinen starken Armen zurück aufs Bett.

Das ist großartig, dachte sie verschwommen, als er ihre Brustwarze in seinen Mund saugte. Warum hat nie jemand erzählt, wie sich das anfühlt?

»Soll ich mich auch ausziehen?«, flüsterte er ihr ins Ohr, und sie nickte erwartungsvoll.

Sie konnte den Blick nicht von seiner behaarten Brust ablassen. Dann sah sie seinen erigierten Penis und bekam einen ganz trockenen Mund. Davon hatte sie nur gelesen, und dass er in sie eindringen konnte, bezweifelte sie stark, aber sie wollte es wirklich versuchen.

Alles pulsierte in ihr dort unten, und sie streckte sich nach seinem Körper.

»Hast du das schon mal gemacht?« Seine Hand streichelte die Innenseite ihrer Oberschenkel.

Sie schüttelte den Kopf und suchte seinen Mund. Sie wollte mehr. Ihr Körper verlangte nach mehr. Sie spreizte die Beine, schob seine Hand dorthin, wo es am meisten brannte, während sie gleichzeitig seinen Mund immer eifriger erforschte.

»Willst du mich auch anfassen?«, fragte er leise, während er mit einem Finger ganz vorsichtig und unendlich schön über ihren Intimbereich streichelte.

Er war hart und weich zugleich. Wie Seide. Und schön zu halten. Sie zog ihre Hand hinunter, und er stöhnte auf. Tat das weh, oder mochte er es? Dann fasste sie mit der ganzen Hand zu und drückte leicht.

»Wenn du ein paar sanfte Bewegungen hoch und runter machst ...« Er stöhnte wieder auf, und jetzt bestand kein Zweifel daran, dass er sehr genoss, was sie da tat. Etwas wilder und fester versuchte sie es noch einmal. Es war fast, wie eine Kuh zu melken, die ziemlich große Zitzen hat, dachte sie.

Dann berührten seine Finger einen Ort, wo es sich anders anfühlte. Die Bewegungen ihrer Hand verlor sie plötzlich völlig aus dem Sinn. Er presste seine Handfläche sanft und vorsichtig auf diesen Punkt und bewegte sie gleichmäßig, während er einen Finger in sie einführte und von innen dagegen drückte. Erstaunt sah sie ihn an. Sie hielt sich am Laken fest. Irgendetwas, das sie nicht aufhalten konnte, überkam sie und fuhr durch ihren ganzen Körper, und das war das absolut schönste Gefühl, das sie bislang in ihrem Leben gespürt hatte. Bis etwas explodierte und sie wirklich Sterne und Blitze sah. Ihr Körper wand sich und zitterte völlig außer Kontrolle.

Keuchend und noch immer mit einem Körper, der bei jeder Berührung zuckte, kam sie zurück in die Wirklichkeit.

Seine Hand fuhr sanft über ihre Brust. Er hielt an ihrer Brustwarze und knetete sie leicht zwischen Daumen und Zeigefinger. »Deine Brüste sind der Wahnsinn«, murmelte er. Als sein Mund sich dorthin vorgetastet hatte und seine Zunge ihre Brustwarze bearbeitete, war es, als erwache ihr Körper wieder zum Leben. Sie spürte seinen Penis an ihrem Bein. Er rieb sich an ihr und legte sich auf sie. Sein Gewicht fühlte sich gut an. Er schob ihre Brüste zusammen und fuhr mit der Zunge darüber, bevor seine Lippen wieder ihren Mund suchten. Sie sahen sich in die Augen, und er strich ihr eine verschwitzte Haarsträhne aus der Stirn.

»Mach die Beine breit, mein Liebling, ich verspreche dir, es wird schön.«

Er glitt ans untere Ende des Bettes, und kurz darauf hatte er seinen Kopf zwischen ihren Beinen und ... da war seine Zunge. Was tat er da? Küsste er sie da? Ja, das tat er. Und er schob einen Finger in sie hinein. Oder auch zwei. Ihre Hüften bewegten sich, und ihre Atemzüge wurden immer kürzer. Als sie dieses schöne Gefühl wieder überkam, konnte sie sich nicht beherrschen, sie stöhnte laut auf.

Schnell kroch er wieder zu ihr hoch, und nun spürte sie seinen harten Penis, genau dort, wo sein Finger und sein Mund gewesen waren. Er sah sie fragend an. Sie nickte. Sie hatte kaum ausatmen können, doch sie wollte, dass er weitermachte. Sie spannte sich an. Umklammerte seine Schultern. Spreizte die Beine, so weit sie konnte. Machte sich auf den Schmerz gefasst, von dem sie gelesen hatte. Er fuhr mit seinem Penis ein paarmal auf und ab, bevor er begann, ihn in sie hineinzupressen.

Ganz am Anfang war es nicht schön. Aber weh tat es eigentlich auch nicht. Während er sich Zentimeter für Zentimeter in ihre Grotte schob, presste sie ihren Mund auf seinen. Sie öffnete sich für ihn, als ob sie nie etwas anderes getan hätte.

An Liebe war sie nicht interessiert, aber *davon* wollte sie auf jeden Fall mehr.

21

Robert Winfreys Tage sahen in der Regel ganz unterschiedlich aus. Mal saß er im Anzug in einem Konferenzzimmer in einem Wolkenkratzer in der Fifth Avenue, mal badete er im Pool von guten Freunden in den Hamptons. Dann gab es diese Tage, an denen ihn die Angst nicht losließ und er nicht einmal aus dem Bett kam. Immer wenn er es geschafft hatte, eine ganze Woche wie ein normaler Mensch zu leben, fühlte es sich für ihn wie ein Sieg an.

Aber noch Wochen nach seinem Londonaufenthalt waren die Angstzustände aus irgendeinem Grund nicht zurückgekehrt, und das lag vermutlich daran, dass seine Gedanken sich einzig um Linda Lansing drehten und keinen Platz für etwas anderes ließen. Blond, stolz, aber mit solch einer Traurigkeit in den Augen. Er hatte das sofort gesehen. Als ob diejenigen, die vom Leben verletzt worden waren, einen eigenen kleinen Klub bildeten, und mit einer gewissen Unterkühltheit und Eleganz Menschen ohne schmerzliche Erfahrungen auf Abstand hielten. Er hätte gern mit ihr darüber gesprochen. Nicht über solche trivialen Dinge wie seine Arbeit. Er wollte wissen, wie sie fühlte, was ihre Gedanken beherrschte, wie sie sich die Zukunft vorstellte. Woher rührte ihre Trauer? Woran litt sie in ihrem Inneren?

So etwas konnte er natürlich nicht einfach bei einem Abendessen ansprechen. Das waren Themen für ein privateres Umfeld, die er erst anschneiden konnte, wenn sie sich nähergekommen waren. Ihm lag viel daran. Aber was war mit ihr?

Er starrte aus dem Fenster. Vergaß das Bier, das vor ihm auf dem Tisch stand. Erst nach einer Weile nahm er einen Schluck und schob dann das Glas mit dem viel zu warmen Getränk angeekelt zur Seite.

Warum nur hatte Linda keinerlei Interesse gezeigt? Das war für ihn neu. Es war zwar nicht so, dass er ständig von Frauen umringt war, aber sie hatte auf eine Art Abstand zu ihm gesucht, wie er es vorher noch nie erlebt hatte. Natürlich sollte er sie sich aus dem Kopf schlagen, nach dem, was er zufällig gehört hatte, aber das war leichter gesagt als getan, als er ihre traurigen Augen gesehen hatte. Beim Essen hatte sie sich nichts anmerken, in keiner Weise erkennen lassen, dass ihr Leben nicht nur angenehm war. Aber so machte er es ja auch. Hielt die Fassade aufrecht.

Hätte er sie nicht in den Armen gehalten, wäre die Erinnerung an sie vielleicht schneller verschwommen, aber ihr Körper hatte sich an seinen geschmiegt, und er konnte noch immer den Duft ihres Parfüms riechen und den Rhythmus ihrer Hüften spüren. Er hatte sich gezwungen, die Tanzfläche zu verlassen, bevor er auf dumme Gedanken kam, wahrscheinlich hätte er sie geküsst.

Er stand auf und ging mit dem Glas in der Hand in die

Küche, wo er das Bier in die Spüle kippte. Die Blumen hatte er ihr ganz spontan geschickt, er hatte keinen Plan verfolgt, und jetzt war es ihm fast unangenehm. Was hatte er sich nur dabei gedacht? Dass sie ihm um den Hals fallen würde, wenn sie sich das nächste Mal sahen?

Nächstes Mal? Er verzog den Mund und schüttelte den Kopf. Es wäre vermutlich das Beste, wenn er sie nicht mehr aufsuchen würde. Er konnte das, was er meinte, in ihren Augen gesehen zu haben, ja auch falsch gedeutet haben, vielleicht spiegelte sich auch nur seine eigene Traurigkeit in ihnen.

Er ging ins Schlafzimmer, um sich umzuziehen. Nicht dass ihn das Baseballmatch am Nachmittag interessierte. Er besuchte solche Veranstaltungen, um mit Leuten ins Gespräch zu kommen, mit denen er beruflich Kontakt aufnehmen wollte.

Sein Kleiderschrank war geräumig, und die Kleidung, die er bei solchen Gelegenheiten trug, hatte er in separate Fächer gelegt. Er besaß Outfits für jede Art von Sportveranstaltung. Seufzend suchte er ein paar Kleidungsstücke aus.

Mit der Baseballcap auf dem schwarzen Haar und einer Sportjacke über dem Pullunder winkte er kurz darauf draußen auf der Straße nach einem Taxi.

»Zum Yankee Stadion, bitte.«

»Robert. Hier.« Sein alter Freund Grant Lloyd hob die Hand und winkte, als Robert hereinkam. »Ich hab gehört, London, da muss man jetzt hin? Und du willst deine Moneten nur noch dort investieren?«

»Ja, London ist im Kommen.« Robert nickte zustimmend. »Viele Amerikaner wollen die Stadt sehen. Unsere Reisen dorthin sind permanent ausgebucht.«

»Ich bin da noch nie gewesen.«

Robert sah ihn mit großen Augen an.

»In Europa überhaupt noch nicht. Ich verweigere es. Schrecklicher Kontinent. Stell dir vor, man bleibt dort hängen. Um Gottes willen. Ich bleibe lieber in Manhattan. Mir gehört ja schon fast die ganze Insel.« Grant lachte laut. Dann blies er den Rauch seiner Zigarette nach oben, bevor er fortfuhr: »Vielleicht sollte ich dich häufiger einsetzen«, meinte er nachdenklich. »Du kennst dich damit aus. Was meinst du? Könntest du dir vorstellen, Geschäfte mit mir zu machen? Dein kleines Unternehmen hat vielleicht Platz für einen weiteren Millionär?« Er hustete.

»Wir werden weiterhin wachsen«, sagte Robert gelassen. »Und Investoren sind immer interessant. Kann ich dich nächste Woche anrufen?«

»Tu das. Ich weiß, dass Europa ein Wachstumsmarkt ist, und will dort gern dabei sein, ohne selbst hinreisen zu müssen«, sagte Grant mit einem Grinsen im Gesicht. »Wie läuft die Hotelbranche? Wäre das ein gutes Investment? Hier habe ich ja das *Park Lane* gekauft, aber das war kein gutes Geschäft. Das werde ich wieder abstoßen, sobald sich eine Gelegenheit bietet.«

Einige Männer scharten sich um sie. Fast alle von ihnen hatten schon viel zu viel getrunken. Andere kümmerten sich nicht mehr um die Männer, sondern hatten kurzerhand junge, hübsche Damen auf dem Schoß. Kein Mucks darüber, was hier passierte, würde nach draußen dringen. Wenn einer den Mund aufmachte, würde er am nächsten Tag draußen in der Kälte stehen. Alles war exakt wie beim letzten Mal, außer dass Grant sich jetzt für Investitionen in London interessierte.

Das hatten sie gemeinsam, dachte Robert lächelnd. Er sprang über drei Stufen gleichzeitig, als er hinunter zur Straße lief und sich wieder ein Taxi rief.

Die alberne Cap warf er in einen Papierkorb draußen vor der Arena. Jetzt hatte er wieder einen Grund, nach London zu fliegen.

Drei Nächte später hatten ihn die Albträume fest im Griff. Er schlief keine Sekunde. Im Morgengrauen glich sein Bett einem Schlachtfeld, sein Herz raste, und sein Rücken war klitschnass. Wie sollte er in diesem Zustand zum Flughafen fahren?

Um auf andere Gedanken zu kommen, verließ Robert die Wohnung am Riverside Drive. Vielleicht sollte er etwas essen? Nicht, dass er hungrig war, doch vermutlich fehlte ihm Energie. Das Café, das er aufsuchte, war voll, aber er fand noch einen Hocker am Fenster. Er zwang sich, beide Pfannkuchen, die er bestellt hatte, aufzuessen, obwohl sie im Mund immer größer wurden. Er spülte sie mit Kaffee und Saft hinunter, dann spazierte er eine schnelle Runde durch den Riverside Park, bevor er zurück nach Hause ging.

Lustlos starrte er aus dem Fenster. Erst rasten ein paar Bilder einfach so vor seinem inneren Auge vorbei, aber dann war es, als wollte sein Hirn mit ihm um die Wette laufen.

Eine Szene nach der anderen tauchte auf. Es war schrecklich. Es musste doch noch andere Bilder in seinem Kopf geben? Er hatte doch auch die Natur fotografiert. Das Meer, die Vögel. Konnte er selbst denn gar nichts steuern? Es war ihm doch jetzt wochenlang gut gegangen.

Aber das war einer dieser Tage, an denen sich der Kopf in der Dunkelkammer befand und nur eine Rolle zu entwickeln war.

Und es gab nichts, was dagegen half.

Der fünfjährige Timothy hatte Robert mit Beschlag belegt, kaum dass er in ihrem Vorort angekommen war, in der Nähe von Liverpool. Timothy war auf seinen Schoß gekrochen und hatte seinen kleinen Körper fest an Robert gedrückt. Vielleicht hatte er gespürt, dass er dort Schutz fand. Sein Papa war an der Front. Die arme Mama hatte drei Kinder, um die sie sich allein kümmern musste. Sie hatten gerade ihr Haus wieder bezogen, das sie verlassen hatten, als der Krieg ausbrach. Die Deutschen hatten Liverpool verschont, es schien ungefährlich, zurückzukommen.

Robert hatte die ganze Familie kennengelernt, und das, was eigentlich eine Durchreise sein sollte, weil er eine Reportage über die britische Landbevölkerung während des Krieges plante, wurde ein Aufenthalt von einem Monat. Der kleine Junge hatte sofort Roberts Herz erobert, und er brachte es nicht fertig, ihn zu verlassen.

Es war der schreckliche Bombenangriff im November 1940, der Robert schlaflose Nächte bereitete. Ganze Viertel wurden dem Erdboden gleichgemacht. Kinder verloren ihre

Eltern. Eine Mutter starb, als sie am Herd stand und Essen kochte. Lehrer, Schulen, Kameraden. Alle ausgelöscht in einem einzigen Angriff.

Robert suchte tagelang mit den anderen Dorfbewohnern, die überlebt hatten, aber Timothy blieb verschwunden. Obwohl man einige Überlebende unter den Trümmern fand, konnte man Roberts kleinen Freund doch nie ausfindig machen. In dieser Nacht starben 160 Menschen.

Robert war derjenige gewesen, der den Jungen in den Schutzraum getragen hatte, als die Bomben kamen. In ein Haus, das dann völlig zerstört wurde. Es war Robert, der ihn beruhigt hatte: »Hab keine Angst, hier bist du sicher«, und dann hatte er ihn dort zurückgelassen und war hinaus auf die Straße gegangen, um zu beobachten, was geschah.

Robert hatte überlebt, aber Timothy hatte er in eine tödliche Falle gesetzt.

Diese Schuld lag seitdem auf seinen Schultern, und er kämpfte täglich darum, sich nichts anzutun. An einem solchen Tag war die Todessehnsucht so stark, dass sie ihm Angst machte, denn er wusste nicht, ob er den Tag überleben würde.

Bald war es zwanzig Jahre her. Die, die wussten, was passiert war, sagten, ihn träfe keine Schuld, es war der Krieg, der schuld war. Das verstand er schon. Doch er hätte diesen kleinen Jungen beschützen müssen. So einfach war das.

22

Linda drehte sich vor dem Spiegel. Das Kleid war gerade geschnitten, was für sie ungewohnt war, doch es war bequem. War es hübsch? Es war auf jeden Fall der neueste Trend, aber das ganz Modische stand ihr nicht immer am besten. Am Ende entschied sie sich für das, was bequem war.

Obwohl draußen schon Frühling war – der April war herrlich gewesen, mit angenehm sommerlichen Temperaturen –, wollte sie eine passende Jacke zu dem ärmellosen Kleid anziehen. Sie suchte in ihrem Kleiderschrank nach der marineblauen Jacke mit den Perlenknöpfen. Da. Sie legte sie über ihre Schultern und betrachtete sich noch einmal im Spiegel. Ja, das ging. Sie fuhr in ihre blauen Seidenpumps, legte den Lippenstift in die Handtasche, schloss die Tür ab und eilte zum Fahrstuhl. Heute würde sie eine Ausnahme machen und während des Tages das Hotel verlassen. Der Grund dafür war Mary, die Einzige, die sie herauslocken konnte.

Sie würden Unmengen von Alkohol trinken, über alle schrecklichen Menschen lästern, die sie kannten, und so war Linda jetzt schon klar, dass es spät werden würde.

Mit schnellen Schritten durchquerte sie die Lobby. Bemerkte einen Fleck auf dem Boden, teilte das noch einem Mitarbeiter an der Rezeption mit und huschte dann durch die Tür, die Charles für sie aufhielt. Er lief vor auf die Straße und winkte ein Taxi für sie heran.

»O Charles, vielen Dank, was täte ich ohne dich«, sagte sie lächelnd. Und sie meinte es so. Alle langjährigen Mitarbeiter waren für das Hotel von unschätzbarem Wert, und Charles' Fingerspitzengefühl war nicht mit Geld zu bezahlen. Die Stammgäste liebten ihn und schätzten seine Kenntnisse über alles, was sich in London abspielte, sehr. Die Arbeit war das Wichtigste in seinem Leben, seit seine Frau vor ein paar Jahren gestorben war, und Linda war überzeugt davon, dass er irgendwann bei der Arbeit das Zeitliche segnen würde, wahrscheinlich, wenn er gerade ein Taxi rief. Doch hoffentlich waren es bis dahin noch viele Jahre. Er war fünfundsechzig, aber fit wie ein Dreißigjähriger.

Als das Taxi an dem neuen Restaurant vorbeifuhr, das dem Flanagans die Gäste stahl, bat sie den Taxifahrer, langsamer zu werden. Sie sah auf die Uhr. Kurz nach der Mittagszeit. Draußen standen immer noch Schlangen.

Sie seufzte. »Jetzt können Sie weiterfahren«, sagte sie und lehnte sich zurück. Sie sollte nicht ständig daran denken, zumindest im Moment nicht.

Mary und sie hatten sich seit dem Abendessen auf ihrem Anwesen nicht mehr gesehen, daher sehnte Linda sich sehr danach, sie wieder zu treffen. Der Tisch im *Criterion* war schon vorbereitet, und Linda setzte sich so, dass sie den Eingang sehen konnte. Wie immer würde Mary einen Auftritt hinlegen, wenn sie zur Tür hereinkam, und den wollte Linda keinesfalls verpassen.

Sehr überrascht nahm Linda deshalb wahr, wie Mary kurz darauf das Restaurant betrat. Mary, die Aufmerksamkeit liebte, trug eine große, dunkle Sonnenbrille und wirkte, als wolle sie keinesfalls gesehen werden. Als sie Linda entdeckte, flitzte sie vor zu ihrem Tisch und ließ sich auf den Stuhl gegenüber sinken.

Der Keller stand gleich da.

»Gin Tonic, bitte.« Mary legte langsam die Sonnenbrille ab, dann sagte sie: »Mit so wenig Tonic wie möglich, wenn Sie verstehen, was ich meine.«

»Gut«, sagte Linda und lächelte. »Dann für mich bitte das Gleiche.«

Mary zündete sich eine Zigarette an, und bevor sie ein Wort sprach, zog sie zweimal tief daran. Dann beugte sie sich über den Tisch.

»Ich habe einen Geliebten gehabt. Zumindest fast«, raunte sie.

Linda hustete. »Du hast was?«

Mary seufzte schwer. »Du hast richtig gehört. Deine Freundin ist jetzt eine gefallene Frau.« Sie legte ihr Chanel-Tuch auf dem Stuhl neben sich ab. Dann schälte sie sich aus ihrer hüftlangen Jacke. »Mein Körper hat das Zölibat einfach nicht mehr ausgehalten, und als dieser Mann mich so verführte, konnte ich einfach nicht Nein sagen. Na ja, am Ende hab ich doch Nein gesagt, aber da war ich schon fast nackt«, gestand sie.

»Aber liebste Mary. Sehr glücklich siehst du nicht aus.«

»Bin ich auch nicht. Ich bin tief unglücklich.« Sie seufzte. »Was soll ich tun? Hilf mir«, sagte sie. »Ich halte es nicht aus, nur in diesem Schloss zu hocken und Ehefrau zu sein. Aber ich liebe meinen Mann und meine Familie, gehe durchs Feuer für sie. Ich will sie nur nicht 24 Stunden am Tag um mich haben. Und ich will Sex«, flüsterte sie. Sie sah aus, als würde sie jeden Moment in Tränen ausbrechen. Linda wusste nicht, ob sie ihre Freundin jemals so verzweifelt gesehen hatte.

»Und du glaubst, dass ein Liebhaber eine gute Idee ist? Wer ist es eigentlich, oder will ich das lieber nicht wissen?«

»Das willst du ganz bestimmt nicht wissen. Außerdem war es eine einmalige Geschichte. Ich fühlte mich miserabel, obwohl ich nicht mal den letzten Schritt gewagt habe. Kann ich nicht ein paar Tage pro Woche bei dir in der Spülküche helfen? Das würde mich bestimmt auf andere Gedanken bringen.«

Ihre Getränke wurden serviert, Mary bot Linda eine Zigarette an, und sie tranken und rauchten und schwiegen. Im Glas war wirklich sehr viel Gin und sehr wenig Tonic, exakt so, wie Mary es bestellt hatte, und ihre Freundin spülte es runter wie Saft. Linda runzelte die Stirn. Dann nahm sie Mary das Glas aus der Hand. »Wenn du so weitertrinkst, muss ich dich raustragen. Es ist vielleicht besser, wenn wir überlegen, wie dein Leben glücklicher wird.«

Mary drückte ihre Zigarette aus und zündete sich sofort die nächste an.

»Gut. Dann mach einen Plan für mich«, sagte sie und nickte. »Ich verspreche, ich werde mich daran halten. Ansonsten habe ich Angst, dass ich mit ... mit deinem Cousin ins Bett gehe.« Sie schlug die Augen nieder, bevor sie wieder zu Linda aufsah. Mit ängstlichem Blick.

Linda starrte sie an. »*Sebastian*? Bist du verrückt?«

»Viel schlimmer, Schatz. Laurence.«

Linda hielt abwehrend die Hände hoch. »Jetzt wart mal. Willst du sagen, dass du fast mit Laurence Lansing geschlafen hast?« Das war doch nicht möglich! Ihre beste Freundin mit ihrem übelsten Feind? Das konnte nur ein Scherz sein.

Es überstieg Lindas Vorstellungsvermögen, dass ein einziger Mensch das Bedürfnis hatte, Laurence so nahe zu kommen, aber sie würde nicht zulassen, dass das ihre Freundschaft mit Mary kaputt machte. Immerhin hatte sie es zugegeben, und das ehrte sie. Hätte Linda es von anderer Seite gehört, wäre sie sehr enttäuscht gewesen. Jetzt war es mehr eine Art Fehlgriff. Es würde nie wieder geschehen. In einem Monat würden sie darüber lachen.

»Ja, und ich schäme mich in Grund und Boden. Nächste Woche reise ich mit den Kindern nach Frankreich. Versprich mir, dass du mitkommst, und dass du mir diesen dummen Fehltritt verzeihst. Ein paar Tage Sonne, Strand und gutes Essen. Bitte«, flehte Mary sie an.

»Nur deine Familie und ich?«

Mary nickte. »Ich verspreche, ich schwöre es. Archie wird in Monaco sein, beim Grand Prix, also sind wir nur zu zweit. Dein Zimmer ist schon fertig.«

»Ich werde darüber nachdenken. Wie lange bleibt ihr an der Riviera?«

»Mein Mann möchte den ganzen Sommer lang bleiben,

aber ich werde zwischendurch wohl mal einen Abstecher machen. Mein Spüljob, weißt du.« Sie lächelte traurig.

Linda nickte. »Natürlich.«

»Verzeihst du mir?« Mary sah sie mit großen Augen an. »Meine Liebe, bitte sag, dass du mir verzeihst.«

Linda nickte. Sie hatte eigentlich mit Mary darüber reden wollen, dass Fred wieder aufgetaucht war, aber das musste sie jetzt vertagen. Vielleicht konnte sie das Thema bei einem Besuch an der Riviera anschneiden.

Das Zugabteil war bequem und die Aussicht nicht schlecht. Linda saß am Fenster, hatte schon eine Tasse Kaffee getrunken, aber in ihrem Buch noch nicht eine Seite gelesen. Stattdessen war sie mit den Gedanken beim Flanagans. Sie machte sich keine ernsthaften Sorgen, aber mehr Einbußen bei den Restaurantbuchungen konnten sie nicht verkraften. In den nächsten zehn Jahren standen Renovierungen an, daher mussten die Umsätze stabil bleiben, das hatte ihre Bank bereits signalisiert.

Sie seufzte, beschloss, nicht mehr an die Arbeit zu denken, und ging auf den Gang, um eine Zigarette zu rauchen. Es tat gut, sich die Beine zu vertreten.

Der Zug fuhr gerade mitten durch Frankreich, als sie aufeinanderstießen. Sie bewegten sich beide rückwärts, als sie zusammentrafen, und Linda spürte selbst, wie ihr die Kinnlade runterfiel, als sie sah, mit wem sie da kollidiert war.

»Robert *Winfrey*«, rief sie erstaunt.

Er starrte sie nur an. »Linda Lansing.« Ein Lächeln zog

über sein Gesicht. »Was für eine Überraschung.« Er beugte sich zu ihr und küsste sie auf die Wangen.

Sie war nicht so überrascht wie er. Natürlich hatte Mary das wieder eingefädelt.

»Vielen Dank für die Blumen«, sagte sie dann. »Das war sehr nett, wenn man bedenkt, was du von mir zu hören bekommen hast.«

Er nickte zu dem Abteil, aus dem er gekommen war. »Komm doch rein. Ich lade dich auf ein Glas ein, dann können wir vielleicht darüber reden.«

Sie musste also Rede und Antwort stehen, da kam sie nicht drum herum, und als er den Kopf einzog, weil die Tür so niedrig war, und im Abteil verschwand, folgte sie ihm.

»Hast du etwas dagegen, wenn ich die Tür schließe?«, fragte er.

Sie schüttelte den Kopf.

»Setz dich doch«, sagte er und zog die Tür zu. »Was möchtest du trinken? Ich habe Whisky, Whisky und noch mehr Whisky.«

»Drei Finger breit ohne Eis«, sagte sie automatisch.

Er schenkte zwei Gläser ein und reichte ihr eines.

»Ich hab viel an dich gedacht«, sagte er aufrichtig. »Und du?«

Sie hustete kurz und trank einen Schluck. Dann nickte sie. »Ja, ich hab an dich gedacht, weil mir klar geworden ist, dass ich mich ziemlich blöd verhalten habe, meinst du das?«

»Nein, das meinte ich nicht«, antwortete er mit einem Lächeln im Gesicht.

»Dann habe ich nicht an dich gedacht«, erwiderte sie grinsend.

Wäre sie eine normale Frau gewesen, hätten sie diese ästhetischen Hände, die jetzt das Glas hielten, verwirrt. Ebenso die dunklen Augen und der perfekte Haaransatz. Und sein Lächeln wäre ihr nicht mehr aus dem Kopf gegangen.

Aber sie war ja nicht normal.

»Irgendetwas hast du, das ...« Er brachte den Satz nicht zu Ende, stattdessen hielt er ihr eine Zigarettenschachtel hin.

Sie betrachtete ihn, während er sein Feuerzeug herausholte. Sie rauchten schweigend, während die ausgetrocknete Landschaft an ihnen vorbeizog. Das leichte Rütteln des Zuges war angenehm. Sie war völlig entspannt, trotz seiner Anwesenheit. Als sie ihr Glas geleert hatte, schenkte er sofort nach.

»Möchtest du vielleicht hier sitzen, dann kannst du vorwärtsfahren? Ich kann das Bett hochklappen«, sagte er kurz darauf.

»Nein, danke, sehr lieb, aber ich sitze hier gut«, antwortete sie.

Sie lehnten sich zurück, den Whisky und die Zigarette in der Hand. Manchmal sahen sie sich an, und erstaunlicherweise spürte Linda etwas. Das war sehr ungewohnt, aber zur Abwechslung sehr willkommen.

Hass und Wut waren die Gefühle, mit denen sie sich zurzeit besser auskannte. Und natürlich fühlte sie sich Mary und ihrem Personal verbunden. Aber ansonsten war ihr Seelenleben wie eingefroren. Ihr fehlte mittlerweile die Geduld, ihre Zuversicht war dahin, und wenn irgendein Mann Interesse an ihr zeigte, dann machte sie schnell und eindeutig klar, dass er nicht willkommen war.

Jetzt saß sie da und genoss den Blickkontakt zu ihm. Darüber konnte man sich doch wirklich freuen?

Natürlich wusste sie, worauf er hinauswollte. Sie wusste auch, dass Mary sie einmal mehr an der Nase herumgeführt hatte. Aber sie wäre ja auch blöd gewesen, nicht damit zu rechnen, bevor sie sich auf die Reise begeben hatte.

Einige Male war sie so betrunken gewesen, dass sie tatsächlich mit einem der Männer, die Mary ihr vorgestellt hatte, ins Bett gegangen war. Aber nur, wenn sie Marys Familie an der Riviera besucht hatte, und nur mit Ausländern, die sie nicht kannten. In London war sie viel zu bekannt, und das Gerede wollte sie sich ersparen.

Sie blickte zu Robert auf, der gerade in dem Moment den Kopf drehte und ihr in die Augen sah.

»Miss Lansing, was mache ich nur mit dir?«, sagte er leise.

Sie sah ihn fragend an. »Wie meinst du das?«

»Ich habe ganz unerklärliche ... Gefühle.« Er starrte sie an, als würde er nun irgendeine Antwort erhalten. »Und ich habe sonst nie Gefühle.«

Sie lächelte. »Aber die hat doch jeder Mensch.«

Energisch schüttelte er den Kopf. »Nein, ich nicht. Ich bin meist wie auf null gestellt. Aber du berührst mich.«

Der Impuls, seinem intensiven Blick zu entfliehen, war

stark, doch sie widerstand. Was er gerade gesagt hatte, war ihr nur zu gut bekannt, und es weckte ihre Neugier.

»Damit kenne ich mich aus«, sagte sie und nickte.

»Dann weißt du, wie selten es vorkommt, dass man etwas für einen anderen Menschen empfindet«, fuhr er leise fort. Seine Augen wechselten die Farbe, wurden noch dunkler. Er beugte sich vor. »Ich habe Gefühle für dich.«

Ihr Mund wurde mit einem Mal ganz trocken, und sie griff nach ihrem Glas. Der Alkohol brannte in ihrem Rachen, das tat gut. Sie nahm noch einen Schluck, dann stellte sie das Glas wieder hin. Im Abteil war es warm. Jetzt täte ein Glas Wasser gut. Sie befeuchtete ihre Lippen.

Es war, als könne er Gedanken lesen. »Möchtest du Wasser?« Er stand auf und holte die große Glasflasche aus einem Halter, der an der Wand befestigt war.

Sie nickte und beobachtete, wie mit jeder Bewegung die Muskeln unter seinem Hemd spielten. Ein Bild tauchte vor ihren Augen auf, wie er wohl unbekleidet aussehen musste, und als er sich zu ihr umdrehte und ihr ein Glas reichte, hatte sie die Fantasie noch immer im Kopf. Sie musste lachen.

»Was ist los?«, fragte er und reichte ihr das Wasser.

»Nichts, vielen Dank.« Sie trank gierig, und er sah ihr dabei zu.

»Noch eins, bitte«, sagte sie und hielt ihm das Glas wieder hin, und als er ihr den Rücken zukehrte, konnte sie wieder seine Muskeln bestaunen. Sie legte den Kopf etwas schräg, ließ ihren Blick nach unten zu seinem Po wandern. Er war wirklich überall muskulös.

Und sie war jetzt *wirklich* nicht mehr nüchtern und sollte auf der Stelle ihr Abteil aufsuchen, denn jetzt ging ihre Fantasie mit ihr durch. Ein nackter Mann. *Wann* hatte sie zuletzt solche Fantasien gehabt?

Sie beschloss, dass es an der Zeit war zu gehen. »Ich bin immer noch nicht dazu gekommen zu erklären, warum ich damals so unfreundlich war«, sagte sie. »Aber glaube mir, es hängt nur damit zusammen, dass Mary immer versucht, mich zu verkuppeln. Das hatte gar nichts mit dir zu tun, du bist mir sehr sympathisch«, erklärte sie und stand auf. Sie schwankte leicht, als der Zug in eine Kurve fuhr, und Robert reagierte auf der Stelle.

»Ich begleite dich«, sagte er entschlossen.

»Es ist gleich um die Ecke«, sagte sie. »Das schaff ich allein.«

»Ganz sicher nicht«, insistierte er und fasste sie am Arm. Seine gebräunte Hand sah auf ihrer sommersprossigen hellen Haut lustig aus, dachte sie. Aber sie zog den Arm nicht weg. Seine Hand war angenehm warm.

Vor ihrer Tür küsste er ihre Wange. Dann auch die andere. Danach die erste noch einmal.

»In Amerika küssen wir immer zehn Mal«, flüsterte er.

Sie ließ ihn gewähren. Und als der zehnte Kuss ganz sanft auf ihren Lippen landete, wollte sie, dass er nie zu Ende ging.

Als sie am nächsten Morgen aus dem Zug stieg, war sie voller Vorfreude. Sie hatte überhaupt nichts dagegen, dass Robert Winfrey auch bei Mary eingeladen war, und sie sah sich im Abteil nach ihm um.

Nach dem Kuss hatten sie sich getrennt. Eine Sekunde später hatte es an ihrem Abteil geklopft.

Er hatte den Kopf hineingesteckt. »Wir sehen uns wieder, Linda Lansing«, hatte er gesagt, und ihr Herz hatte laut gepocht.

Da war Mary. Sie winkte. »Du Früchtchen«, sagte sie grinsend, als sie sich zur Begrüßung umarmten. »Aber es ist nicht schlimm, Robert und ich hatten eine sehr angenehme Zugfahrt.«

»Robert Winfrey? War er auch im Zug?«

»Jetzt stell dich nicht dumm«, rief Linda lachend. »Ich kenne dich.«

»Er ist nicht eingeladen«, entgegnete Mary. »Es ist so, wie ich gesagt habe. Diesmal sind wir ganz unter uns.«

Verdutzt sah Linda sich auf dem Bahnhof um, und ihr wurde klar, dass Robert wohl mit dem Zug weiterfuhr. Die Enttäuschung war groß. Jetzt hatte sie sich gerade darauf gefreut, mit ihm ... aber vielleicht war das gut so. Sie setzte wieder ein Lächeln auf und drehte sich zu Mary um.

»Und ich habe nicht vor, mich in der Öffentlichkeit sehen zu lassen«, fuhr Mary fort. »Dein Cousin ist in der Stadt.«

23

Sie verbrachten ein paar herrlich entspannte Tage unter einem Sonnenschirm unterhalb von Marys »kleinem Sommervergnügen«, womit sie die große, weiß verputzte Villa mit dazugehörigem Muschelstrand nicht weit von Cannes entfernt meinte. Der Lord war mit Freunden auf dem Golfplatz, und Linda und Mary konnten sich ungestört unterhalten.

»Dass Fred die Frechheit besitzt«, sagte Mary, als Linda die Neuigkeit erzählt hatte. »Was denkt er sich wohl, dass du ihm um den Hals fällst?«

»Er hat gemeint, er wollte mir etwas erzählen.«

»Wenn ich du wäre, würde ich mich weigern, mit ihm zu sprechen.«

»Meinst du nicht, ich sollte mir anhören, was er zu sagen hat?«

Mary schüttelte energisch den Kopf. »Nein, der Mann hat so viele Jahre in deinem Leben herumgespukt, dass er keinen Zutritt mehr bekommen darf.«

»Aber das Gespenst verlässt mich vielleicht endlich, wenn ich ihn wiedersehe?«

Mary zündete sich noch eine Zigarette an. »Du entscheidest natürlich selbst, was du tust, Darling, aber dann musst du wahnsinnig vorsichtig sein, versprich mir das.« Sie zog den Aschenbecher zu sich, der auf dem Tisch stand.

Linda nickte. »Das verspreche ich.«

Sie sonnten sich noch ein Weilchen. Erst beim Mittagessen sprach Mary das Problem an, das sie plagte. Sie spielte mit dem Gedanken, ihrem Mann von ihrem Seitensprung zu erzählen.

»Aber ist das denn wirklich nötig, wenn es bei einem Mal geblieben ist? Und du die letzte Konsequenz doch auch verweigert hast?«, sagte Linda.

»Ich bin keine Lügnerin, ich hatte fast nichts mehr an. Das ist doch genauso schlimm.«

»Denk bitte trotzdem noch einmal darüber nach.«

Was hätte Linda selbst in dieser Situation getan? Das war schwer zu sagen, und daher wollte sie auch nur ungern Ratschläge erteilen.

»In den kommenden Tagen werde ich darüber nachdenken«, sagte Mary.

Linda dachte nicht mehr an Fred, sie ließ einfach alles auf sich zukommen. Stattdessen kreisten ihre Gedanken unentwegt um Robert Winfrey. Wenn sie nicht an seine Haare dachte, dann waren es seine weichen Lippen. Sie war so überzeugt gewesen, dass Mary wieder ein Komplott geschmiedet hatte, dass sie ihn gar nicht gefragt hatte, wohin er eigentlich reiste. Der Kuss war perfekt gewesen, so wie es nur heimliche Küsse sind, und immer wieder ertappte sie sich bei dem Gedanken, dass sie wünschte, er wäre mit ihr aus dem Zug gestiegen.

Sie versuchte wirklich, sich diese Gedanken aus dem Kopf zu schlagen. Schließlich wusste sie es besser.

Langsam stromerte Linda durch die schmalen Gassen in der Altstadt von Cannes und genoss es, keine Termine zu haben. In einer wunderbar duftenden Boutique kaufte sie für sich ein Halstuch und für Mary einen Sarong. Sie fand ein Brettspiel für die Zwillinge und nahm sich fest vor, mit ihnen später am Abend auch eine Runde zu spielen.

Die meisten Menschen um sie herum waren paarweise unterwegs. Mann und Frau. Frau und Frau. Zwei Männer, die versuchten nicht aufzufallen, denen man aber ansah, dass sie sich mochten. Nirgendwo sah sie Frauen allein. Und obwohl sie sowohl Hut als auch Sonnenbrille trug, hatte sie das Gefühl, alle starrten sie an. In London war das ganz anders, da war man auf dem Weg zur Arbeit oder nach Hause, aber hier war jeder im Urlaub, meist mit der Familie. Die Einsamkeit wurde mit einem Mal viel sichtbarer. Würde sie lieber mit einem Mann, der sie im Arm hielt, durch die Gassen schlendern? Einer, der ihr ein kleines, kitschiges Souvenir kaufte? Dieser Kuss … Sie schüttelte sich wach. Das war nicht ihre Welt.

Die Affäre mit Fred hatte viel verändert. Sie war viel zu naiv gewesen und auf ihn hereingefallen, und wohl oder übel musste sie sich eingestehen, dass da noch immer ein Stachel war, der ihr diktierte, wie sie ihr Leben lebte.

Denn seit dieser Nacht mit Fred hatte sie es sich nicht

mehr erlaubt, Liebe zu empfinden. Bei Andrew hatte sie Geborgenheit gesucht, und die hatte sie bekommen. Sie hatte Zärtlichkeit und Nähe gespürt, aber Liebe war es nicht gewesen. Und es war unendlich tragisch, dass Fred derjenige gewesen war, der das bekommen hatte, was sie zu geben imstande gewesen war.

Weiter vorn war der Marktplatz, und Linda beschleunigte ihr Tempo, um dorthin zu gelangen, wo mehr Leute unterwegs waren. Ihr war, als würde sie dieses intime Flair der romantischen Gassen und die Paare, die sich so verliebt ansahen, aus dem Gleichgewicht bringen.

Ihr Magen knurrte. Ein Toast und ein Kaffee waren jetzt das, was sie brauchte. Sie stellte sich vor, im Schatten zu sitzen, ihr Buch in die Hand zu nehmen und dann das pralle Leben hinter dem Einband ihres Romans zu genießen.

Mary hatte geglaubt, Linda sei krank, als sie gestern das Glas Wein abgelehnt hatte. Aber im Moment musste sie klar denken können und hellwach sein. Sie hatte keinerlei Lust auf Alkohol.

»Danke«, sagte sie zum Kellner, als er ihre Bestellung brachte. Sie nahm die Sonnenbrille ab und legte sie auf den Tisch. Die Sonnenstrahlen gelangten kaum unter die Markise des Restaurants, sodass das Licht nicht zu grell war. Eine leichte Brise machte die Luft angenehm.

Die Menschen an der Riviera schienen die einfachen Dinge des Lebens zu schätzen. In Marys Dorf spielte man Boule, versammelte sich vor dem Fernseher oder las Bücher auf der Veranda. Man sprang morgens und abends ins Wasser, und zwischendrin legte man sich in die Sonne, um ein bisschen Farbe zu bekommen. Linda schloss die Augen und holte tief Luft. Das war ein Gefühl von Frieden.

Sie legte den Toast auf den Teller zurück, als sie sich am Käse die Zunge verbrannte. Sie konnte auch noch einen Moment warten, nichts drängte sie. Was für ein schöner Tag. Bald fuhr sie wieder nach London, aber so lange wollte sie jeden Augenblick genießen.

»Wie war der Urlaub, Miss Lansing?«, fragte Alexander, der allein an der Rezeption war, als sie zurück ins Flanagans kam.

Die Zugfahrt war furchtbar langweilig gewesen, und sie hatte sich nach Hause gesehnt, sobald der Zug den Bahnhof verlassen hatte. Das Bett im Abteil war unbequem, das Kopfkissen knotig, und der Zug hatte schlimmer als sonst geruckelt. Die Hinfahrt hatte ihr besser gefallen.

Ich fühle etwas für dich. Bei dem Gedanken an Roberts Worte brannte etwas in ihr. *Es ist sehr gut möglich, dass ich auch etwas für dich fühle,* dachte sie überrascht.

Aber jetzt war sie wieder in ihrem Hotel, und vor ihr lagen wie gewohnt Unmengen von Arbeit. Sie würde sich eine Weile ausruhen, bevor sie sich auf die Papierstapel stürzte, die ganz sicher im Büro auf sie warteten. Ihr stand ein langer Tag bevor.

Sie sah Alexander an. »Danke, es ist wunderbar, wieder da zu sein«, antwortete sie. »Heute scheint es ruhig zu sein?«, fragte sie ihn und sah sich um. Sie warf einen Blick auf die Uhr: Genau zwischen An- und Abreise, daher war das eigentlich nichts Besonderes, doch sie hatte immer gern

Menschen in der Lobby. Es gefiel ihr am besten, wenn sie die Treppe herunterkam und sie auf dem Weg zum Ausgang Zickzack um die vielen Gäste laufen musste, die im Weg standen.

»Bald ist Teezeit, die werden schon kommen.«

»Wollen wir es hoffen«, sagte sie. Dann lächelte sie etwas gequält. Sie wollte das Personal nicht spüren lassen, dass sie sich Sorgen machte.

Als sie die Tür zu ihrem Appartement aufschloss, atmete sie auf.

Eine Viertelstunde später hatte sie ihre Sachen ausgepackt, sich ausgezogen und es sich in ihrem bequemen Bett gemütlich gemacht, aber die leere Lobby ging ihr nicht aus dem Kopf, sodass sie nicht so abschalten konnte, wie sie es gebraucht hätte. Seufzend setzte sie sich auf, weiter kam sie nicht. Sie sollte sich Stifte und Papier holen, doch beides lag auf dem Schreibpult im Wohnzimmer, und im Moment war es ihr einfach zu anstrengend aufzustehen.

Über einige Dinge, die das Hotel betrafen, musste sie sich Klarheit verschaffen. Waren die Belegungszahlen niedrig, verglichen mit denen des letzten Jahres? Der Mai war in der Regel kein schlechter Monat, wenn auch nicht proppenvoll mit Übernachtungsgästen. Oder war es noch immer nur das Restaurant, das Probleme machte? In dem Fall ließe sich ja etwas machen. Sie musste mit dem Küchenchef noch einmal reden. Fehlten Ideen und Visionen in der Küche? War ihr Chef Duncan nicht mehr so motiviert wie früher? Sie hatte ihn die vielen Jahre behalten, weil sie es nicht übers Herz brachte, sich von Mitarbeitern zu trennen, die lange für ihren Vater gearbeitet hatten, in solchen Fällen bekamen sie andere Arbeitsplätze bis zu ihrer Pensionierung, aber sie nahm an, dass ihr da nicht viel einfallen würde. Ein Küchenchef, der nicht analysieren konnte, warum sein Restaurant Gäste verlor, war schwer zu halten. In dem Fall würde sie sich nach einem jüngeren Koch umschauen müssen, der die Bedürfnisse seiner Gäste nach neuen, spektakulären Gerichten erkannte.

Mit einem Seufzer stellte sie die Füße auf den Boden. Arbeiteten sie in der Küche unter schlechten Bedingungen? Brauchten sie ganz einfach einen höheren Etat? Heute wusste sie, dass der Küchenchef Duncan haushalten musste. Jede Abteilung in ihrem Hotel musste ihre Kosten wieder einspielen. Sie musste unbedingt die Budgets überprüfen. Eventuell war es erforderlich, sie anzupassen. Sie zwang sich, zum Kleiderschrank zu gehen. Obwohl sie noch todmüde war, musste sie sich jetzt umziehen und ins Büro gehen, das war allemal besser, als hier zu liegen und zu grübeln.

Sie entschied sich für eins der dunkelblauen Kostüme mit dem Hotelemblem. Dazu wählte sie eine Bluse mit dezentem Ausschnitt. In Frankreich hatte sie Farbe bekommen, es wäre schade, sie unter einem hochgeschlossenen Oberteil zu verbergen. Sie streifte die Strümpfe über, befestigte sie am Strumpfhalter, dann zog sie den Slip an. Ziemlich sexy, dachte sie ernüchtert und nahm den Rock vom Bügel. Eigentlich trug sie sonst Strumpfhosen wie alle anderen Frauen auch. Aber so war es luftiger, immerhin war es ein warmer Tag. Sie zog den Reißverschluss des Rocks hoch derselbe Blondschopf, der früher schon den Eindruck erweckt hatte, er sei erst um die dreißig.

»Darf ich?«, fragte er und zeigte auf den Stuhl.

»Bitte.«

Er räusperte sich. »Da sitzen wir jetzt, zehn Jahre später.« Er beugte sich vor, stemmte die Hände auf den Schreibtisch. Früher hatte sie seine Hände geliebt. Sie waren so stark und energisch, und sie wurde zu Wachs, wenn er sie berührte.

»Was willst du, Fred?«

»Ich will eine Erklärung, was passiert ist.«

Sie sah ihn erstaunt an.

»Du willst eine Erklärung? Interessant. Zehn Jahre sind vergangen, wenn du deswegen hier bist, kannst du gleich wieder gehen.«

»Du wolltest mit mir nichts mehr zu tun haben, du bist weggelaufen und hast einen anderen geheiratet, hast du nicht gewusst, dass du mir das Herz gebrochen hast? Nur weil ich bei meinem alten Freund aus Eton ins Auto gestiegen bin?«

Sie lachte auf. Jetzt saß er tatsächlich da und beschuldigte *sie*? Zudem hatte er nie erwähnt, dass er Eton besucht hatte. Im Gegenteil, er war eher verschlossen und voller Widersprüche gewesen. Er war ein Blender. Damals wie heute.

Er fuhr fort: »Aber mittlerweile habe ich auch begriffen, dass Laurence ein Mistkerl ist, und kann jetzt nachvollziehen, was du dir damals gedacht hast«, sagte er. Er legte den Kopf schräg und sah ihr in die Augen. »Aber, Schatz, glaub mir, ich hatte nicht die geringste Ahnung, was er im Schilde derselbe Blondschopf, der früher schon den Eindruck erweckt hatte, er sei erst um die dreißig.

»Darf ich?«, fragte er und zeigte auf den Stuhl.

»Bitte.«

Er räusperte sich. »Da sitzen wir jetzt, zehn Jahre später.« Er beugte sich vor, stemmte die Hände auf den Schreibtisch. Früher hatte sie seine Hände geliebt. Sie waren so stark und energisch, und sie wurde zu Wachs, wenn er sie berührte.

»Was willst du, Fred?«

»Ich will eine Erklärung, was passiert ist.«

Sie sah ihn erstaunt an.

»Du willst eine Erklärung? Interessant. Zehn Jahre sind vergangen, wenn du deswegen hier bist, kannst du gleich wieder gehen.«

»Du wolltest mit mir nichts mehr zu tun haben, du bist weggelaufen und hast einen anderen geheiratet, hast du nicht gewusst, dass du mir das Herz gebrochen hast? Nur weil ich bei meinem alten Freund aus Eton ins Auto gestiegen bin?«

Sie lachte auf. Jetzt saß er tatsächlich da und beschuldigte *sie*? Zudem hatte er nie erwähnt, dass er Eton besucht hatte. Im Gegenteil, er war eher verschlossen und voller Widersprüche gewesen. Er war ein Blender. Damals wie heute.

Er fuhr fort: »Aber mittlerweile habe ich auch begriffen, dass Laurence ein Mistkerl ist, und kann jetzt nachvollziehen, was du dir damals gedacht hast«, sagte er. Er legte den Kopf schräg und sah ihr in die Augen. »Aber, Schatz, glaub mir, ich hatte nicht die geringste Ahnung, was er im Schilde führte. Er freute sich für uns, das hat er damals gesagt. Er sah mir an, dass ich glücklich war.«

»Was willst du, Fred?«

Er sah traurig aus. »Ich will wissen, warum du mir nicht vertraut hast, mir meine Liebe nicht geglaubt hast. Die einzige Erklärung, die mir in den Sinn kommt, ist, dass dein Hass auf ihn größer war als die Liebe zu mir.«

Vor zehn Jahren hätte sie ihn mit Küssen getröstet. Dass ihr Mund seinen jemals berührt hatte, war heute ein sonderbarer Gedanke. Dass diese Hände sie ausgezogen hatten und sie es so genossen hatte ...

Sie räusperte sich. »Schon möglich«, antwortete sie. »Haben wir das dann abgehakt?« Sie wünschte sich wirklich sehr, dass er ihr Büro möglichst bald wieder verließ.

»Hat er dich so geliebt wie ich?«, fragte er leise. »Hat er dir Genuss verschafft? Der alte Mann? Eklig, kann ich nur sagen. Wie konntest du nur?« Seine Faust kam auf dem Schreibtisch auf. »Danach bin ich aus England weggegangen, ich habe es einfach nicht ausgehalten, im selben Land wie du und der Alte zu sein.«

»Jetzt reicht es!«, rief sie verärgert und sprang auf. »Was erlaubst du dir? Ich will kein schlechtes Wort mehr über Andrew hören, der für mich da war, als es mir so schlecht ging.«

Er sah ihr ins Gesicht. »Hab ich dir so wehgetan?«

»Überschätz dich nicht«, sagte sie verärgert. »Ich habe meine Großmutter verloren, und der einzige Mensch, der sich da um mich gekümmert hat, war Andrew. Danke, dass du gekommen bist, aber jetzt solltest du gehen.«

Langsam erhob auch er sich. »Willst du nicht wissen, was ich über Laurence weiß? Vielleicht kann das, was ich zu erzählen habe, beweisen, dass ich unschuldig bin.«

Sie seufzte und nickte kurz. Wenn er etwas Neues wusste, wollte sie es hören, auch wenn das zwischen ihnen beiden nichts ändern würde.

»Er wird dir anbieten, ihm seinen Teil vom Hotel abzukaufen«, sagte Fred. »Ich bin ihm vor ein paar Tagen über den Weg gelaufen, da hat er mir das erzählt.«

»Warum sollte er das tun? In den letzten Jahren hat er alles darangesetzt, mich von meinem Platz zu vertreiben?«

»Er will neu bauen. Weiter unten in der Straße. Du kennst doch das Restaurant, das gerade so hip ist? Laurence und ein paar andere stecken dahinter. Über dem Restaurant soll nun noch ein Hotel entstehen. Er will dich in den Konkurs treiben, indem er dir die Gäste wegnimmt.« Er verstummte. »Sie wollen es *Flanagans New* nennen.«

Sie wusste sofort, dass Fred die Wahrheit sagte. Kalte Schauer überkamen sie. Natürlich. Nichts würde sie mehr freuen, als ihren Cousin auszulösen, doch sowohl sie als auch er wussten, dass sie sich das nie leisten konnte. Im Moment waren die alten Schulden noch extrem hoch, und erst seit diesem Jahr tilgte Linda nach und nach die Schulden, die das Hotel noch bei Laurence und Sebastian hatte.

Solange Laurence etwas am Hotel lag, hatte sie sich keine Sorgen gemacht. Wenn das stimmte, was Fred erzählte, dann stand ihnen eine riesige Katastrophe bevor. Ihre Cousins hatten Einfluss und Mittel, solch einen Hotelbau umzusetzen.

Im Kampf zwischen ihnen war es immer um das *alte* Flanagans gegangen.

Jetzt gab es einen völlig neuen Schauplatz, und zum ersten Mal beschlich Linda das Gefühl, das Flanagans gleite ihr aus den Händen, ohne dass sie dem irgendetwas entgegenzusetzen hatte.

Laurence wollte sie ruinieren.

24

Elinor zog sich an. Sie musste sich beeilen, um zur Teezeit fertig zu sein. Noch einmal beugte sie sich zu ihm und küsste ihn auf die Wange. »Danke, war schön«, sagte sie lächelnd.

»Ich habe zu danken.« Er lag auf der Seite, die Bettdecke reichte gerade so bis zu seiner Hüfte. Sein Brustkorb war von Haaren bedeckt. »Verliebst du dich nicht langsam ein bisschen in mich?«, fragte er.

»Weil du so verliebt in mich bist?«, entgegnete sie und beugte sich hinunter, um ihre Schuhe zu binden.

»Mir gefällt der Gedanke nicht, dass du einen anderen haben könntest.« Sein Blick war jetzt anders, nicht mehr so schelmisch wie sonst.

»Ich habe keinen anderen«, erwiderte sie. Sie beugte sich hinunter zu der Strickjacke, die er ihr von den Schultern genommen und auf den Boden geworfen hatte. Sie schüttelte sie aus, damit der Staub abfiel. Am saubersten Ort im Hotel befanden sie sich auch diesmal nicht. »Aber vielleicht hätte ich Lust dazu. Jemanden, der sich traut, sich mit mir öffentlich zu zeigen, weil du das nicht kannst.«

»Eines schönen Tages kann ich das«, sagte er und drehte an seinem Ring, wie immer, wenn er seine Gefühle für sie in Worte fasste.

»Wenn's so weit ist, sag Bescheid. Dann überlege ich mir, ob ich mich in dich verlieben will«, antwortete sie lachend und öffnete vorsichtig die Tür. Durch den Spalt sah sie, dass die Luft rein war. Sie huschte hinaus und schloss die Tür hinter sich.

Sie rannte zur Treppe, wo sie sich an die weiße, kalte Wand lehnte und tief durchatmete. Eigentlich sollte sie mit ihm Schluss machen, doch er hatte so etwas Warmherziges an sich, dass sie es nicht übers Herz brachte. Manchmal glaubte sie fast, dass sie gerade dabei war, sich heftig in ihn zu verlieben. Wenn er sie liebte und ihr dabei tief in die Augen sah, wurde ihr heiß und kalt, und wenn er sie zärtlich küsste, kamen ihr fast die Tränen.

Aber dann sahen sie sich auch wieder eine Zeit lang nicht, und das Gefühl rückte in den Hintergrund. In diesem Moment dachte sie mitunter, vielleicht sollte sie einem anderen eine Chance geben. Auf der anderen Seite war ihr Arrangement auch wieder perfekt.

Für ihre Arbeit war es das Beste, wenn es niemanden in ihrem Leben gab. Dennoch war die Vorstellung, außer der Arbeit nichts zu haben, auch deprimierend.

Elinor dachte manchmal, dass Miss Lansing in ihrem hübschen Appartement da oben furchtbar einsam sein musste. Elinor kannte nur Lady Mary, sonst schien es keine Freundinnen zu geben. Wenn sie ins Flanagans kam, dann knickste und dienerte das Personal, und beim Tee im Keller wurde dann ordentlich über sie hergezogen. Jeder hatte etwas zu erzählen. Sie hatte reich geheiratet, sagte einer mit weit aufgerissenen Augen. Als ob es etwas Neues wäre, oder dass ein reicher Mann sich eine junge, hübsche Frau suchte. Elinor war der Meinung, dass sie in dem Fall gegenseitig die Vorzüge des anderen ausnutzten, und das hatte sie ausgesprochen, weil sie das Getratsche im Keller nicht ausstehen konnte. Über die meisten Gäste wurde getratscht, obwohl es verboten war. Und aus Worten wurden Übertreibungen und Wahrheiten.

Eines schönen Tages würde das Getratsche ans Licht kommen, und dann wusste man nicht, wer der Leidtragende war. Miss Lansing würde demjenigen vermutlich kündigen, wenn er die Klappe nicht halten konnte, und das würde auf keinen Fall Elinor sein.

Sie holte tief Luft, kontrollierte noch einmal ihre Uniform und stieg dann die Kellertreppe hinunter.

Im Personalraum war es um diese Zeit voll. Elinor quetschte sich hinein und ließ sich neben Emma nieder, die schon einige Stunden arbeitete.

»Ich habe zwei Pfund Trinkgeld bekommen«, flüsterte Emma ganz aufgeregt. »Bald habe ich das Geld für neue Tanzschuhe zusammen. Wir könnten doch am nächsten Samstag in das neue Tanzlokal gehen, wenn wir beide freihaben? Kommst du mit?«

Emma war einmal schon dort gewesen, und sie hatte behauptet, dass das der lustigste Abend ihres Lebens gewesen war. Da waren massenhaft schwarze Mädchen gewesen, daher musste Elinor sich nicht die geringsten Sorgen machen. Ja, warum nicht, erwiderte Elinor. Sie tanzte auch gern. Aber wenn sie einen ganzen Tag und den Abend freihatte, fuhr sie nach Hause zu Mama und Papa nach Notting Hill, denn mit irgendetwas konnte sie ihnen immer helfen. Manchmal kochte sie das Essen, oder sie saß mit ihrer Mama nur da, und sie unterhielten sich. Papa schlief dann auf seinem Stuhl ein, seine schwere Arbeit forderte seinen Tribut.

»Ja, vielleicht«, sagte Elinor jetzt. »Ich will nur zuerst mit Mama reden.«

Da kam ihr ein Gedanke.

»Wann hast du zuletzt mit *deiner* Mutter gesprochen?«

Emmas Blick fuhr unruhig hin und her. »Ist schon eine Weile her.«

»Wie lange genau?«

»Ein paar Wochen.«

Elinor konnte nicht nachvollziehen, warum Emma so wenig Kontakt hielt. Ihre Mutter musste vor Sorgen ja außer sich sein.

»Ich habe Angst, dass sie es mir anhört«, flüsterte Emma.

»Was denn?«

»Na, dass ich nicht mehr Jungfrau bin.«

»Du weißt schon, dass man das weder hört noch sieht«, sagte Elinor und lachte.

»Du kennst meine Mutter nicht«, widersprach Emma und sah ganz erschreckt aus. »Sie hört und sieht alles.«

Elinor lachte laut. Sie mochte Emma zu gern, um sich mit ihr zu streiten.

Emma seufzte. »Heute musste ich mich um die Wäsche kümmern. Wenn ich eines schönen Tages hier der Chef bin, dann habe ich in jeder Abteilung mal gearbeitet. Das ist mein Trost, wenn ich diese ekligen Bettlaken sortieren muss.« Sie schauderte.

»Bist du dir sicher, dass du das wirklich willst?«

Emma sah sie überrascht an. »Ja, du etwa nicht?«

Elinor zuckte mit den Schultern. »Ich wünschte, ich hätte auch die Möglichkeit gehabt, alle Stationen zu durchlaufen«, sagte sie mit einem wehmütigen Lächeln. »Wenn das eine gute Voraussetzung ist, dann bist du schnell an mir vorbeimarschiert, obwohl ich hier ein Jahr länger arbeite und eine Abteilung leite.«

Elinor mochte ihren neuen Job. Es machte ihr Spaß zu organisieren und zu planen, aber sie hätte auch gern Kontakt mit den Gästen gehabt. Jetzt kannte sie ihre Namen und ihre Wünsche, doch sie hatte sie nie kennengelernt. Bei größeren Veranstaltungen kam es vor, dass jemand hinunter in die Küche kam und sich beim Personal bedankte, doch das war alles. Es war so ungerecht.

»Du kannst gern in die Wäscherei mitkommen«, grinste Emma. »Danach wirst du über dein kleines Büro ganz froh sein.«

Ein paar Tage später schlenderten Emma und Elinor Arm in Arm zu dem Laden, in dem Emma die Schuhe gesehen hatte, und anschließend tanzte Emma in ihnen aus dem Geschäft.

»Sieh mich an«, rief sie und wiegte die Hüften.

Ein Auto fuhr vorbei. Die jungen Männer darin hatten die Scheiben heruntergekurbelt und pfiffen. Emma winkte und lachte vor Glück.

»Da siehst du, was ein paar neue Schuhe ausrichten können«, sagte sie. »Ich bin so froh, dass ich hier lebe.«

Elinor konnte nur den Kopf schütteln. Emmas riesiger Ehrgeiz stand in so herbem Kontrast zu dem Lebenshunger des jungen Mädchens, das sich jetzt um jede Aufmerksamkeit bemühte.

An den Abenden lernte Emma, an den Tagen arbeitete sie hart. Aber wenn sie freihatte, hatte sie wirklich frei. Und endlich war sie keine Jungfrau mehr, davon hatte sie erzählt. Als Emma erzählen wollte, mit wem sie ins Bett gegangen war, war Elinor ihr über den Mund gefahren. Wenn Emma das preisgab, konnten sie keine Freundinnen mehr sein. Elinor war noch immer mit vielen Mitarbeitern befreundet, aber seit sie den Chefposten hatte, wurde ihr kein Tratsch mehr erzählt, und es war wichtig, dass sie so wenig wie möglich darüber wusste, was die Angestellten trieben. Sie wollte keine Rücksicht darauf nehmen müssen, und das wäre zwangsläufig der Fall, wenn sie über alle Liebeleien informiert war. Denn dass Emma mit einem Kollegen Sex hatte, war sonnenklar. Elinor war nicht einmal neugierig, wer es war. In Emmas Leben würden noch viele Männer kommen und gehen. Das wusste man, wenn man sie nur ansah.

»Was für ein schönes Leben ich habe«, sagte Emma und machte die nächsten Tanzschritte.

Elinor wäre selbst gern genauso zufrieden gewesen,

doch das war sie nie. Alles ging immer noch besser. Sie wollte noch mehr vom Leben. Emma war damit zufrieden, aber Elinor wollte schon einen Schritt weiter sein, im Vorhinein wissen, was als Nächstes kam. Sich darauf vorbereiten.

Emma war zuversichtlich. Sie sagte oft, das werde sich schon finden, und Elinor dachte dann, dass man davon nicht ausgehen könne. Man musste es selbst in die Hand nehmen, wenn man wollte, dass etwas passiert.

Emma tanzte hin und her und ergriff Elinors Arm. »Komm, ich lade dich zu einem Eis ein. Heute habe ich auch wieder ganz viel Trinkgeld bekommen.«

Sie stellten sich in der Schlange am Kiosk an. Emma drehte den Kopf, bevor sie flüsterte: »Wenn ich mit Gästen geschlafen hätte, dann hätte ich jetzt sehr viel mehr Geld.«

Elinor schreckte zurück und sah sie entsetzt an.

»Beruhige dich«, sagte Emma und zog sie wieder zu sich. »Ich sage doch nur, wie es ist. Die anderen Mädchen im Keller regen sich über diese Erniedrigung schrecklich auf, wenn Gäste mit solchen Angeboten kommen. Aber ich nicht. Ich denke nur an das Geld, wenn ich ablehne. Bin ich deswegen schlimm?«

»Du kannst denken, was du willst, solange du deinen Körper nicht gegen Geld hergibst«, zischte Elinor.

»Aber was ist der Unterschied? Du willst reich heiraten.«

»Ja, aber erst, wenn ich selbst reich bin«, antwortete Elinor.

»Du weißt schon, dass es sehr unwahrscheinlich ist, dass es so weit kommt? Die Männer haben immer das meiste

Geld, egal, wie hart wir arbeiten. Warum mopsen wir uns dafür nicht ein bisschen von ihnen? Wenn man ein bisschen nachdenkt, ist es gar nicht so schwer.«

Elinor sah sie fragend an.

»Ja, weil sie alle mit einem ins Bett wollen, meine ich.«

Der Typ vor ihnen in der Schlange machte einen Schritt zurück und stand nun noch dichter bei ihnen. Offenbar hatte er Teile der Konversation mitbekommen.

Elinor legte den Finger auf die Lippen. »Wir reden später weiter«, gab sie Emma zu verstehen.

Emma hockte sich hin und öffnete ihre Ausgehschuhe. Dann nahm sie ihre alten Stiefel aus der Papiertüte, die die Verkäuferin ihr mitgegeben hatte.

»Ich habe heimlich tanzen gelernt«, erklärte sie, als sie die Schuhe gewechselt hatte. »Mama hätte das nie erlaubt.«

»Und dein Papa?«

»Er ist gestorben, bevor ich zur Welt kam. Aber es hieß immer, er sei genauso streng wie Mama gewesen. Komisch, dass sie dann jemanden wie mich bekommen haben.« Sie lachte.

Als sie endlich ihr Eis in der Hand hielten, setzten sie ihren Spaziergang in den Hyde Park fort. Bald war Sommer, und dann waren die Wege voller Menschen. Jetzt sah man nur Mütter, die Kinderwagen schoben und das schöne Wetter genossen.

»Vermisst du deine Familie zu Hause?«

»Mama und Großmutter? Manchmal. Ich habe immer wieder über Mamas Leben nachgedacht und mich gefragt, wie sie nach dem Tod meines Vaters alles geschafft hat. Sie hat nie geklagt, dass sie kein Geld hatte. Einmal habe ich sie sagen hören, dass Gott entscheide, wer arm und wer reich sein soll ...«

Das Eis lief ihr über die Hand, sie konnte es gerade noch auflecken. Dann wischte sie sich mit der Serviette den Mund ab. » ... daran glaube ich nicht«, fuhr sie fort. »Dann wäre es doch völlig sinnlos zu kämpfen, wenn sowieso alles vorherbestimmt ist. Was meinst du?«

»Ich habe nie an einen Gott geglaubt, in meiner Familie ist niemand gläubig«, erwiderte Elinor. »Allerdings glaube ich, dass Papa es so sieht, dass es sein Los ist, arm zu sein und im Hafen arbeiten zu müssen. Er hat nie versucht, aus diesem Sumpf rauszukommen.« Sie lachte auf. »Das ist das Einzige, worüber Mama und Papa streiten. Sie würde sich wünschen, er hätte etwas mehr Ehrgeiz.«

»Aber manchmal denke ich auch, dass meine Mutter es gut hat. Sie legt alles in Gottes Hände. Jeden Tag macht sie dasselbe, und ich glaube, dass sie damit ganz zufrieden ist. Und vielleicht ist dein Papa das auch.«

»Er? Nee. Deshalb marschiert er ja zwischendrin auch immer wieder in den Bau. Er will den Hafen und die Arbeit dort verändern, aber nicht sich selbst.« Elinor überlegte kurz, dann merkte sie an: »Obwohl ich im Grunde denke, dass er recht hat.«

»Eltern«, sagte Emma und lächelte. »Versprich mir, dass wir nie so werden wie sie.«

Elinor antwortete nicht. Sie hatte vieles von ihrem Vater, aber den Ehrgeiz der Mutter. Insofern war sie in jeder Hinsicht das Kind ihrer Eltern.

Am Serpentine-See setzten sie sich auf eine Bank und beobachteten die Vögel, wie sie herumplanschten. Sie schienen keine Sorgen zu haben. Eine Ente machte Platz, als ein Schwan vorbeischoss, aber härter schien das Leben auf dem Teich nicht zu sein.

»Versprich mir, dass du nie mit einem Gast ins Bett gehen wirst.«

Obwohl Emma so fleißig war, hatte sie nicht immer alles im Griff, und sie wurde leichtsinnig und handelte unüberlegt. Das Liebesleben ohne Gefühle, das sie soeben entdeckt hatte, konnte eine Gefahr bedeuten. Jetzt bereute Elinor, dass sie ihr vom Diaphragma erzählt hatte und dass Sex etwas Schönes sei. Wenn Emma Sex mit Gästen hatte, wusste das sehr schnell jeder, und dann vergab Emma jede Chance im Hotel, die Miss Lansing ihr sonst bot.

»Ich versprech's.«

»Sicher?«

»Ja, du Dummerchen. Ich denke auch an mich. Schließlich will ich Chefin werden, da muss man sich ein bisschen benehmen können.« Und zur Überzeugung setzte sie das breiteste Lächeln auf.

Vor Emmas Tür wartete Alexander schon. Es schien, als stehe er da schon eine Weile.

»Wo bist du gewesen?«, fragte er sie. Seine Stimme klang vorwurfsvoll.

»Draußen«, antwortete sie und knöpfte ihren Mantel auf.

»Mit wem?«

»Das geht dich doch nichts an.« Sie merkte, dass sie sich ärgerte. Was sollte das?

Er seufzte. »Du hast ja recht. Ich weiß nicht, was in mich gefahren ist. Ich habe dich einfach vermisst.« Dann grinste er sie an. »Darf ich reinkommen?«

Emma dachte an ihr Gespräch mit Elinor und kam zu dem Schluss, dass es ziemlich blöd von ihr wäre, mit mehr als einem Mann parallel Sex zu haben. Das war unangebracht. Alexander war lieb und nett, aber mehr auch nicht.

»Ein anderes Mal«, antwortete sie so freundlich wie möglich. »Ich versprech's.«

Ihn ganz zurückzuweisen, wäre nicht klug gewesen. Mit seinem schmachtenden Blick war er ja eigentlich ganz süß. Und zudem hatte sie von Sebastian nichts mehr gehört, seit er sie entjungfert hatte.

25

Diese Hexe, dachte Linda, als sie die Karte zum zweiten Mal las. Ihre Tante Laura hatte nichts anderes im Sinn, als ihre Söhne darin zu unterstützen, Linda zu ruinieren, und solch eine Essenseinladung konnte nur eines bedeuten: Sie wollten Linda anbieten, die Anteile der Cousins zu erwerben.

Glücklicherweise hatte Fred sie vorgewarnt, und dafür war sie ihm dankbar. Aber sie hatte auch deutlich gesagt, dass sie ihn im Hotel nicht mehr sehen wolle, und er hielt sich hoffentlich daran. Wenn sie jemals daran gezweifelt hatte, ob sie über ihn hinweggekommen war, so wusste sie es jetzt definitiv. Vermutlich würde sie nie mehr auch nur einen Gedanken an ihn verschwenden.

Das Essen bei ihrer Tante würde unangenehm werden, das war Linda klar, dennoch hatte sie vor zuzusagen. Allein, obwohl sie »mit Begleitung« eingeladen war. Die Fiesheiten, die von der anderen Seite der Familie ausgingen, ließen sie kalt, es war ihr völlig egal, was für ein Bild sie von ihr hatten. Allerdings machte sie sich wirklich Sorgen um ihr Hotel.

Da klopfte es an der Tür.

Jetzt nicht, dachte sie noch. Nicht noch mehr Probleme.

Doch dann öffnete sie. Draußen stand Mary. Linda kamen vor Erleichterung beinahe die Tränen, als sie ihre beste Freundin auf der Schwelle stehen sah.

Mary trat ein und zog als Erstes die Schuhe aus. Dann setzte sie sich und massierte sich die Fersen. »Ich habe der Riviera vor ein paar Tagen den Rücken gekehrt, sag, dass es interessante Neuigkeiten gibt.«

»Neuigkeiten?« Linda lachte heiser. Und dann erzählte sie die ganze Geschichte.

»Ich komme mit«, sagte Mary fest entschlossen.

»Laurence ist auch da.«

Mary winkte ab. »Ja, ja, das hab ich längst abgehakt. Und, nimmst du mich mit?«, fragte sie und lächelte süß.

»Pompös«, flüsterte Mary, als sie ihren Blick über die Eingangshalle in Tante Lauras Haus schweifen ließ, während sie einer Angestellten ihre Mäntel gaben. »Aber nicht besonders gemütlich.« Sie blickte auf die riesigen Porträts, die an der Wand hingen.

»Die Familie ihres Vaters«, erklärte Linda leise. »Sie hat das Haus von ihm geerbt. Seitdem hat sie an der Einrichtung nichts verändert, jedes Teil hier stammt aus dem 19. Jahrhundert. Erste Hälfte.«

Lindas Kindheitserinnerungen an dieses Haus waren nicht besonders erfreulich. Sie war immer erleichtert gewesen, wenn die Abendessen in angespannter Atmosphäre vorüber waren und sie mit ihrem Papa wieder ins Flanagans zurückfahren konnte. Seit seinem Tod war sie nicht ein einziges Mal mehr eingeladen worden. Und hätte sie eine Einladung bekommen, wäre sie ihr ziemlich sicher nicht gefolgt. Aber heute war es etwas anderes.

Mary knuffte Linda sanft in die Seite. »Schau mal, wer da im Anmarsch ist«, flüsterte sie ihr zu.

Es war die pure Freude mit anzusehen, wie Laurence erstarrte, als er Lindas Begleitung erkannte. Seine Freundin, eine geborene Rothschild, zwinkerte mit ihren großen blauen Augen, als er ihr Lady Mary stotternd vorstellte. Linda fragte sich, ob seine kleinen Töchter auch eingeladen waren, aber offenbar kamen sie um solche Veranstaltungen noch herum.

»Meine Liebe, wie schön, Sie kennenzulernen«, zwitscherte Mary, und wenn Linda nicht gewusst hätte, was für eine hervorragende Schauspielerin Mary war, wäre sie sehr überrascht gewesen. Linda lächelte nur und drückte Miss Rothschilds Hand, als würden sie sich schon lange kennen. Doch so war es nicht. Laurence hatte sie ihr nie vorgestellt. Nach dem Tod seiner Frau hatte er mehrere Frauen gedatet. Es ging das Gerücht um, dass er gern heiraten würde, doch Miss Rothschilds Vater noch nicht zustimmte. Keiner wusste, warum. Vielleicht hatte er schon gemerkt, dass Laurence kein guter Mann war. Oder er fand einen Witwer mit zwei Kindern ganz einfach nicht passend für seine Tochter.

»Danke«, sagte Laurence anstelle seiner Freundin. »Wir wollen gerade noch die anderen Gäste begrüßen, daher entschuldigt uns bitte.« Er griff sie am Arm.

»Ich will aber ...«, sagte sie und sah Linda und Mary sehnsüchtig hinterher. Doch Laurence zog sie weiter, und kurz darauf standen sie am anderen Ende des Raumes.

Mary lachte verzückt. Dann senkte sie die Stimme. »O wie nett das war. Armes, kleines Ding, sie hat nicht die geringste Ahnung, auf wen sie sich einlässt. Soll ich sie warnen?«

»Man munkelt, dass ihr Vater über die Charakterschwächen meines Cousins Bescheid weiß. Sie haben ihre Verlobung noch nicht bekannt gegeben, und das spricht für sich«, flüsterte Linda.

Aus dem Augenwinkel bemerkte sie Tante Laura, wie sie auf sie zukam. Natürlich hatte sie Mary gesehen. Ein solches Lächeln hätte sie niemals an Linda verschwendet.

»Lady Mary, wenn ich das gewusst hätte ...«

Dieses Gesäusel war absolut unerträglich, und Linda schaute sich im Salon um, während ihre Tante Mary um den Bart ging. Zu ihrem großen Erstaunen sah Linda auch Andrews Söhne. Sie unterhielten sich mit Sebastian, der sie jetzt nickend grüßte. Sie grüßte zurück, aber ihre Stiefsöhne ignorierten sie wie gewohnt. Linda fragte sich, was sie mit dem Deal zu tun hatten, denn sie ging davon aus, dass jeder Anwesende irgendwie in Laurences Pläne verstrickt war.

»Lasst uns ins Esszimmer hinübergehen«, sagte die Tante.

Die Tischordnung wurde schnell verändert, da Mary kein Herr war, und nun saß sie ihr genau gegenüber, an der Seite von Laurence. »Wie nett, hier zu sitzen«, hörte Linda sie schwärmen. »Wir sind doch alte Bekannte und haben uns sicher viel zu erzählen.«

Noch vor gar nicht langer Zeit hatte Mary sich vor allen an der Riviera versteckt, wie es jetzt dazu kam, dass sie nun ganz anders auftrat, war Linda ein Rätsel. Aber natürlich war das eine von Marys Stärken, das konnte man nicht anders sagen. Linda beobachtete, wie Mary ihre dünne Hand auf Laurences Unterarm legte und über einen Witz von ihm lachte. Sie hatte offensichtlich vor, dieses Theater auszukosten.

Nimm dich in Acht, meine Liebe, du kannst ihm nicht vertrauen. Als hätte Mary Lindas Gedanken gelesen, trafen sich ihre Blicke. Mary zwinkerte ihr fast unmerklich zu, um ihr zu versichern, dass sie die Situation unter Kontrolle hatte.

Der Tisch war hübsch gedeckt, die Ente perfekt, und der Wein floss reichlich. Aber Linda lehnte Alkohol heute ab, sie wollte nur wissen, warum sie eingeladen war. Sie blieb beim Wasser und lächelte höflich darüber, was der Bankier neben ihr erzählte, aber ihr Blick schweifte immer wieder ab zu ihrem Cousin, der ihr gegenübersaß. Er kleckerte, wusste nicht, wo er hinschauen sollte, und wenn Linda sich nicht täuschte, legte Mary ab und zu die Hand auf seinen Oberschenkel. Er war völlig überfordert, und als Lindas Tante sich bedeutungsvoll räusperte, sah er fast erleichtert auf. Das war das Stichwort, sich zu erheben.

Er drehte sich zu Linda um. »Meine liebe Cousine. Du weißt nicht, dass wir dieses Essen dir zu Ehren veranstalten, aber so ist es.« Er ließ seinen Blick über den Tisch schweifen, als wolle er sich vergewissern, dass alle verstanden, wie großzügig er war. »Wir, mein Bruder Sebastian und ich, haben in Abstimmung mit unserer lieben Mutter den Entschluss gefasst, unsere Anteile am Flanagans an dich zu verkaufen, und das ist uns wahrlich nicht leichtgefallen. Unsere zwanzig Prozent können dir gehören, wenn wir uns nur über den Kaufpreis einig werden.«

Linda versuchte, überrascht auszusehen, dann glückselig. Danach setzte sie ein nachdenkliches Gesicht auf. So, als hätte sie die Neuigkeit in dem Moment erst erfahren.

»Ich kann verstehen, dass das etwas viel auf einmal ist, aber deshalb sitzt an deiner Seite unser Bankier, der dir die ökonomischen Bedingungen näher erläutern kann, und dein Stiefsohn, der alles Juristische überblickt. Es gibt noch alte Schulden aus der Zeit, als unser Vater noch lebte, und die müssen natürlich abgelöst werden, damit das Flanagans nicht Konkurs anmelden und an jemand anderen als dich verkauft werden muss, aber dieses Problem wirst du bestimmt lösen. Liebe Cousine, lass uns einen Toast ausbringen. Wir freuen uns für unsere Familie, dass wir das für dich tun können, Linda. Zum Wohl auf Linda und das *alte* Flanagans.«

Als alle nach dem Essen den Tisch verlassen hatten, spürte Linda, wie ihre Beine zitterten. Ihre Cousins wollten sie ruinieren, das war spätestens dann klar, als sie von ihrem Tischnachbarn die Summe erfahren hatte, die sie ansetzten. Die Kaufsumme und die alten Forderungen waren zusammengerechnet jenseits von Gut und Böse. Jetzt bestand für das Flanagans keine Hoffnung mehr. Die Situation war heute anders als vor zehn Jahren, als sie sich die Marktanteile zurückeroberte und den Betrieb gerettet hatte. Jetzt lief das Flanagans gut, aber sie hatte keine Chance, so viel Geld zu leihen, wie die Cousins von ihr forderten. Ihr war sehr wohl klar, dass sie sie in den Konkurs treiben wollten, und schweren Herzens musste sie einsehen, dass sie ihren Willen bekommen würden.

Sie entschuldigte sich und schob Kopfschmerzen vor, doch Laurence bemerkte es. Von der anderen Seite des Zimmers rief er: »Wir hören demnächst voneinander, liebe Cousine.«

Mary rettete Linda, indem sie auf sie zukam und sich einhakte.

»Es war unheimlich nett, Sie kennenzulernen, Lady Mary«, sagte ihre Tante, als sie sich verabschiedeten.

Als sie zurück im Hotel waren, machten sie es sich in Lindas Appartement gemütlich. Mary wollte im Gästezimmer übernachten.

Linda war verzweifelt. Wie sollte sie Herr der Lage werden? Viele Jahre hatte sie keinen Grund gehabt, wegen des Hotels Tränen zu vergießen, doch jetzt stand sie kurz davor. Papas Hotel. Mittlerweile hasste sie es, aber es war ihre Welt geworden.

»Ich habe zweierlei zu berichten«, begann Mary. »Das Erste ist Getratsche vom Essen. Fred saß zehn Jahre hinter Schloss und Riegel. Irgendein Versicherungsbetrug. Deshalb hat er nicht früher von sich hören lassen. Jetzt weißt du's.«

Linda zuckte nur mit den Schultern. Es war ihr völlig egal.

»Das Zweite, was ich sagen will: Ich werde mit meinem Mann sprechen«, fuhr Mary fort.

Linda runzelte die Stirn. »Wovon redest du?«

»Vom Hotel natürlich. Er muss dir das Geld leihen, das du brauchst.«

»Ich kann doch kein Geld von ihm leihen«, erwiderte Linda leise.

»Doch, das kannst du, du musst es sogar. Ich werde mit ihm reden. Und ich habe noch eine Idee. Fahr heim nach Fjällbacka, du bist dort jahrelang nicht gewesen. Das Hotel kommt so lange auch ohne dich aus, das weißt du. Fahr nach Hause.«

Nach Hause. In Lindas Ohren begann es zu rauschen, als ob das Meer darin tobte. Der Duft von Salzwasser lag in der Luft. Sie sah das Häuschen vor sich. Großmutters kleines, schönes Haus mit den weißen, gehäkelten Gardinen im Küchenfenster. Plötzlich war ihr Heimweh so stark, dass Linda fast die Luft wegblieb.

Ja, sie musste nach Hause.

Nach Hause nach Fjällbacka.

Da würde sie vielleicht zu einer Entscheidung kommen.

Am Londoner Flughafen wurde Linda schlecht.

Sie schluckte und versuchte sich einzureden, dass alles gut werden würde. Schließlich lebten sie in den Sechzigern, versuchte sie sich einzureden. Alle anderen flogen auch, nur sie stellte sich an. Mary hatte erzählt, dass es ihr beim ersten Mal ebenso gegangen war, aber dass es ihr später richtig Spaß gemacht habe.

»Das kann ich mir nicht vorstellen«, murmelte Linda, als sie ihre Nase an der Scheibe platt drückte, von wo man die Blechvögel sehen konnte, von denen es hieß, dass sie von der Erde abheben. In der Abflughalle waren viele Menschen. Verstohlen sah sie sich um. Ein Grüppchen Stewardessen kam mit kleinen schräg befestigten Kappen und auf hohen Absätzen angetrippelt. Kurz hinter ihnen folgten die Piloten. Alle sahen ganz fröhlich aus, sie schienen gar keine Angst zu haben. Eine Mutter saß da und hielt ihr Kind im Arm. Wenn sie es wagte, ihre Familie solch einer Reise auszusetzen ...

»Jetzt traue ich meinen Augen nicht«, sagte da eine Stimme, und Linda drehte sich um.

Robert Winfrey hob seinen Hut. Seine dunklen Augen funkelten. »Es kann nicht zufällig sein, dass ich auf dem Flug nach Göteborg Gesellschaft bekomme?«

Sie verzog den Mund zu einem Lächeln und nickte.

»Ich fliege nach Hause«, sagte sie. Ihre Stimme zitterte, und ob das daran lag, dass Robert vor ihr stand oder an ihrer Angst vor dem Fliegen, konnte sie nicht sagen. Sie hatte viel an ihn gedacht. Sehr viel, wenn man bedachte, wie selten sie sich über den Weg gelaufen waren. Doch seine Ausstrahlung brachte ihr Blut in Wallung, es war nicht zu leugnen.

»Irgendwas ist da mit dir und mir und dem Reisen, stimmt's?«, sagte er sanft.

Wieder nickte sie. Überwältigt, ihn hier zu treffen, aber auch dankbar, dass sie mit demselben Flieger reisten. Es war ihr egal, ob er fand, dass sie mit ihrer Flugangst übertrieb. Sie würde sich an ihm festhalten, ob er wollte oder nicht.

»Dann lass mich mal dafür sorgen, dass wir Plätze nebeneinander bekommen«, sagte er. »Bleib hier, ich bin gleich wieder da.« Sie sah seinen breiten, schützenden Rücken, wie er sich langsam entfernte.

»Wann kannst du meine Hand halten?«, fragte sie und grinste verstohlen, als er kurz darauf wieder neben ihr stand.

»Je eher, desto besser, würde ich sagen.« Entschieden griff er nach ihrer Hand, und so blieben sie stehen, bis das Boarding begann. Dann legte er seinen Arm um sie.

Eigentlich verhielt sich Linda immer gleich, wenn sie Angst hatte. Sie wurde mucksmäuschenstill. Diesmal war es etwas anderes. Robert entlockte ihr alle Geschichten vom Leben in Fjällbacka, von ihrer Großmutter und von dem Hotel, das sie von ihrem Vater geerbt hatte.

»Und jetzt weiß ich nicht, wie ich meine Cousins auszahlen soll«, sagte sie schließlich, doch im nächsten Moment dachte sie, dass sie vielleicht zu offen war. Konnte das ein Fehler sein? Konnte sie ihm vertrauen? Sie hatte zwar keine Staatsgeheimnisse ausgeplaudert, aber immerhin private Details, die keinen anderen etwas angingen. Dann bemerkte sie, mit welcher Zärtlichkeit er sie ansah, und ihr Herz begann heftig zu schlagen. Mit einem Mal wusste sie, dass Robert anders war. Er würde ihr Vertrauen nicht missbrauchen.

Seit zwei Stunden waren sie nun in der Luft. Das Flugzeug dröhnte, sackte ab und erschien wenig vertrauenerweckend. Manchmal hatte sie das Gefühl, in einem Bus zu sitzen, im nächsten Moment fühlte sie sich eher wie in einem Boot bei schwerer See. Die Behauptung, dass sie sich an Robert festklammerte, wäre vielleicht übertrieben gewesen, doch sie war so nah an ihn herangerutscht wie möglich. Zudem war sein männlicher Duft unwiderstehlich, und sie bildete sich ein, dass er beruhigend auf sie wirkte. Sie schmiegte sich immer näher an ihn, was die anderen dachten, war ihr jetzt egal.

»Deshalb fahre ich heim«, fuhr sie fort. »Ich will in Großmutters Haus Kraft sammeln, denn ich bin völlig ausgebrannt.«

»Welche Alternativen gibt es denn?« Sein Atem schlug warm an ihre Stirn. Seine Hand feuerheiß auf ihrer.

»Eigentlich nur eine, die denkbar ist. Neue Kredite fürs Hotel aufnehmen. Aber die Bank sagt Nein, und ich habe nicht genügend Barvermögen, um Laurences und Sebastians Anteile zu kaufen. Außerdem gibt es noch die alten Schulden, die ich tilgen muss, sonst treiben sie mich in den Konkurs. Ein bisschen habe ich zurückgelegt, doch das ist ein Tropfen auf den heißen Stein. Alles fließt zurück in den Hotelbetrieb. Meine Freundin will mit ihrem Mann reden, ob er mir unter die Arme greifen kann, aber ehrlich gesagt ist mir diese Vorstellung auch nicht geheuer.« Sie schüttelte den Kopf und seufzte. »Jetzt haben wir aber genug über mich und meine Sorgen geredet«, sagte sie. »Du scheinst ständig auf Reisen zu sein. Erzähl doch mal.«

Er zuckte mit den Schultern. »Die Arbeit ist gleichzeitig auch eine Flucht.«

Sie setzte sich auf und sah ihn an. »Wovor fliehst du denn?«, fragte sie ihn.

»Vor allem, glaube ich. Ich bin ein unruhiger Geist und kann nur schwer abschalten.«

Sie nickte. In gewisser Weise war ihr diese Rastlosigkeit vertraut. Sie selbst hatte ja ein Ventil dafür, denn im Hotel gab es immer etwas, das geregelt werden musste.

»Die Arbeit, die ich delegieren könnte, erledige ich meistens selbst. Diese Reisen kreuz und quer übers Meer lassen mich einiges vergessen, zumindest für den Moment.«

Sie wollte ihn nicht ausfragen, aber dachte daran, dass sie ihm schon bei dem Besuch bei Mary diese Traurigkeit angemerkt hatte.

»Das tut mir sehr leid für dich.« Linda streichelte seinen Arm, dann wandte sie ihm ihr Gesicht zu.

Als sich ihre Lippen trafen, wollte sie einfach all das wegküssen, was ihn plagte, daher überrumpelten sie die Gefühle, die sie mit dem Kuss überkamen, völlig und öffneten ihr Herz weit.

Atemlos starrten sie sich an.

»Hast du es auch gespürt?«, fragte er sie ernst. Das Staunen stand ihm ins Gesicht geschrieben.

Sie nickte. Empfand überraschenderweise ein Gefühl von Frieden. »Wenn du es auch willst, dann möchte ich dich so schnell wie möglich wiedersehen«, sagte sie.

»Meinst du das ernst?« Er sah froh aus.

Sie nickte. »Ja.«

Bei der Landung hielt er ihre Hand ganz fest, und auf dem Flughafen Torslanda verabschiedeten sie sich. In der Ankunftshalle zog er sie um eine Ecke, um sie noch einmal zu küssen.

»Wann fliegst du zurück?«, fragte er sie.

Sie zupfte ihr Haar zurecht. Sah sich kurz um, aber eigentlich war es ihr egal, ob sie jemand beobachtete.

In ihr tobten jetzt die widersprüchlichsten Gefühle. Die Sehnsucht, die Roberts Küsse geweckt hatten, die Angst um das Flanagans und ein dumpfes Gefühl im Bauch, weil die Begegnung mit dem Haus ihrer Großmutter in Fjällbacka bevorstand. »Ich fahre in einer Woche zurück, allerdings mit dem Schiff. Ich habe mich nicht getraut, den Rückflug gleich mitzubuchen, weil ich nicht wusste, ob ich den Flug überstehe.«

Er umarmte sie. »Ich warte auf dich in London«, flüsterte er ihr ins Haar.

Sie stellte sich auf die Zehenspitzen und küsste seine Wange, dann nahm sie ihren Koffer und ging zum Ausgang, ohne sich umzudrehen.

26

Der Zug musste wohl hundertmal gehalten haben, bis sie in Dingle ankamen, wo Linda in den Bus umsteigen musste, der die letzten zwanzig Kilometer bis nach Fjällbacka zurücklegte.

Schon in Munkedal stand sie auf und stellte sich vor den Ausgang. Die Landschaft von Bohuslän raste an ihr vorbei. Weit hinten im Westen glitzerte das Meer. Vorfreude und Angst schnürten ihr den Hals zu. In welchem Zustand würde sie das Haus vorfinden? Und wie würde der Garten aussehen, der ihr als Kind so riesig vorgekommen war? Eigentlich bestand er nur aus einem Fleckchen Erde mit einem großen Apfelbaum darauf. Aber das hatte seinen Zweck erfüllt, denn Großmutter hatte dort einen kleinen Schuppen aufstellen und im Sommer immer ihren Kaffee trinken können.

Larssons, die Nachbarn, hatten in ihren Briefen berichtet, dass sich das Haus noch im selben Zustand befand wie zu Großmutters Lebzeiten, doch dass das Dach ein paar neue Pfannen nötig hätte. Deshalb hatten sie mit dem Dachdecker gesprochen, damit er es vor dem Winter in Ordnung brachte.

In Dingle stiegen drei Reisende aus, und alle nahmen den Bus nach Fjällbacka. Die zwei anderen starrten sie an, als hätte sie Dreck im Gesicht, und erst, als sie an der Kville-kirche ausstiegen und noch durch die Scheibe zu ihr schauten, wurde Linda klar, dass sie anders aussah als die Einwohner hier. Sie hatte sich mittlerweile so an ihre Business-Garderobe gewöhnt, dass sie gar nicht auf den Gedanken gekommen war, für Fjällbacka vielleicht ein bisschen zu modern gekleidet zu sein. Mit einem Mal bekam sie einen Schreck, die Einwohner von Fjällbacka sollten keinesfalls den Eindruck bekommen, sie hielte sich für etwas Besseres, das würde sie nicht ertragen. Ihr Aufenthalt würde ohnehin schon anstrengend werden. Sie beugte sich hinunter und wechselte die Schuhe. In der Tasche waren noch Laufschuhe und eine einfache weiße Jacke. Das Buch, das sie eingepackt hatte, hatte sie weder auf dem Flug noch auf der Zugreise in die Hand genommen. Sie zog gerade ihre Strickjacke an, als der Kirchturm in Sichtweite kam. Sie hielt sich die Hand vor den Mund, Tränen schossen ihr in die Augen. Genau vor ihr erhob er sich, als wolle er sagen: *Willkommen daheim, fürchte dich nicht.*

Fjällbacka ohne Großmutter. Hielt sie es überhaupt aus, ohne sie dort zu sein? Zehn Jahre waren eine lange Zeit, aber dennoch ... im Moment hatte sie das Gefühl, als sei es gestern gewesen, dass sie ihr Fahrrad an der Bushaltestelle abgestellt hatte.

Sie blieb stehen und sah den Bus in Richtung Süden verschwinden. Dann fiel ihr ihr Fahrrad wieder ein, und sie warf einen Blick hinter das Bushaltestellenhäuschen, ob es da noch stand, aber natürlich war es nicht mehr da. Ganz sicher stand es geschützt im Schuppen. Großmutter hatte bestimmt dafür gesorgt, dass es noch am Tag ihrer Abreise abgeholt wurde. Keiner war so ordentlich gewesen wie sie.

Linda warf einen Blick auf die Kirchenschule, die sie jahrelang besucht hatte. Über die Schule in Fjällbacka war sie nicht hinausgekommen, aber sie war trotzdem gut zurechtgekommen – bisher.

Sie holte einmal tief Luft und nahm ihren Koffer wieder in die Hand. Zeit, nach Hause zu gehen.

Sie kam an der kleinen Buchhandlung vorbei und ging langsam den Långbacken hinab. Auf Höhe des Hotels musste sie stehen bleiben, denn da weitete sich der Blick auf den Schärengarten von Fjällbacka. Die reinste Postkartenidylle. Es war Windstille. Die Sonnenstrahlen sahen aus, als würden sie die Wasseroberfläche sanft kitzeln. Die Möwen begrüßten kreischend die Fischerboote, die nach und nach langsam wieder in den Hafen tuckerten. Als sie weiter in die Ferne nach Badholmen schaute, fragte sie sich, warum sie dieses Fleckchen Erde jemals verlassen hatte.

Eine leise Stimme raunte ihr zu, dass sie nicht nach London zurückkehren musste. Zwar würde Papa da oben in seinem Himmel enttäuscht sein, aber sie konnte sich kaum vorstellen, dass er mit ihr schimpfen würde. Die Aufgabe, die er ihr hinterlassen hatte, war vielleicht einfach eine Nummer zu groß. Immerhin hatte sie dem Flanagans noch einmal zehn gute Jahre verschafft.

Sie ging noch ein paar Schritte. Auf der linken Seite befanden sich das neue Fischgeschäft und Setterlinds Bäckerei. Großmutter hatte dort nie eingekauft, sie hatte das Brot immer selbst gebacken. Linda konnte sich noch gut erinnern, wie gern sie so ein Brot aus der Bäckerei gegessen hätte, aber sie hatte die Großmutter nie darum gebeten, eins zu kaufen. Es wäre viel zu teuer gewesen.

In ihrem Brief hatten die Larssons Linda schon darüber informiert, dass die Straße durchs Zentrum jetzt am Wasser entlangführte, nicht mehr am Fuße des Vetteberget. Ein Erdrutsch war der Grund dafür gewesen. Dass Bertas Milchwarenladen nicht mehr dort war, wusste Linda also, aber dass er nun so dicht am Wasser lag? Und was war, wenn es eine Überschwemmung gab? Irgendwann einmal würde sie dort vorbeischauen und Hallo sagen. Berta war immer so nett zu ihr gewesen. Sie hatte leckere Bonbons unter ihrer Theke versteckt, die sie an die Kinder verteilte, wenn Großmutter es nicht sah.

Linda und Großmutter waren nicht arm gewesen. Sie hatten ordentliche Kleider getragen, im Haus war es warm gewesen, und jeden Tag hatten sie genug zu essen gehabt. Linda konnte sich nicht an Entbehrungen erinnern. Von Papa hatte sie außerdem noch ein Taschengeld bekommen. Eine ganze Krone, und die durfte sie nach Lust und Laune ausgeben. Sie hatte sie immer für die Sommerferien gespart. Und dann hatte sie sich jeden Tag Eis davon gekauft. »Und dafür gibst du Geld aus«, hatte Großmutter geschnaubt, bis Linda ihr auch eins gekauft hatte.

Es würde eine Weile dauern, bis sie zu Hause ankommen würde, dachte sie und lächelte. Bei Hällesporten stellte sie den Koffer auf dem Gehweg ab, schloss kurz die Augen und atmete einmal tief ein. Salz und Meertang. Als sie so sehr Heimweh nach Fjällbacka hatte, war es immer dieser Geruch gewesen, den sie so vermisst hatte. Und der besondere Geruch des Herings. Sie sah hinüber zur Fischfabrik. Da arbeiteten sicher noch viele ihrer alten Freunde.

Auf der Straße war es still und menschenleer. Bislang hatte sie niemanden getroffen. Sie warf einen Blick auf ihre Armbanduhr. Halb eins. Um diese Tageszeit hatten die meisten bereits gegessen und ruhten sich nun ein Weilchen aus, bevor der Nachmittag begann. Sie hob ihren Koffer wieder hoch. Nun war es an der Zeit, zum Haus zu gehen.

Der Hügel hinauf zum Håkebacken war nicht flacher geworden, seit sie das Dorf verlassen hatte, und keuchend trabte sie bergauf, als ihr Nachbar Sven auf seinem Fahrrad heruntergerast kam. Sie kam nicht einmal dazu, ihn zu grüßen. Hoffentlich ging das gut, dachte sie noch. Am Restaurant *Telegrafen* kam eine enge Kurve, und seine Bremsen waren ja wohl in Ordnung? Sie drehte sich besorgt um, und obwohl das Rad seltsame Geräusche machte, glitt er geschmeidig und ohne Probleme in die Kurve.

Vor dem Håkebacken spielten die Kinder, und als sie sie erblickten, blieben sie stehen und betrachteten sie voller Neugier. Die meisten von ihnen waren natürlich noch nicht einmal auf der Welt gewesen, als sie von hier fortgegangen war. Vielleicht waren Kinder ihrer alten Klassenkameraden darunter. Linda wollte Gunilla furchtbar gern treffen. Zwar hatten sie sich in den vergangenen Jahren nicht gerade viele

Briefe geschrieben, doch sie kannten sich, seit sie so alt waren wie die Kinder, die da auf dem Schulhof spielten.

Sie hob die Hand und winkte, und die Kinder winkten zurück. Nur noch ein paar Meter, dann musste sie in die Bergsgata abbiegen, und jetzt war ihr vor Aufregung fast schlecht. Ihre Füße wollten nicht mehr weiter, und sie musste sich fast zwingen, einen Schritt nach dem anderen zu tun, bis sie an der Straße stand.

Langsam bog sie ab, blieb dann stehen und sah zu dem dritten Haus auf der rechten Seite.

Eigentlich gibt es überhaupt keinen Grund, Angst zu haben, sie kam nach Hause. Geh schon, trieb sie sich an, und schließlich lief sie energisch die letzten Meter bis vors Haus.

Erstaunt bemerkte sie, dass sich das Gartentor ganz leicht öffnen ließ. Jemand musste die Scharniere erst kürzlich geschmiert haben. Sie hob den Blumentopf auf der Veranda und nahm den Hausschlüssel in ihre zitternde Hand. Die weiße Gardine hinter der Scheibe der Haustür hatte Großmutter gehäkelt. Die Scheibe war geputzt und die Gardine schneeweiß, als wäre sie ganz neu. Die Gardinen, die Linda damals selbst nach der Beerdigung zugezogen hatte, hatten Larssons für Linda nun wieder aufgezogen.

Der Duft schlug ihr entgegen, als sie die Tür aufschloss. Die Zeit war stehen geblieben.

»Großmutter, ich bin's. Ich bin wieder zu Hause«, flüsterte sie.

Sie streifte die Schuhe ab. Hängte die Jacke auf den Herrendiener. Rückte die Fußmatte gerade, die Frau Larsson gewebt hatte. Strich über die schöne alte Tapete im Flur, die so heilig gewesen war, dass man nirgendwo einen Nagel anbringen durfte, und wehe dem, der sie mit schmutzigen Händen berührt hatte. Die ganze Wand war ja wie ein Gemälde, hatte Großmutter gesagt.

Linda schlich durchs Haus. Erst als sie in allen Zimmern gewesen war, kam ihr der Gedanke, dass das jetzt ihr Haus war. Sie allein konnte darüber verfügen. Sie konnte hier alles machen, was ihr in den Sinn kam. Sie konnte zum Beispiel das Laken wegnehmen, das die Sitzgruppe abdeckte, und sich aufs Sofa legen. Großmutter hatte nur selten darauf gesessen, sie hatte immer Angst um den Stoff gehabt. Zärtlich strich Linda darüber. Die Sonne schien nun ins Zimmer, sodass sie sah, dass die Möbel in die Jahre gekommen waren, obwohl hier nie jemand saß. Linda nahm ein Laken nach dem anderen ab. Solange sie sich hier aufhielt, wollte sie auch etwas von den schönen Möbeln haben.

Die Erinnerungen übermannten sie. In der Ecke da hinten hatte der Weihnachtsbaum gestanden. Eine Woche vor Heiligabend hatte Eriksson ihnen den Baum mit dem Wagen gebracht, und dann stand der Baum auf der Veranda bis einen Tag vor Weihnachten, wenn Papa anreiste. Am Weihnachtsabend tranken sie Glögg und saßen auf dem guten Sofa. Dann hatte Großmutter den Kamin angemacht, unter dem Baum lagen Geschenke, und Papa schenkte Eierlikör ein, der »das Leckerste war, was ihm jemals an den Gaumen gekommen war«.

Das war das einzige Mal im Jahr, dass Linda erlebte, dass Großmutter zu Papa äußerst freundlich war. Wenn er sonst zu Besuch gekommen war, war sie eher auf Abstand gegangen.

Er hatte auf dem Küchensofa gesessen – wie auch immer er dort Platz fand –, und Großmutter war ganz höflich gewesen. »Herr Lansing« hatte sie ihn angesprochen, obwohl er sie gebeten hatte, ihn Roger zu nennen. Da Großmutter kein großes Interesse gezeigt hatte, sich mit ihm zu unterhalten, hatte Linda auch nicht dolmetschen müssen.

Sie wurde aus ihren Gedanken gerissen, als es an der Tür klopfte. »Linda, hallo?«

Sie steckte den Kopf aus dem Wohnzimmer. »Hallo, Herr Larsson.« Sie strahlte übers ganze Gesicht. Er hatte sich in den letzten zehn Jahren kein bisschen verändert.

»Meine Güte, Mädel, bist du hübsch geworden«, rief er und lachte. »Wir wollten fragen, ob du auf einen Kaffee zu uns rüberkommst. Die Mutti hat gerade eine Kanne gekocht.«

Die Mutti war seine Frau, Linda hatte nie gehört, dass er sie anders genannt hatte.

»Danke, sehr lieb. Ich komme gern.«

Gemeinsam überquerten sie die Straße, während Larsson ihr ein paar wichtige Dinge zum Haus erklärte. Dass es einen neuen Anstrich benötigte, sah sie selbst. Vom Dach hatte er ihr schon geschrieben. Der Zaun war an einigen Stellen morsch, und der Apfelbaum musste dringend beschnitten werden. Darum könnte sie Sven bitten, meinte Larsson. Er konnte so was gut.

»Ach liebes Kind, es tut so gut, dich zu sehen«, sagte Frau Larsson und streckte zur Begrüßung die Hand aus. Sie war ganz die Alte. Dasselbe warme Lächeln, die Schürze rund um ihren kräftigen Körper. »Komm doch rein, wir haben gerade gebacken. Eine Zimtschnecke ist nach der langen Reise bestimmt genau das Richtige?«

Eine Katze strich Linda um die Beine, sodass Linda sich fast reflexartig hinunterbeugte und sie hinter den Ohren kraulte.

»Tussa«, sagte Linda, als sie sah, wer sie da begrüßte. »O, Tussa.« Sie nahm die Katze in den Arm und vergrub die Nase in ihrem Fell. Seit sie Fjällbacka verlassen hatte, war ihr kaum eine Katze über den Weg gelaufen.

Tussa war bei ihr und Großmutter eingezogen, als ein Sommergast entschieden hatte, das Ferienhaus mitsamt Katze zurückzulassen. Sie hatte vor der Haustür des verlassenen Hauses gesessen und so herzerweichend gejammert, dass Linda es einfach nicht ausgehalten hatte. Ihre Fassungslosigkeit über die herzlosen Urlauber, die den Sommer unten in der Straße gewohnt hatten, hatte sich erst nach und nach gelegt. »Danke, dass ihr euch um sie gekümmert habt«, sagte Linda, als die Katze zurück auf den Boden sprang.

Frau Larsson lächelte. »Das machen wir doch gern. Sie ist so eine liebe Katze. Schmecken die Zimtschnecken?«

Linda biss ordentlich ab und nickte. »Genauso gut wie immer!«

Larsson tauchte in der Tür auf. »Das sollte ich dir geben, wenn du nach Hause kommst«, sagte er.

Linda sah ihn mit großen Augen an, dann stand sie auf. Er hielt Großmutters altes Schmuckkästchen in der Hand.

»Meine Güte, das habe ich völlig vergessen«, sagte Linda, als sie es entgegennahm. »Hatte Großmutter etwa ...?« Sie wollte gerade den Schlüssel umdrehen.

»Nein, öffne es nicht sofort«, sagte Larsson schnell, »warte, bis du wieder im Haus bist. Deine Großmutter hat gesagt, du sollst alleine sein, wenn du es öffnest.«

Etwas später saß sie am Küchentisch ihres Hauses und nahm all ihren Mut zusammen. Dann drehte sie den Schlüssel um und hob den Deckel.

Ganz oben lag ein Briefumschlag, und als Linda ihn in die Hand nahm, fiel ihr Blick auf mehrere dicke Kuverts, die darunter lagen.

Für Linda, wenn ich nicht mehr bin.

Sie holte tief Luft und riss den Umschlag dann vorsichtig auf. Die vertraute Handschrift war bis zum Ende der Zeilen schwungvoll und gleichmäßig, als sei Großmutter guter Dinge gewesen, als sie das geschrieben hatte.

Mein geliebtes Enkelkind, wenn Du das liest, hat mein müder alter Körper den Kampf aufgegeben.

Linda legte den Brief auf den Schoß. Versuchte tief durchzuatmen. Wenn sie jetzt weiterlas, durfte sie auf keinen Fall weinen. Wenn die Tränen flossen, würde das, was Großmutter mit solcher Mühe zu Papier gebracht hatte, verschwimmen. Linda räusperte sich, holte noch einmal tief Luft, dann nahm sie das Blatt wieder in die Hand und begann zu lesen.

27

An der Rezeption im Flanagans erklangen aufgebrachte Stimmen. Alexander, der gerade seinen Arbeitsplatz eingenommen hatte, beugte sich diskret zu seiner Kollegin hinüber und erkundigte sich, was passiert war.

»Von der Baustelle in der Straße ist zu viel Lärm zu hören. Die Gäste haben ein Zimmer, das zu dieser Seite hinausliegt, und sind von den Geräuschen heute früh geweckt worden.«

»Möchten sie eine Entschädigung?«

»Sie möchten vorzeitig auschecken. Die meisten haben im *Ritz* und im *Savoy* Zimmer bekommen. Ich kann nichts dagegen tun.«

»Miss Lansing wird toben.« Alexander wusste, wie sehr sie auf das Wohl ihrer Gäste achtete. Das war wichtiger als alles andere.

Die Kollegin nickte. »Ich weiß.«

Ihr Rezeptionschef stand ein bisschen entfernt von ihnen. Seine Frisur, die vermutlich vor Schichtbeginn perfekt gesessen hatte, war nicht wiederzuerkennen, die Haare standen in alle Richtungen ab.

Alexander lief auf ihn zu. »Kann ich irgendetwas tun?«, fragte er.

»Etwas anderes, als unsere Gäste auszuchecken, damit sie zur Konkurrenz abwandern können? Nein. Denn Sie wissen vielleicht nicht zufällig, wie man Miss Lansing erreichen kann?«

Nein, das wusste er nicht. Aber irgendwem musste sie doch mitgeteilt haben, wohin sie gefahren war? Nach Schweden, so viel wussten sie, aber wohin genau?

Er hatte ihren Cousin im Haus gesehen, er müsste es wissen.

Alexander drängte sich durch die vielen Menschen, die vor der Rezeption standen, und begab sich in den Frühstücksraum, aber kein Mister Lansing war in Sicht. Gerade jetzt. An anderen Tagen saßen die Brüder oft hier und frühstückten.

Alexander wollte schon zurück an die Rezeption gehen, als er Laurence Lansing auf den Ausgang zugehen sah.

»Mr Lansing.« Alexander lief so diskret wie möglich hinter ihm her. »Ich muss unbedingt Kontakt zu Miss Lansing aufnehmen.«

Er spürte, wie er schrumpfte, als Laurence Lansing ihn verachtend ansah.

»Woher in Gottes Namen sollte ich wissen, wo sie sich aufhält?«

»Weil Sie eine Familie sind?«, schlug Alexander zaghaft vor.

»Wollen Sie sich über mich lustig machen?« Mr Lansing sah ihn jetzt sehr verärgert an.

»Keineswegs. Ich dachte nur ...« Er verstummte.

»Warum wollen Sie sie sprechen?«

Einen kurzen Moment lang erwog Alexander, ihm von ihrem Problem zu berichten, aber irgendetwas an Lansings Gesichtsausdruck hielt ihn davon ab.

»Ach, nichts Besonderes. Entschuldigen Sie die Störung«, sagte Alexander. Er verneigte sich leicht und machte auf dem Absatz kehrt.

Um halb zehn waren zwölf Gäste vorzeitig ausgecheckt. Jemand vom Personal war zur Baustelle gerannt und hatte sich erkundigt, ob die Arbeiter am nächsten Tag vielleicht fertig seien. Doch die hatten nur gelacht und gesagt, sie bauten ein Hotel und dass der Lärm jeden Morgen um sieben Uhr beginnen und noch ein paar Monate anhalten würde.

Der Rezeptionschef sackte auf seinen Stuhl. Er sah aus, als würden ihm jeden Moment die Tränen kommen.

»Wir haben dreißig Fenster direkt vor der Baustelle. Ein Viertel unserer Zimmer. Mein Gott, was wird nur Miss Lansing sagen!« Er faltete die Hände vor dem Bauch und schwankte hin und her. Jetzt stand ihm der Schweiß auf der Stirn, sodass Alexander in die Küche rannte und ihm ein großes Glas Wasser holte. Doch da stöhnte sein Chef kurz auf, und bevor er es trinken konnte, glitt ihm das Glas aus der Hand und fiel zu Boden. Sein Gesicht war kreideweiß. Langsam rutschte er vom Stuhl, Alexander konnte gerade noch verhindern, dass er mit dem Kopf aufschlug.

»Hilfe!«, rief Alexander. »Kann jemand einen Krankenwagen rufen?«

Drei Stunden später war Alexander stellvertretender Rezeptionsleiter im Flanagans, während sein Chef im Krankenhaus behandelt wurde. In der aktuellen Situation wollte niemand sonst die Verantwortung übernehmen. Wenn Alexander diese Aufgabe gut bewältigte, war seine Zukunft im Haus gesichert. Miss Lansing würde gar nicht anders können, als ihm die Chefposition zu überlassen.

Aber wie ging man am besten mit dieser Situation um?

Alexander saß in der Miniküche mit einer Tasse Tee vor sich. Ob man die Fenster auf irgendeine Art abdichten könnte? Sie waren nicht gerade zeitgemäß und mussten natürlich komplett ausgetauscht werden, aber bis dahin?

Und jemand musste doch die Bauherren zur Einsicht bringen? Sie zerstörten die künftige Kooperation mit dem Flanagans jetzt schon. Niemals würde er ein Hotel weiterempfehlen, dessen Leitung darauf bestand, zu derart unchristlichen Zeiten den Bau voranzutreiben. Wenn man überbucht war, entstanden ja solche Situationen. Man gab Gäste weiter, oft an Häuser, die noch ein bisschen besser waren. In der Branche half man sich, so hatte er es bislang erlebt.

Doch trotz der Misere hatte es einen Vorteil. Solange da gebaut wurde, war das beliebte Restaurant geschlossen. Vielleicht konnte das Flanagans diese Zeit nutzen und seine Gäste zurückerobern? Aber das setzte natürlich voraus, dass sie das Problem mit dem Lärm irgendwie lösten.

Er musste wirklich dringend mit Miss Lansing sprechen, bis dahin würde er einen der Pagen damit beauftragen, Dichtungsband vor die Fenster zu kleben. Und dann würde er die Hausdame fragen, ob es helfen könnte, die Gardinen auszutauschen, die aus Samt benutzten sie sonst nur im Winter.

Entschlossen sprang er auf, wenn er hier herumsaß, passierte gar nichts.

An der Rezeption war es mittlerweile ruhiger geworden. Die Gäste, die die Zimmer auf der anderen Seite des Gebäudes hatten, hatten keine Ahnung, was da los gewesen war.

»Ab sofort werden wir die Gäste befragen, wann sie ihr Frühstück haben möchten«, sagte Alexander. »Wir geben vor, dass wir das für die Planung benötigen. Doch dann können wir die Frühaufsteher unter den Gästen auf der Baustellenseite unterbringen. Versteht ihr, was ich meine?«

Alle nickten. Alexander würde bei der nächsten Schicht auch noch anwesend sein. Schlafen konnte er wieder, wenn er nicht mehr Chef war.

Als Emma vorbeikam, war er mit den Buchungslisten so beschäftigt, dass er sie gar nicht aufhalten konnte. Er sah noch ihren Rücken, doch allein das brachte seine Hand schon zum Zittern. Mist, schon hatte er sich verschrieben.

Er stand auf und schloss die Tür. Ihre magnetische Anziehungskraft konnte er im Moment nicht gebrauchen.

28

Es war natürlich kein Zufall gewesen, dass Linda Robert auf dem Flughafen über den Weg gelaufen war.

Er war am selben Tag ins Flanagans eingecheckt und hatte an der Rezeption einen redelustigen jungen Mann angetroffen, der ihn von früheren Aufenthalten kannte, und ihn gefragt, ob Miss Lansing in der Nähe sei. Darauf hatte er die Antwort bekommen, er habe sie knapp verpasst, weil sie sich vor Kurzem erst auf den Weg zum Flughafen gemacht hatte.

»Macht sie Urlaub?«, hatte er enttäuscht nachgefragt und dann erfahren, dass sie nach Hause nach Schweden reise. Und die Rückfahrt in einer Woche wolle sie mit der Fähre antreten. Der junge Mann hatte offenbar keine Anweisung erhalten, keine Informationen herauszugeben, und kannte die Abflug- und Ankunftszeiten exakt.

Eine ganze Woche? Das würde Robert nicht aushalten. Er hatte so viel an sie gedacht, dass er keine Minute mehr verschwenden wollte. »Wissen Sie was«, sagte er, »ich komme wieder. Bitte belegen Sie mein Zimmer nicht.«

Dann flog er mit Linda nach Göteborg und am darauffolgenden Tag wieder zurück nach London, wo er seine Termine abarbeitete, in den Besprechungen nur mit einem Ohr dabei war und die Tage zählte.

An diesem Morgen erwachte er davon, dass Maschinen die komplette Straße vor dem Flanagans aufrissen, zumindest klang es genau so. Er zog die dünnen Gardinen zur Seite und sah hinaus. Weiter hinten in der Straße machten sich die Bauarbeiter mit ihren Werkzeugen einsatzbereit. Er warf einen Blick auf die Uhr am Bett. Drei Minuten nach sieben, um diese Zeit weckten sie die Leute! Die Alternative, sich noch einmal schlafen zu legen, gab es nicht, er konnte jetzt genauso gut aufstehen. Vermutlich war es morgen vorbei.

Als er nach den Besprechungen, die für diesen Tag anstanden, zurück in sein Zimmer kam, hatte man die Gardinen ausgetauscht, und auf einem glänzenden Tablett fand er eine Flasche Champagner, zwei Gläser und ein Kärtchen.

Für die Lärmbelästigung am Morgen bitten wir höflich um Entschuldigung! Wir haben uns erlaubt, ein paar Dinge in Ihrem Zimmer zu verändern, und hoffen, dies wird Ihren Aufenthalt in den kommenden Tagen angenehmer machen.
Mit freundlichen Grüßen, Ihr Flanagans.

Dann hoffen wir das mal, dachte er und gähnte. Egal, wie stark die Lärmbelästigung war, er hatte nicht vor auszuchecken, bevor Linda wieder zurück war.

Er musste sie sehen. Seine Sehnsucht nach ihr tat schon fast weh. Er hatte sich ihr geöffnet, seine Verletzlichkeit gezeigt, und er wollte sich um sie kümmern. Sie beschützen.

Die Angst, die er in ihren Augen erkannt hatte, wegzaubern. Er wusste, dass sie ihn nicht darum gebeten hatte. Sie hatte ihm von ihren Sorgen erzählt, ihn aber nicht nach einer Lösung gefragt. Dennoch wollte er ihr helfen. Am liebsten hätte er ihre Großmutter wiederauferstehen lassen, ihren Papa wieder zum Leben erweckt und den gierigen und machthungrigen Angehörigen, die ihr das Leben so schwer machten, den Hals umgedreht.

Robert aß unten im Restaurant, aber hatte keinerlei Lust, sich dort länger als nötig aufzuhalten. Lieber ging er wieder auf sein Zimmer und legte sich mit einem Buch aufs Bett. Aber es fiel ihm schwer, sich zu konzentrieren. Linda hatte so von Fjällbacka geschwärmt. Wenn sie sich nun entschied, einfach dortzubleiben? Das wäre ja nicht so ungewöhnlich. Schließlich machte ihm dieser Gedanke solche Angst, dass er wieder aufstand und unruhig im Zimmer auf und ab lief. Vielleicht kam sie gerade auf andere Ideen, als ihn wiederzusehen. Dass ihn die Sehnsucht nach ihr auffraß, hatte ja nicht zu bedeuten, dass sie dasselbe fühlte.

Es war kurz vor Mitternacht, und er musste am nächsten Morgen früh raus. Ich muss versuchen, etwas Schlaf zu bekommen, dachte er, und kroch wieder ins Bett.

Im Morgengrauen erwachte er von seinem alten Traum. Ein eingeschlossenes Kind schrie um Hilfe, aber Robert saß fest und konnte nichts tun, nur zusehen, wie das Feuer sich dem Haus näherte, in dem das Kind gefangen war.

Er erwachte immer, wenn die Flammen die Wände hochschlugen, meist weinte er. Das Gefühl von Hilflosigkeit blieb, obwohl er nun wach war. Das Einzige, was die Albträume fernhielt, war die Arbeit. Sie konnte seine Schuldgefühle einigermaßen in Schach halten.

Seine Ehefrau hatte schließlich die Scheidung gewollt, das war kein Wunder gewesen. In der Zeit hatte er es selbst mit sich nicht ausgehalten. Er hatte sie und die USA als ganz normaler Mann verlassen und war zurückgekehrt als einer, den der Krieg in Europa gebrochen hatte.

Sie wollte unter Menschen gehen, tanzen, sich schick machen, die Zeit zum Ausgehen nutzen, solange sie noch keine Kinder hatten, während er sich immer mehr zurückzog und unter Angstzuständen litt. Er hatte gehört, dass sie jetzt mit einem Jazzmusiker verheiratet war. Robert stand auf und sah aus dem Fenster. Die Sonne ging langsam auf. Noch war es still da draußen.

In New York war der ständige Lärm ein Trost. Das Leben ging weiter trotz der furchtbaren Schicksale, die viele erleben mussten. Er war ja mit seinen schlimmen Kriegserfahrungen nicht allein. Dennoch fühlte es sich immer wieder so an. Von einem Fotografen wurde immer erwartet, dass er das, was er durch die Linse beobachtete, verarbeiten konnte. Nur wenige verstanden, dass er die gleichen Gefühle hatte wie andere Betrachter. Schließlich war er keine Maschine.

Er goss sich schnell hintereinander zwei Gläser Wasser ein. An noch ein Stündchen Schlaf war nicht zu denken. Halb fünf. Noch zwei Stunden, bis es Frühstück gab.

Manchmal meinte Robert, Timothy zu sehen, und das gab ihm einen Stich ins Herz. Wie jetzt, wenn er durch die menschenleeren Straßen lief und ihm ein junger, durchtrainierter Mann entgegenkam, der zielstrebig weiterging. Ein angedeutetes Lächeln im Mundwinkel, die Krawatte etwas verrutscht. Robert grüßte mit einem Nicken, der junge Mann lächelte freundlich zurück.

Und wenn es der kleine Junge doch geschafft hatte? Wie alt wäre er jetzt? In etwa so alt wie der junge Mann, der ihm hier begegnet war. Vielleicht konnte er aus dem Haus, auf das die Bomben gefallen waren, entkommen und war dann aus lauter Angst weggelaufen? Das war natürlich reines Wunschdenken, aber manchmal passierte doch so etwas in Wirklichkeit.

In regelmäßigen Abständen schickte Robert Schecks an die Mutter des Jungen, um sein Gewissen zu beruhigen. Er hoffte, dass ihnen das Geld half, nie hatte er etwas von ihnen gehört, nie gefragt, wie es der Familie ging. Er hatte ihren Sohn in eine Todesfalle geschickt, daher wunderte er sich nicht, dass sie keinen Kontakt zu ihm suchten.

Eineinhalb Stunden später verspürte er Hunger. Nach solchen Albtraumnächten passierte es, dass er einen ganzen Tag lang gar nichts zu sich nahm. An diesen Tagen trank und rauchte er nur. Aber jetzt kam das nicht mehr so häufig vor. Wenn das ein Zeichen war, dass es ihm besser ging, war es gut.

Dennoch träumte er von Timothy. Und jedes Mal war der Traum so real.

Das dünne Morgenlicht stand dem Hyde Park gut. Die Feuchtigkeit vom Regen, der in der Nacht gefallen war, glitzerte noch auf dem Rasen. Etwas entfernt entdeckte Robert einen Reiter, so wie man sie oft im Central Park sah, und die Vögel sangen, als wollten sie die Stadt aufwecken.

Er zwang sich, die kleinen Fortschritte zu sehen, um nicht in Selbstmitleid zu verharren. Das war seiner Frau besonders schwergefallen. *Du bist nicht derjenige, der Mitleid verdient.*

Als ob er nicht wüsste, dass seine Gefühle nicht angebracht waren. Er schämte sich abgrundtief dafür, was ihn aber noch melancholischer machte.

Der Weg um den kleinen See schien weiter auf die Straße hinter dem Park zu führen. Jetzt wollte er so schnell wie möglich zurück ins Flanagans. Er würde frühstücken und dann die restlichen Gedanken an seine Träume wegarbeiten. Mit der Rastlosigkeit kam er anders nicht klar.

Schon von Weitem konnte Robert hören, dass die Bauarbeiten am Flanagans wieder im Gange waren, und ob die Bemühungen, die Geräusche zu dämpfen, erfolgreich gewesen waren, wusste er nicht, weil er ja so früh aufgewacht war.

Er ging gleich in den Frühstücksraum, wo er seinen Kaffee, seinen Toast und eine Morgenzeitung bekam. Eine Frau und ein Mann lachten glücklich an einem der hinteren Tische, aber vom Tisch direkt vor ihm hörte er nur verbissene Stimmen. Beschuldigungen. Klapperndes Porzellan. Dann sprang die Frau auf und warf die Serviette auf den Tisch. Der Mann sah sich entschuldigend um.

Das hätte auch ich sein können, dachte Robert, während er so tat, als habe er nichts gesehen.

Die Auseinandersetzungen in seiner eigenen Ehe hatte

er nicht ausgehalten. Er konnte, sehr zum Ärger seiner Frau, das Zimmer einfach verlassen, wenn sie gerade ihre Monologe hielt. »Mit dir kann man nicht reden«, hatte sie ihm mehr als einmal vorgeworfen, wenn er nur mit Schweigen antworten konnte.

Natürlich war das die falsche Art, mit ihren Problemen umzugehen, aber er hatte keinen Streit ertragen. Worüber stritten sie sich eigentlich? Es war ihnen in jeder Hinsicht gut gegangen. Essen, Wohnung, Arbeit, sie hatten alles.

»Ja, ich weiß, ich sollte dankbar sein, und das bin ich auch. Aber deine Passivität macht mich wahnsinnig«, hatte sie gesagt, als er wieder einmal einer Diskussion aus dem Weg gehen wollte. »Dann bleib eben hier hocken und fühl dich schlecht.«

Daher hatte der arme Kerl, der dort saß und so tat, als wäre nichts, sein volles Mitgefühl. Wahrscheinlich würde er noch eine Weile sitzen bleiben, weil ihm klar war, was ihn im Zimmer erwartete. Wie bekannt mir das vorkommt, dachte Robert und sah ihn mitfühlend an, als er aufstand. Streit ist ein Einfall des Teufels.

Als er später am Tag seine Arbeit beendete, hatte er eine Idee. Dass er darauf nicht schon früher gekommen war. Es war ein Versuch, aber er hoffte, Linda damit eine Freude zu machen.

Er hatte nichts dagegen, wenn sie ihm vor Glück um den Hals fiel.

29

Liebe Linda, wenn Du das liest, hat mein müder, alter Körper den Kampf aufgegeben.

Du fragst dich wahrscheinlich, warum ich Dir diesen Brief nicht zu Lebzeiten überreicht habe, aber ich hatte immer die Vorstellung, dass Du ihn bekommen sollst, wenn Du einmal nicht mehr weiterweißt.

Es ist nicht leicht, als Frau ein Unternehmen zu leiten, das steht Dir in London bevor. Ich habe gerade beschlossen, zu Dir zu reisen und Dich nach Kräften zu unterstützen, und den Inhalt des Kästchens lasse ich in Fjällbacka für Dich zurück, weil ich hoffe, Du wirst eines Tages hierher zurückkommen.

Unser kleines Häuschen ist Dein Zuhause, hier kannst Du Kraft sammeln. Ich wünsche mir, dass Du das spürst.

Vielleicht glaubst Du, Du hättest Deinen Dialekt, Deine Freunde und all das verloren, was das Dorf Dir an Demut und über den Wert der Menschen beigebracht hat, doch das stimmt nicht, Du trägst es in Dir.

Es ist ein starkes Erbe, wenn man in Fjällbacka aufgewachsen ist. Das Leben ist schwer gewesen. Der Regen hat an die Fensterscheiben gepeitscht, der Wind hat das Meer oft in bedrohlichen Wellen an Land getrieben. Hier hat man ums Überleben gekämpft, für seine Familie. Dein Großvater ist in diesem Kampf umgekommen. Er hat sich totgearbeitet.

Das Haus gehört nun dir. Es ist von einem Mann mit Liebe gebaut worden, der jeden einzelnen Nagel mit den eigenen Händen eingeschlagen hat, bis es ein Heim wurde, in dem man wohnen konnte.

Dein Großvater und Du, ihr hättet euch sehr gemocht. Ihr habt dasselbe Feuer in Duch. Denselben Dickkopf, nicht aufzugeben. Aber Du hast auch etwas von mir. Du bist vorsichtig. Diese Kombination wird Dir Glück bringen. Du handelst selten überstürzt, und das ist gut so.

Obwohl Deine Mutter eigentlich auch ein vorsichtiger Mensch war, hat sie sich mit Deinem Vater eingelassen, und egal, wie viel ich auf ihn geschimpft habe, so hatte er doch viele Seiten an sich, die ich respektiere: Er hat immer dafür gesorgt, dass es Dir gut geht. Jeden Monat hat er eine ansehnliche Summe Geld geschickt. Es ist nicht selbstverständlich, dass jemand so die Verantwortung übernimmt.

Aber jetzt zu meinem Anliegen.

Ich habe alles Geld von ihm gespart. In dem Umschlag liegen die Scheine, die er geschickt hat. Anfangs konnte ich es nicht wechseln, aber dann dachte ich, Du hast auch mehr davon, wenn Du groß bist.

Ich weiß nicht, wie Dein Leben jetzt aussieht, aber da Du nach Hause gekommen bist, ist es jetzt an der Zeit, dass Du das Ersparte erhältst. Ich weiß nicht, ob das Geld Dir helfen kann, aber ich hoffe es.

Vielleicht bist Du nach Hause gekommen, um Kraft zu

tanken. Vielleicht zeigst Du das Haus auch Deiner Familie, von der ich ganz innig hoffe, dass Du sie eines Tages haben wirst. Ich will nicht, dass Du allein bleibst. Egal, wie Du Dein Leben leben willst, Linda, hier in Fjällbacka bist Du umgeben von dem Stärksten, was es gibt: Berge, Meer und Liebe. Es gibt nicht einen Nachbarn hier auf Håkebacken, der Dir seine Hilfe versagen würde, wenn Du ihn nur bittest.

Pass gut auf das Haus auf.

Unsere Familie hat es mit Liebe gefüllt, ich möchte, dass das in Zukunft so bleibt.

Deine Großmutter.

Linda öffnete Umschlag für Umschlag, bis fünfzehntausend Pfund auf ihrem Schoß lagen.

Es war unfassbar.

Großmutter oder Papa hatten Linda nun zehn Jahre nach ihrem Tod das Geld gegeben, das sie brauchte, um die offenen Forderungen ihrer Cousins zu begleichen. Das bedeutete, dass sie sie nicht mehr in den Konkurs treiben konnten.

Natürlich konnten sie ihre Anteile am Flanagans auch an Fremde verkaufen, wenn sie das Geld nicht aufbringen konnte, aber der Konkurs war abgewendet, und das war das Wichtigste. Alles andere würde sie klären, wenn sie wieder in London war.

Sie presste die Umschläge mit dem Geld fest an ihre Brust. »Danke, Großmutter«, sagte sie leise. »Tausend Dank.«

30

»In Fjällbacka ist noch alles beim Alten«, sagte Gunilla seufzend und hielt ihr die Schale mit den Mandelkeksen hin. »Aber du bist nicht mehr die Alte!«

»Natürlich bin ich das«, konterte Linda und biss in den nächsten noch warmen Keks. Sie hatte sie nicht mehr gegessen, seit Großmutter sie in den Vierzigerjahren gebacken hatte. Gunilla hatte soeben ein Blech davon aus dem Ofen geholt.

»Du bist schön.« Gunilla betrachtete Linda mit Neid, während sie sich über den Bauch strich, in dem Kind Nummer vier lag.

»Kann schon sein, aber du hast eine Familie und ich nicht. Meine Frisur wird nicht von klebrigen Kinderfingern durcheinandergewuschelt«, erklärte Linda lächelnd.

»Wenigstens von Männerhänden?« Gunilla schien vor Neugier fast zu platzen.

Linda brach in Lachen aus. »Nein, auf dem Gebiet ist es still.«

»Es ist noch nicht zu spät. Auch für Kinder nicht«, sagte Gunilla.

»Doch, das finde ich schon«, erwiderte Linda und pickte ein Hagelzuckerkörnchen auf, das auf dem Teller übriggeblieben war. »Für Kinder ist es zu spät, ich bin jetzt über dreißig, und außerdem könnte ich gar nicht sagen, ob ich welche gewollt hätte. Das ist jetzt müßig, ich bin keinem Mann begegnet, mit dem ich gern Kinder gehabt hätte. Du und dein Mann, ihr kennt euch ja schon seit der Schulzeit.«

»Aber du bist frei. Ich hänge hier fest.«

Sie seufzte tief.

Gunilla klang fast wie Mary. Beide schienen zu glauben, dass Freiheit etwas ganz Fantastisches war. Vielleicht hatten sie ja recht. Aber Linda fühlte sich kein bisschen frei. Im Gegenteil.

»Komm mich in London besuchen«, schlug Linda vor. »Ich habe es einfach nicht geschafft, alte Freunde einzuladen, aber es ist vielleicht auch *nicht* zu spät dazu«, sagte sie und lächelte.

»Was machst du da eigentlich? Man sagt, du bist Teilhaberin eines Hotels? Stimmt das?«

Linda winkte ab. »Ich kann dir auf jeden Fall ein Zimmer organisieren, wenn du kommst.«

»Das klingt wirklich wunderbar, aber das wird noch dauern. Kann ich in ein paar Jahren auch noch kommen?« Sie grinste und nickte hinunter zu ihrem Babybauch.

»Natürlich«, sagte Linda. »Wenn ich noch einen Keks bekomme.«

»Nimm so viele du willst«, antwortete Gunilla. »Wie ist es dir auf dem Friedhof ergangen?«

Linda hatte ihre Mutter, ihre Großmutter und ihren

Großvater am Vormittag ein letztes Mal besucht. Sie hatte ein paar Petunien aufs Grab gepflanzt und dann dort gesessen und mit ihnen gesprochen und gesagt, sie käme bald wieder. Gunilla und ihr Mann sahen immer wieder nach dem Grab, wenn sie in der Nähe waren, und dass auf dem Grabstein Großmutters Namen und Lebensdaten standen, hatte sie Larssons zu verdanken.

»Gut. Dank dir und Larssons. Ich schulde euch viel. Die beiden Larssons kommen im nächsten Frühjahr nach London. Wie gesagt, du bist jederzeit willkommen. Und ich nehm mir noch einen Keks.«

Als Linda die Haustür abschloss, versprach sie sich, zu Weihnachten wiederzukommen. Sie wollte gern den Weihnachtsschmuck überall sehen, den Liedern zuhören, wenn das Luciafest gefeiert wurde, und sich einen kleinen Weihnachtsbaum kaufen und ihn so schmücken, wie Großmutter es all die Jahre getan hatte. Gunilla hatte sie gefragt, ob sie Patentante von dem Baby werden wollte, das irgendwann Ende Oktober auf die Welt kommen sollte, und angekündigt, mit der Taufe bis zum Dezember zu warten.

Jetzt musste Linda zurück nach London reisen und die Verhandlungen mit ihren Cousins aufnehmen. Vielleicht sollte sie den Kredit von Marys Mann doch annehmen?

London und Fjällbacka waren wirklich zwei verschiedene Welten, aber dank dieser Reise wusste Linda nun, dass sie in beiden leben konnte, auch wenn ihr Hauptwohnsitz in England war.

Was für eine Reise, dachte sie, als ihr Zug an Stenungssund vorbeifuhr und sich Göteborg näherte. Sie hatte ihre Angst vor der Heimkehr nach Fjällbacka überwunden und konnte das Schuldenproblem des Flanagans lösen. Zwar wagte sie noch nicht, daran zu glauben, dass sie das Hotel kaufen konnte, aber immerhin sah es wesentlich besser aus.

Sie strahlte innerlich, als sie draußen das Meer sah. Wenn sie doch ihre hochnäsigen Cousins nicht mehr sehen müsste. Sebastian war ja noch zu ertragen, er war nur eitel und manchmal albern, aber Laurence war richtig gefährlich, und dass er ihr jetzt Konkurrenz machte, um sie endgültig zu ruinieren, wunderte sie nicht im Geringsten. Dies war die Rache, auf die er gewartet hatte, seit Linda das Hotel von ihrem Vater übernommen hatte.

Aber da gehörten zwei dazu. Sie ballte die Hand zur Faust. Ihre Großmutter hatte recht gehabt. Das Meer, den Hälleberg und die Liebe, die zu Hause allgegenwärtig waren, hatte Linda gebraucht, um ihre Kraft wieder zu spüren. Sie konnte weiterhin Whisky in sich hineinkippen, wie in den vergangenen Jahren, und sich einbilden, dass es ihr guttat, oder sie konnte nun ein für alle Mal mit der Trinkerei aufhören. Wenn sie darüber nachdachte, fiel ihr auf, dass sie schon seit Wochen keinen Tropfen mehr angerührt hatte und dass sie auch kein Verlangen mehr verspürte, sich zu betrinken.

Am Bahnhof in Göteborg stieg sie in ein Taxi um, das sie zum Schiffsterminal brachte. Bis zur Abfahrt war noch eine Stunde Zeit, und als sie an Bord gegangen war, stellte sie sich an die Reling und sah sich um. Heute gab es mehr weibliche Passagiere an Bord als vor zehn Jahren, als sie über Robert gestolpert war, an Bord. Jetzt konnte sie darüber lachen, mittlerweile kannte sie ihn. Er verlor manchmal die Kontrolle über seine Schulterbreite.

Sie spürte eine starke Sehnsucht nach ihm. Er war bei jedem Spaziergang zu Hause in Fjällbacka in ihren Gedanken gewesen. Es machte sie froh, an ihn zu denken, und sie spürte die Erregung, wenn sie sich an seine Küsse erinnerte. Sie reagierte auf ihn, sobald sie auch nur an seine heißen Lippen auf ihrem Mund dachte. Er hatte gesagt, er würde auf sie warten, und jetzt wollte sie nur noch in London ankommen, um ihn endlich wieder zu küssen.

Als das Schiff abgelegt hatte, zog sie sich um. Das Kleid war nicht der neueste Schrei, aber es war eng anliegend und eines ihrer Lieblingsteile, und für solch einen Abend, an dem sie feiern wollte, dass sie ihrem Leben nun eine neue Richtung gab, war es wie gemacht. Ihr fiel der kleine Absatz ein, der abgebrochen war, als sie zuletzt an Bord gewesen war, und sie warf einen Blick auf die Schuhe, die sie jetzt trug. High Heels. Marys Lektionen hatten Erfolg gezeigt. Und wenn man die meiste Zeit sowieso nur saß, waren sie perfekt.

Das Haar hatte sie mit ein paar großen Spangen zurückgesteckt, ihr Mund war knallrot, und als sie die kleine, süße Handtasche gefunden hatte, war sie fertig zum Abendessen.

Und da stand er und wartete auf sie vor dem Restaurant. Sie sah ihn schon von Weitem. Sie schüttelte den Kopf, als sie die Freude überkam. Sie hatte es kaum zu hoffen gewagt, schließlich wollte er sie ja in London erwarten. Doch insgeheim hatte sie die kleine Hoffnung gehegt, er könnte doch an Bord sein.

»Mr Winfrey.«

»Miss Lansing.«

Er legte eine Hand auf ihre Taille und sah ihr in die Augen, dann beugte er sich zu ihr und küsste ihre Wange. Er sog ihren Duft ein und nickte dann in Richtung Restaurant. »Ich habe einen Tisch für uns reserviert«, sagte er. »Magst du?«

Er ließ seine Hand leicht auf ihrem Rücken, als sie zum Oberkellner gingen. Die Leute drehten sich nach ihr um. Linda freute sich, dass sie gerade dieses Kleid und diese Schuhe für den heutigen Abend ausgewählt hatte. Er war auffällig groß – und unglaublich attraktiv.

Sie war total aufgeregt und bekam weiche Knie. Es gab nur eine einzige Möglichkeit, wie dieser Abend enden konnte, und ihr wurde klar, dass sie sehnsüchtig darauf wartete, seit er sie das erste Mal im Zug geküsst hatte.

Seine Augen ruhten unablässig auf ihr.

»Ich fühle mich in deiner Gesellschaft so unbeschwert«, sagte er und nahm ihre Hände, als habe er Angst, sie könne davonlaufen. »Aber es gibt noch sehr viel Ballast, mit dem ich nicht so gut umgehen kann.« Er machte einen tiefen Atemzug. »Ich habe Bilder vom Krieg in mir, die herumspuken. Manchmal kann ich nachts nicht schlafen, ich wache auf vor Angst und schlafe nicht wieder ein.« Er lächelte sie an. »Ich wünsche mir nichts sehnlicher, als mit dir zusammen zu sein.« Er legte eine Pause ein. »Doch wenn diese Dunkelheit am größten ist, hilft vielleicht nicht einmal mehr dein Lächeln.« Er schlug die Augen nieder, ließ aber ihre Hände nicht los.

Sein Vertrauen rührte sie. Sie hatte gewusst, dass er eine Bürde trug. Hatte es ihm angesehen. Wenn Trauer auf Trauer trifft, kann etwas Neues daraus werden, das hatte sie gelesen. Es ging darum, dass die Gefühle an der Oberfläche lagen, auch wenn man versuchte, sie nicht zu zeigen.

So ähnlich waren sie sich also.

»Robert«, sagte sie sanft und versuchte, ihn anzusehen. »Danke, dass du mich hier empfängst. Das ist ein wunderbares Ende meiner Reise in die Heimat. Ich habe dich vermisst«, fuhr sie fort. »Wann immer du es willst und brauchst, ich möchte, dass du weißt, dass sich meine Schulter hervorragend zum Anlehnen eignet. Ich bin stärker, als es aussieht. Besonders nach einer Woche Fjällbacka.«

Er hob den Kopf. »Meinst du das ernst?«

Sie nickte. »Aber erzähl mir die Geschichte von Anfang an, damit ich sie verstehen kann.«

»Das dauert.«

Sie beugte sich vor.

»Okay. Es war Ende 1940. Er hieß Timothy ...«

Sie gingen an Deck, und sie zitterte, weil der kalte Wind vom Meer hinüberwehte. Er zog sein Sakko aus und legte es ihr über die Schultern, dann ließ er seinen Arm folgen. Sie gingen zum Vorderdeck. Der Mond war nur eine schmale Sichel, aber die Nacht war sternenklar. Salzwasser spritzte zu ihnen hoch. Kleine Tröpfchen landeten in ihrem Gesicht, während das Schiff sich von Schweden nach England kämpfte.

Sie lehnte ihren Kopf an seine Brust. Vorfreude durchfuhr sie. Sie wollte ihn. Ihr ganzer Körper sehnte sich danach, sagte ihr, dass es richtig war. Zehn Jahre Verzweiflung hatten ihre Spuren hinterlassen, aber jetzt galt es, nach vorn zu schauen. Was wollte Robert? Das wusste sie nicht, aber es musste ja auch nicht alles auf einmal gesagt werden.

»Ich will mit dir schlafen«, flüsterte sie in sein Ohr.

Die Küsse und Liebkosungen, die er auf ihren nackten Körper niederrieseln ließ, setzten ihn in Brand, und die Flamme wurde nicht kleiner, als sie seine Zärtlichkeiten erwiderte. Sein Körper erregte sie enorm, so ein Begehren hatte sie noch nie zuvor gespürt. Sie hatte das Gefühl, vor Begierde zu platzen.

Er sah ihr tief in die Augen. Seine Pupillen waren geweitet, er atmete schnell. Seine Haut schimmerte im Licht der Lampe am Kabinenfenster.

»Sag es noch einmal«, flüsterte er, als sie sich auf ihn legte.

»Schlaf mit mir, Robert«, bat sie ihn. Sie spreizte die Beine und setzte sich auf ihn, zitternd vor Erregung. Sie führte seinen steifen Penis an ihre Venuslippen, zog ihn durch die Feuchtigkeit an ihr vor und zurück. Sie war bereit, konnte gar nicht länger warten, und so ließ sie sich langsam auf ihn sinken, bis er sie ganz ausfüllte. Das Gefühl war unbeschreiblich. Sie erzitterte, ihre Brustwarzen wurden steif. Ihr schossen Tränen in die Augen.

Er legte ihr seine Hand auf die Wange. Auch er hatte Tränen in den Augen. Seine Hüften bewegten sich. »Ich liebe dich«, sagte er einfach nur.

»Ich liebe dich auch.«

Ihre weichen Bewegungen fanden einen gemeinsamen Rhythmus. Er bewegte sich unter ihr, hob sie an und ließ sie wieder sinken, ohne sie auch nur für eine Sekunde aus den Augen zu lassen.

Linda stöhnte vor Lust, die Stöße wurden tiefer, alles wurde härter. Sie schaukelte, ritt und bewegte sich hin und her, und sein Körper folgte ihr bei jeder Bewegung. Nie hatte sie mehr Lust erlebt. Der Orgasmus kündigte sich langsam an. Sie sah ihn mit offenem Mund an, keuchte, als er stärker wurde, und dann begann ihr Körper unkontrolliert zu zucken. Eine Welle nach der anderen durchfuhr sie und war noch nicht vorbei, als auch Robert zum Höhepunkt kam. Er spannte sich unter ihr, und als er am Ende einen kleinen Schrei nicht unterdrücken konnte, fiel sie erschöpft auf seinen Brustkorb nieder.

So lagen sie lange da, schweigend, bis einer von ihnen begann, die Hüften wieder zu bewegen.

Es hätte auch sie sein können. Doch er war es, der sie dann auf den Rücken drehte, daran erinnerte sie sich noch allzu gut.

Sie reckte und streckte sich glücklich, ins Laken gewickelt.

Er kam aus dem Badezimmer, frisch geduscht, das Haar

im Nacken gelockt. Er trug ein Handtuch um die Hüften, und an seinem sonnengebräunten Oberkörper glitzerten noch die Wassertropfen.

Sie schluckte.

Wenn jemand sie fragen würde, und Mary tat das mit Sicherheit, konnte sie antworten, dass das die beste Nacht ihres 31 Jahre langen Lebens gewesen war. Mein Gott. Selbst wenn so etwas Magisches nicht noch einmal passieren würde, sie würde für den Rest ihres Lebens davon zehren können.

Obwohl das vermutlich nicht nötig war. Als sie ihn anschaute, sah er aus, als würde er sie auf der Stelle vernaschen können.

Es kribbelte schon wieder.

Um es zu zeigen, strampelte sie das Laken zur Seite, und bei dem Anblick warf er sein Handtuch auf den Boden.

An Frühstück war keiner von ihnen interessiert.

Zwölf Stunden später ging Linda zurück in die Kabine, um ihre Sachen zu packen und die Reste der Nacht, des Morgens und des Vormittags zu beseitigen. Er hatte Essen für sie besorgt, aber ansonsten hatten sie seine Kabine nicht verlassen. Sie war entspannt und angenehm schlapp, und als sie das Kleid abstreifte, bemerkte sie einen kleinen Knutschfleck am Oberschenkel. Sie wünschte, er würde nie verschwinden.

In der Lobby trafen sie sich wieder. Sie beobachtete, wie die Frauen ihn anstarrten, und als er sich zu Linda beugte und sie auf den Mund küsste, war sie unglaublich stolz. Es war nicht so, dass sie die Frauen mit diesem Er *gehört mir*-Blick ansah, doch in ihrem Inneren fühlte sie genau das.

Sie war verliebt in ihn. Es war ein tiefes Gefühl, und es war richtig.

Er drückte sich an sie, während sie darauf warteten, dass sich das Tor öffnete, damit sie an Land gehen konnten.

»Ich kann nichts dagegen tun«, flüsterte er ihr ins Ohr. »Es reicht schon, dass ich dich ansehe …«

Im Taxi küsste er sie ununterbrochen, aber sobald sie ins Flanagans kamen, ging er direkt zu den Aufzügen und sie zur Rezeption, um Bescheid zu geben, dass sie zurück war. Sie benötigte ein paar Stunden, um vorzeigbar zu sein, erklärte sie, aber dann wäre sie im Büro erreichbar.

Alexander rannte hinter ihr her, als sie weiterging.

»Miss Lansing«, sagte er. »Darf ich nur ein paar Worte sagen?«

»Hat das nicht zwei Stunden Zeit? Komm ins Büro, dann können wir in Ruhe reden.«

Er nickte und sah auf seine Armbanduhr. »Gut.«

In ihrem lodernden Körper war kein Platz für Gedanken an den Hotelbetrieb. Sie musste nur an den Mann denken, der sich jetzt in ihrer Wohnung befand. Er hatte ihr zugeraunt, dass er dort nackt auf sie warten würde, und als sie die Tür aufriss, stand er da.

Ich wusste, dass es einen Grund geben würde, diesen Teppich hier zu verlegen, dachte sie noch, als er sie auf den Boden zog.

Als sie zwei Stunden später erfuhr, was passiert war und

welche Konsequenzen der Neubau des Hotels ihrer Cousins hatte, war sie schockiert. Die bessere Nachricht war, dass der Chef der Rezeption sich langsam erholte. Und Alexander hatte Geistesgegenwart bewiesen und die Verantwortung übernommen.

»Wir haben versucht, die Gäste, die früh rausmüssen, in diesem Teil des Hotels unterzubringen«, erklärte Alexander. »Aber jeden Tag gibt es Gäste, die vorzeitig auschecken.«

In Fjällbacka war alles einfacher gewesen. Aber jetzt musste sie umschalten. Sie holte tief Luft.

»Wir müssen neue Wege finden. Dafür gründen wir im Hotel eine kreative Arbeitsgruppe«, sagte sie energiegeladen. »Ich möchte junge Menschen an einem Tisch versammeln, die vor Ideen sprühen. Du wirst natürlich dabei sein. Ich glaube, Elinor und Emma würden gut dazu passen, du kennst sie ja. Wir brauchen auch einen Vertreter des Küchenteams, da würde ich Albert vorschlagen. Was hältst du davon?«

Er nickte. »Klingt gut. Und was wollen wir erreichen?«

»Wir müssen zum Angriff übergehen. Was meine Cousins uns hier bieten, ist erst der Anfang. Von außen betrachtet, haben wir ein gutes Verhältnis, doch das ist alles nur Fassade. Ihr Plan ist es, ihr Hotel *Flanagans New* zu nennen. Jetzt weißt du, wie eng unsere Beziehung ist.«

Er sah sie erstaunt an. Aber so reagierten die meisten, wenn sie offen sprach. Laurence galt in Geschäftskreisen als vorbildlich, und Sebastians Charme konnte niemand – egal, ob Mann oder Frau – widerstehen. Gemeinsam waren sie ein brandgefährliches Duo.

Und Mary kannte sich mit diesem Schlag Menschen besser als jeder andere aus. Ob Linda sie auch in die Gruppe einladen konnte? Das war gar nicht so dumm. Mary wollte etwas Sinnvolles tun und war der kreativste Mensch, mit dem Linda je zusammengearbeitet hatte.

»Meine Freundin Lady Carlisle hat Ideen und ist klug. Ich werde sie fragen, ob sie sich vorstellen kann, an unserer Arbeitsgruppe mitzuwirken. Ich hätte das erste Meeting gern so bald wie möglich«, sagte sie. »Kannst du bitte dafür sorgen, dass die Mädchen darüber informiert werden, dann spreche ich selbst mit Chef Duncan, ob Albert in der Arbeitsgruppe dabei sein kann?«, fragte sie ihn.

Er nickte. Gemeinsam liefen sie zur Tür. Linda hatte vor, sich in fünf Minuten noch einmal hinauf in ihr Appartement zu schleichen und Robert zu treffen, bevor er wieder verschwand.

Vor der Tür sagte sie noch: »Alexander, eins noch. Sei bitte diskret. Ich möchte nicht, dass das übrige Personal darüber Bescheid weiß. Das stiftet nur unnötig Unruhe.«

»Liebling, ich ...« Robert kam gerade die Treppe hinunter und verstummte, als er sah, dass sie vor ihrem Büro noch ein Gespräch führte. »Entschuldige, wenn ich dich unterbreche. Ich wollte nur Bescheid sagen, dass ich mich jetzt auf den Weg mache, aber wir sehen uns am Abend.« Er warf ihr einen Kuss zu, dann lief er weiter hinunter in die Lobby.

Sie lächelte und bemerkte, dass Alexander große Augen machte. Das war ihr egal. Sie war verliebt. So verliebt.

31

Elinor saß am Küchentisch ihrer Eltern und wartete darauf, dass die Quiche fertig wurde. Ihre Mutter war im Flanagans bei einem Bewerbungsgespräch. Miss Lansing hatte Elinor gefragt, ob ihre Mama vielleicht Interesse an einer Arbeit im Hotel habe, weil sie jemanden im Housekeeping-Team brauche, der nicht in absehbarer Zeit heiraten und verschwinden würde, wie die meisten anderen.

Ihre Mutter hatte ganz glücklich ausgesehen, als Elinor sie gefragt hatte. »Aber glaubst du wirklich, dass ...?«

»Ja«, erwiderte Elinor und lächelte, »natürlich kriegst du das hin. Geh einfach zu Miss Lansing, und rede mit ihr.«

Mama hatte die ganzen Jahre ihre eigenen Belange hintangestellt und ihr Augenmerk immer nur auf ihren Mann gerichtet. Jetzt war sie wirklich an der Reihe.

Papa betrat die Küche. »Wo ist Mama?«

»Immer noch im Flanagans.«

Er runzelte die Stirn. »Was macht sie da?«

Nicht wahr. Hast du nichts erzählt, Mama?

Elinor seufzte. »Miss Lansing hat ihr eine Stelle angeboten.«

»Was?«

»Du hast doch gehört, was ich gesagt habe. Eine gute Stelle, Papa. Eine Arbeit, die Mama gut kann. Dann müsste sie nicht mehr bei anderen Leuten putzen.«

»Daran ist doch nichts auszusetzen.«

»Das weiß ich, aber sie rackert sich ab. Hier hätte sie ganz andere Perspektiven.«

»Wofür?«

Elinor starrte ihn an. Hatte er wirklich keine Ahnung?

»Na ja, Essen, Urlaub, höherer Lohn. Sie würde sechs anstelle von sieben Tagen in der Woche arbeiten.«

Er sah sie beleidigt an. »Steckst du dahinter?«

Sie seufzte wieder.

»Nein, Miss Lansing und Mama sind sich zufällig über den Weg gelaufen. Beide sprechen Schwedisch und haben sich auf Anhieb verstanden.«

»Ingrid und Miss Lansing?«

»Ja.«

»Ist Miss Lansing Schwedin?«

Elinor nickte nur.

»Verstehe.« Er sah hinüber zum Ofen, von wo der Duft der Quiche in die Küche drang. Dann ging er vor zum Küchenschrank und holte vier Speiseteller und vier Gläser heraus und stellte sie auf den Küchentisch. Er zog eine Schublade auf, wo das Besteck lag. Er warf noch einen Blick in den Ofen. »Sie ist fertig, oder?«

Elinor sah hinüber und nickte.

Papa öffnete die Backofentür und holte die dampfende Quiche freudestrahlend heraus.

»Jetzt sind nur du und ich zu Hause.« Er lachte. »Die anderen müssen essen, was übrig bleibt.«

Nach dem Essen tat Papa etwas, was er noch nie getan hatte. Er ging aus dem Haus und kaufte seiner Frau einen Blumenstrauß.

Elinor hatte bei ihren Eltern viel zu viel gegessen. Sogar am darauffolgenden Morgen war ihr noch schlecht. Aber sie war selbst schuld. Sie war so lange nicht zu Hause gewesen, dass sie sogar die Torte, die Mama aus dem Flanagans mitgebracht hatte, in sich reingestopft hatte.

Sie quälte sich aus dem Bett. Musste sie brechen? Sie hatte fast das Gefühl. Sie schwankte hinüber ins Badezimmer und beugte sich über das Waschbecken. Sie war heiß und verschwitzt. Eine Dusche täte jetzt gut.

Nachdem sie sich die Zähne geputzt hatte, fühlte sie sich wieder besser. Nie wieder würde sie so viel Torte essen, das schwor sie sich.

Im Personalraum legte sie ein Brot in den Toaster und ließ sich an einem leeren Tisch nieder. Emma begann ihre Schicht um dieselbe Zeit wie sie und würde sicherlich gleich kommen.

»Hallo, fängt Emma jetzt auch an?« Alexander tauchte hinter ihr auf.

Sie nickte. »Ja, ich denke schon. Warum fragst du?«

»Sage ich gleich, wenn sie da ist«, antwortete er und ging vor ans Bufett.

Er kam mit Eiern, Bacon und Marmeladentoast auf seinem Teller zurück.

»Da ist sie«, sagte Elinor.

Emma sah die beiden fragend an und ließ sich neben Elinor nieder.

»Und?«

»Alexander hat uns etwas mitzuteilen«, erwiderte Elinor.

»Ich habe einen Auftrag von Miss Lansing«, fing er an. »Hol dir dein Frühstück, dann erzähle ich es.«

Er informierte sie kurz und knapp, dass Miss Lansing Unterstützung brauchte und dass sie sie gern in ihrer Gruppe dabeihätte, zusammen mit Albert aus der Küche und ihrer Freundin Lady Mary.

»Ist euch klar, welche Ehre das ist?«, fragte er voller Stolz. »Das bedeutet, wir müssen hundert Prozent geben.«

»Na, das kapieren wir schon«, fauchte Emma und starrte ihn an.

»Das weiß ich, Emma.«

Was ist mit den beiden los, dachte Elinor. Haben sie gestritten? Sie fiel ihnen schnell ins Wort: »Wann sollen wir uns treffen?«

»Miss Lansing wartet nur noch darauf, dass Lady Mary von der Riviera zurückkehrt, dann können wir uns zusammensetzen. Wenn ihr schon Ideen habt, dann sammelt sie bis dahin. Und kein Wort zu irgendwem. Versprecht mir das. Kein Sterbenswörtchen.«

Elinors Liebhaber hatte gerade ins Hotel eingecheckt, und als er anrief und mit der Kaltmamsell sprechen wollte, schimpfte Elinor mit ihm.

»Das kannst du nicht machen«, rief sie aufgebracht. »Ich kann doch nicht springen, sobald du anrufst.«

»Doch, das kannst du, weil du dich genauso nach mir sehnst wie ich mich nach dir. Liebling, komm einfach.«

Seine warmherzige, bittende Stimme ging mitten ins Herz, wie auch immer das möglich war. Schließlich hatte sie beschlossen, ihn nicht mehr zu sehen. Er tat ihr nicht gut. So einfach war das.

Dreißig Minuten später befand sie sich in seinem Zimmer, in seinem Bett, genauso nackt wie er.

Sie wollte noch nicht kommen, doch es war schon zu spät. Als der Orgasmus sie überrollte, entfuhr ihr ein tiefes Stöhnen, sie konnte es nicht unterdrücken. Er hielt ihre Hüften ganz fest und stieß noch ein paarmal hart in sie, und dann kam auch er. Sein Körper zuckte, bis es vorbei war. Dann blieb er still liegen, küsste sie. Seine Zunge spielte mit ihrer, und sie spürte, wie er schon wieder anschwoll.

»Ich hab keine Zeit mehr, ich muss zurück...«, stöhnte sie, während sie unkontrolliert das Becken bewegte. »Ich... kann nicht... mmh...«

Er nahm sie hart, denn er wusste, dass sie das liebte. Er suchte den Blickkontakt. »Schau mich an, wenn du noch mal kommst«, flüsterte er. »Liebling, sieh mich an.«

Also schaute sie in seine blauen Augen, während sich ihre Körper aneinander rieben, und als sie den Höhepunkt erreichte, war das Gefühl noch intensiver als beim ersten Mal. Er umschlang ihre Taille und presste ihren Unterkörper fest an seinen.

Hinterher schüttelte er den Kopf. »Du bringst mich um,

weißt du das?«, sagte er zärtlich. Seine Lippen berührten ihre Stirn.

Sie lag in seinen Armen. Wusste, dass ihre Kollegen sich vermutlich wunderten, wohin sie verschwunden war.

Er zog sie näher an sich. »Ich werde heute über Nacht hierbleiben. Schlaf bei mir«, flüsterte er. »Bitte.«

Emma wartete auf Elinor vor ihrem kleinen Büro. In dem mickrigen Zimmer konnte man sich kaum einmal umdrehen, doch immerhin stand an der Tür Elinors Name und ihr Dienstgrad. Sie war unendlich stolz auf diesen Unterschlupf.

»Wo bist du gewesen?«, fragte Emma genervt. »Ich wollte mit dir reden, aber du bist einfach abgehauen.«

»Ja, aber jetzt bin ich doch da. Gibt es etwas Besonderes?«

»Nein, ich hab mich nur so gefreut über Alexanders Neuigkeit. Dass Miss Lansing uns ausgewählt hat. Du bist ja Chefin, da ist es vielleicht nicht so erstaunlich, und Alexander hat auch ganz plötzlich einen Titel bekommen, also bin ich die einzig normale Person in dieser Gruppe.«

»Du wirst nie besonders normal sein«, erwiderte Elinor lächelnd.

»Ich will mich auf jeden Fall ins Zeug legen und mit dir darüber reden, was wir in der ersten Gruppensitzung vorschlagen könnten.«

»Im Moment habe ich keine Zeit, können wir das an einem Abend machen, an dem wir freihaben? Morgen vielleicht? Und bis dahin können wir uns noch Gedanken machen?«

»Okay. Versprichst du es?«, fragte Emma.

»Tu ich nicht immer das, was ich sage?«

Emma nickte.

»Und zieh die Haube gerade«, sagte Elinor lächelnd. »Wir wollen doch nicht riskieren, dass die Hausdame sich wieder über dich beschwert.«

32

Linda hatte mit Robert so herrliche Stunden verbracht, dass sie nicht mal dazu gekommen war, ihren Koffer auszupacken. Er lag noch immer – obwohl Robert schon vor Tagen nach New York zurückgeflogen war – unausgepackt auf dem Fußboden. Jetzt, da sie wieder alleine war, musste sie zu ihrem normalen Leben zurückfinden, und sie musste das Geschäft mit ihren Cousins abwickeln. Um drei Uhr hatte sie einen Termin mit der Bank, und morgen würde sich die neue Arbeitsgruppe treffen und darüber nachdenken, wie sich das Flanagans mit etwas moderneren Ansätzen für die Zukunft rüstete.

Sie hatte den Betrieb, so wie er im Moment lief, gut im Griff, doch sie war keine Visionärin, so viel Kreativität besaß sie nicht. Ein großer Anteil am Erfolg des Flanagans in den ersten Jahren nach ihrer Übernahme war darauf zurückzuführen, dass sie Marys Ideen hervorragend umgesetzt hatte. Aber jetzt lebten sie in den Sechzigerjahren, und vielleicht musste man sich ein bisschen mehr als exklusive Bälle einfallen lassen, um mit der Zeit zu gehen?

Linda schminkte sich auffälliger als gewöhnlich. Die

Maske musste den Besuch in der Bank überstehen, und als sie durch die Lobby ging, war ihr bewusst, dass sie aussah wie ein Filmstar. Genau das hatte sie beabsichtigt. Mit falschen Wimpern, schwarzer Sonnenbrille, schwingenden Hüften und den höchsten High Heels, die sie besaß, schwebte sie pünktlich zu ihrem Termin ins Bankhaus.

Der Direktor begrüßte sie reserviert und setzte sich dann an seinen Schreibtisch, um als Erstes einen Vortrag über weibliche Unternehmerinnen zu halten, während er sie unentwegt ansah. Linda ließ ihn ausführlich erklären, warum Männer Geschäfte einfach besser im Griff hatten, sie lächelte und nickte an den entscheidenden Stellen. Es war ihr vollkommen egal, dass er sich über ihre Fähigkeiten keinerlei Gedanken machte, sie schwieg zu seinen frauenfeindlichen Parolen, denn er sollte nur ihren Vorschlag annehmen. Und danach würde sie auf der Stelle die Bank wechseln, es war höchste Zeit.

Er hatte ein verdutztes Gesicht gemacht, als sie dargelegt hatte, dass sie jeden Penny, den das Flanagans den Cousins schuldete, auf den Tisch legen konnte, und als sie zur Tür hinausging, hatte sie eine Frist von drei Wochen bekommen, in denen sie die anderen finanziellen Probleme lösen konnte. Einen kleinen Teil konnte sie aus dem Bargeldbestand aufbringen, und irgendwie würde sie das restliche Geld schon auftreiben.

»Viel Glück«, hatte ihr der Banker hinterhergerufen, der die Besprechung vermutlich als reine Zeitverschwendung betrachtet hatte.

Linda könnte ein Dutzend Hotels besitzen, und dennoch

würde sie als Amateur betrachtet werden, während das Hotel schon vor Jahren Konkurs gegangen wäre, wenn ihr Vater es weiter betrieben hätte. So sah es aus. Das Problem jetzt war nicht, dass es keine Gewinne abwarf. Im Gegenteil – deshalb war es jetzt so viel wert. Wie blöd von mir, dass meine Hotelleitung so erfolgreich war, dachte sie noch, als sie ins Flanagans zurückfuhr.

Mary kam durch die Tür gewirbelt, eine Flasche Champagner in der Hand.

»Darling, wirf dich in Schale, es gibt was zu feiern.«

Linda hatte gerade das Make-up entfernt, ihren weißen Frotteemorgenmantel angezogen und nicht die geringste Lust, Champagner zu trinken.

»Was denn?«, fragte sie grinsend.

»Dass das Hotel bald dir allein gehört.«

»So weit sind wir noch nicht«, antwortete Linda. Sie hatte Mary von dem Geld, das sie in Fjällbacka gefunden hatte, erzählt. »Aber immerhin ist es schön, dass der Konkurs abgewendet ist.«

»Und noch eine Neuigkeit hab ich für dich ...«, verriet Mary.

Linda fiel ihr ins Wort. »Wir müssen noch etwas feiern.« Sie strahlte übers ganze Gesicht. »Ich habe mich verliebt.« Dann lachte sie laut, als sie sah, dass Mary die Kinnlade runterfiel. »Nein, wirklich. Du hattest so recht, was Robert angeht. Er passt *wirklich* zu mir.«

»Robert? Robert Winfrey? *Meine Güte*, wie wunderb Mary strahlte übers ganze Gesicht. Dann kramte sie in

Handtasche, holte eine Schachtel Zigaretten heraus und legte sie auf den Tisch. »Ohne Zigarette kann ich mich nicht konzentrieren«, erklärte sie und steckte sich eine an. »Und jetzt erzähl alles über meinen guten Freund Robert. Ich platze vor Neugier. Wie war er im Bett? Hervorragend, stimmt's? Du musst mir alles erzählen. Jedes Detail. Mir wird schon ganz heiß, wenn ich an den Mann nur denke.«

»Haben wir Mrs Kennedy zu verdanken«, sagte Mary und machte es sich im Sessel bequem. Sie trugen jetzt beide Hosen und lose sitzende Blusen und wollten in Lindas Appartement mittagessen.

»Warum?«

»Ihr Kleidungsstil ist etwas legerer. Erst fand ich es sehr unweiblich, aber es ist wirklich schön, diese fest gezogenen Gürtel zwischendurch mal ablegen zu können.«

Es klopfte an der Tür, und Linda öffnete.

Sie strahlte, als sie sah, wer ihr das Essen brachte. »Elinor, komm doch rein.«

Elinor fuhr den Servierwagen ins Zimmer und lächelte Mary an. Vier silberfarbene Hauben deckten die Teller ab, aber nichts konnte den wunderbaren Duft verbergen. Sofort war der Appetit da. Linda hatte in den letzten Tagen kaum etwas zu sich genommen.

»Das ist Elinor, auf ihr ruhen unter anderem meine Hoffnungen für die Zukunft des Hotels«, erklärte sie Mary, und dann sagte sie zu Elinor: »Und das ist Lady Mary, die auch in unserer Arbeitsgruppe dabei sein wird.«

Elinor machte einen Knicks, während Mary ihr zur Begrüßung die Hand hinhielt. Sie war eine Lady, aber sie erhob sich niemals über jemand anderen.

»Wo darf ich das Essen hinstellen?«, fragte Elinor.

»Lass den Wagen einfach da stehen, wir bedienen uns. Vielen Dank, Elinor. Wir sehen uns dann morgen in meinem Büro, um zehn Uhr.«

»Sehr gern.«

Als sie gegangen war, sagte Mary: »Jetzt muss ich dir erzählen, was es bei mir Neues gibt. Ich habe mit meinem lieben Ehemann gesprochen. Er leiht dir die fehlende Summe.« Sie sah Linda erwartungsvoll an.

»Nein, das kann ich nicht annehmen.«

»Natürlich kannst du das. Jetzt schluck deinen Stolz mal runter, Linda. Du nimmst Archies Angebot an, dann kannst du immer noch nach anderen Lösungen suchen, das Geld an ihn zurückzubezahlen. Jetzt musst du dir wenigstens im Moment keine Sorgen machen.«

»Ich weiß nicht, was ich sagen soll«, erwiderte Linda leise. »Das ist unglaublich großzügig.«

»Ja, aber das ist ja ein Kredit, und du wirst ihn zurückbezahlen, sobald es geht. Jetzt will ich hören, wie es um deine Romanze steht. Wann kommt Robert wieder nach London?«

»Er meinte, in ein paar Wochen. Er hat in New York etwas zu erledigen, aber dann wird er herkommen und einen ganzen Monat bleiben. Hier, bei mir.«

»Meine Liebe, wie ich mich für dich freue. Stell dir vor, wie viel Sex ihr haben werdet!« Ihre Augen funkelten.

»Ich liebe ihn, Mary.« Tief im Inneren schickte sie ein Gebet in den Himmel, dass nicht gerade das ein schlechtes

Omen war. »Wir sollten essen, bevor es kalt wird«, fuhr sie fort, um das Thema zu wechseln. Sie wollte die Anflüge von Unsicherheit loswerden, die plötzlich mit ihrem Geständnis aufgetaucht waren. Er war ein anderer Typ Mann als die, die sie kannte, und sie fühlte sich bei ihm geborgen, aber sie wollte noch nicht zu viel preisgeben. Schließlich waren sie gerade erst zusammengekommen, auch wenn Robert behauptete, dass sie sich ja schon seit zehn Jahren kannten.

Mary lächelte sie warmherzig an, sie schien zu verstehen, dass Linda etwas gesagt hatte, das sie verletzbar machte. Dann hob sie die erste Haube. »Mein Gott, sieht das lecker aus«, rief sie und zog den Duft tief in die Nase. »Irgendein Fisch. Und sehr fantasievoll angerichtet, muss ich sagen. Macht man das mittlerweile so?«

»Wir haben in der Küche jetzt einen neuen Koch, der sehr ambitioniert ist. Er wird bei dem Treffen morgen Vormittag übrigens auch dabei sein, denn gerade er kommt auf solche Ideen. Das Essen soll appetitlich aussehen, nicht nur gut schmecken. Er hat lange in Frankreich gearbeitet und dort von den besten Köchen viel gelernt.«

Küchenchef Duncan hatte glücklicherweise das Talent des jungen Kochs erkannt und ihn sofort an die Töpfe gelassen. Das ehrte ihn, aber andernfalls hätte Linda ihn entlassen müssen – auch wenn er so viele Jahre für ihren Vater gearbeitet hatte. Sie konnte es sich nicht länger leisten, nett zu sein.

Mary versuchte Linda Wein einzuflößen, doch Linda winkte ab. Stattdessen stießen sie mit Wasser an, das sie in feine Kristallgläser gefüllt hatten, und dann aßen sie eine Zeit lang im Stillen.

»Sollten wir es auf irgendeine Weise für uns nutzen, dass Laurence einen Narren an mir gefressen hat?« Mary ergriff als Erste wieder das Wort.

»Was schwebt dir vor?«

»Ich denke einfach laut. Ich glaube, ich werde mich mit deinem Cousin verabreden«, überlegte sie. »Ihm ein bisschen auf den Zahn fühlen.«

»Mary«, sagte Linda warnend.

»Er ist so eitel und von sich überzeugt, dass ich vielleicht mehr über seine Pläne erfahren kann. Ich verspreche, ich gehe nicht mit ihm ins Bett«, sagte sie beschwichtigend, als sie Lindas grimmiges Gesicht sah.

»Bist du dir da sicher? Was müssen wir denn noch wissen?«

»Was er im Detail vorhat, wenn du ihn ausbezahlt hast. Plant er wirklich, dir Konkurrenz zu machen? Wünscht er sich das für den alten Familienbetrieb? Das wäre doch sehr außergewöhnlich, oder?«

»Mich überrascht das nicht. Ich glaube, sein Hass auf mich ist größer als die Bindung ans Hotel.«

»Aber ich dachte, deine Cousins mochten deinen Vater?«

»In erster Linie, weil er ein Mann war. Das gibt in ihren erbärmlichen Hirnen jede Menge Pluspunkte. Und sie haben wohl nicht gedacht, dass ich das Hotel übernehmen würde.«

»Ich werde ihn treffen«, sagte Mary noch einmal. »Morgen nach unserem Meeting werde ich ihn anrufen.«

»Nein, mir wäre lieber, du machst das nicht«, sagte Linda besorgt. »Wir kriegen das schon hin, auch wenn wir nicht wissen, was er im Schilde führt.«

»Ich werde ganz vorsichtig sein, ich versprech's dir.«

33

Elinor traf ihre Mutter am Personaleingang im Untergeschoss und nahm sie mit zum Frühstück. Es war der erste Arbeitstag ihrer Mama im Hotel, und sie hatte Punkt halb acht wie verabredet vor der Tür gestanden.

»Ich bin so nervös. Gibt es irgendetwas, auf das ich besonders achtgeben sollte?«, fragte sie ihre Tochter.

»Nein, tu einfach das, was sie dir sagen«, antwortete Elinor. »Und was hat Papa gesagt, als du losgefahren bist?«

»Da war er schon längst bei der Arbeit«, antwortete ihre Mutter. »Habe ich erzählt, dass dein kleiner Bruder jetzt auch einen Job im Hafen hat?«

»Aber Mama, er ist doch erst fünfzehn, das ist viel zu schwer für ihn.«

Mamas Blick verfinsterte sich. »Du weißt, dass ich da nichts zu sagen habe. Papa meint, das sei der richtige Weg. Rausgehen und Geld verdienen.«

»Ich hätte mir gewünscht, dass er studieren könnte«, sagte Elinor.

»Das Geld haben wir nicht«, erwiderte Mama. »Vielleicht nächstes Jahr.«

Beide wussten, dass es diese Chance dann nicht mehr geben würde. Hatte man mit der Arbeit im Hafen einmal begonnen, dann blieb man dort, zumindest sah Papa es so. Hauptsache, man hatte einen Job, und um die besseren Bedingungen musste man dann kämpfen.

Wie gern hätte Elinor an der Universität studiert, aber sie hatte immer gewusst, dass das ein Ding der Unmöglichkeit war. Es war so ungerecht. Doch sie versuchte immerhin, dieses Defizit durch Korrespondenzkurse zu kompensieren, Emma und sie hatten bereits mehrere absolviert. Sie lernten zusammen, wenn ihre Arbeit es zuließ, und beide bekamen gute Noten auf ihre Hausarbeiten.

»Vielleicht nächstes Jahr«, wiederholte Elinor und nickte.

Als sie gefrühstückt hatten, nahm Elinor ihre Mutter zur Kleiderkammer in der Hauswirtschaftsabteilung mit, damit sie dieselbe Uniform wie die anderen bekam. Schwarzes Kleid, weiße Kappe und eine weiße Schürze. Beim kleinsten Fleck müsse die Schürze gewechselt werden, klärte Elinor ihre Mama auf.

Ihre Mutter nickte und sah sie ernst an. »Ich will mein Bestes geben«, erklärte sie.

Elinor klopfte ihr auf die Schulter. »Das weiß ich, Mama, und noch bevor die Woche vorüber ist, wird die Hausdame Freudentränen vergießen, weil sie dich jetzt hat.«

»Ist das dein Ernst?«

»Ich bin mir ganz sicher.« Sie warf einen Blick auf die Wanduhr. Viertel vor neun. »Ich zeige dir jetzt ihr Büro. Es liegt neben meinem. Komm mit.«

Sie hatte ein komisches Gefühl im Magen. Elinor war flau bei dem Gedanken, dass jetzt etwas von ihr erwartet wurde. Die anderen – außer Emma – waren älter und hatten mehr Erfahrung. Alexander war dreiundzwanzig, Albert sicherlich fünfundzwanzig. Und beide hatten schon in anderen Häusern gearbeitet, bevor sie ins Flanagans kamen.

Auf dem großen Konferenztisch in Miss Lansings Büro standen Wasserflaschen, Teekannen, Scones, Marmelade, Servietten, Notizblöcke und Stifte bereit, und neben dem Tisch war eine Schiefertafel aufgebaut. Elinor begrüßte Alexander und Albert und setzte sich zu Emma ganz nach hinten.

»Bist du auch so nervös?«, fragte sie Emma leise.

»Warum?« Emma hatte nur Augen für die leckeren Scones.

»Schließlich sollen wir helfen, das Flanagans zu retten. Das ist eine große Aufgabe.«

Emma nickte. »Ich weiß, aber wir sind ja nicht allein hier, den anderen wird schon auch etwas einfallen.«

Wieder einmal wünschte Elinor, sie wäre so entspannt wie Emma. Sie konnte das Leben so nehmen, wie es war. Möglicherweise war das jetzt ein gutes Training. Hoffen konnte man immer.

Miss Lansing kam mit Lady Mary herein, und alle standen auf und begrüßten sie. Elinor und Emma machten einen Knicks, Alexander und Albert einen Diener.

»Wunderbar, dass der Tisch gedeckt ist«, begann ihre Chefin. »Greift zu. Wenn man hungrig ist, kann man nicht gut denken.«

Elinor sah sich am Tisch um. Sie waren eine bunte Mischung, aber Elinor begriff, dass gerade das von Miss Lansing beabsichtigt war, und alle wirkten wach und sehr gespannt.

»Der Grund für unser heutiges Treffen ist folgender: Meine Cousins Laurence und Sebastian Lansing wollen mir ihre Anteile am Hotel verkaufen. Von dem Geld bauen sie das *Flanagans New* hinten in unserer Straße.«

Emma riss die Augen auf.

»Sebastian, den ich so nett fand, der immer zu uns runterkommt? Er ist Miss Lansings Cousin? Das werde ich ihm das nächste Mal unter die Nase reiben, wenn er sich blicken lässt«, zischte Emma.

Elinor legte ihrer Freundin die Hand auf den Arm. »Du wirst gar nichts, Emma. Beruhige dich.«

Miss Lansing sah über den Tisch.

»Meine Cousins sind nicht gerade begeistert davon, dass ich das Hotel leite, und haben jahrelang versucht, mich loszuwerden. Ich habe nicht genug Geld, um sie auszuzahlen, und die Bank vertraut mir nicht, weil ich eine Frau bin.«

Die Angestellten sahen sich schockiert an.

»Lady Marys Mann war so großzügig, mir einen Kredit anzubieten, aber wie ihr verstehen werdet, fällt es mir schwer, ihn anzunehmen. Ich würde das Problem lieber selbst lösen.« Sie lachte auf und schüttelte den Kopf, als ob das völlig undenkbar sei. »Unsere Aufgabe ist es nun, das Hotel zukunftsfähig zu machen, damit es der Konkurrenz standhält, die auf uns zukommen wird. Wir müssen nach

Möglichkeiten suchen, kurzfristig Geld zu verdienen, aber natürlich langfristig Ideen entwickeln.«

Sie trank einen Schluck Wasser, dann fuhr sie fort: »Ich bin in so etwas grottenschlecht, daher brauche ich eure Fantasie, die der Jüngeren. Und auch die von Lady Mary, die uns die Ideen für das erste Jahr nach dem Tod meines Vaters lieferte, ohne sie hätten wir nicht überlebt. Unsere berühmten Bälle hätte es ohne dich, Mary, nicht gegeben.« Sie strich ihrer Freundin über die Schulter.

»Die Frage ist also: Was können wir tun, an der Rezeption, in der Küche, im Restaurant und in den Zimmern, damit die Gäste ›Wow‹ sagen und uns wieder buchen? Ziel ist es, sieben Tage die Woche voll belegt zu sein. Dank Alexanders Einsatz konnten wir ein paar Probleme mit dem Lärm vom Neubau meiner Cousins schon lösen. Wir können noch mehr solcher Ideen gebrauchen.«

Sie nahm Stift und Papier in die Hand. »Hier habe ich Material für euch und ...«, sie warf einen Blick auf die Uhr, » ... jetzt habt ihr zwei Stunden Zeit, Ideen zu entwickeln. Lady Mary wird die Leitung übernehmen.«

Sie legte den Block hin und sah zu ihrer Freundin hinüber, die nickte, und so verließ Miss Lansing das Grüppchen.

Am Ende des ersten Arbeitstags ihrer Mutter holte Elinor sie in ihr Zimmer, damit sie erzählen konnte, wie es gelaufen war.

Ihre gute Stimmung sagte eigentlich schon alles, aber sie erhielt dann einen detaillierten Bericht über den ganzen

Tag. Wie das Silber nach dem Putzen geglänzt hatte, dass das Putzen der zwei Zimmer ganz einfach gegangen war und dass sie anschließend geholfen hatte, einen der Konferenzräume vorzubereiten.

»Und alle waren sehr nett«, schwärmte sie. »Hier werde ich mich wohlfühlen.« Dann hielt sie inne und fragte besorgt: »Und wie geht es dir? Du siehst ein bisschen blass aus, hoffentlich hast du dir nichts eingefangen? Im Moment geht so viel rum. Langwierige, hartnäckige Erkältungen mit Husten. Du passt doch auf dich auf?«

Elinor nickte. Sie war einfach nur müde. Eine Nacht durchschlafen würde ihr guttun.

Aber am nächsten Morgen begriff sie, dass ihre Befürchtungen nicht unbegründet waren. Wenn einem jeden Morgen schlecht war, dann ... Sie hatte schon zu viel darüber gehört. Aber Elinor hatte doch verhütet. Sie war nicht ein Mal nachlässig gewesen. Wie hatte das passieren können?

Verzweifelt schlug sie mit der Faust ins Kissen. Sie war kurz davor, in Tränen auszubrechen. Es kam wohl so, wie sie es ahnte, ihr Schicksal war es, arm zu bleiben. Sie würde ihr Leben als eine alleinerziehende Mama in Notting Hill fristen, wie alle anderen. Miss Lansing würde sie rausschmeißen. Und dass der Vater die Verantwortung übernehmen würde, davon konnte Elinor nur träumen. Eine schwarze Geliebte zu haben, war sowieso schon gewagt.

Wie hatte sie nur so strohdumm sein können?

Sie seufzte und stand auf. Selbstmitleid war jetzt auch keine Lösung. Die Arbeit wartete, und sie hatte nicht vor, irgendwem davon zu erzählen. Sie hatte gehört, dass man den

Fötus auch wegmachen lassen konnte, und darüber musste sie mehr herauskriegen. Zu Hause kannte sie eine Frau, die es getan hatte, und Elinor beschloss, mit ihr darüber zu reden, ohne dass Mama etwas erfuhr.

Der Tag verging, ohne dass Elinor an etwas anderes denken konnte. Wie weit sie wohl war? Immer wenn sie zur Toilette ging, betrachtete sie ihren Bauch. Er war nicht dicker als vor einem Monat. Aber ihre Brüste spannten. Die letzte Blutung war ungewöhnlich kurz gewesen. Ob sie da schon schwanger gewesen war? Sollte sie es ihm sagen? Nein, warum denn? Sie wusste ja, dass er ihr nicht helfen konnte. Er würde ihr Geld zustecken, so viel Anstand besaß er, aber sie konnte nicht damit rechnen, dass er mehr Verantwortung übernahm.

Sie lachte lautlos, als sie sich vorstellte, wie oft er seinen Ring drehen würde, wenn sie ihm diese Nachricht überbrachte.

Nein, das musste sie selbst regeln, allein. Nicht einmal Emma sollte es erfahren. Elinor vertraute ihr, aber nicht ihren Launen. Und sie konnte es nicht erzählen, ohne zu verraten, wer der Vater war.

Am Abend fiel es ihr schwer einzuschlafen. Mit einem Schlag waren all ihre Zukunftsträume geplatzt. Morgen würde sie nach Hause fahren und versuchen, jemanden zu finden, der einen Schwangerschaftsabbruch vornehmen konnte. Alternativen gab es nicht. Das Kind zur Welt zu bringen und zur Adoption freizugeben, war zwar auch eine Möglichkeit, doch das Kind wäre nicht weiß und nicht farbig. Sie würden keine guten Eltern finden können ... und dann müsste es in einem Kinderheim aufwachsen.

Die Tränen begannen zu fließen und ließen sich nicht mehr stoppen.

Elinor hatte kein Auge zugemacht. Sie versuchte, eine Tasse Tee zu trinken, doch die Übelkeit überkam sie wieder. Sie kippte den Tee ins Waschbecken und rief sich in Erinnerung, was sie der Frau in Notting Hill erklären wollte: Eine Freundin habe sich in eine unangenehme Lage gebracht und brauche jetzt Hilfe, das Problem zu beseitigen.

So schwer konnte es doch nicht sein.

Aber die Frau musste irgendwie hellseherische Fähigkeiten haben, denn Elinor konnte ihre Geschichte nicht einmal fertig erzählen, da fuhr sie ihr ins Wort, sagte: »So ein Quatsch«, und fragte sie, in welcher Woche sie sei.

»Ich hab keine Ahnung«, antwortete sie leise.

»Aber wann hast du zuletzt geblutet?«

»Vor fünf Wochen, aber nur wenig. Auffällig wenig.«

»Ich bin kein Arzt, aber ich weiß, dass man trotzdem eine leichte Blutung haben kann. Und jetzt willst du einen Rat, wie man es wegmachen kann?«, sagte sie. Sie saß breitbeinig da. Nahm den Raum ein, den sonst Männer beanspruchten. Elinor hatte ihre Knie eng aneinandergepresst, die Hände im Schoß und schamrote Wangen.

Elinor nickte. »Ja. Ich habe gehört, Sie kennen jemanden, der ...«

Die Frau hatte einen Blick, der Elinor nicht geheuer war. Sie sah geradezu durch Elinor hindurch.

»Lass mich noch eines fragen: Wenn dich der Vater des Kindes unterstützen würde, würdest du es dann auch nicht haben wollen?«

Elinor schüttelte den Kopf. »Nein, absolut nicht. Aber allein schaffe ich es gar nicht.«

»Das kann ich verstehen, und es ist Sache der Frauen, diese Entscheidung zu treffen«, sagte die Frau. »Aber hast du es ihm erzählt, oder glaubst du nur zu wissen, was er denkt?«

»Ich glaube es«, gab Elinor zu.

»Dann komm zu mir zurück, wenn du es sicher weißt. Ich will nicht zu einem Unglück beitragen, das sich vermeiden lässt.« Die Frau stand auf, und Elinor folgte ihr.

»Aber es gibt eine Möglichkeit, wenn ich mich dafür entscheide?«

Sie gingen zur Haustür.

Die Frau nickte. »Ja, aber danach kannst du möglicherweise nie wieder schwanger werden. Wenn du es überhaupt überlebst.«

Im Flur kritzelte sie eine Telefonnummer auf einen Zettel und überreichte ihn Elinor.

»Wenn du anrufst, dann ist es der allerletzte Ausweg, versprich mir das.«

Es gelang Elinor, Notting Hill zu verlassen, ohne einem einzigen Menschen zu begegnen, und als sie zum Flanagans kam, war es, als atmete sie andere Luft. Hier war sie zu Hause.

Miss Lansing winkte ihr schon am Eingang zu. »Wie gut,

dass du kommst. Ich weiß, dass du freihast, aber ich wollte ein paar Dinge mit dir besprechen. Darf ich dich zu einem Tee einladen?«

Das schlug man nicht aus, auch wenn man es wollte. Als sie in den Salon gingen, warf Elinor einen Blick auf ihre Kleider, aber sie hoffte, ihre Garderobe war gut genug. Nie zuvor hatte sie Tee im Salon getrunken, das war verbotenes Terrain für sie.

Sie bekamen Tee und kleine Häppchen, solche, die Elinor selbst schon tausendmal zubereitet hatte, und sie musste lächeln, als Miss Lansing ihr die Platte hinhielt.

»Sind sie genauso schön wie die, die du immer machst?«, fragte sie lächelnd.

Elinor nickte und griff zu. Es ging ihr nach dem Treffen nun ein bisschen besser, da es einen Ausweg gab. Und Hunger hatte sie jetzt auch.

Sie biss einmal ab. Es war lecker. Das Brot war ganz frisch und die Gurke in hauchdünne Scheiben geschnitten. Wer auch immer das zubereitet hatte, es war perfekt.

»Ich will direkt zur Sache kommen«, begann Miss Lansing. »Hier im Hotel passiert nichts, von dem ich keine Kenntnis habe.«

Elinor nickte, verunsichert, worauf Miss Lansing hinauswollte.

»Ich weiß von deiner Affäre.«

Elinor blieb ein Stück Gurke im Hals stecken. Hustend hielt sie sich die Serviette vor den Mund, bis sich das Stück gelöst hatte. Völlig verschreckt starrte sie ihre Chefin an.

»Es war nicht meine Absicht, dich zu überrumpeln«,

sagte Miss Lansing lächelnd. »Und du hast dir nichts zuschulden kommen lassen, außer dass du durch die Gänge geschlichen bist. Was natürlich, wie du sicher weißt, nicht angebracht ist.«

Elinor schlug die Augen nieder. Was sollte sie dazu sagen?

»Ich will dich eigentlich nur ermahnen, vorsichtig zu sein. Du spielst mit dem Feuer, und ich will nicht, dass du Schaden erleidest. Für mich gehörst du ganz klar zur Zukunft dieses Hotels, und wenn du ein Problem bekommst, dann möchte ich, dass du dich an mich wendest.« Sie sagte das voller Gefühl, als läge es ihr wirklich am Herzen.

Elinor starrte immer noch hinunter auf die Tischplatte.

»Elinor?«

»Es ist zu spät«, sagte sie leise.

»Was ist zu spät?«

»Ich habe mich am Feuer schon verbrannt.«

»Wie soll ich das verstehen, willst du es mir erzählen?«

»Ich meine, dass ich hier sitze und mich schämen muss. Ich hätte es wissen müssen«, wisperte sie.

»Pass auf dich auf, Elinor.« Miss Lansings Stimme war fürsorglich.

Elinor lächelte zaghaft. Beinahe hätte sie sich verplappert, sie hatte die Situation im letzten Moment noch retten können.

Sie musste diese Schwangerschaft so schnell wie möglich beenden.

34

Es klopfte nicht, es hämmerte an Lindas Tür im Appartement. Sie warf einen Blick auf ihren Wecker, der auf dem Nachttisch stand. Meine Güte, es war mitten in der Nacht. Sie sprang aus dem Bett und suchte schnell nach ihrem Morgenmantel. Stand das Haus in Flammen?

»Wer ist da?«, rief sie durch die Tür.

»Ich bin's.«

Als sie öffnete, fiel sie fast in Ohnmacht.

Marys Kleider waren zerrissen, sie hatte einen riesigen Bluterguss rund um das eine Auge, und ihr Arm hing sonderbar steif an ihrer rechten Körperhälfte herab.

»Du liebe Güte! Meine Süße, komm rein. Wir müssen einen Arzt rufen, oder nein, wir fahren direkt zum Krankenhaus. Was ist passiert? Bist du überfallen worden? Wir müssen die Polizei verständigen!« Sie half Mary in die Wohnung.

»Keine Polizei. Niemand darf davon erfahren, versprich mir das.«

»Mit diesem Arm musst du ins Krankenhaus.«

»Ich habe mir die Schulter ausgekugelt. Kennst du hier niemanden, der mir helfen kann? Das ist mir schon mal passiert. Wenn wir jemanden finden, der sie einrenken kann, ist alles wieder gut.«

Ihre verletzte Freundin war so verzweifelt, dass Linda ihr nicht widersprach. Aber einen Arzt brauchte sie auf jeden Fall.

»Ich rufe Doktor Werner an«, sagte Linda. »Er ist seit Jahren unser Hausarzt, er wird keine Fragen stellen. Aber ich, sobald ich mit ihm gesprochen habe.«

Sie schob Mary ins Wohnzimmer und setzte sie vorsichtig in einen Sessel.

»Kannst du hier sitzen, während ich telefoniere?«

Schnell huschte sie in den Flur, wo das Telefon stand. Das Adressbuch lag in der obersten Schublade der Kommode. V, W, Werner. Da. Sie wählte die Nummer, und nach einigen Klingeltönen nahm jemand ab.

Linda erklärte kurz, wer sie war, warum sie anrief und dass sie dringend Hilfe bräuchten. Sehr bald hatte sie den Arzt an der Strippe.

»Es tut mir furchtbar leid, Sie mitten in der Nacht zu stören, aber ich wusste mir nicht anders zu helfen.«

Doktor Werner sagte, dass er für so etwas ja da sei und in fünfzehn Minuten im Hotel sein könne.

Sie ging zurück zu Mary, die sich nicht vom Fleck bewegt hatte.

»Mary, brauchst du was zu trinken?«

»Whisky.«

Linda flitzte zu ihrem Servierwagen, auf dem die Karaffe stand. Die dünnwandigen Whiskygläser standen in einer Reihe, doch Linda füllte das Getränk lieber in ein Grogglas.

Mary sah aus, als hätte sie schreckliche Schmerzen. Nicht nur im Arm. Das verletzte Auge war komplett zugeschwollen.

»Wer?«, fragte Linda nur und hielt ihr das Glas hin.

»Ich bin überfallen worden«, antwortete Mary, und das Auge, das zu sehen war, flackerte nervös.

»Nein, Mary, wer war es? Du hältst deine Handtasche in der Hand, also hat dich niemand überfallen. Irgendwer hat dir schrecklich wehgetan. Wer?«

»Du weißt, wer«, sagte sie leise.

Dieser Teufel. *Dieser Teufel.*

»Ich werde ihn umbringen«, sagte Linda voller Ernst.

»Er hat mich vergewaltigt, Linda.«

Mary brach in Tränen aus, in lautes Schluchzen und Schniefen, und die Wut, die bei Linda konkrete Form annahm, war so groß, dass sie ihn am liebsten völlig ruinieren wollte. All seine Ambitionen, alles, was ihm lieb und teuer war, würde sie ihm wegnehmen.

»Das wird ihm noch leidtun. Soll ich Archie anrufen?«

Mary nickte. »Ja, auch wenn ich fürchte, dass ich das bereuen werde.«

Marys Mann kam am nächsten Morgen. Linda ließ sie allein. Sie bestellte den Roomservice und ließ Tee für die beiden bringen, dann ging sie hinunter zur Rezeption, um die Buchungen für den Tag durchzusehen.

»Jemand hat für Sie angerufen, aber ich konnte Sie nicht erreichen«, sagte eine der neuen Mitarbeiterinnen an der Rezeption. Es war ihr sichtlich unangenehm.

»Hat die Person eine Nachricht hinterlassen?«

»Ja, dass er wieder anrufen würde.«

»Nächstes Mal stellen Sie so ein Gespräch bitte direkt in mein Appartement durch«, wies Linda die Mitarbeiterin freundlich, aber bestimmt an. Sie konnte so etwas noch nicht wissen. »Wer war es denn?«

Die junge Frau lief rot an. »Das habe ich vergessen zu fragen.«

»Hat er sich denn nicht mit seinem Namen gemeldet?«

»Nein, das hat er nicht.«

»Wenn es wichtig war, wird er sich wieder melden«, sagte Linda und lächelte.

Linda saß im Büro und kümmerte sich um die Rechnungen, als Mary anrief. Da ließ sie alles stehen und liegen und rannte hoch in das Appartement ins Gästezimmer.

»Archie hat mich rausgeschmissen«, heulte Mary.

Linda legte den Arm um Mary, die so sehr zitterte, dass ihre Worte ganz abgehackt klangen: »Er sagt, ich sei selbst schuld. Ich hätte mich Laurence angeboten, weil ich mit ihm geflirtet habe. Und das ertrage er nicht länger.«

Linda wiegte sie still hin und her. Wie konnte der Lord nur Mary beschuldigen, wo doch alle Schuld Laurence traf? Man muss doch einen Mann treffen und sagen können, dass man nicht mit ihm schlafen will, *ohne dafür fast totgeschlagen zu werden?*

»Darf ich hierbleiben, bis ich wieder normal aussehe?«, flehte Mary sie an. »Bitte!«

»Du kannst noch Monate bei mir verbringen, wenn du

willst. Hier steht die Tür für dich immer offen. Soll ich jemanden auf das Gut schicken, der deine Sachen abholt?«

»Ist nicht nötig. Ich habe Archie schon gesagt, was ich brauche, und er wird jemanden damit beauftragen. Er schien ganz zufrieden damit zu sein, dass ich weg bin.«

»Aber was ist mit den Jungs? Ihr müsst doch an eure Kinder denken!«

Mary lachte lautlos. »Sie sind seine Erben, du glaubst doch wohl nicht, dass er sie mir überlassen würde? Nein, ich darf sie hin und wieder sehen, mehr nicht. Und er verlangt, dass wir nach außen die Fassade aufrechterhalten, ausgewählte Veranstaltungen will er mit mir noch besuchen, auch wenn wir getrennt sind.«

»Oh, Mary.«

Linda hatte sich in ihm getäuscht. Wenn es darauf ankam, war er überhaupt nicht modern. *Wie* konnte er sich jetzt gegen seine Frau stellen, anstatt ihr zu helfen?

»Ich würde gern duschen«, sagte Mary.

»Vorher frage ich noch mal: Soll ich nicht die Polizei anrufen?«

Der Arzt hatte ihr dieselbe Frage gestellt. Er hatte Marys Arm wieder eingerenkt, was heftig wehgetan haben musste. Sie hatte zwar ein Stück Stoff im Mund gehabt, doch der Schrei war trotzdem zu hören gewesen.

»Nein, keinesfalls, das darfst du nicht.«

»Okay, dann lasse ich es, ich wollte nur sicher sein, dass du es dir nicht anders überlegt hast. Ich kann verstehen, wenn du es nicht willst.«

Linda konnte sich leicht in Marys Situation hineinversetzen. Es wäre der Horror, einen Prozess gegen Laurence durchzumachen, dazu die Presse, denn damit war natürlich zu rechnen. Man würde fragen, was Mary getan hatte, dass es überhaupt möglich gewesen war, sie zu vergewaltigen. Und Marys Name würde in den Schmutz gezogen werden, obwohl sie ja das Opfer war.

Linda stand von Marys Bett auf und holte den Bademantel, der an der Innenseite der Badezimmertür hing. »Hier, komm, ich helfe dir ins Badezimmer. Wenn du fertig bist, frühstücken wir. Im Salon steht schon alles bereit.«

»Danke, ich wüsste nicht, was ich ohne dich machen würde.«

»Und ich wüsste nicht, was ich ohne dich machen würde«, entgegnete Linda.

Im grellen Badezimmerlicht waren alle Blutergüsse deutlich zu sehen. Er musste nach ihr getreten haben, dachte Linda. Nur richtig harte Schläge verursachten solche Verletzungen. Die arme Mary.

So gefährlich war ihr Cousin also. Er schreckte vor nichts zurück. In Lindas Nachttisch lag die perlenverzierte Pistole ihres Vaters. Bislang war sie nie auf die Idee gekommen, sie zu benutzen. Aber Laurence könnte sie einen Kopfschuss verpassen, ohne dass es ihr leidtäte.

Er hatte ihre beste Freundin geschändet und alle Grenzen überschritten. Er würde nicht ungeschoren davonkommen, das schwor sie sich.

Linda schenkte eine Tasse Kaffee ein, dann schmierte sie sich ein Brot. »Willst du die Hälfte?«, fragte sie Mary, die sich soeben neben sie gesetzt hatte.

»Danke, nein, aber gern etwas Kaffee«, antwortete sie leise, bevor sie fortfuhr: »Leider hat mein Mann auch sein Angebot, dir Geld zu leihen, zurückgezogen. Es tut mir so leid, Linda.«

»Mach dir keine Gedanken. Ich wollte sein Geld sowieso nicht. Jetzt musst du dich erst mal erholen.«

»Werde ich jemals wieder so sein wie früher?«

»Ja, wenn ein bisschen Zeit ins Land gegangen ist.«

»Ich kann so nicht in deiner Gruppe mitarbeiten.«

»Noch nicht gleich, aber später kannst du es wieder.«

»Glaubst du das wirklich?«

»Ja«, erwiderte Linda gelassen.

Als sie sicher war, dass sie Mary allein lassen konnte, ging Linda in ihr Büro und rief ihren Anwalt an.

»Es tut mir sehr leid, dass ich Sie an einem Wochenende störe, aber ich brauche dringend ein paar Unterlagen, die so schnell wie möglich aufgesetzt werden müssen. Können Sie mir helfen? Ich brauche sie schon morgen Nachmittag.«

Der Anwalt versicherte ihr, dass sie jederzeit anrufen könne, und dass er die Papiere ohne Probleme am folgenden Tag vorlegen könne.

Als Nächstes machte sie einen Besuch in der Küche. Auf halbem Wege in die Lobby blieb sie stehen. Sie ließ ihren Blick über ihr adrett gekleidetes Personal an der Rezeption schweifen, das ihre Gäste gut gelaunt empfing. Weiter hinten sah sie Gäste in Sonntagskleidung, die gerade auf dem Weg zum Frühstück waren, und drei junge Frauen – die sich so ähnlich sahen, als seien sie Schwestern – kamen die Treppe hinunter. Sie lachten und warfen ihre Lockenmähnen hin und her. Ein älteres Paar wartete am Eingang zum Frühstücksraum und lächelte stolz, als es das Trio kommen sah.

Die Wochenenden waren im Flanagans schon immer etwas Besonderes gewesen. Es waren mehr Touristen und weniger Geschäftsleute anwesend, und die Stimmung war gut. Viele freuten sich auf die Abendveranstaltungen, andere hingegen wollten nur durch die Stadt flanieren.

Linda machte ihre Runde und hielt hier und da mit den Gästen Small Talk und bewegte sich langsam auf die Tür zu, die ins Untergeschoss und zur Küche führte. Dort war sie nicht gerade oft. Das Personal fühlte sich gestört, wenn sie sein Reich betrat, daher vermied sie es. Aber jetzt musste sie Elinors Mutter finden, Ingrid, die laut Plan heute arbeitete.

Linda hatte Glück, gleich als sie die Treppe hinunterkam, tauchte Ingrid auf.

»Da sind Sie ja. Sie habe ich gesucht.«

»Wie kann ich Ihnen behilflich sein?«, fragte Ingrid und lächelte.

»Nicht Sie, sondern vielmehr Ihr Mann. Kommen Sie rüber, dann erzähle ich es Ihnen in Ruhe.« Linda zog Ingrid beiseite. »Ich weiß ja, dass Sie es nicht leicht haben, über die Runden zu kommen, und wollte mal nachfragen, ob Sie sich vorstellen können, dass Ihr Mann einen Zweitjob annimmt?«

»Oh, keine Ahnung, da muss ich ihn natürlich fragen. Ins Hotel würde er aber niemals kommen, Dienstleistung ist überhaupt nichts für ihn. Er ist eher ein stiller Mann.«

»Und genau den brauche ich. Er soll hier gar nicht arbeiten, er soll jemanden schützen.«

Ingrid sah sie verdutzt an. »Wie ein Leibwächter?«

»Genau.«

»Wie groß ist das Risiko, dass ihm etwas passiert? Mit der Polizei hat er schon genug Ärger gehabt.«

»Gering. Es geht um eine Frau, die vor einem Mann, der Frauen schlägt, beschützt werden muss. Unter uns gesagt, ich glaube, dass dieser armselige Typ sich in die Hosen machen würde, wenn er es mit einem Mann aufnehmen sollte. Solche Typen kennen Sie bestimmt auch.«

»Soll er Sie schützen?«

»Hin und wieder vielleicht, aber jetzt soll er sich um meine beste Freundin kümmern, die gerade etwas Übles erlebt hat. Mehr kann ich nicht sagen. Deshalb kann ich auch keinen normalen Sicherheitsdienst engagieren, die halten einfach nicht dicht. Und es darf wirklich nichts an die Presse dringen.«

»Ich frage ihn gleich, wenn er heimkommt.«

»Danke, Ingrid. Und der Stundenlohn, den er bekommt, ist viermal so viel wie im Hafen, sagen Sie ihm das. Wenn dieser Auftrag beendet ist, habe ich noch haufenweise andere Aufgaben für ihn, wenn er will.«

»Wo er auch nicht freundlich sein muss?« Ingrid zwinkerte.

Linda lachte und nickte.

Am späten Nachmittag noch rief Ingrid an und erzählte,

dass ihr Mann zugestimmt hatte. Aber morgens wolle er weiterhin im Hafen arbeiten.

»Oh, welch gute Nachricht!«, rief Linda. Dann erklärte sie ihr, wie sie sich die Arbeit vorgestellt hatte. »Er muss ein paar ordentliche Anzüge haben, aber darum kümmere ich mich. Welche Größe trägt George?«

Sie notierte das Maß. Er war groß und breitschultrig, und dass er stark war, daran zweifelte sie keinen Augenblick, wenn man seine harte Arbeit im Hafen bedachte.

»Sein erster Auftrag ist morgen Nachmittag, vier Uhr. Ich hole ihn um halb vier ab. Die Kleidung wird pünktlich da sein. Wie lautet Ihre Adresse?« Sie hörte, wie Ingrid wieder Geld in den Apparat einwarf.

»Bis dahin wird er vermutlich die Hände nicht sauber haben«, erwiderte Ingrid zaghaft.

»Machen Sie sich deswegen keine Sorgen. Er muss sie nur zeigen, wenn er sich prügeln muss.«

35

Der übliche Nebel über Liverpool war an diesem Morgen ausgeblieben. Durch das Hotelzimmerfenster sah Robert die Stadt erwachen. Er hatte heute ebenso gut geschlafen wie schon in den vergangenen Nächten.

Ich hätte schon längst herkommen sollen, dachte er. Dann hätte ich mir vielleicht diese schlimmen Jahre voller Angst erspart.

Alles, was er sich eingebildet hatte, war entkräftet worden, sobald er den Fuß in die Tür der Familie von Timothy gesetzt hatte. Mit warmherzigem Lächeln hatten sie ihn willkommen geheißen. Es war eine Familie, die in sich ruhte.

Natürlich vermissten sie Timothy – sein Bild stand auf dem Kaminsims in Mama Janes Haus, und daneben brannte eine Kerze –, aber sie hatten einen Weg gefunden, nach vorn zu sehen.

Timothys Geschwister waren mittlerweile alle erwachsen, hatten eigene Kinder bekommen, und sie fanden ihr Leben recht gelungen. Jane hatte einen kleinen Friseursalon eröffnet, der gut lief. Erst ein Jahr zuvor hatte sie einen

Mann kennengelernt und meinte, sie sei verliebt »wie ein junges Mädchen«.

Am Abend zuvor hatte er sich von ihnen verabschiedet, und Jane hatte ihm das Geld zurückgegeben, das Robert ihnen all die Jahre geschickt hatte. »Danke, es war lieb, dass du an uns gedacht hast«, sagte sie. »Aber ich habe es nie angerührt.« Dann hatte sie ihm über die Wange gestrichen.

»Wir als Überlebende haben die Aufgabe, aus unserem Leben das Beste zu machen, siehst du es nicht auch so, Robert?«, sagte Timothys großer Bruder, der seinen jüngsten Sohn strampelnd auf dem Arm hielt.

Und damit hatte Roberts Trauer ein Ende gefunden, endlich konnte er einen Schlusspunkt setzen. Wenn Timothys Familie nach vorn sehen konnte, dann konnte er es auch.

Er hatte schon gestern Abend gepackt. Kurz spielte er mit dem Gedanken, den Zug zu nehmen, anstatt in sein Flugzeug zu steigen. Es würde schneller gehen. Auf der anderen Seite musste er den Flieger dann bei einer anderen Gelegenheit abholen, also flog er doch besser wie geplant nach London.

Er sehnte sich nach Linda und hatte sie im Hotel zweimal angerufen, sie jedoch nie an die Strippe bekommen. Hoffentlich hatte sie wenigstens die Nachrichten erhalten, die er ihr hinterlassen hatte. Er war im Hotel an so viele verschiedene Leute durchgestellt worden, dass er am Ende gar nicht mehr sagen konnte, mit wem er eigentlich gesprochen hatte.

Egal, das konnte er klären, wenn er wieder in London war.

Irgendetwas stimmte nicht. Der Taxifahrer faselte wirres Zeug und war unkonzentriert. Ob er betrunken ist?, dachte Robert noch.

»Hallo, alles in Ordnung mit Ihnen?«, rief er vom Rücksitz aus, als der Wagen mit hoher Geschwindigkeit plötzlich besorgniserregend in Schieflage geriet. Er bekam keine Antwort. Der Kopf des Chauffeurs fiel mit einem Mal krachend aufs Lenkrad.

Panisch begriff Robert, dass das kein gutes Ende nehmen würde.

Als er erwachte, befand er sich außerhalb des verunfallten Wagens auf einem Acker.

»Hallo, können Sie mich hören?«

Robert versuchte, den Mann klar zu sehen, der neben ihm kniete. »Der Fahrer ...« Er konnte den Satz nicht zu Ende bringen.

»Der Krankenwagen ist unterwegs, bleiben Sie einfach still liegen.«

In seinem Kopf drehte sich alles, ein Arm tat so heftig weh, dass er hätte schreien können, aber er riss sich zusammen. Das Schlimmste war, dass er seine Beine nicht bewegen konnte. Er fühlte sie nicht einmal.

36

Emmas Abschlussprüfung in Buchführung war hervorragend gelaufen, und das wollte sie mit Elinor feiern, aber wie so oft erwischte sie sie nur selten. Emma ließ sich auf einen Stuhl im Personalzimmer fallen. Ihre Schicht begann erst in zwei Stunden.

Sebastian huschte an ihrer Tür vorbei, und als er sie sah, zwinkerte er ihr zu, aber er kam nicht rein, sondern lief weiter.

Sie hatten sich, seit sie miteinander geschlafen hatten, nicht mehr gesehen, und das war bald drei Monate her. Es ärgerte sie, wie er sie behandelte. Und wenn sie ihm egal war, war er es ihr erst recht. Hätte sie es nicht besser gewusst, könnte man vermuten, dass sie ein bisschen verschossen war. Sie müsste eigentlich böse sein, weil er ja offenbar Miss Lansing das Leben schwer machte, aber daran, was sie beide im Bett angestellt hatten, musste sie häufiger am Tag denken, und wenn sie ganz ehrlich war, wünschte sie sich, es zu wiederholen.

Als sie zu ihrem Zimmer ging, traf sie Alexander auf halbem Wege. Er strahlte, als er sie erblickte.

Das Interesse an ihm hatte sie schon verloren, aber er war engagiert und zuvorkommend, und manchmal, wenn sie schmollte, weil Sebastian sich nicht meldete, war es gerade Alexanders schmachtender Blick, der ihr guttat. Es kam auch vor, dass sie sich küssten, und wenn sie die Augen ganz fest zukniff, konnte sie so tun, als sei er Sebastian.

»Alexander«, sagte sie säuselnd. »Willst du mit in mein Zimmer kommen? Ich will dir etwas zeigen.«

Sie sah sich hastig um, um sich zu vergewissern, dass sie niemand beobachtete, dann zog sie ihn mit sich.

Sie setzten sich auf die Bettkante und knutschten kurz darauf heftig. Alexanders Hände fuhren unter ihre Kleider. Emma schloss die Augen. Ob sie sich ihm hingeben sollte? Dann würde die Erinnerung an Sebastian vielleicht verblassen?

Ein entsetzter Schrei von der Tür ließ beide aufschrecken. Sofort ließen sie voneinander ab.

»Wer ist das?«, raunte Alexander und sah geschockt auf die zwei Frauen, die die Schreie von sich gegeben hatten.

Emma bekam keinen Ton heraus.

In der Tür standen ihre Mutter und ihre Großmutter.

»Ich wusste, dass die Geschichte sich wiederholen würde«, jammerte Großmutter.

»Still!«, schrie Mama.

»Du verbietest mir nicht den Mund«, konterte Großmutter. »Das Mädchen kommt ganz nach dir. Da siehst du das Ergebnis deiner Freizügigkeit.«

»Wovon redet ihr?«, fragte Emma verwirrt. Es war ihr so

peinlich, dass sie nicht wusste, wohin. Sie schob die beiden aus der Tür, um ihre Kleider wieder in Ordnung zu bringen.

Alexander hatte sich noch vorgestellt, bevor er sich verabschiedet hatte. »Alexander Nolan«, hatte er gesagt, einen Diener gemacht, und im Schockzustand hatten die beiden sich ebenfalls vorgestellt.

Jetzt saßen Großmutter und Mama an dem kleinen Küchentisch, während Emma noch auf dem Bett hockte.

»Kann mir irgendjemand sagen, wovon ihr sprecht?«, fragte sie, während Mama und Großmutter sich wütende Blicke zuschossen.

»Deine Mama war genau wie du«, erklärte Großmutter. »Machte sich unglücklich, bevor sie und der junge Mann verheiratet waren. Und dann kamst du. Natürlich hat er sich aus dem Staub gemacht. Ist nach Yorkshire abgehauen und ward nie wieder gesehen. Deine Mama musste umziehen, bis sie mit dir zurückkam und der Lüge, dass sie nun leider Witwe sei.«

»Mama«, rief Emma schockiert.

Mama war hochrot angelaufen. »Kein einziges Wort mehr«, fauchte sie Großmutter entrüstet an. »Und du packst auf der Stelle deine Sachen«, sagte sie zu Emma.

»Bist du verrückt?«, erwiderte Emma und sah sie mit großen Augen an.

»Der junge Mann und du, ihr müsst heiraten, da gibt es keine Diskussion. Ich habe gesehen, wo er seine Hände hatte und was er im Schilde führte. Ich werde sofort mit seinen Eltern reden.«

»Du wirst gar nichts«, sagte Emma und spürte, wie sich

die Scham in Wut verwandelte. Der Vater, von dem man ihr immer erzählt hatte, war also gar nicht tot. »Aber du kannst mir gern mal erzählen, wer mein Vater ist.«

»Das weiß nur der Herr.« Großmutter bekreuzigte sich.

Mama starrte sie an. »Kannst du bitte das Zimmer verlassen, ich möchte mit meiner Tochter allein reden.«

»Soll ich mich etwa in Luft auflösen?«

»Ich bin der Meinung, ihr beide solltet jetzt gehen«, sagte Emma und stand vom Bett auf. »Heute ist mir so manches Licht aufgegangen, und ich hab nicht mehr das Gefühl, dass ich euch irgendetwas schuldig bin. Meine Zukunft soll anders aussehen. Ich habe nicht vor zu heiraten, ich will in die Hotelleitung. Ich schütze mich, falls ihr euch darüber Gedanken macht. Von all dem Sex, den ich habe, wird es keine Schwangerschaften geben.«

Scheinheilige Kühe, dachte sie, doch bereute es gleich wieder, denn Kühe waren schöne, liebe Tiere im Gegensatz zu den beiden Lügnerinnen, die vor ihr standen.

»Emma!«, rief Mama scharf.

»Das meine ich so. Im Jahr 1960 heiratet man nicht, weil man Sex hat.«

»Komm mir nicht nach Hause gerannt, wenn du schwanger bist«, erwiderte Mama und stand auf.

»Du meinst, so wie du zu Großmutter heimgekommen bist?«

Ihre Mutter sah aus, als wollte sie ihr eine Ohrfeige verpassen, doch sie senkte die zitternden Hände wieder.

»Jetzt gehen wir«, sagte sie zu Großmutter.

»Adieu, liebe, kleine Emma«, sagte Großmutter. »Pass auf dich auf.«

Und sie sagte nicht, dass die Tür in ihrem Haus für Emma immer offen stehe.

Als sie gegangen waren, legte sich Emma aufs Bett und starrte an die Decke. Dann drehte sie sich auf den Bauch, die Arme unter dem Kissen. Dass Mama und sie sich ähnlich waren, machte sie ratlos. Mama, die ohne ihre Bibel keinen Schritt tat und in die Kirche rannte, sobald sich die Tore öffneten – sie hatte ein Lotterleben geführt?

Erst ein paar Stunden zuvor hatte Emma sich frei und unbesiegbar gefühlt, jetzt war sie vor allem einsam.

Es klopfte an der Tür.

»Ja«, rief Emma.

»Ich hab doch nur Angst um dich, das ist alles«, sagte Mama durch die verschlossene Tür, dann hörte Emma, wie ihre Schritte im Flur verklangen.

Alexander traf Emma später am Abend. Er hockte auf dem Backbrett in der Küche und aß einen Apfel. Er winkte sie zu sich heran.

»Wie lief es?«, fragte er.

»Wir müssen heiraten. Mama ist schon unterwegs zu deinen Eltern, um mit ihnen zu reden«, sagte sie mit ernstem Gesicht.

Die frische Gesichtsfarbe schwand.

Er war derjenige gewesen, der sie unbedingt unter ihren Kleidern streicheln wollte, anstatt sich nur zu küssen. Er konnte sich gut vorstellen, dass ihre Mütter schon die Hochzeit planten.

Emma lief weiter durch die Küche, um Elinor zu finden, aber sie war weder in ihrem Büro noch im Personalspeiseraum.

Alexander hatte sich offenbar von dem Schock erholt, denn er kam hinter ihr hergerannt.

»Emma, warte.«

Sie drehte sich zu ihm um.

»Entschuldige. Das ist alles meine Schuld, und wenn du willst, kann ich mit deiner Mutter reden.«

»Sei nicht albern. Was könnte das ändern? Sie haben alle Bande zu mir gelöst, weil sie glauben, dass ich mit dir schlafe«, sagte sie und versuchte, ihre Stimme zu kontrollieren, obwohl es nicht leicht war, denn der Kloß im Hals wurde immer größer.

»Emma«, sagte er zärtlich. »Es tut mir so wahnsinnig leid. Ich habe jetzt frei, wenn du willst, können wir irgendwohin gehen und reden.«

»Reden? Mit dir? Aber wir reden doch sonst auch nie.«

»Ich weiß. Aber wir könnten doch jetzt damit anfangen.«

»Du hast nicht zufällig Elinor gesehen?«

»Nein, heute noch nicht.«

Sie musterte ihn. Dann nickte sie. »Tja, dann muss ich wohl mit dir vorliebnehmen.«

37

Linda hatte wirklich eine Menge Sorgen, aber sie wusste, welches Problem sie als Erstes in Angriff nehmen würde. Mary war jetzt am wichtigsten. Und so fiel es ihr nicht schwer, sich an diesem Nachmittag auf den Weg zu machen, auch wenn ihr Vorhaben gewagt war.

Gerade heute war es heiß, sodass Linda nur eine dünne Hose und eine Bluse trug. Es war kein offizieller Termin, der bevorstand, daher hatte sie ihre Garderobe nur mit Blick auf das Wetter ausgewählt.

Das Taxi hielt am Gehweg, und ihr Anwalt steckte den Kopf ins offene Wagenfenster und hielt ihr einen Umschlag mit den Unterlagen hin, um die sie gebeten hatte. »Möchten Sie, dass ich mitkomme?« Er sah besorgt aus, als er merkte, dass sie allein unterwegs war.

»Sehr nett von Ihnen. Nein, ich werde auf dem Weg noch jemanden abholen. Trotzdem danke.«

»Viel Glück«, sagte er und winkte, als der Wagen sich wieder in Bewegung setzte.

Er war Lindas Anwalt, seit Andrew gestorben war. Nie stellte er überflüssige Fragen, auch heute nicht.

Linda hatte keine Ahnung, wie das Treffen verlaufen würde. Möglicherweise würde ihr Plan nicht aufgehen, und dann hätte sie noch eine Sorge mehr. Vor allem ging ihr im Kopf herum, wie weit Elinor mit ihrer Schwangerschaft sein mochte.

Mary hatte es nämlich gemerkt.

»Werdende Mütter haben so ein Strahlen im Gesicht, findest du nicht?«, hatte Mary über Elinor gesagt, nachdem sie ihnen das Essen serviert hatte.

Da Linda das überhaupt nicht bemerkt hatte, wusste sie erst nicht, wovon Mary sprach. Doch dann erkannte sie, dass ihre Freundin recht hatte. Als Linda mit Elinor über ihre Romanze gesprochen hatte, war sie das Gefühl nicht losgeworden, dass Elinor eigentlich noch mehr auf der Zunge gelegen hatte. Offenbar hatte sie dann doch der Mut verlassen.

Linda war egoistisch, sie wollte die junge Frau auf keinen Fall verlieren. Stattdessen wollte sie ihr helfen, sofern es möglich war. Sie hatte vor, mit ihr zu reden.

Das Taxi bog nach Notting Hill ab. Hier war Linda noch nie gewesen. Neugierig sah sie aus dem Fenster.

Kinder rannten auf den Straßen herum. Manche spielten Murmeln, andere Fußball. Ein paar Mädchen hüpften Himmel und Hölle. In einem Café saßen Männer vor Biergläsern am Tisch. Dreckige, aufgeknöpfte Hemden unter den Hosenträgern. Die Caps schräg auf dem Kopf. Im Mundwinkel Zigaretten, als gehörten sie zum Outfit. Sie lachten. Spielten offenbar Karten. Weiter hinten eine Frau, die ein Kind am Ohr zog und es wild schreiend zu einem der Hauseingänge zog.

Ingrid stand am Fußweg und winkte, als sich der schwarze, blitzblank polierte Wagen näherte. Neben ihr stand ein groß gewachsener, gut gekleideter Mann, ihr Mann. Linda stieg schnell aus, um sie zu begrüßen.

»George«, sagte er und ergriff Lindas ausgestreckte Hand.

Ingrid, die ihren Mann sicher noch nie in so schicker Kleidung gesehen hatte, strahlte übers ganze Gesicht.

»Bitte sorgen Sie dafür, dass er heil wieder nach Hause kommt«, sagte sie auf Schwedisch, und Linda nickte.

Im Taxi erzählte Linda ihm, wohin sie fuhren. George sprach kein Wort.

»Das ist kein gefährlicher Gegner für Sie, für Frauen aber durchaus. Darum brauche ich Sie zur Sicherheit an meiner Seite«, erklärte Linda leise. Sie wollte vermeiden, dass der Fahrer ihre Unterhaltung verstehen konnte.

Er nickte und schien unbesorgt, was gut war. Linda spürte, dass sie bei dem Gedanken, was passieren könnte, ein klein wenig zitterte.

Bald darauf öffnete Linda die Wagentür, während George zur anderen Seite ausstieg. Dieses Viertel war sehr sauber und grün, es lag kein Müll herum, und keines der Kinder aus den besseren Häusern durfte ohne Begleitung der Nanny außerhalb des Gartenzaunes spielen.

»Sind Sie immer so ruhig?«, fragte Linda George.

Er nickte.

»Ihre Tochter kommt nach Ihnen«, sagte sie, und zum

ersten Mal konnte sie beobachten, wie sich seine Mundwinkel zu einem kleinen Schmunzeln verzogen.

Linda holte tief Luft und dachte an das, was ihr bevorstand. Da drinnen musste sie glasklar und kompromisslos sein. Ihr Cousin musste dafür, was er Mary angetan hatte, bezahlen. Es reichte, sich Marys verletztes Gesicht in Erinnerung zu rufen, dann wurde Linda fuchsteufelswild. Und diese Energie würde sie jetzt nutzen.

Linda und George wurden am Eingang reserviert begrüßt. Sie sammelte sich auf dem Weg zum Fahrstuhl. Männer in Anzügen und Filzhüten eilten durch die Lobby. Das Haus war riesig. Sie mussten in den fünften Stock fahren, wo das Unternehmen von Lindas Cousins ansässig war.

Laurence öffnete die Tür in gestärktem Hemd und Krawatte. Er sah ihre Gesellschaft verwundert an. »Und das ist?«

Linda zögerte einen Moment lang. »Mein Bankberater. Wenn du nicht verstehst, was ich zu sagen habe, dann ist er hier, um dir klarzumachen, was ich meine.«

Sie ging an ihm vorbei in sein Büro. Hinter einer Empfangstheke saß eine perfekt geschminkte Blondine und lächelte zuckersüß. Linda sah sich um. Mein Gott, so viel Prunk. Vollkommen geschmacklos. Laurence musste es seiner Mutter überlassen haben, die Büros einzurichten.

»Wo ist Sebastian?«

»Ich bin hier.« Er kam aus dem Zimmer nebenan. »Hallo«, sagte er und sah George dann neugierig an.

Aber George tat gar nichts, so wie es vereinbart war. Er stand nur still da, die riesigen Hände vor dem Bauch gefaltet, und schwieg.

»Wollen wir uns vielleicht irgendwo hinsetzen, wo wir in Ruhe reden können?«, fragte Linda, und ohne eine Antwort abzuwarten, lief sie weiter durch den Flur, wo sich die Büros befanden.

Laurence überholte sie und öffnete dann eine Tür.

»Hier«, sagte er und zeigte auf einen Konferenztisch. »Bitte setzt euch. Ich nehme an, du bist wegen des Verkaufs gekommen.«

Sein Ton war arrogant. Linda spannte die Kiefermuskulatur an und holte tief durch die Nase Luft, um beherrscht zu bleiben. »Setz dich erst mal hin.«

Er musste lachen. »Du weißt schon, dass wir jetzt in meinem Büro sind, oder?«

»Ja, aber wir werden nicht über das reden, was du denkst.«

»Das heißt? Ich brauche keinen Small Talk mit dir.« Seine Augen waren eiskalt.

Kam er wirklich nicht drauf, warum sie da war? Dachte er ernsthaft, er könne ihre beste Freundin vergewaltigen, ohne eine Reaktion von Linda? Offenbar. So eingebildet schaute er sie an, dieses Schwein.

Keiner von ihnen machte Anstalten, sich zu setzen. George hatte sich neben die Tür gestellt.

»Gut, dann sind wir uns ja einig, dass wir das Warm-up überspringen«, sagte Linda.

Aus dem Augenwinkel beobachtete sie Sebastian, der lustlos einen Stuhl vom Tisch zog und sich setzte. Er lehnte sich nach hinten und gähnte leise. Er schien nicht viel Interesse an diesem Gespräch zu haben.

»Wir reden jetzt darüber, dass du meine Freundin Mary Carlisle brutal vergewaltigt und misshandelt hast«, fuhr Linda fort.

Sebastian zuckte zusammen und saß mit einem Mal kerzengerade auf seinem Stuhl.

»Das ist ja das Dümmste, was ich je gehört habe«, entgegnete Laurence. »Was für Unwahrheiten verbreitest du denn? Das kann dich teuer zu stehen kommen.«

»Es gibt Zeugen. Deine beiden Hausangestellten haben einen Job bei mir angenommen und erzählen unabhängig voneinander dieselbe Geschichte. Ich nehme an, du vermisst sie seit ein paar Tagen?«

Das überlegene Lächeln verzog sich langsam.

»Bist du verrückt? Was hast du getan?«, flüsterte Sebastian. Er stand auf, fuhr mit den Händen in die Hosentaschen und stellte sich so nah vor seinen großen Bruder, dass Laurence zurückwich. »Was hast du getan, verdammt noch mal?«, schrie er.

»Sie ist gestürzt, ich konnte nichts dagegen tun«, sagte Laurence. »Was hier getratscht wird, ist Unsinn, ich habe nie Hand an sie gelegt.«

»Jetzt reicht es!«, brüllte Sebastian. Sein hübsches Gesicht war nun hochrot, und an seiner Stirn pulsierte eine Ader. »Kannst du dich vielleicht noch an Laura erinnern, oder an Elizabeth und was du mit ihnen gemacht hast? Nicht mal bei deiner Frau konntest du deine Fäuste unter Kontrolle halten. Schäm dich, Laurence! Ich hab mir das jetzt lange genug angeschaut und dich machen lassen. Damit ist es jetzt vorbei. Hörst du, *damit ist es jetzt vorbei!*«

Linda schielte zu George hinüber. Er starrte stur geradeaus und schien sich in einer anderen Welt zu befinden, aber ein Auge zuckte.

Laurence rammte Sebastian den Ellenbogen in die Seite, und da reagierte George sofort. Aber als Linda den Kopf schüttelte, nahm er wieder seine bisherige Position ein.

Sebastian machte einen Schritt auf Linda zu.

»Was kann ich für Mary tun?«, fragte er. »Wenn sie Anzeige erstatten will, stehe ich zur Verfügung, um das Verhalten meines Bruders Frauen gegenüber zu bezeugen. Ich ertrage es nicht länger.«

Als Linda ins Flanagans zurückkam, schlief Mary. Linda legte die Decke über ihren geschundenen Körper, streichelte ihr über die Wange und schlich aus der Wohnung. Von dem Gespräch konnte sie auch später noch erzählen. Mary brauchte Ruhe.

Linda war gerade in ihrem Büro angekommen, als die Rezeption anrief und Besuch ankündigte.

Robert, dachte sie voller Vorfreude. Das musste Robert sein. Endlich. Sie rannte die Treppen hinunter, durch die Lobby, zur Rezeption. Sie stockte, sah sich enttäuscht um und sprach schließlich Alexander an.

»Mich wollte jemand sprechen?«

Alexander nickte zu einem Mann hinüber, der mit seinem dünnen Haar unter dem Hut und einer Zigarre im Mundwinkel einen sehr entspannten Eindruck machte.

»Ich bin Miss Lansing, Sie wollten mich sprechen?« Die Enttäuschung darüber, dass es nicht Robert war, machte es ihr schwer, ein Lächeln aufzusetzen. Die Sehnsucht nach ihm war groß.

»Linda Lansing. Endlich. Sie sind berühmt. Zumindest hat Ihr Freund Robert Winfrey in den höchsten Tönen von Ihnen geschwärmt.« Und dabei lachte er, sodass sich jeder Gast, der sich in der Lobby befand, erschreckt umdrehte. »Ich suche ihn, aber kann ihn einfach nicht auftreiben, daher bin ich ganz einfach hergereist. Mein erster Besuch in Europa. Wo halten Sie ihn versteckt?«

»Und wer sind Sie?« Was meinte er damit, wo sie ihn versteckt halte?

»Bitte entschuldigen Sie, das hab ich ganz vergessen. Ich bin Grant Lloyd, nennen Sie mich einfach Grant. Zu Hause nennt man mich den Immobilienmogul.« Wieder brach er in schallendes Gelächter aus. »Wahrscheinlich, weil mir halb Manhattan gehört.«

Er zog an seiner Zigarre, dann fuhr er fort: »Robert hat mir versprochen, den Immobilienmarkt in London zu analysieren, um herauszufinden, ob es interessant sein könnte, hier zu investieren. Und eins der Hotels, deren Namen er ins Spiel gebracht hat, war das Flanagans.«

Was wollte er damit sagen? Hatte Robert diesem Mogul vorgeschlagen, ihr Hotel zu kaufen?

Sie sah ihn verwundert an. »Mein Hotel ist nicht zu verkaufen.«

»Oh, jetzt haben Sie mich falsch verstanden. Er hat Ihr Hotel als ein Beispiel für ein gut geführtes, interessantes Objekt genannt. Er hat gemeint, Sie hätten seinen Wert in den vergangenen zehn Jahren unglaublich gesteigert. Und so was möchte man doch hören, nicht wahr? Haben Sie es zu einem guten Preis gekauft?«, fragte er und schien es gar nicht sonderbar zu finden, dass das Hotel von einer Frau geführt wurde.

Das tat gut. Ebenso wie seine Worte guttaten, dass Robert fand, sie habe einen richtig guten Job gemacht.

»Dann bedanke ich mich für das Lob«, erwiderte sie und lächelte. »Aber ich habe keine Ahnung, wo Robert ist. Er wollte in den nächsten Tagen hierher zurückkommen, aber ich habe von ihm nichts mehr gehört, seit er vor drei Wochen abgereist ist.« Sie dachte kurz nach. »Vor ein paar Tagen wurde ich am Telefon verlangt, möglicherweise war er das.«

Jetzt sah der eben noch so vergnügte Mann besorgt aus.

»Zu mir hat er aber vor zwei Wochen gesagt, er würde zurück nach London fliegen, und daher war ich mir sicher, dass ich ihn hier finden würde. Er scheint von … diesem Hotel ja sehr angetan zu sein.«

»Vor zwei Wochen? Glauben Sie, dass ihm etwas zugestoßen sein könnte?«, fragte Linda aufgebracht.

»Nein, das denke ich nicht«, versuchte er, sie zu beruhigen. »Er ist ein guter Pilot, und er würde nicht fliegen, wenn nicht alles in Ordnung wäre. Ich werde mal ein bisschen recherchieren. Sie haben nicht zufällig heute Nacht noch eine Suite frei?«

»Selbstverständlich.«

Sie ging wieder zur Rezeption und flüsterte Alexander zu, er möge dem Mogul die größte, noch freie Suite herrichten.

War Robert das Flugzeug selbst geflogen? Ob sie das wirklich wissen wollte? Und vor zwei Wochen?

»Ich wohne im Stockwerk über Ihnen, wo ›Privat‹ an der Tür steht. Wenn Sie etwas über Robert herausfinden, wäre ich froh, Sie würden sich melden«, erwiderte sie bittend.

Mary war wach, als Linda zurückkam. Sie saß in ihrem Bett und sah so klein und zerbrechlich aus, dass es Linda fast das Herz brach. Die Schwellung ums Auge war zurückgegangen, doch dafür war die Haut jetzt blauschwarz, wo sich Gewebeflüssigkeit gesammelt hatte.

Ihr Nachthemd war ärmellos, und an den Armen waren Laurences Fingerabdrücke noch zu sehen.

»Wo bist du gewesen?«, fragte Mary.

Linda setzte sich auf die Bettkante und nahm die Unterlagen aus ihrer Aktentasche.

»Schau selbst«, antwortete sie.

Schweigend las Mary die Papiere durch. Dann verschluckte sie sich. Linda reichte ihr schnell ein Glas Wasser. Mary trank in großen Schlucken. »Ist das wahr?«, fragte sie dann.

Linda nickte.

»Das ist wahr.«

»Mir gehören zwanzig Prozent am Flanagans?«

»Jedes Prozent, das Laurence und Sebastian besaßen.«

»Dann gehört das Flanagans jetzt nur uns beiden?« Tränen schossen ihr in die Augen.

Linda nickte.

38

»Ich habe Roberts Freund Grant eingeladen, macht dir das was aus?«, fragte Linda nach dem Frühstück.

»Nein, natürlich nicht, die meisten Männer haben doch schon mal eine verprügelte Frau gesehen.«

Mary brachte schon wieder ihre säuerlichen Kommentare hervor, was Linda als Zeichen dafür deutete, dass ihre Freundin sich nun auf dem Weg der Besserung befand. Mary wurde wieder wütend. Zuallererst auf ihren Mann, der mit dem, was ihr widerfahren war, überhaupt nicht umgehen konnte, und dann natürlich auf Laurence.

»Jetzt hat Laurence mir zwar seinen Teil vom Flanagans übertragen«, sagte sie. »Aber was hindert mich daran, ihn trotzdem noch zu erschießen?«

»Gar nichts. Schieß einfach. Aber dann ist es okay, wenn ich mit Grant hier im Appartement rede anstatt im Büro?«

Sie wusste nicht, was er erzählen würde, und machte sich große Sorgen. Vielleicht würde nun herauskommen, dass Robert irgendwo Frau und Kinder hatte. Oder es ein*e* andere Frau in seinem Leben gab, eine, die ihm nicht *in* den Schoß rutschte, wenn sie im Flieger saßen, und mi*t* er jetzt im eigenen Flugzeug zu einer Reise in exotische Länder aufgebrochen war.

Aber so ein Mensch war Robert nicht. Linda zwang sich, einmal tief durchzuatmen. Nein, er war anders. Oder waren es nur ihre Gefühle für ihn? Sie wollte an seiner Aufrichtigkeit nicht zweifeln, doch woher sollte sie wissen, dass er die Wahrheit sagte? Was Mary durchmachen musste, war nur wieder ein Beweis dafür, wie Männer einen täuschten, dachte Linda, während sie Grant schon die Tür öffnete.

»Kommen Sie rein«, sagte sie. »Meine Freundin und Geschäftspartnerin Mary wohnt gerade vorübergehend bei mir.«

Grants Gesicht nahm einen schockierten Ausdruck an, als er Mary auf sich zukommen sah.

»Wer zum Teufel hat Ihnen das angetan?«, fragte er.

Mary winkte ab. »Linda hat ihm die Rechnung verpasst. Ein Fünftel vom Flanagans musste er zahlen«, erklärte sie vorsichtig lächelnd, damit die Lippe nicht wieder aufriss. »Ich bin auch mit Robert bekannt und frage mich, was geschehen ist. Haben Sie etwas herausbekommen?«

Sie humpelte vor ihm ins Wohnzimmer. Grant beugte sich zu Linda hinüber. »Ist die Strafe wirklich ausreichend? Ich habe Kontakte ... na, Sie wissen schon.«

»Das Problem ist wohl, dass keine Strafe ausreichend ist«, flüsterte Linda zurück. »Aber das Flanagans hergeben zu müssen, hat sicher ordentlich wehgetan.«

»Sonst melden Sie sich.«

Sie nickte. »Jetzt sagen Sie schnell, ob Sie etwas von Robert in Erfahrung bringen konnten.«

Er schüttelte den Kopf. »Nein, und das ist sehr merkwürdig. Er ist spurlos verschwunden. Keiner in seiner Firma weiß, wo er ist, und die letzte Information, die ich hatte, war, dass er auf dem Weg zu Ihnen war. Kaum war er in New York gelandet, beschloss er, auf schnellstem Wege wieder nach England zurückzukehren.«

»Mit dem Flugzeug?«

»Ja, natürlich. Geschwommen ist er nicht. Er wollte seinen eigenen Flieger nehmen.«

Sein grelles Lachen hallte von den Wänden. Mary sah belustigt auf, doch dann wurde sie wieder ernst.

»Vielleicht hat er das Schiff genommen.«

»Nein, er wollte sein Flugzeug nach London holen. Seine Sekretärin war informiert, dass er eine Weile fortbleiben wollte. Er hat gesagt, er würde hier bei Ihnen wohnen, Linda. Er war sehr offen gewesen, hat sie gemeint.«

»Und es ist auch nicht so, dass er noch irgendwo auf der Welt Frau und Kinder hat?«

Jetzt erklang wieder schallendes Lachen. »Robert? Nein, nein. Ich selbst hatte schon Frau, Geliebte und Freundin gleichzeitig, aber das ist überhaupt nicht Roberts Stil.«

»Immerhin sind Sie ehrlich«, erwiderte Linda.

»Da gibt es nichts zu verheimlichen. Ich musste die Frauen nicht einmal belügen, denn sie waren nur mit mir zusammen, weil ich so steinreich bin, nicht weil ich so gut aussehe. Das merken Sie ja selbst.« Er zog eine Zigarre aus der Hemdtasche. »Darf ich?«

Linda nickte. »Bitte.« Dann fiel ihr etwas ein. »Ich habe Sie ja noch nicht einmal gefragt, was Sie trinken möchten.«

»Sehr gern Kaffee. Ein Drink wäre jetzt auch nicht schlecht, aber ich habe eine Abmachung mit mir selbst getroffen, dass ich erst nach dem Mittagessen damit anfange.«

Linda klingelte und bestellte Kaffee und goss Mary und sich Mineralwasser ein.

Grant wedelte mit der Zigarre. »Worüber sprachen wir noch? Ach ja, über Geld.«

»In England sprechen wir nie über Geld«, warf Mary ein und verzog vor Schmerz das Gesicht, als sie sich vor zum Wasserglas beugte. »Aber ich finde es ganz erfrischend, dass es mal jemand tut.«

»Es ist mein erster Aufenthalt in Europa, daher kenne ich mich mit Ihrer Mentalität nicht aus. Man hat ja schreckliche Dinge über die Europäer gehört.«

»Dann sollten Sie wissen, dass wir Engländer sehr vornehm sind und meinen, wir seien etwas Besseres als der Rest der europäischen Bevölkerung, es gibt hier eine Menge Regeln zu beachten, wir heiraten hier wesentlich ältere Männer und reden gern schlecht über uns selbst.« Sie lächelte mit großer Mühe. »Sie sind also so etwas wie ein frischer Wind.«

»Gott, klingt das langweilig«, sagte er.

»Das ist es auch. Deshalb trinken wir uns auch so gern einen Rausch an. Dann darf man sich eher erlauben, sich wie ein normaler Mensch zu benehmen.«

»Dann sind Sie also reich?« Er betrachtete Mary, der man trotz der vielen Blutergüsse die Lady noch ansah.

»Mein Mann ist reich. Wir leben getrennt. Er hat einen riesigen Besitz. Grund und Boden, Schlösser, Geld.«

»Geerbt?«

»Ja, fast alles. Mein Mann verwaltet das Eigentum, das Generationen vor ihm angesammelt haben, und irgendwann werden es unsere Söhne übernehmen.«

Marys Blick verdunkelte sich. Linda wusste, wie sehr sie die zwei vermisste, aber solange sie so aussah, wollte sie ihnen nicht unter die Augen treten. Sie würden nur Angst bekommen.

Grant nickte.

»Haben Sie einen Ehevertrag?«

»Ja, natürlich. Ich bekomme keinen Penny, wenn wir uns scheiden lassen. Aber er will die Scheidung gar nicht. Wir werden die Fassade aufrechterhalten, so tun, als seien wir noch ein Paar, und beim Royal Ascot werden wir vermutlich auch im nächsten Jahr noch mit unseren extravaganten Hutbekleidungen in der Familienloge sitzen. Sie verstehen sicherlich ...«

»Absolut. Dann war derjenige, der Sie so zugerichtet hat, nicht Ihr Mann?«

»Nein«, antwortete sie lächelnd. »Das war ein Flirt, der mit einem Nein nicht umgehen konnte. Und mein Mann schiebt mir die Schuld in die Schuhe.«

»Dann ist Ihr Mann vermutlich ein alter, impotenter Herr, und Ihr Flirt kann sich nicht beherrschen?«

»So in der Art«, erwiderte Mary.

Während die zwei sich weiter unterhielten, hing Linda ihren Gedanken nach. Wohin war Robert verschwunden? Sie hatte ein dumpfes Gefühl im Magen. Hoffentlich war ihm nichts

Schlimmes passiert. Aber wenn er seit zwei Wochen in England war, hätte er sich doch gemeldet? Er hatte ja erzählt, dass es Phasen gab, in denen es ihm schlecht ging und dann nicht mal ihr Lächeln helfen konnte, war es das jetzt? War er gerade in einem tiefen Tal und wollte nur allein sein?

Mit Mary als neuer Teilhaberin am Flanagans konnten sie gemeinsam etwas richtig Großes auf die Beine stellen, doch wie sollte Linda sich freuen, wenn sie nicht wusste, was mit Robert passiert war? Aber sie hatte keine Wahl. Es gab keine Alternativen. Solange Mary so verletzlich war, musste Linda stark sein, wie besorgt sie auch war.

Sie schielte zu Mary hinüber, die jetzt müde aussah.

»Grant, ich möchte Sie nicht rausschmeißen, aber Mary braucht jetzt ein bisschen Ruhe. Anweisung des Doktors.«

39

Elinor holte tief Luft und öffnete die Tür mit der Nummer 319.

Sebastian Lansing hockte auf dem Bett. Er lächelte nicht so wie sonst, wenn sie sich sahen. Dieses bezaubernde Strahlen im Gesicht, dem sie nie widerstehen konnte, war wie weggeblasen.

Ihr Mut sank wie ein Stein im Wasser.

Er streckte die Hand nach ihr aus. »Komm, setz dich zu mir«, sagte er und klopfte auf die Bettkante.

Zögerlich ergriff sie seine Hand.

»Ist etwas geschehen?«, fragte sie.

»So könnte man sagen.« Seine Augen waren müde, als habe er die ganze Nacht nicht geschlafen. »Ich habe auf einen Schlag eine Menge Geld verloren, aber ich habe auch das verloren, was für mich die Familie war.« Seine Hand drückte ihre. »Mein Bruder und ich haben unsere Anteile am Flanagans zurückgegeben. Alle Pläne, die wir jemals hatten, sind mit einem Mal vernichtet worden, weil mein Bruder ein richtiges Schwein ist.« Er nahm ihre Hand und küsste sie.

»Er hat unseren Namen und unser Erbe besudelt. Das

Geld spielt gar nicht die größte Rolle, auch wenn es um einen Betrag geht, den man deutlich spürt.«

Elinor wurde klar, dass sie ihr Problem allein lösen musste, ihm jetzt etwas davon zu erzählen, wäre lächerlich. Was hatte sie sich eingebildet? Sie wusste natürlich genau, was sie sich in ihrem dummen Spatzenhirn eingebildet hatte, nämlich, dass er sich freuen würde. *Sich freuen.* Ich bin so eine Idiotin, dachte sie.

Sie zwang sich, sich auf das zu konzentrieren, was er gesagt hatte.

»Das Flanagans abgegeben? Das kann man doch nicht einfach tun?«

»Doch, das kann man, wenn man sich wie mein Bruder an Lindas bester Freundin vergriffen hat.«

»Ich verstehe das nicht.«

»Laurence und ich wollten ein neues Flanagans bauen.«

»Davon habe ich gehört, Miss Lansing hat es erzählt.«

»Dann kennst du auch das Restaurant *Mozart*, das neue, weiter unten in der Straße?«

»Ja, vielen Dank, die haben mich vor einiger Zeit rausgeschmissen. Und was ist damit?«

»Rausgeschmissen?« Er sah sie verdutzt an.

»Meine Hautfarbe hat ihnen nicht gepasst.«

Er sah zerknirscht aus. »Das Restaurant gehört uns. Wir werden, zumindest hatten wir es vor, obendrauf ein neues Hotel bauen. Mit einem völlig neuen Konzept, auf das dieses Viertel geradezu wartet. Wir wollten zeigen, dass wir besser sind als unsere Cousine. Heute schäme ich mich dafür, und noch viel mehr darüber, dass Laurence schwarze Gäste abgelehnt hat. Und der Einzige, der etwas gegen ihn ausrichten konnte, war ich. Aber ich ließ es zu, habe den Mund gehalten. Elinor, ich weiß nicht, was ich mir dabei gedacht habe. Mein Gott, meine geliebte Elinor, ich bin so traurig.«

Elinor zog langsam ihre Hand zurück. »Ich muss jetzt gehen«, sagte sie leise. Sie stand auf. Zögerte noch. Dann schob sie hinterher: »Ich möchte, dass du mich nicht mehr aufsuchst.«

Sie musste hier weg, bevor sie anfing zu weinen. Sie musste die Nummer wählen, die sie in Notting Hill bekommen hatte, und jemanden finden, der ihr half, das Kind, das in ihrem Bauch wuchs, loszuwerden. *Und sie hatte gehofft, er würde sich freuen. Wie idiotisch von ihr.*

»Bitte geh nicht, Elinor. Verlass mich nicht.« Sein Blick war voller Reue.

Sie sah ihm ein letztes Mal in die Augen: »Adieu, Sebastian.«

Ihr Herz zerbrach in dem Moment, als sie die Tür hinter sich schloss.

»Da bist du ja.« Emma kam Elinor entgegengelaufen, die gerade im Gang zu den Personalzimmern auftauchte. »Ich hab schon ganz oft bei dir angeklopft, wo warst du denn?«

Elinor zuckte mit den Schultern. »Ich will allein sein, Emma.« Sie ging einfach an ihr vorbei.

Emma lief ihr hinterher.

»Was ist mit dir los? Magst du mich nicht zu einem Tee einladen, ich habe den Nachmittag frei und würde so gern ein bisschen mit dir plaudern. Wir haben uns jetzt schon tagelang nicht gesehen.«

Elinor seufzte. Emma würde nicht lockerlassen.

»Eine Tasse, aber dann gehst du, ja?«

»Meine Mutter und meine Großmutter sind hier gewesen«, sagte Emma, als sie vor Elinors Tür standen. Sie öffneten und traten ein.

»Setz dich«, sagte Elinor. »Du kannst schon erzählen, während ich mich umziehe.«

»Sie haben mich mit Alexander erwischt, und jetzt glauben sie, ich führe ein Lotterleben und würde irgendwann mit einem unehelichen Kind vor ihrer Tür stehen.«

»Aber meine Liebe. Ich wusste gar nicht, dass etwas zwischen euch lief. Und jetzt sag nichts mehr. Ich will es nicht wissen.«

»Da läuft gar nichts. Aber das ist jetzt Nebensache. Sie haben den Kontakt zu mir abgebrochen. Meine eigene Mutter. Und Großmutter sagt, Mutter habe mich jahrelang angelogen. Ich bin das Ergebnis dessen, dass sie sich selbst wie eine Schlampe benommen hat«, berichtete Emma aufgelöst und deutete auf sich. »Sie hat das Lotterleben geführt, nicht ich. Mein Vater ist gar nicht tot, er wollte nur sie und mich nicht haben.« Wieder wies sie auf sich.

»Oje«, sagte Elinor, was sollte sie schon dazu sagen? *Lotterleben* schien das Wort des Tages zu sein. Die Schmach brannte auf ihren Wangen, als sie daran dachte, dass Sebastian mit ihr die Nächte verbracht, aber ihr bei Tage den Zutritt zu seinem Restaurant verwehrt hatte.

»Bist du gar nicht empört?«, fragte Emma.

»Nein, nicht besonders. Doppelmoral kenne ich nur zu gut. Aber es tut mir leid, dass es dich getroffen hat, das tut mir wirklich leid.«

Emma brummelte etwas vor sich hin.

Das Teewasser war heiß, und Elinor holte Tassen aus dem Schrank, stellte sie auf ein Tablett und trug sie zum Esstisch, an dem Emma saß.

»Mama besteht darauf, dass wir heiraten. Hast du schon mal so was Schreckliches gehört?«

»Was die Ehe angeht, sind wir unterschiedlicher Meinung, du und ich«, sagte Elinor und lächelte schief. »Um deine Hand werden noch einige Männer anhalten, während bei mir keiner klopfen wird«, sagte sie. »Das liegt an meiner Hautfarbe, weißt du.«

»Natürlich wird dich jemand heiraten wollen«, sagte Emma. »Wenn es das ist, was du willst.«

»Ich bin schwanger«, erwiderte Elinor gelassen. »Was glaubst du, wer mich jetzt haben will?«

Emma sah Elinor schockiert an, während sie die Nachricht sacken ließ.

»Was hast du vor? Wer ist der Vater? Was hat er gesagt? Werdet ihr nicht heiraten?«

Elinor sah sie belustigt an. »Nein, ich werde weder heiraten noch dem Vater davon erzählen. Ich werde es wegmachen lassen.«

»Aber das ist verboten.«

Elinor seufzte. »Aber was für Alternativen habe ich denn? Ich kann keine alleinerziehende Mutter sein. Das ze stört mein ganzes Leben. Das weißt du selbst. Und ein K zur Adoption freizugeben, das ein Mischling aus Weiß und Schwarz ist ...«

»O Elinor.« Dann wurde Emma wütend. »Aber was ist mit ihm? Der dir das Kind gemacht hat? Wer ist er, soll ich mit ihm reden?«

Elinor sah ihr in die Augen. »Er? Er ist wohl bei seiner guten Familie, nehme ich an.«

»Ist er verheiratet?«

»Nein.«

»Und dich will er nicht heiraten?«

Elinor lachte laut. »Aber nein. Wie sieht das denn aus?«

»So ein Mistkerl.«

»Er weiß davon nichts.«

»Du musst es ihm erzählen. Vielleicht ist er in dich verliebt.« Dann kam ihr ein Gedanke. »Bist du in ihn verliebt?«

»Was ich fühle, spielt überhaupt keine Rolle.«

»Ach, was für ein widerwärtiger Mensch. Ich werde dir helfen, was kann ich tun?«

»Keiner außer dir weiß davon«, sagte Elinor. »Du musst mir versprechen, es keinem zu erzählen.«

Emma nickte. Das konnte sie verstehen. »Ich werde keinen Mucks sagen.«

»Ich werde versuchen, einen Termin bei jemandem zu bekommen, der es wegmacht. Ich habe eine Telefonnummer. Meinst du, du könntest vielleicht mitkommen?«

Emma ergriff Elinors Hand. »Natürlich komme ich mit. Du bist meine beste Freundin.«

»Darf ich heute bei dir übernachten? Ich mag nicht alleine schlafen.«

»Natürlich darfst du das. Komm, ich kümmere mich um dich.«

»Erst muss ich dieses Gespräch noch führen.«

»Das machen wir als Erstes. Und ich komme mit.«

40

»Laurence und seine Töchter haben London verlassen und sind an die Riviera übergesiedelt«, erzählte Sebastian Linda. Er hatte sie um ein Gespräch gebeten, und ihm war anzumerken, dass ihm das, was sich in der letzten Zeit in der Familie abgespielt hatte, wirklich zugesetzt hatte.

»Deine Stiefsöhne werden ohne uns und unser Geld nicht weiterkommen, du musst dir wegen eines neuen Flanagans-Hotels keine Sorgen machen, zumindest jetzt nicht. Sie werden das Restaurant allein weiterbetreiben, sie haben uns ausgezahlt«, fuhr er fort.

Er beugte sich näher zu ihr.

»Wie geht es Lady Mary?«

Die Antwort fiel Linda schwer. Mary war auf dem Gut gewesen und hatte ihre Söhne besucht, ein ernster George an ihrer Seite. Der Lord hatte einen kleinen Schock bekommen, als er sah, dass Mary mit einem Leibwächter unterwegs war, und gemeint, dass das wirklich nicht nötig sei.

Mary hatte eine Stunde Zeit mit ihren Söhnen bekommen, und sie hatten nicht so viele Fragen gestellt, wie sie befürchtet hatte. Sie hatten brav am Tisch gesessen, Saft getrunken und sich unterhalten, hatte sie Linda erzählt. Die beiden, die sich sonst nie zügeln ließen.

»Was hast du den Jungs erzählt?«, wollte Mary hinterher vom Lord wissen.

»Die Wahrheit.«

»Und die wäre?«

»Dass du uns verlassen hast.«

»Das habe ich nicht, du hast mich rausgeworfen.«

»Nicht ohne Grund.«

»Er hat mich verletzt, und du stellst dich noch auf seine Seite«, schrie sie ihn fast an.

»Eine Lady bringt sich nicht in so eine Situation.«

Zu spät hatte sie ihre Jungs in der Tür entdeckt. Ihre Blicke hatten Bände gesprochen ... Als Mary Linda davon erzählt hatte, kullerten die Tränen. »Das werden sie mir nie verzeihen«, hatte sie gesagt.

»Doch, wenn sie verstehen, wie ihr Vater sich verhält, aber das kann eine Weile dauern. Aber sie werden zurückkommen, glaube mir.«

Als Linda Sebastian Marys Situation erklärt hatte, schüttelte er müde den Kopf.

»Immer diese schreckliche Angst vor Skandalen. Du weißt doch selbst, wie es in der Familie Lansing zugegangen ist. Wie wichtig diese hübsche Fassade war. Mama würde tot umfallen, wenn sie wüsste, was Laurence gemacht hat.« Er hob einen Finger. »Aber vergiss eines nicht«, sagte er. »Du hast in unserer Vereinbarung über das Flanagans unterschrieben, niemals zu erwähnen, wie es dazu kam, dass wir unsere Anteile auf Lady Mary überschrieben haben. Diese

Waffe ist damit außer Gefecht. Das kannst du gegen Laurence nie wieder verwenden. Ich kann dir Brief und Siegel geben, dass er an der Riviera seine Wunden leckt und seine Rache plant. Pass auf dich auf, Linda, ich weiß, wozu er fähig ist.« Sebastian stand auf, bevor er weitersprach:

»Ich werde ihn im Auge behalten, so gut es geht. Denn unsere Beziehung ist tot. Ich verabscheue meinen Bruder genauso wie du. Ich kann ihm nicht verzeihen.«

»Und was sagt Tante Laura dazu?«

»Das willst du lieber nicht wissen. Laurence ist ihr Liebling. Da sind immer die anderen schuld.«

Linda streckte die Hand aus, um sich zu verabschieden, und sah ihm in die Augen. »Hast du mit Elinor gesprochen?«

»Weißt ... wie ... wie meinst du das?«

»Sie ist schwanger.«

Er sah sie entsetzt an.

»Na, und das ist doch sicher dein Kind, oder?«, fuhr sie fort.

Ihm kam kein Laut über die Lippen.

Es war nicht Lindas Absicht, ihn bloßzustellen, sie wollte ihm nur einen Schubs geben, damit er Verantwortung übernahm. Sie hatte in Erwägung gezogen, sich nicht einzumischen, doch dann hatte sie sich mit Mary darüber unterhalten.

»Dann soll er davonkommen? Soll die arme Elinor das alles allein durchmachen?«, hatte Mary sie gefragt, und damit war die Sache entschieden.

Jetzt war es offensichtlich, dass Elinor ihm von dem Kind nichts erzählt hatte. Sebastians sonst so frische Gesichtsfarbe war wie weggeblasen. Er drehte so sehr an seinem Siegelring, dass sie schon befürchtete, er würde sich den Finger verletzen.

»Ich finde, du solltest mit ihr reden«, sagte Linda. »Wenn sie sich für eine Abtreibung entscheidet, dann muss der Eingriff in einer richtigen Klinik vorgenommen werden und nicht bei irgendeinem Quacksalber.«

Linda saß hinten im Taxi neben George auf dem Weg aus der Stadt.

»Wie gefällt Ihnen die Arbeit bisher, George?«

Er nickte und lächelte sie an. »Ich hab nie eine leichtere Arbeit gehabt, Ma'am.«

Sie würde den Besuch kurz halten.

Zum Glück war Archibald Carlisle zu Hause, und als Mann mit britischem Anstand trat er natürlich überschäumend freundlich auf.

Bis er George sah.

»Ach, da ist er ja wieder«, sagte der Lord abgespannt.

George war vermutlich der erste schwarze Mann, der Carlisles Grundstück betreten hatte, dachte Linda.

Mit George im Rücken erklärte Linda Marys Ehemann, dass, wenn er die Geschichte vor seinen Söhnen nicht richtigstellte und Mary rehabilitierte, sie ihm das Leben zur Hölle machen würde. Er konnte frei entscheiden.

»Du bist in die Jahre gekommen, aber deine Ehefrau ist noch jung. Wenn du stirbst, werden deine Söhne alles erben, und wie sollen sie das bewältigen ohne die Unterstützung ihrer Mutter? Hast du daran mal gedacht? Oder denkst du gar nicht an die Kinder, sondern nur an dich selbst?«

»Keiner wird dir glauben«, sagte er siegessicher.

»*Alle* werden mir glauben. *Alle.*« Sie lächelte. »Ich muss vielleicht nicht betonen, dass die einflussreichsten Londoner ins Flanagans kommen. Und sie kommen, weil sie mir vertrauen. Daher weiß ich, dass *alle* mir glauben werden. Die Ausmaße des Skandals wirst du dir vorstellen können.«

Einen Tag später kroch der Lord zu Kreuze, nahm zu Mary Kontakt auf und erklärte ihr, dass ihrer Beziehung zu den Kindern nichts mehr im Weg stünde.

»Kannst du verstehen, warum er seine Meinung geändert hat?«, fragte Mary und sah Linda verdutzt an. »Ich frage mich, wie er jetzt zu diesem Schluss gekommen ist?«

»Ja, das kann man sich ernsthaft fragen.«

41

Die Abtreibung würde Elinor all ihre Ersparnisse kosten, aber das war das geringste Problem. Der Mann, der den Eingriff vornehmen würde, hatte am Telefon schon darauf hingewiesen, dass Elinor stark bluten und vermutlich mehrere Tage lang nicht arbeiten können würde, doch das war unmöglich. Sie musste am darauffolgenden Morgen wieder zurück sein.

Emma hielt auf dem Weg zu dieser Adresse ununterbrochen ihre Hand.

»Du musst mit meiner Mutter sprechen, falls irgendetwas schiefgeht.«

Emma nickte.

»Sie arbeitet heute und wundert sich vielleicht, wo ich abgeblieben bin. Ich werde lügen und sagen müssen, wir beide hätten einen ausgedehnten Spaziergang gemacht.«

»Natürlich. Kein Problem.« Dann fragte Emma: »Hast du Angst?«

Elinor war panisch. Je näher sie dieser Nebenstraße kamen, desto schlimmer wurde die Übelkeit. Einen kurzen Moment lang spielte sie mit dem Gedanken, ihre Entscheidung zu revidieren. Sie konnte dieses Kind annehmen und das Beste daraus machen. Schließlich war sie noch jung. Miss Lansing war eine moderne Frau, sie würde sie schon nicht rausschmeißen.

Aber welches Leben stand ihrem Kind bevor? Die Schichten im Flanagans waren lang, Arbeitswochen mit sechzig Stunden keine Seltenheit. Wo sollte das Kind bleiben, während Elinor bei der Arbeit war? Sie hatte keine eigene Wohnung und verdiente zu wenig, um ein Kindermädchen bezahlen zu können. Es war unmöglich.

Ihr kam in den Sinn, dass sie danach vielleicht keine Kinder mehr bekommen konnte, aber vielleicht war das sogar gut so. Sie musste einfach nach vorn schauen, nicht über diesen Verlust nachgrübeln, sie hatte das Leben noch vor sich, so schwer konnte es doch nicht sein ... Kleine Kinderarme, die sich um ihren Hals schlangen, ein flaumiges Köpfchen, ein Lächeln, das sie vielleicht an Sebastian erinnerte, ein kleiner Mensch, der »Mama« zu ihr sagen würde, das würde es dann für sie nicht geben ... Sie schluchzte, und Emma drückte ihren Arm noch fester.

»Willst du dich ein bisschen ausruhen? Wir können uns hier hinsetzen«, sagte Emma und zeigte auf eine Holzkiste, die jemand auf die Straße geschmissen hatte.

Elinor schüttelte den Kopf. »Nein, wir gehen rein. Ich muss es hinter mich bringen. Aber weißt du, es tut so furchtbar weh.« Und sie zeigte dabei auf ihr Herz, dann klammerte sie sich an Emma. »Du bist immer so positiv. Sag, dass es gut gehen wird, sag, dass ich in Zukunft auch noch Kinder bekommen kann. Sag, dass diese kleine Kinderseele in anderer Gestalt zu mir zurückkommen wird.«

»Du hast Glück gehabt«, sagte der Mann, der ihnen die Tür öffnete. »Eine hat es sich anders überlegt. Sonst hättest du noch eine Woche warten müssen.« Er zeigte auf die Kellertür. »Da rein. Mach den Unterkörper frei. Die da kann draußen auf dich warten.« Er meinte Emma. »Und das Geld krieg ich vorher.«

Emma sah Elinor ins Gesicht. »Bist du dir wirklich sicher?«, flüsterte sie. Der Mann sah aus wie ihr Schlachter im Dorf.

Elinor war leichenblass, als würde alles Blut aus ihr rinnen. Es war für Emma furchtbar, ihre Freundin so zu sehen.

Als sie das Zimmer betraten, in dem es geschehen sollte, versuchte Emma, mit Elinor Blickkontakt aufzunehmen, aber sie sah nur apathisch geradeaus. Die Tür schloss sich, und Emma begrub das Gesicht in ihren Händen.

Der herzzerreißende Schrei, der kurz darauf hinter der Tür erklang, war das Schlimmste, was Emma je in ihrem Leben gehört hatte.

»Wo ist Elinor? Hat jemand Elinor gesehen?«

Sebastian war außer sich vor Angst, er musste sie finden. Zwei Tage lang hatte er erfolglos an ihre Tür gehämmert, hatte sie nirgendwo finden können, und nun lief ihm die Zeit davon. Er musste sie auftreiben.

Jemand hatte sie durch den Personalausgang gehen sehen, aber wohin, konnte keiner sagen. Das Küchenpersonal verkniff sich zu fragen, warum es ihm so wichtig war, doch er konnte an ihren Blicken ablesen, dass sie sich ihren Teil dachten. Es war ihm egal. Mit drei Sätzen sprang er die Treppe zum Foyer hinauf, dann ebenso schnell weiter zu Lindas Büro. Er wartete nicht, sondern riss gleich die Tür auf. »Ich kann sie nicht finden«, rief er völlig außer Atem. »Ich finde Elinor nicht, und jetzt mache ich mir wirklich Sorgen.«

Linda stand da, den Telefonhörer in der Hand, und legte auf, als sie ihn in der Tür stehen sah.

»Gerade wollte ich dich anrufen. Ich weiß, wo sie sich befindet, und jetzt ist Eile geboten. Komm. Charles wartet schon mit dem Wagen.«

Ohne weitere Erklärungen lief sie zur Tür.

»Schnell«, sagte sie. »Wir werden vermutlich zu spät kommen, aber vielleicht können wir dafür sorgen, dass sie nicht verblutet. Ich habe meinen Hausarzt in der Harley Street verständigt, er wird sich um sie kümmern.«

Sie rannten durch die Menschengrüppchen in der Lobby, und Linda schob ihn in den Wagen.

Sebastian war am Boden zerstört. Was hatte er angerichtet? Elinor hatte noch nicht lange im Flanagans gearbeitet, da hatte er schon ein Auge auf sie geworfen, das war jetzt ein Jahr her. In der Zeit war er auch mit anderen ins Bett gegangen, und sie hatte das vielleicht auch getan, aber in letzter Zeit wollte er nur noch sie treffen. Ihr Lächeln und ihre besondere Art, ihn anzusehen, machten ihn willenlos, glücklich und stolz gleichzeitig – ihm ging das Herz auf. Und das

Gefühl hielt sich schon lange, warum hatte er es ihr nicht gesagt?

Und jetzt trug sie sein Kind im Bauch.

Es war ihm völlig egal, dass sie aus einer anderen Gesellschaftsschicht kam, das zählte nur für seine Mutter. Er wusste nur eines: Es war Liebe. Er wollte immer in ihrer Nähe sein. Ihre Stimme hören. Sie zum Lachen bringen. Bislang hatten sie sich heimlich getroffen, durften nicht gesehen werden. Jetzt würde er sie mit rausnehmen ins richtige Leben. Sie beschenken, ihr eine schöne Wohnung geben, ein Zuhause anstelle eines Zimmers im Hotel.

»Charles, es geht um Leben und Tod. Drück aufs Gas.«

»Danke, dass du angerufen hast«, rief Linda, als sie Emma an der Tür zum Souterrain erblickte. »Ich nehme an, du kennst Sebastian, meinen Cousin, er ist an Elinors Problem schuld.«

Emma starrte Sebastian an und er sie.

»Ja«, sagte Emma zögerlich. »Wir ... sind uns schon begegnet.«

Ein dankbarer Blick von ihm, dann folgte er Linda eilig durch den dunklen Gang.

»Ganz hinten rechts«, rief Emma ihnen hinterher. Sie brachte es nicht über sich, mit ihnen mitzugehen.

Er.

Warum gerade er?

Elinor hatte enormes Glück gehabt. Das Instrument, das der Pfuscher in ihren Körper gestoßen hatte, hatte ihren Unterleib verletzt, doch den Fötus nicht erreicht. Linda und Sebastian hatten Elinor ins Auto verfrachtet, und Charles hatte sie zu Lindas Arzt gebracht, der ihnen die beruhigende Nachricht überbrachte. Von dem Blutverlust war Elinor wie benebelt, doch die Wärme von Sebastians Hand hatte sie dennoch gespürt.

Ihre Verlobung wurde nur wenige Tage später bekannt gegeben. Elinor hatte keinen Augenblick gezögert, als ihr klar wurde, dass Sebastian sie liebte. Die Hochzeit sollte im allerkleinsten Kreis stattfinden, ohne Familie und Freunde.

»Aber ich möchte, dass du dabei bist«, sagte Elinor zu Emma.

»Wann soll es stattfinden?«

»Samstag in einer Woche.«

»Oh, da fahre ich zu meiner Mutter nach Hause.«

Elinor nahm sie in den Arm. »Da bin ich aber froh«, sagte sie. »Ich hoffe, ihr findet wieder zusammen. Das ist doch ein gutes Gefühl, oder?«

Emma nickte eifrig. »Ja, absolut.«

»Aber du bist doch wieder da, wenn wir von der Hochzeitsreise zurückkommen? Wir wollen nach Frankreich.«

Ihre Augen leuchteten, und Emma beugte sich vor und küsste sie auf die Stirn.

»Ich wünsche dir alles Glück der Welt, das weißt du, oder?«

Elinor sah sie mit großen Augen an. »Ja. Du klingst ein bisschen komisch. Was ist los, Emma?«

»Nichts, ich bin nur so gerührt, dass du heiratest und am Ende doch noch alles gut wird.«

»Meine liebe Emma, ich bin wirklich überglücklich.«
»Ich weiß.«

Vor Elinors Zimmer trennten sie sich. Die Kollegen wollten mit Elinor feiern gehen. Aber Emma brachte es nicht fertig, sich anzuschließen. Ihr war einfach nur schlecht. Sie rieb sich mit der Hand über den Bauch.

Sie musste das Flanagans verlassen, bevor man es sehen konnte. Und dann würde sie zurückkommen, als sei nichts geschehen.

42

Während Mary sich in Lindas altem Appartement im Hotel häuslich einrichtete, saß Linda auf dem bequemen Sofa vor ihrem Büro und beobachtete ihre Gäste. Einige spazierten durch die Gänge, andere liefen die Treppen hinauf oder hinunter. Ein verliebtes Paar küsste sich vor der Balustrade.

Sie ließ ihren Tränen freien Lauf.

Obwohl sie versucht hatte, die Gedanken an Robert zu verdrängen, sah sie doch sein liebes Gesicht vor sich, sobald sie eine Sekunde Luft hatte. Warum meldete er sich nicht, was war geschehen? Keiner wusste, wo er sich befand, und es nagte an ihr, keine Nachricht zu erhalten. All ihre Kraft hatte sie eingesetzt, um anderen zu helfen, die ihre Hilfe dringend brauchten, das brachte sie auf andere Gedanken. Sie freute sich sehr für Elinor und Sebastian. Vielleicht würden sie und Sebastian nun doch noch Freunde werden.

Alexander kam die Treppe herauf und lächelte, als er sie auf dem Sofa sitzen sah. Er würde jetzt wirklich zum Chef der Rezeption befördert werden, doch das hatte sie ihm noch nicht eröffnet. Jetzt galt: Eins nach dem anderen.

»Ein Telegramm«, sagte er und überreichte ihr einen Umschlag.

»Danke, setz dich«, sagte sie und klopfte auf den Platz neben sich.

»Nein, das geht nicht«, erwiderte er erschrocken.

»Wir schreiben 1960. Ein neues Zeitalter. Setz dich.«

Als er saß, fuhr sie fort: »Emma und du, ihr seid befreundet, stimmt's?«

Er nickte. »Ja.«

»Dann möchte ich dir mitteilen, dass sie nach Hause zu ihrer Familie gefahren ist und dort eine Zeit lang bleiben wird. Offenbar ist jemand in der Familie krank geworden. Ich habe die Nachricht gestern erhalten. Aber natürlich ist sie jederzeit herzlich willkommen zurückzukommen, wenn sie das möchte. Ich habe das auch Elinor mitgeteilt, und jetzt weißt du es auch. Falls sich jemand nach ihr erkundigt, ist es vielleicht gut zu wissen.«

»Ich ... ich ... werde sie vermissen. Glauben Sie, dass sie Besuch empfängt?«

»Das weiß ich nicht, vielleicht rufst du einfach an und fragst nach? Aber ich hoffe, dass sie zurückkommt, damit du deine Chance bekommst«, sagte Linda und lächelte. »Gut, dann darfst du wieder gehen, damit ich mein Telegramm lesen kann.«

Grinsend verfolgte sie, wie er die Treppen hinuntereilte, während sie das Kuvert öffnete.

Neuigkeiten von Robert. Machen Sie sich auf das Schlimmste gefasst. Bin schon auf dem Weg zu Ihnen. Grant.

Ihre Hand zitterte, als sie das Papier auf ihren Schoß sinken ließ.

Grant fand Linda in ihrem Appartement, wo sie außer sich vor Sorge auf ihn gewartet hatte.

»Robert liegt im Krankenhaus und ist gerade erst in eine Klinik in der Nähe von London verlegt worden, in der sie seine Verletzungen besser behandeln können«, sagte er. »Wir fahren direkt dorthin, mein Wagen wartet vor dem Haus.«

Linda flitzte neben Grant her auf dem Weg hinaus. »Woher wissen Sie das?«, rief sie. »Was für Verletzungen hat er denn? Konnten Sie mit ihm sprechen? Ich hab mir solche Sorgen gemacht, als das Telegramm kam.«

Jetzt hatten sie den Wagen erreicht und stiegen schnell ein.

»Nein, ich konnte nicht mit ihm reden. Er hatte seiner Sekretärin verboten zu verraten, wo er sich befand, denn er wollte keinen Besuch haben. Ich hab richtig Druck gemacht, und am Ende hat sie es mir gesagt.«

Linda durchfuhr ein stechender Schmerz. Ihr Herz tat weh.

»Sie müssen ihn verstehen«, sagte Grant. »Er will vor Ihnen nicht als Krüppel dastehen.«

»Das würde ich nie so sehen«, antwortete sie verzweifelt.

»Nein, das ist seine Wahrnehmung«, antwortete Grant und strich ihr über die Hand. »Seien Sie nicht traurig, wenn er nicht gerade überglücklich ist, Sie zu sehen.«

Bald darauf betraten sie die Klinik.

Sie trafen eine Krankenschwester auf dem Flur. »Er möchte keinen Besuch«, teilte sie kurz angebunden mit.

»Nun ist es leider so, dass ich extra von New York hergeflogen bin, um ihn zu sehen«, sagte Grant. »Und wenn Sie vermeiden wollen, dass ich jetzt einen Riesenaufstand mache, dann verraten Sie mir seine Zimmernummer.« Dabei sah er sie scharf an.

»Gibt es eigentlich einen einzigen netten Amerikaner?«, brummte sie. »Zimmer 20«, schob sie hinterher. »Aber von mir wissen Sie das nicht.«

»Ich bleibe draußen«, sagte Grant, als sie vor der Tür standen. »Gehen Sie rein.«

Ganz vorsichtig öffnete Linda die Tür zum Krankenzimmer. Robert saß auf einem Stuhl und sah zum Fenster hinaus, das gekippt war. Eine dünne Gardine bewegte sich im Luftzug.

»Robert«, sagte sie sanft.

Er zuckte, aber antwortete nicht. Langsam ging sie vor zu ihm, und erst da sah sie, dass er in einem Rollstuhl saß. Sie blieb kurz stehen und atmete tief durch, bevor sie weiterging. Die Tränen standen ihr in den Augen.

»Robert«, sagte sie noch einmal.

Er drehte den Stuhl, und ihre Blicke trafen sich.

»Ich wollte nicht, dass du herkommst«, sagte er leise.

Sie nickte. Brachte kein Wort heraus. Sie würde sofort gehen, wenn er sie darum bat, das hatte sie beschlossen. Der Kloß im Hals wurde immer größer.

»Aber vor ein paar Tagen«, fuhr er fort, »konnte ich plötzlich das hier.« Er stützte sich auf die Armlehnen des

Rollstuhls und drückte sich hoch, bis er auf den Beinen stand. »Und jetzt«, sagte er und sah ihr tief in die Augen, »gibt es niemand anderen, auf den ich meine ersten wackligen Schritte lieber zugehen will, als auf dich. Wenn ich es schaffe, auf dich zuzugehen, willst du mich dann heiraten?«

Sie nickte, die Tränen flossen ihr über die Wangen, und als ihm die drei Schritte zu ihr gelangen, schlang sie die Arme um ihn und vergrub ihre Nase in seiner Brust. Sie weinte und weinte, als musste die ganze Anspannung der vergangenen Wochen aus ihr heraus.

»Ich kann dich nur mit einem Arm festhalten, der andere ist gebrochen«, sagte er zärtlich, den Mund in ihrem Haar. »Und ich befürchte, ich falle gleich um.« Er schwankte besorgniserregend, und sie hielt ihn an der Taille fest. »Aber ich meine es ernst, Miss Lansing, wir beide sollten wirklich heiraten.«

Sie schniefte in sein Krankenhaushemd.

»Aber dann in der Kirche von Fjällbacka.«

Er musste laut lachen. »In der Kirche von Fjällbacka. Wo sonst?«

Dank

Wie immer als Erstes meinem Jonathan. Du bist ein unglaublich toller Sohn! Danke an Linnea! Ich bin so wahnsinnig froh, dass Ihr Eure Zeit mit mir verbringt.

Danke an meine Familie an der Westküste, die mich immer wieder ermuntert: Sverker und Sofie und alle Nichten und Neffen. Ein besonders großes Dankeschön gilt Mama Jörel, die 1949 in Fjällbacka Kind war und mir mit ihren Erinnerungen an diese Zeit sehr geholfen hat.

Danke, mein Fjällbacka, meine Heimat, wo ein Teil meines Herzens für immer sein wird.

Dank an den Verlag Forum, besonders an meine Verlegerin Teresa, die an meine Hotelgeschichte geglaubt hat, als sie noch eine fixe Idee war, und an meine Lektorin Lena, die mit mir am Text gearbeitet hat.

Danke an Helen, Jein und Simona für Eure Freundschaft, sie bedeutet mir so viel.

Danke an die Hotels in London, die meine vielen Fragen so ausführlich beantwortet haben und mich durch ihre Flure schleichen ließen: das *Ritz*, das *Claridge's* und das *Savoy*.

Danke ans Restaurant *Grodan*, dass wir Ihre wunderschönen Räume in der Grev Turegata fotografieren durften.

Danke an Anna-Lena Ahlström für das Coverfoto und Jessica Wahlgren für Hair & Make-up.

Danke an Bonniers Rights und die Enberg Agency.

Alle Fehler, die Sie finden, sind allein mir selbst zuzuschreiben.

Wenn Sie Ärger loswerden möchten – oder Lob, – dann finden Sie mich hier:

Mein Blog, in dem ich täglich ziemlich ungeniert über fast alles schreibe:

asahellberg.blogspot.com

Instagram, wo jedes Bild, das ich mache, gepostet wird. Und sei es noch so schlecht. Dann sehen Sie, wie ich wirklich aussehe.

instagram.com/asahellberg

Facebook, wo ich nur manchmal etwas poste, da gebe ich meistens nur an:

facebook.com/asahellbergwriter

Åsa Hellberg, Juni 2019

Die Sommerfreundinnen auf Weltreise

Susanne, Maggan und Rebecka vermissen ihre Freundin Sonja schmerzlich, obwohl sie schon vor mehr als sieben Jahren gestorben ist. Doch Sonja hat ihnen etwas hinterlassen, das ihnen bei der Suche nach dem Glück auf die Sprünge helfen soll: In zehn Briefen erzählt sie von ihrer eigenen tragischen Liebesgeschichte, die sie bis jetzt vor ihren Freundinnen geheim gehalten hat. Außerdem bekommen die drei von Sonjas Anwalt die Aufgabe, ihre Asche an Orten zu verstreuen, die ihr etwas bedeutet haben. Die Reise führt sie einmal um die ganze Welt. Die gemeinsame Zeit bringt sie einander wieder näher, und die drei Freundinnen beginnen, nicht nur Sonja, sondern auch ihr eigenes Leben mit anderen Augen zu sehen.

Åsa Hellberg
Wir sehen uns im Sommer

Roman
Aus dem Schwedischen von Hanna Granz
Taschenbuch
Auch als E-Book erhältlich
www.ullstein-buchverlage.de

Dieses Buch macht glücklich

Gloria dachte mit ihren 53 Jahren eigentlich, das Leben hätte keine Höhepunkte mehr zu bieten. Jetzt soll die schwedische Operndiva die Hauptrolle in »Carmen« übernehmen. Aber der Gedanke an die Proben versetzt sie in Panik – denn in den beiden männlichen Hauptrollen sollen ausgerechnet zwei ihrer alten Liebhaber auftreten. Glorias Schwester Agnes dagegen führt eine stabile Beziehung. Aber irgendwann hält sie so viel Stabilität und Ereignislosigkeit nicht mehr aus, trennt sich von ihrem Mann und flüchtet zu Gloria. Gemeinsam versuchen die beiden ungleichen Schwestern, das Gefühlschaos zu lichten …

Åsa Hellberg
Mittsommerleuchten

Roman
Aus dem Schwedischen von Katrin Frey
Taschenbuch
Auch als E-Book erhältlich
www.ullstein-buchverlage.de